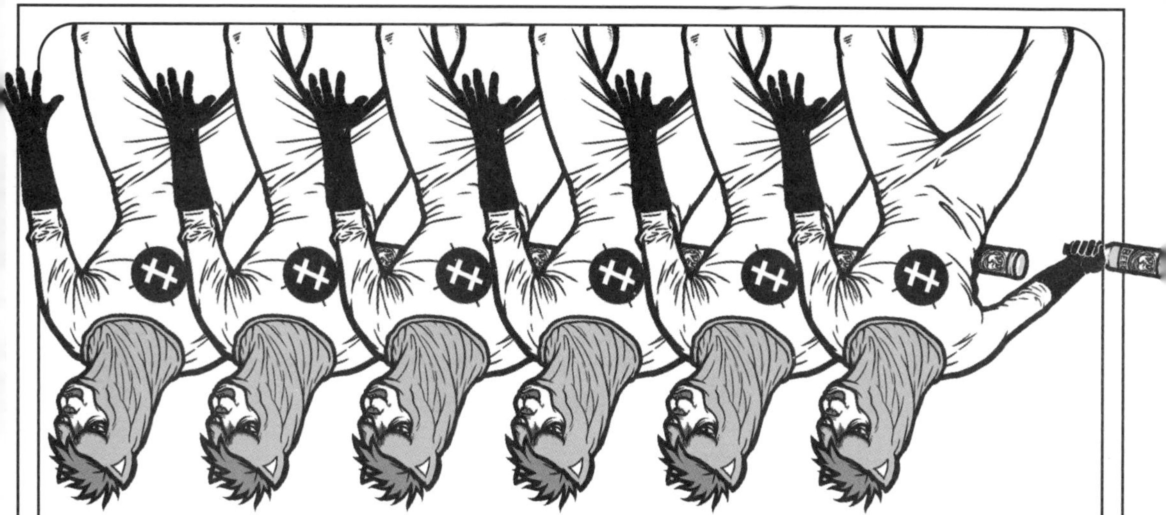

贵圈

×××

陈野 著

北京联合出版公司
Beijing United Publishing Co.,Ltd.

图书在版编目（CIP）数据

贵圈 / 陈野著. —北京：北京联合出版公司，2016.10

ISBN 978-7-5502-8467-8

Ⅰ. ①贵… Ⅱ. ①陈… Ⅲ. ①长篇小说—中国—当代 Ⅳ. ①I247.5

中国版本图书馆CIP数据核字（2016）第212180号

青桐盛开

贵圈

作　　者：陈　野
责任编辑：李　征
特约策划：徐彭欢　舒馨亿
装帧设计：山川設計事務所GabrylDuke workshop

北京联合出版公司出版
（北京市西城区德外大街83号楼9层　100088）
北京鹏润伟业印刷有限公司印刷　新华书店经销
字数562千字　710毫米×1000毫米　1/16　印张26.5
2016年10月第1版　2016年10月第1次印刷
ISBN 978-7-5502-8467-8
定价：39.80元

自序

要不是
一直在做广告

这书
我早写完了

这书
我一个字都
写不出来

楔子

北京，7月底的一天。

不过才早上10点半，室外温度就已经高达34℃。

没有半点风。

根据剧情需要，本书的主人公出现在了王府井东边的宝金街上。

他呀，什么也没干，只是匆匆往前走着，不光引来路人纷纷回头，还引致了一场三车连环追尾。

他不是什么名人，长得也就一般人。

不过比别人多穿了几件衣服罢了。

准确地说，是套了13件T恤在身上。

他也不是卖T恤的。

他叫任新蜂，是个干广告的。

一场盼了三年的面试，正在等着他。

面试成功进入4A做大创意拿大奖变身高富帅迎娶白富美实现广告梦想走上人生巅峰~哇哈哈哈哈哈哈哈~~
努力~奋斗~
傻"哔——"

广告是都知道有一半预算会被浪费掉，广告是有人以为知道哪一半被浪费掉。

广告是高端大气国际化，广告是得屌丝者得天下。

广告是你丫再给我改一稿，广告是不如用回第一稿。

广告是山穷水尽疑无路，广告是车到山前必有路。

广告是人前高贵冷艳，广告是人后抠脚大汉。

广告是一碗青春饭，广告是一约吃饭必定加班。

广告是梦里都在想俗称梦想，广告是梦醒来便将它遗弃简称梦遗。

广告是Think Different，广告是Just Do It。

广告什么都是，广告什么都不是。

广告成天出事故，广告有许多故事。

广告是不破不立。

广告是欲知后事如何请翻过这一页。

一枚离职文案留下的文档

这货不是广告

广告是强行插入，广告是尿点时间。
广告是无处不在，广告是付费跳过。
广告是千人嫌万人骂，广告是你以为不需要其实离不开。
广告是阅后即焚，广告是一颗永流传。

广告是品牌背书，广告是好创意令烂产品死得更快。
广告是洞察人心，广告是谁要让一碗泡面指导人生。
广告是一切为了卖，广告是烧钱玩意儿。
广告是恐怖诉求，广告是可口可乐。

广告是生意，广告是创意。
广告是PS，广告是标题党。
广告是为别人代言，广告是喂自己袋盐。
广告是洗脑术，广告是洗洗更健康。

目录

PART Ⅰ 梦里都在想俗称梦想

PART Ⅱ 背着梦想往前游叫作梦游

PART Ⅲ　梦醒来便将它遗忘简称梦遗

PART Ⅰ

梦里都在想
俗称梦想

第1章
鲜の使

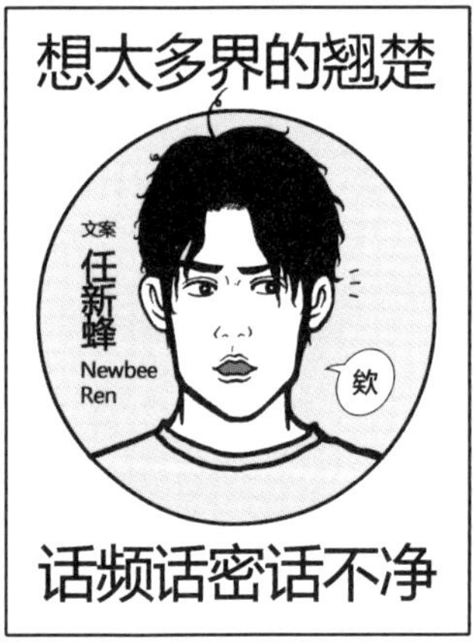

任新蜂是个干广告的，不过他常跟人说自己是被广告干。

牢骚归牢骚，傲娇归傲娇，不好干归不好干，他其实还是干这行爱这行的，不然不能干满三年还没转行。

跟不少半生手一样，他也怀着个广告梦想，就是一直找不着好地儿把它给生下来。有时午夜梦回，他也怀疑这份工作不适合自己，但从来都是还没想透就又睡去。所以，虽一直没干出什么名堂，偶尔也来大姨父不想干，多数时间他还是憋着劲想往好了干的。

不过眼下，他心里就只有一个字：干！

倒跟工作无关，他骂自己呢。

一个下午上了八趟厕所，他恍惚间听见马桶圈在跟屁股说，你若不离我就不弃。

为了省下钱来给女朋友安琪买生日礼物，任新蜂已半个月没正经吃过午饭了，一直就靠客户上次来开会时留下的样品——一款计划下月上市但还不知叫什么名字好的优酪乳——对付着。当然，给老板的说法是要充分体验产品才能想出好名字。结果今天终于把肚子给体验坏了。

上第八趟厕所的时候，他一连接到三个电话。

第一个电话上来就数落了他一通，问他为什么老不接电话总是联系不上真的很让人担心知不知道以后请别再酱紫（这样子）好不好。他赶紧说不好意思啊一直在开会手机调静音了您是哪位。那头说："我快递，已经到你们公司门口了，赶紧出来。"

原来是他找海外代购的Coach包终于到了。那便是要送给安琪的礼物。

任新蜂说："你看我这有个重要会议一时半会儿拉不完，啊不，是开不完，这样吧，你把电话给前台，我叫她代收。"

第二个电话是安琪打来的，说晚上要加班不能一起吃饭了。

任新蜂说今天可是你生日。

安琪说那有什么办法我也不想哎呀我得去客户那开会了先这样吧拜拜。

第三个电话里的人，一开口就像被摇过的可乐：气太足刹不住，字赶字飞速往外秃噜。

她声称来自CIRCLE公司的THC*部门，问他下周一有没有空过去面试一个初级文案的职位。

任新蜂第一反应是同事整蛊他呢。都知道他做梦也想进CIRCLE，连老板都知道。可今天又不是愚人节，而且听起来对方声音很陌生呼吸也挺平稳，一点没有憋着笑的感觉。他又竖起耳朵研究背景声，发现那头英文名此起彼伏。这就可算翻案铁证了。

他们公司可没人来这套，互相称呼都是姐呀哥呀黄总呀小任呀，亲得跟东北一家人似的。

他由此释了疑，心里乐开了花，就跟饭后抠发票助兴结果中了一千块钱似的。

为什么任新蜂这么高兴？

因为开头就说了嘛，他是个广告热血青年。

为什么他是个广告热血青年就得这么高兴？

因为CIRCLE是全世界名头最响的广告公司。

连很多跟这个行业不沾边的人都知道。

在业内则早有共识：CIRCLE不是最会做广告的广告公司，是最会给自己做广告的广告公司。

这一点，可由它官网上的这段公司介绍略见一斑：

> 1949年，CIRCLE公司由广告强人Mr. Circle创立于纽约麦迪逊大道。
>
> 挂牌营业当日，Mr. Circle登出这么一则招聘启事：

征人

> 本公司新近成立，力求生存，酬劳微薄，环境简陋，工作超时，将频繁与失败、混乱及绝望情绪为伍，成功机会渺茫。成则一同改变寰球，携手功成名就，创造一段传奇。

---

* THC是Talent Hunting Centre（天才捕猎中心）的缩写，全宇宙独此一家别无其他企业有这说法。其实就是人力资源部。

那年，Mr.Circle 28岁，没文凭，没客户，只有靠这则广告招揽到的3名不怕死开山员工。

十年后，CIRCLE公司成为全美排名第5的广告代理商。

……

1989年加入全球最大传播集团DPP，目前在132个国家拥有465间办公室，旗下员工超过10000名，使用50余种语言，为近1000个品牌服务，是一家真正的全球性广告代理商。

上文中提到了两件事，摆的都是事实，讲的却不全是真相。

其一，所谓“加入”并非自愿，而是场恶意收购。

当时CIRCLE公司刚上市没几年，帮客户推销商品虽是强中强，在资本市场上推销自己却还是弱咖。又因为在市场调查这些非盈利性业务上投入过大，影响了利润率，股价一时如坐跳楼机。结果就被想一口吃成个全球最大广告集团的当时全球第二大广告集团DPP给盯上了。

对这事，Mr. Circle心里自然是一千个不乐意一万个法克十万个为什么，那也阻止不了被吞并的命运。原因很简单，虽得到众多同行及客户的表态支持，却根本没有足够的现金流来对抗。

他唯二能干的，就是一边后悔当初让CIRCLE上市，一边酒后接受《商业周刊》采访说：“一想到要被那个小浑蛋收购，我就毛骨悚然。他这辈子都没写过一句广告词。”

那个小浑蛋指的是DPP的创始人兼永远的CEO费什爵士（Sir Fish）。

费什本是另一广告集团的客户总监，1979年花25万英镑买了一家生产厕纸的企业做壳，成立了DPP，从此开启鲸吞各大小广告公司的旅程。

当时的Mr. Circle虽已贵为文案界圣手、创意界灯塔和广告界活传奇好多年，却始终不愿承认：

他们这些写一辈子广告词的，不过是红尘中一个替人递话的。

真正改变了广告业乃至整个世界的，其实正是他口中那些手握大资本的“小浑蛋”。

而跟小浑蛋坐到一起谈个好价钱，是他最明智的选择。

他酒醒之后，真就这么做了。

其二，以作品而非办公室数目衡量广告公司好坏的年代，早已远去。

意识到这一点的人很不少，戳破这一点的人很少。

因为广告的本质虽是商业润滑剂，却永远得拿创意当强力春药，不管对外还是对内。不光广告公司，整个行业都需要靠此包装。不这样做，显不出专业，赢不到生意，得不到尊重，挣不到月费，甚至吸引不到一级鲜肉入行。当然这也未必是坏事。

被DPP收购后，因着经济大环境改变和业绩压力，CIRCLE已从昔日创意热店逐渐沦为广告流水线。

即便如此，瘦死的骆驼比马大，色衰的4A*界女神也变不回女屌丝。

公司内设有“光环”团队，专职打点媒体关系处理公关事宜维护高贵冷艳屌爆天形象。

广告公司多数以服务“性”行业自嘲，难得一见这种高姿态。因此几乎没有广告人不想进到它里面去。说不想进的都是进不去或者进去过的。

任新蜂就是那无数外围备胎之一。

任新蜂大学念的是广告专业，大四时曾在CIRCLE创意部实习过俩月。其间虽然除了帮忙找图就是帮忙贴提案板，一句文案都没被采用过，完了依然深深爱上那山那水那人那做派那随便拿的文具那免费的现磨进口咖啡和那七千块一把的Herman Miller Aeron办公椅。

回校后，实习分享会上他撂下豪言：“CIRCLE，我们内部都叫它圈公司，我一定要回去，就算折寿十年都乐意。”

当时同学少年都很贱，纷纷表示有被感染到，一起约定毕业后圈公司见。

现在三年过去了，他们班没一个进CIRCLE的，包括任新蜂在内，不然他就不会接到眼下这个电话了。

实际上，不要说 4A 了，大点的本土广告公司任新蜂都没进过。他先后在仨地儿工作过。前两家公司都关张了。现在待的这个地儿，连微型广告公司都算不上，充其量是家微弱型广告公司。

不过，就算始终被堵在围城外，直到半年前他都还没有放弃进圈公司的努力。

他一度每周给自己做一份新的创意简历，然后快递到CIRCLE北京办公室。

收件人是他的偶像刘大卫（David Lau），CIRCLE大中华区的CBD**，曾经获奖无数的港籍创意前辈，中华大地广告的一杆大旗。

以下是任新蜂用过的招数，已证失败，切勿模仿：

---

* 4A本是American Association of Advertising Agencies（为防止同业恶性竞争，而在1917年成立的美国广告代理商协会）的缩写，现被用来泛指跨国广告公司，也就是广告公司里的歪果糕富帅。与之对应的自然是本地土肥圆广告公司，4A中人一般称之为Local。而大部分Local中人，只知有4A，并不知有Local。知道的也不会管自己叫Local。

** CBD是Creative Business Director（创意事业总监）的缩写。此为生造头衔，并非真实职位。

广告新血
前来报到
姓名：任新蜂
性别：男
年龄：26
大学：大学
职位：文案
?

您说个时间
我提头来见
……

二踢脚
一鸣惊人
只要给我一点机会
!

请品尝
鲜脑
FRES
呃~

诸如此类，不胜枚举。

这么坚持了小一年，始终无声无息无回响，直到六个月前。

当时正开周例会，老板正分享去蒙牛提案心得——要员工学习疯牛精神，任新蜂的电话突然响起。

电话那头一人操着港普说，嚟（你）好啊我系（是）David Lau。

这可把任新蜂给激动坏了，立马尿遁到楼道里，颤声道，雷好雷好我就系任新蜂啊。

刘大卫说，你的简历我收到了，很用心，但sorry啊目前Copywriter*介个职位没有空缺。

任新蜂说哦，心情一下子沉到了谷底。

刘大卫又说，辣个……不好意西，可以麻烦嚟件事吗？

任新蜂赶紧说您您您请讲，心情一下子升上了半山腰。

刘大卫便说，我已经有你的简历了，能不能往后不要再发给我。

任新蜂说好吧，心情一下子沉到了地核。

刘大卫最后说，建议你也不要送猪脑子给其他人，没人会想要一个猪脑子的。

任新蜂说我知道了多谢提醒，心情一下子穿透地壳跌进了美国。

这打击太大了，以致从那后他每天早上睁开眼想到还要上班，都得使出全身力气才能爬起来。虽早在这公司待腻待烦待傻了，却连简历都懒得投，就是有一天没一天地混着。

谁承想，今天圈公司居然来电话让他去面试！

“周一上午11点，宝金街丽华大厦8楼，OK吗？”电话那头问。

“绝对OK！晚上11点都OK！”任新蜂说。

“呵呵，还有一个作业得麻烦你事先准备好。”

“OK！OK！”

“呵呵，我都还没说是什么呢。”

“什么都OK。说吧，是让我上刀山还是下火海还是到长安街上裸奔？”

“那倒不用。是这样的，这次面试有一个题目，就是以自己为product，就是产品；以面试官为target audience，就是目标受众；做一份创意出来，形式不限，关键是要够creative，就是够创意；interview……就是面试的时候，一起带过来。OK吗？”

“OK！OK！OK！”

于是任新蜂心情非常OK地提起裤子，望着马桶里的旋涡说拜拜，扭身蹦跶着回到自己的座位。

老板正坐在他椅子上，扯着那个Coach包看。

---

* Copywriter就是文案（广告公司创意部负责文字工作的职位），通常简称为Copy。吊诡的是，Copy（文案）的首要工作原则，就是No Copy（别抄）。

任新蜂一看就有气，但又不好爆发。

这时老板一抬头瞧见他：“给女朋友买的吧？她叫安什么琪？做工不错嘿，得是A货吧？”

任新蜂：“那图嘛许？正经麦迪逊系列。我就没买过假货。”

老板：“看来你不缺钱嘛，那还天天追着我要求涨薪水？”

任新蜂一听火噌噌往外冒：“我缺着呢，除了不缺心眼儿什么都缺；再说了，转正涨钱这不面试时您金口答应的吗？”

老板：“那你能买得起这包，肯定没少接私活。”

任新蜂：“天天加班到12点，哪还有时间接私活？”

其实是没什么人找他干私活。

老板：“哪来的12点？这个月最晚也就11点，平时八九点钟不就都回家了吗？别拿我当十三点啊，你们每天打的卡我可都亲自过目的。”

任新蜂：“必须不能够，您对数字这么敏感一人。”

老板：“知道就好。既然说到数字，没记错的话，你今天上七八趟厕所了吧？”

任新蜂：“其实是九趟，上午还有一趟。咋啦，公司又有新规定，禁止带薪大便？”

他平时嘴虽欠，从没这么直愣硬过。

也不知是接到面试通知有点飘，还是涨薪未遂心有火，还是两者都有，总之今天是Hold不住了。不过他一犯横，老板倒㞞了。原先已到嘴边想说他迟到太多的话也咽了回去，换作春风送暖：“说什么呢？人有三急我禁得了吗？我是关心你，怕你肠胃有问题，问你要不要去医院看看。”

任新蜂：“我一会儿就去。”

老板：“再观察观察。明儿去也不晚。周六人还少。”

“就是有病还得把班上完呗。”

“这不是还有工作没做完吗？对了那个优酪乳的名字有新的吗？”

“早上不是刚发你一百个了吗？”

“对对对，我看了，怎么说呢，还是比较平，没有让人眼前一亮的。”

“欸……刚在厕所里我倒是想到一个，肯定让人印象深刻，而且特别符合产品定位。”

“什么定位？我可不是忘了，考你呢。”

“客户说的嘛，要年轻甜美清新健康有活力走日系风格还要体现营养和口感。”

“对对对，快说名字，我一会儿还约了人吃饭得先走。”

“这名字吧，最好是写出来。”

任新蜂噌噌噌跑到白板前，噌噌噌拿起马克笔，噌噌噌写下三个大字：

鲜の使

第2章
原子笔的报恩（上）

突然间得到面试机会，任新蜂认定是功夫不负有心人。

之前虽被刘大卫一个电话打得雄心碎成满地玻璃碴，每次想起这事都得怀疑自己怀疑人生，甚至一度考虑回家考公务员。如今换个角度再回首，能逼得偶像亲自求放过，至少说明给人留下深刻印象。不然怎么一有空缺人家就想到了咱？

实际上，刘大卫既不记得有任新蜂这么一号人，也不知道他要来面试。

虽说出了广告圈就只是个人名，刘大卫在业内可是名人。

各个广告节各种评委当着。

各所高校各种客座教授兼着。

各处演讲各种仰慕目光收着。

指名寄给他想投他门下的简历，每月没有一麻袋也有俩环保袋。里头比任新蜂更过火的，不乏其人。

曾有人举个写着“**刘大卫：给我一个机会，还你一个惊喜**！！！”的大牌子，连日守在丽华大厦楼下，就为堵他求当场面试。

那天，刘大卫终于“防不胜烦”，不想日日走后门坐货梯进公司了，决定报警赶走这人。刚拿起电话忽然想起——德高望重的CIRCLE全球首席创意长Dick，巡视到了北京，正好当天要进办公室——当下决定缓一天再说。

他想利用这事在老板跟前露个脸。

如他所愿，Dick一下车就瞧见了牌子男，还难抑好奇过去聊了几句。

当晚的欢迎饭局上，Dick对刘大卫说："David啊，我觉得你不应该做广告。"

刘大卫心头一惊。

Dick接着说："你有那么疯狂的粉丝，不进演艺圈太屈才了。"

刘大卫心中一喜。

其实这不是好话。

先前牌子男见Dick过来攀谈，以为是刘大卫终被感动又不便出面，派了个老外来了解情况顺便考察自己英语水平，于是磕磕巴巴火力全开，两分钟内给刘大卫戴了十多顶高帽，连"Mr. Circle转世灵童"这种话都出来了。这不能不让Dick心生反感，并且断定：牌子男就是刘大卫雇来的，为的是在自己跟前露脸。

Dick是老派创意人，自负专业半辈子，有严重的幕后英雄情结。

他一向禁止手下做飞机稿*（虽然屡禁不止），又反对为包装公司形象把Mr. Circle推上神坛（但是徒劳无功），也不认为有设"光环"团队的必要（董事会认为很有必要），自然对刘大卫越看越不爽（这倒卓有成效）。

刘大卫就这么莫名其妙地上了他的黑名单，之后几年一直被钉在原地。

直到全球新CEO上任，Dick被退休，刘大卫瞅准时机闹着要走，这才迎来迟到的升迁吃上发苦的糖。

凭资历、能力和威望，本来由他统率北京办公室创意部是众望所归。可先前ECD**这位子出缺时，Dick从中作梗，硬是给空降来了一个洋大人Daren Young过来。

等到刘大卫要升职，一山不容俩ECD，头衔不够用了。

为了安抚他，CIRCLE中国的高层们闭门会议绞尽脑汁，最终研发出"CBD"这全球独一份的title给他。

当然也不全是为了安抚，更多是想用他来制衡代表CIRCLE全球的Daren。这背后的种种心机、博弈和妥协，不足为外人道，也不足为基层道。

而Dick虽廉颇老矣，有一件事倒看得很准，刘大卫确是好演员。

在客户和粉丝面前，他是优质大叔。

见过猪跑吃过猪肉，对越资浅的人儿越没架子，关键是四十出头没有肚子。

---

* 飞机稿就是假广告（Scam Ad）的通俗说法，语出"打飞机"，即并无客户埋单、只为自己爽的广告。因为众所周知的、说起来一把泪的原因，全世界的出街广告往往都不够有"创意"，所以创意人常为练手、攒作品或参赛而做飞机稿。飞机稿不单有自high的功效，一旦获奖还是升职加薪的速效药。目前，广告界飞行员横行，尤以老外为甚，飞机稿早已成为业内毒瘤。

** ECD是Executive Creative Director（执行创意总监）的缩写，通常为广告公司创意部（Creative Department）的掌门人。

而在内部，他是创意部活火山。

必杀技是给一巴掌喂俩枣揉三揉。

哪个是真的他，有多少成分是真的他，就算他自己都未必能分清。也不见得全是演的，不过演久了难免入戏太深。好在脑子仍够使，人格频道从没切错过。

当时，他本想演一出怒发冲冠，拒绝掉这近似笑话的CBD。

后来，既被承诺职权与ECD相当，又发现公司里不少人为这仨字母替他不平——都以为是 CIRCLE全球不情愿给他升职而恶心他的，甚至还有人联想到歧视华工这上头去——就欣然受封了。

既得实惠又赢人心。

既如愿上位又成了众人眼里不受资方待见的打工英雄。

他这算盘打得好，但因为背着任务，压力却着实不小。

又赶上家庭出了问题。

脾气自然跟着见长。

而且越发地受简历轰炸。

可不早就把任新蜂忘到爪哇国去了吗?

那么面试电话是怎么一回事呢?

一切要追溯到三年前。

不过我们只从任新蜂接到电话的三个小时前说起就好。

当时在刘大卫座位上，一组人正跟他过第二天要提案的东西。

那是个小屁活儿，本来不需他亲自出马。因为负责该案的CD*王宝（Paul Wong）去了广州出差，他只好临时帮忙盯着。

刘大卫面无表情地快速翻完PPT，突然起身开窗说好闷。一阵高楼风乘机蹿了进来。

在场的人登时都有点凌乱。

刘大卫眼望着窗外，手指开始叩击玻璃。

节奏是三短一长。

贝多芬《命运交响曲》的戏剧性开头强奏。

按照经验，这代表所有人命运不济——他正积攒怒火，准备出大招发飙了。

不过，经验就是用来打破的，这次他不打算这么干。

自从三个月前演过了被匿名投诉开会时情绪失控后，刘大卫就一直被THC逼着暗地里

---

* CD不是激光唱片，也不是奢侈品牌，而是Creative Director（创意总监）的缩写，负责管理一到两组创意人员。多数人做到CD，也就撞上职业生涯天花板了。接下去，他们或者继续在广告行等着被新人取代，或者出去创业并以失败告终，或者开饭馆并以失败告终，或者投身其他创意产业并以失败告终。

看心理医生，学习愤怒管理。不得不说，效果卓著。现在，就连想到医生只是坐在那听你有一搭没一搭地扯淡，再有一搭没一搭地嗯嗯啊啊应两句就敢觍着脸劲收1560元/小时，他都能保持淡定，安慰自己反正是公司出钱。

已经连续十三天没骂过脏话了，今天说什么也不能破功。刘大卫心想。

他从一数到十然后深呼吸，转身笑道："介（这）案儿（子）我觉得不需要用Power Point来写啊。"

等半天等来这么一句，所有人都不知道怎么接。

AE*吴迪看大家都在冲自己呶嘴，只好硬着头皮上："David……"

刘大卫就等着有人搭腔呢：

"No Power!

"No Point!

"Why PowerPoint？"

ACD**石霆赶紧解释："David，这回时间实在太赶了，而且大家都没什么灵感……"

刘大卫白了他一眼，拉出椅子，一抬腿蹲坐在上面。

刘大卫："我们介个行业，拿人钱财替人叫卖，卖嘴卖脸卖脑浆，靠的什么？不系灵感啊，艺术家们。我们系专业人士。接了单就没权利说没时间，更没脸说没灵感。"

吴迪："那……"

刘大卫望着他："那谁，客户的诉求系什么？"

吴迪："那个……帮顾客省钱……"

刘大卫："关键词系'省'对不对？有了！做一张中国地图，把上面所有的市县镇乡村都标成省，北京省天津省上海省广州省丽江省成都省华西省走遍全国都省，怎样？不好？为什么？"

吴迪："这广告法不允许吧。"

刘大卫："系吗……那再来过……又有了！买东西能省钱对不对？买得越多省得越多

---

* AE是Account Executive（客户执行）的缩写。这是广告公司客户部（Account Department）的入门职位。顾名思义，AE负责的是从准备工作简报（Brief）、预订会议室、借投影仪、打车、检查提案文件、撰写和发送会议记录、联络、跟进工作进度、追客户确认、请款、付款等具体执行事务。活多而杂且琐碎，考验细心与耐心，各种跑腿的干活，各种吃力不讨好，各种强装笑脸，各种受夹板气，各种委屈中成长，而且起薪很低。听起来有够悲催是不是？好消息是广告公司的老板及管理层绝大部分都是AE出身。创意真的缺那根弦儿。

** ACD是英文Associate Creative Director （副创意总监）的缩写，是CD的副手，有朝一日他们也会当上CD，接着撞上职业生涯天花板，然后继续在广告行等着被新人取代，或者出去创业并以失败告终，或者开饭馆并以失败告终，或者投身其他创意产业并以失败告终。

对不对？那么省得最多的人叫什么？省长嘛！概念就系‘做省长’，画面一下子就有了。我们还可以租一辆奥迪当‘省长专车’，谁买得多就让他坐，免费帮忙把东西送回家，风风光光享受省长待遇。怎样？大家都没意见？辣就介样子定了。散会。嚟们先去七（吃）饭，七完再回来改。”

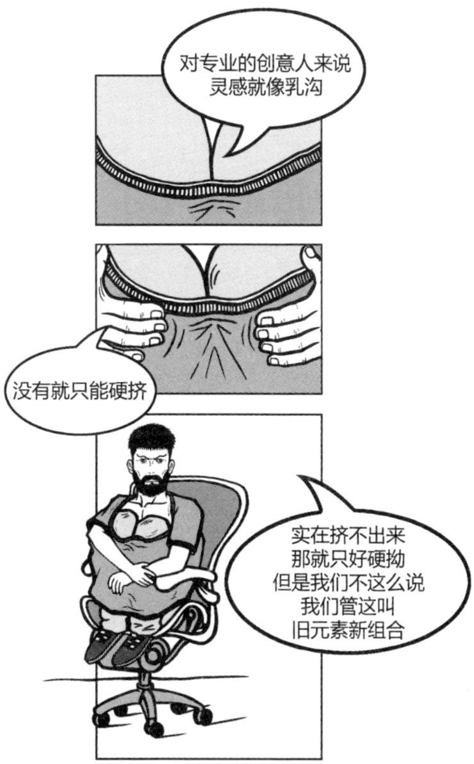

吴迪赶紧拦住他：“Dadadavid，刚刚没记全，麻烦您再说一遍。对了能借我根笔吗，还有纸？”

刘大卫：“怎么现在AE开会都不带纸笔，连耳朵都不带？嚟带个头来只系为了显身高吗？”

吴迪：“以前都带的，老被人顺走，后来我就学乖了。咦，地上有根笔，我受累捡起来用吧。”

他就弯腰去够，结果一个不小心，把刘大卫桌上一堆文件都撞到地上。

他倒吸一口凉气，没敢抬眼看刘大卫，赶紧蹲下去就要捡起来。

刘大卫却淡淡地说算了不用收拾，那些都是他收到的简历，正打算叫阿姨拿去卖废品。

吴迪一边答应着，一边随手捡起一张纸，翻过空白那面，端端正正写上“做省长”三个字。

抬头还想问，一看刘大卫已经闪了。

还要再过一会儿，吴迪才会注意到，刚刚拿起来的那份简历，是属于一个叫任新蜂的。

而他永远不会知道，刚刚捡起来的那根笔，也是任新蜂落下的。

第3章
原子笔的报恩（下）

三年前，任新蜂在CIRCLE实习的时候，几乎每天下班时都会顺走一些文具。

倒不是命犯鸡贼或有偷盗癖，是为了它们上面印有CIRCLE标志，想囤点回去送同学当纪念品。当然，更主要是想显摆自己来过。

某天晚上拿得太多，结果把背包拉链给撑坏了。

其中一根原子笔就从袋口掉了出去，三滚两滚，滚到刘大卫桌子底下，从此没挪过窝。

要不是刘大卫表演型人格上身，非装模作样开窗通风以示刚刚听到的idea（创意）臭不可闻，它本来还能继续享受岁月静好。

要不是吴迪坐相不好，它就算被风吹出来也没人看得到。

要不是刚好吴迪需要一根笔，它就算被看到也不会有人愿意捡。

要不是吴迪去捡，就不会把刘大卫桌上那堆简历给碰翻在地。

要不是有那么多要不是，任新蜂那份本来被压在最下面的简历就不会被吴迪捡起来，并在15分钟后转到了THC的Coke手里。

那是在吸烟室门口，吴迪推门要进去，正好Coke拉门要出来。

Coke往左挪，吴迪也往左挪。

Coke往右挪，吴迪也往右挪。

Coke又往左挪，吴迪也往左挪。

Coke又往右挪，吴迪也往右挪。

两人把好好一扇门堵成一面哈哈镜。

Coke一跺脚说：“你故意的吧。”

吴迪跟着一跺脚说：“你才瞧出来啊，这样吧，陪我抽根烟就让你走。”

Coke说刚抽完。

吴迪说“那好吧”，刚要往旁边让，忽然死死盯着她看。

吴迪：“你有没有觉得自己最近瘦了？”

Coke又惊又喜：“没有啊……你觉得我瘦啦？”

“我也不觉得。”

“滚！绝交。”

“因为你已经很瘦了。”

“滚回来，亲爱的朋友。”

“你可不能再瘦下去了。”

“果然是好朋友呢，老跟我说实话。”

“再瘦还让别的姑娘怎么活？”

“虽然是闺密，这么夸我也有点过分了呢。”

“像你这么瘦而不柴腿长胸大的，那才叫过分呢。”

“决定了，闺密三千我只取你gay密一瓢。”

“打住！gay密是从哪儿冒出来的？”

“哎呀呀，说得高兴忘了你还没come out（出柜），怪我怪我。”

“你才come out，我要come in（进去）。来吧来吧，陪我抽一根吧，看在夸了你这么久的分上。”

“我抽你，敢情你夸我是为了这个。”

“那我再夸夸你别的地儿？”

Coke说这还差不多，便跟在吴迪后头又进了吸烟室。

里头并无别人，都吃午饭去了。

烟灰缸倒是满满当当的。

对点一根烟之后，两人各自陷进一个单人沙发。

费半天劲把Coke给哄了进来，吴迪却才吐出一口烟就跟漏了气的充气娃娃似的，瘫在沙发上半天只闻出气声。

他兴趣转移到了烟灰缸上。

从每个烟蒂的状况，大致能猜到抽它那人的状况，如果是Coke的话。

虽不中亦不远。

那个把烟屁嘬变形的，想必刚挨了老板一顿骂，或者火机半天打不着，总之心里在骂娘。

那个印了唇膏在上头的，可能刚从客户那提完案归来，也可能晚上要去相亲。

那个让过滤嘴被烧焦一半的，很明显没掐灭就离开。心里有事，或是被匆匆叫走。

那个抽长寿烟的，应该是台湾人无疑。

那个抽520的，其实没瘾，就是把抽烟当成深呼吸，只在需要平复心情时来一根。

那个抽中南海的，一定不是初到北京的。

不过吴迪就只是吴迪，不是Coke，并无这份观察力。

他只是在看到烟蒂山时，突然感觉心头一颤，然后就被一种莫名低落的情绪给戳漏了。

他低头看了一眼自己的烟，已烧过半。一缕烟正踩着他手指，奋力跳向天花板。手指微微发颤。作为一枚双子，吴迪不情愿又心满意足地发现：自己还真他妈是个感性的人。

其实那不过是饿出来的轻度低血糖。

“说好的夸呢？”Coke忽然蹦出一句。

“累。昨儿熬到三点，今儿早上又连开俩会，血条都空了，你容我攒一攒。”吴迪说。

“呵呵，刚才在门口，可没看出来。”

“刚才是回光返照。”

Coke哦了一声，掐了烟，仰头望着抽风口。

又是半天没话，直到两人不约而同地长叹了一口气。

吴迪：“我叹气是因为攥了一宿的PPT又废了，一会儿还得从头弄起，你是因为什么？”

Coke：“王宝那组的文案小毛，burnout*了，辞职了。一大堆工作招不到人填坑，我急。”

吴迪便想起刚才开会时，小毛全程不看人也不说话。

只顾拿纸叠青蛙。

叠完青蛙叠飞机。

叠完飞机叠纸鹤。

也没人说他。

看来其他人都知道了，就他不知道。

Coke：“我都没burnout，他倒burnout了。”

吴迪又想起这段时间以来，小毛身上总有药味，张嘴就是药味，连传过来的文档都有药味。

吴迪：“我投诉David，你们给他请心理医生。现如今小毛病了，还是大毛病，怎么不给治治？”

Coke：“情况不一样，他自己非得走，说不想再干广告了。”

---

* burnout：本意是精疲力竭，这里指的是一款现代病——倦怠症（Burnout Syndrome），常见症状有忧郁或急躁易怒、消化不良、全身乏力、性欲减退、身心俱疲、失去目标和动力等，病因既有可能是太没有压力吃饱了撑的，也有可能是压力太大吃不消。小毛的病因是既吃不消又吃饱了撑着。

“是身份不一样吧。”

“不说这个了。你身边有合适的人推荐吗？”

“这个……真没有。”

“这个真可以有，推荐成功有两千块钱奖金，公司新规定，还没正式公布呢。”

“这两千块是奖我大义灭亲吗，是叫‘推人入火坑奖’？”

“去去去，真烦人。”

“这么好的政策，怎么当初我推荐你进来的时候没有呢？”

“奖你大义灭亲吗，还是推人入火坑啊？”

“当然是推你入火坑了。真把我当亲人？咱俩只是发小，又没有血缘关系。”

才说完这句话，吴迪忽然想起什么，猛地翻过任新蜂那份简历扫了一眼，然后递给Coke：“你看这人靠谱吗？”

第4章
2B OR NOT 2B

两天后，星期一，不过对吴迪来说是星期八。

周末连加两天大班之后，吴迪找到一种被鞭尸的感觉，就是本来应该很痛苦但其实脑子已经木到感觉不到痛苦的那种感觉。

好不容易躺到床上，却半天睡不着。

好不容易睡着，梦里仍在加班。

各种弯腰受气。

各种掰扯跺脚。

等梦里的班加得差不多了，也就该起床上班去。

他本想倒休半天的，可客户临时把下午的会改到早上了，因为下午要去开另一个会——家长会。他只好凉水扑面洗掉起床气，像往常一样安慰自己：

撑过这一阵，等新老板到位就好了。

一个月前，他的AD*Jasmine带着他的AM**Lily，跳槽到一家新崛起的本土广告公司去了。

---

* AD即客户总监（Account Director）。

** AM即客户经理（Account Manager）。

Jasmine属于多年AD没熬成BD*，对圈公司由爱生恨，本想把他也带走，让链子掉得更彻底。所以临离职前约他出来喝咖啡，开出了薪水翻番的条件。

他却毫不动心。

倒不是对圈公司忠诚度爆棚。

他本非广告科班出身，只是刚回国那会儿找不到工作，病急乱投简历，谁知很快就被唤去面试。因为英语好长得也不错，就进去了。

广告公司嘛，不拘一格降人才。门槛说高也高说低也低。

他没别人那么爱CIRCLE，也没那么爱广告。

没那么爱的意思，是有点爱。

他爱这里的人不土，打扮做派谈吐都配得上自己。

除了自己，他对什么都没那么爱。

他不动心也不是嫌钱腥。

他一个非资深AE，每月税前五千到手三千八，虽单住着家里的一套房不用交租，那也不够花。一个月去两趟夜店钱包就瘪了，回头还得觍着脸跟家里要。而他家里条件虽不错，供得起他留学，但也仅此而已。

毕竟不是真的富二代，只能算是中二代。

中产阶级第二代。

他不想动的原因，一来觉得Jasmine已是末路狂花跟着她没前途，二则认为现在跳槽不合算。

圈公司人称“广告大学”，金字招牌光芒万丈，在外边比什么名牌大学、海归身份都有用。

真想挪地儿的话，有的是下家，要谈一个翻倍工资并不难。

因此，在吴迪看来：越早跳槽，其实越亏。别的且不说，月薪五千翻番跟月薪一万翻番那得差出多少去？

---

* BD即事业总监（Business Director）。

这仨都是客户部的主流职位。一个Account（客服人员）通常是这么升上去的：AE（客户执行）→AM（客户经理）→AAD（副客户总监）→AD（客户总监）→GAD（客户群总监）→BD（事业总监）。

不过也有一些广告公司，为了防止Account升迁太快涨钱太多但又要给他们一些动力，便发明出各种非主流Title，如：SAE（资深客户执行）、AAM（副客户经理）、SAM（资深客户经理）、SAAD（资深副客户总监）、ASAD（副资深客户总监）、SAD（资深客户总监），等等。要不是太难听，SBD没准早就出来了。

创意部的Title请以此类推。

相信你也看出来了，诀窍就在于活用两个字母——A（Associate，副/助理）和S（Senior，资深）——对广告人来说，AS就代表着熬死。

但反过来讲，却又不是越晚跳槽越赚。职位越高，想往上走越难，外边合适的机会也越少。哪个公司也容不下十个总经理不是？

广告圈虽不大，却是场流动的盛宴，不少人换公司比换袜子还勤。这现象里有这份工作的特质在——广告人需要保持对这个世界的新鲜感。而保持新鲜感最简单的方法，除了勤换男友女友炮友好基友，就是适时换客户换公司换同事。更重要的是，比起在一个公司里慢慢往上爬，通过跳槽来升职加薪实可谓快马加鞭。

另一条捷径是参赛拿奖，不过那一般是创意的路数。可一样的槽，也分会跳和不会跳。有的人三蹦两跶，飞速上位。有的人跳槽一时爽，职业生涯火葬场。这是门学问，得精算时机。

吴迪早规划好了：

自己进CIRCLE还不到一年，既没把金镀足，简历也不够好看，起码得等升到AM后才能走。

之后一年起码跳一回。

在这个地儿只求升职不求加薪。

到那个地儿只要涨钱不用涨Title。

再跳一个地儿只求升职不求加薪。

又换一个地儿只要涨钱不用涨Title。

如此几次，争取五年内当上BD。

升职和加薪，所有人都觉得是一体双生儿，一动皆动是理所应当的。所以如果你只要一样的话，往往更容易争取到。

于是他婉拒Jasmine：“谢谢您想着我，不过我还想在CIRCLE多学点东西。”

Jasmine早备好一套词儿等着他：“哎呀，CIRCLE已经没落过时了。还不光是CIRCLE喔，所有的4A公司现在不改革的话，真的是离死不远了。受到各方挤压，怎么都不会再挣钱的。那个模式已经不work了。

“而我们这个公司呢，虽然刚成立不到三年，但今年就可以做到1.4个亿的收入。

“不是开玩笑的哟，都是根据真实客户保守预估出来的呢。

“还有哦，虽然现在我们主要业务还是传统广告，但马上我们就要往移动互联网方向建立媒体平台，跟数据库做捆绑了。未来呢，肯定是要走上市这条路的……”

Jasmine兴奋异常异常兴奋地说了一大通，一看吴迪根本面无表情。

虽然没出声，却分明在说关我屁事。

她赶紧往回收，把话头扯到吴迪身上：“上面介绍的我们公司。再来说说你。你现在才刚入行，最关键是什么？要有对的人来教你对的东西。你来我这边呢，一样地学东西，而且更有机会独当一面的噢。”

吴迪只好继续婉拒：“CIRCLE毕竟各方面都更规范，我还是打好基础再过去帮您吧。”

其实他光听那公司的名字就不想去。

叫什么不好非得叫ME2。

翻译过来不就是我二？

我才没那么二呢。

Jasmine不泄气不放弃，拿出忽悠客户的劲头又开始画大饼。画了一圈又一圈，葱花撒了一把又一把。有几处吴迪都听出来没边儿。有几处他都能瞧见馅儿漏了。有几处又着实说得他颇动心。最后眼看快扛不住了，只好借口得赶回去开会，这才算完。

两人分开时互道珍重，相约有机会一块儿喝酒。

心里都知道大概是没什么机会的。

其实，后来他俩不但有机会一起喝酒，还有机会干点别的。

总之，Jasmine就带着这样的不忿、不爽和Lily走了。

因为别的组不愿接她的烂摊子，而来续摊的人又不能马上入职。所以这段时间里，吴迪一直挣着AE的钱，干着AM的事，操着AD的心。

当然，即便前两件事老板们喜闻乐见，也并没人要他操这份心。

是他自己爱操心。

根源还是太爱自己。

这让他事事要强，看谁都是SB，有时连自己都不放过。结果就是踮脚强努，恶性加班，揽活漏事，顾此失彼，精神衰弱犹不自知，依旧紧绷着。

这天临出门上班前，他瞥见搁鞋柜上的移动硬盘，不禁拍脑门佩服自己：幸亏头一天就把它们搁这儿了，不然肯定忘了这茬。英明！

赶紧拿起就走。

走着走着，他突然觉得好像有什么地方不对。

不过一路想到手酸，他也没琢磨出来到底哪里不对。

快到公司楼下的时候，他照例停下来买了一份早餐，打算带到办公室里就咖啡。

“老样子，加一个蛋不要葱花多放生菜，少少盐少少酱多点辣。”他这样说。

等到那一份煎饼果子做好，为了腾出手去拿，只好先将移动硬盘夹在腿间。

就算这时候他也没觉出到底哪里不对。

直到进了电梯，他才猛然醒过闷来。

原来问题就在移动硬盘上。那里头装着满满2T的岛国爱情动作片，都是创意们微信指定女优，然后他在家24小时不关网帮忙下的。他这次带到公司来，就是要拷给他们的。

为了跟创意部搞好关系以方便下brief*，他觉得这是自己应该做的。

创意们刚开始还都不太好意思，久而久之也觉得这是他应该做的。

不过这些都不是问题，起码在吴迪看来。

问题是他携带移动硬盘的方式不对。

明明背着包，为什么硬要一路手拿着呢？

又不是最新款iPhone。

答案是忘了放进包里。

这一刻，吴迪深深地觉得，自己真是个二货。

但环顾电梯间之后，他又深深地觉得，人外有人二外有二，其实自己并没有那么二。

在7月份的尾巴，穿着十多件T恤出门，会这么干的人显然二得惨绝人寰。

现在，吴迪身边就站着这么一货。

该货正在打电话："马上到……你一见到肯定就能认出来……衣服穿最多的人就是我。"

吴迪心想，听语气像是网友见面，看扮相像是卖T恤的，可是……

这时电梯叮的一声停在了第8层。

那货抹了抹汗，艰难地挤了出去。

其实他是来面试的。

他就是任新蜂。

#一枚离职文案留下的文档#

关于你很忙这件事，其实你老板是这么看的

扫码阅读

* brief即工作简报。在广告公司内部，每项新工作开始前，都须由客户部整理客户需求，然后写出工作简报给到创意部，这个过程叫作"下brief"。一份合格的brief至少应包括以下四点内容：1.传播对象（对谁说）；2.诉求点（说什么）；3.工作任务（做什么？平面、视频还是微博活动）；4.时间安排。好brief能够最大程度激发创意。烂brief则像苹果地图，会把创意带到沟里去。

第5章

梦里都在想，俗称梦想

任新蜂一出电梯，就看见一个红裙姑娘迎面走来。

跟吴迪一样，任新蜂也做了一晚的劳碌梦。

先梦见自己在考数学。

还是那间熟悉的教室、那些身陷臃肿校服的少年——脸上有痘痘，两眼泪汪汪，满心以为高考过后就是解放区的天。

窗边那棵木棉树的影子，照旧打在手臂和试卷上。影子一动，就知又有风经过。

一切都和七年前无二致，只除了他自己。

他高考数学得了132分，这在文科生中已算不低，如今一道题都做不出来。

实际上，连题目都看不懂。

他急得像失巢工蜂，手握着笔在空中舞了几圈还是找不着北，只好掉头直下戳大腿决定醒来。

一睁眼看见天花板上爬着一条光。

是窗帘没拉好，月光漏了进来。

一转身扑了个空，原来安琪还没回来。

一看时间是凌晨两点半。

才起身要去摸手机，想起她之前说过今天部门庆功要通宵K歌，便叹了口气又躺下。

醒来容易再睡难。

不开空调嫌热，开了空调嫌冷，开着空调盖被子又嫌闷。只好冰火两重天，左半身盖被子，右半身露外面。这直接导致他一进到新的梦里，先连打三个喷嚏。

喷嚏打完，电梯门开。

红裙姑娘一见到他，先轻轻皱了皱眉头，又快速挑了一下眉梢，便带着笑迎了上来。

姑娘说，果然衣服穿很多的任新蜂你好我是刚和你通过电话的Coke。

任新蜂说，名字确实很可乐的Coke你好我就是衣服确实穿很多的任新蜂。

Coke说，我的名字有那么可乐吗？我倒觉得你的千层酥STYLE更可乐。

任新蜂说，哪里哪里还是你可乐。

Coke说，不不不别谦虚了还是你可乐。

任新蜂说，你可乐。

Coke说，你才可乐。

任新蜂说，你太可乐。

Coke说，你真可乐。

任新蜂说，我真渴了，这样吧我请你喝可乐。

Coke说，我自己就是可乐干吗要你请？

任新蜂说，你看你终于承认自己就是可乐了吧。你中文名是不是叫可口？你是不是姓甄？你是不是叫甄可口？你是不是还有个双胞胎妹妹叫甄可惜？你爸你妈是不是老把她错认是你？这件事是不是让你特生气？因为，可惜不是你……

Coke猛地停住脚步说，不可乐！段子零分！！装熟负分！！！

任新蜂说，求你了可乐姐，不，可口妹子，就算负分别让我滚粗。

Coke呵呵推开旁边一扇门说，你以为我是留几手吗先在这儿等一下吧里边没有免费可乐但是有免费茶水还有免费空调以及免费椅子，面试在隔壁会议室，我们这一轮要面不少人轮到你了我会过来喊，再见！

任新蜂悻悻走进门去，发现房间里已挤进去几十号人。

数量虽多，却只有两种人。

第一种人，白棉T恤黑框眼镜，神情忧郁目光温暖，皆为你若安好便是晴天霹雳的文艺青年。

第二种人，只有三位，都是山寨货，分别是山寨李小龙、山寨东方不败和山寨双喜牌火柴。

就在这一刻，就在这梦里，任新蜂突然发现一个宇宙真理：

自己虽然也常犯抑郁，但无疑应被归为第二种人，也就是二货青年。

任新蜂径直走到东方不败跟前问道：“教主你好，请问你这身打扮是想说什么？”

东方不败应曰：“天下风云出我辈，一入江湖岁月摧，只要文案能力强，招男招女都一样。”

任新蜂抱拳：“原来是顺口溜诗人啊，失敬失敬，祝您文成武德英明神武面试成功一统江湖。”

任新蜂转头又问火柴：“您呢？”

火柴说：“我的概念嘛，简约而不简单——创意之火就是我，燃烧自己点亮客户。”

任新蜂恍然大悟：“噢，我还以为是演巧舌如簧能卖小女孩的小火柴呢。”

任新蜂说完，只瞥了一眼李小龙，便坐在一旁默念自己的台词。

过了一会儿，李小龙自己憋不住了：“我说，你干吗不问我呀？”

任新蜂说：“不用问嘛，你肯定是标榜自己活好功夫深铁杵磨成针。”

李小龙冷笑一声：“核心思想是没错，不过怎么表现你肯定猜不到。我这可有一套词，给你演一个吧就当热身也叫你开开眼，听好喽——营销有问题？我哒~文案谁牛×，我哒~谁最有创意？我哒~职位是谁滴？我哒~我哒~哒哒~我哒哒哒。”

任新蜂这边正想着，这哥仨都是一个套路，说不是一个师父教出来的都没人信。那边就见到他们显出原形互相打招呼：

哟大师兄你来了。

哟二师兄好久不见。

哟沙师弟近来可好，可有跟师父他老人家走动走动？

这边正亲亲热热，那边门冷不丁被打开。

Coke扶着门框说：“任新蜂，到你了。”

任新蜂便站起身走了过去。

一出那门，就被闹钟吵醒。

一醒过来，就又叹了口气。

倒不为别的，是为了还得把那十几件T恤再穿一遍。

第6章
不要穿西装来面试

任新蜂一出电梯，就看见一个蓝裙姑娘迎面走来。

分明长相、发型、身材连同衣服都不一样，他却觉得跟梦里无二致。总之是重逢的感觉。后来他想了想，也许是因为表情。

梦中的Coke和现实里的Coke，都是一见到他，先轻轻皱了皱眉头，又快速挑了一下眉梢，然后便微笑着迎了上来。

“您这style……”打过招呼后，小小的冷场，Coke忍不住问了一句。

“我知道，千层酥style嘛。”任新蜂说。

“咦，你怎么知道我想说这个来着？”Coke很吃惊。

“可能因为你刚吃了一块千层酥。”任新蜂指了指她嘴角，那里沾着一小片酥皮。

他本想说是在梦里知道的，怕把人吓着，使劲忍住了。

第一回见，没那么熟。

同时憋回去的还有两个现制冷笑话。

第一回见，没那么熟。

看Coke半天没舔掉那酥皮，他看着难受但也没好意思问要不要帮忙。

第一回见，没那么熟。

如果说昨晚的梦除了千层酥之外还给了他什么启示，那就是别跟人装熟。说多错多，还招人烦。眼前这面试来之不易，一旦搞砸也许再没机会。他没资本犯错。

他决定迈开腿管住嘴，有效期是今天。

这对生下来就得了不治之症的任新蜂来说，不啻于微信控赶上服务器罢工，那叫一个难受。

他的病叫话频话密话不净。

越是紧张时刻，越得臭贫减压。

此刻他刚把满腔的话给生咽回肚子里去，便感觉每个内脏都生出一张嘴来呱唧。它们的口水渗过皮肤就成了汗水。汗水浸透了好几层T恤。他身上湿透脸上滚烫，虽在空调房里也比烈日下好不了多少。

Coke却误会他脸红是因为腼腆和紧张。

她一火象星座外向人儿，自然比较容易对内向人儿产生好感，而且她平时狂爱看推理小说的。对任新蜂根据一块酥皮就推理出她吃了千层酥，讶异之余，多少起了惺惺相惜之心。

“那么，这身行头就是你的homework（家庭作业）咯？”Coke指着他层峦叠嶂的T恤说。

“嗯，你觉得怎样？”

“没法说，不知道你葫芦里到底卖的什么药。不过我负责招creative（创意）时间也不短了，也面过好些妖魔鬼怪，你这扮相的还是头一回见。”

“那……是好还是不好？”

“这……至少挺有impact（冲击力）的，呵呵。”

Coke说着停住了脚步。

他们走到面试地点了。

那是个临时征用的小会议室。

门口临时摆了一条长凳。

上面已坐有一个人。

上面只坐了一个人。

那人二十出头的样子，穿了身大一号的黑西装，紧抱作品集在怀里，像个业绩垫底的业务员，正等业务经理召见。

Coke撇了撇嘴，示意任新蜂跟那人一起坐着等，便推开门闪进去。

任新蜂却没有坐下，而是找了个空调出风口，站在正下方。风一灌，身上顿时凉快不少。他不知道自己这是在找死。

他犹豫半天，终于还是没忍住问那西装男孩：“你也是来面试文案的？”

“嗯哪。”那人点了点头。

“刚毕业吧？”

“嗯哪，你怎么知道？我还以为我穿西装显得挺成熟的呢。”

任新蜂笑而不语心里有底，这回他总算管住自己的嘴了。

这小朋友不知看了什么不靠谱的面试指南，居然穿成这样来广告公司面试创意职位。

估计还是跟室友借的西服。

如今已不是广告狂人*的年代。你不可以在办公室里公然抽烟喝酒扑倒女秘书，但也不必盛夏犹当西装人。除非重要场合，否则平日里连Account都可以穿牛仔裤上班。而创意部是怪咖、自以为的怪咖和演出来的怪咖的集中营，着装更是不设限到没下限。

拖鞋背心配棉帽，齐臀短裤露花臂，都没问题。

愿意打扮成杀马特也没人说你，虽然这样只会显得很不smart。

你走什么路线都行。

只有一个禁区：正装西服。

禁区中的禁区：廉价正装西服。

禁区中的禁区的禁区：不合身的廉价正装西服。

禁区中的禁区的禁区的禁区：袖标都没拆掉的不合身的廉价正装西服。

这么穿着一踏进创意部，0.01秒之内就会被所有人目为非我族类。1分钟之内就会有人走过来跟你说这里没有人要买保险。5分钟之内就会有人恭送你怎么进来的还怎么出去。

你穿什么代表你是什么人。

剪裁不好料子不好的廉价西装，代表你没钱没审美没品位没见过世面，对广告业毫无了解。

穿西装的人没创意。

所以你不适合这份工作。

没错，这就是以貌取人，赤裸裸的。

这就是势利，显而易见的。

这就是偏见，根深蒂固的。

但这就是现实，而你不得不接受——所有人都是外貌协会的。

丑姑娘下雨天打不到车。

美女犯傻缺有人说好萌呀么么哒。

男人不坏女人不爱，可长得丑再坏也没人爱。

任新蜂工作三年并没太多长进，以下是为数不多他学到的东西之一：

你是谁并不重要。

你卖什么也不重要。

重要的是你怎么卖。

---

* 广告狂人即热门美剧《Mad Men》。该片讲述了20世纪50年代末一群纽约广告人的故事，曾连续四年夺得艾美奖剧情类最佳剧集大奖。对平民广告人来说，它是一部教科书、一面镜子、一种慰藉、一杯烈酒以及一根在街角等你的冷棍。

把自己卖出去的第一步，是要拾掇出卖相来，然后才能谈别的。

任新蜂或许对制造卖相还没那么在行，但至少他清楚什么是没卖相。

事实证明他是对的。

西装男孩被叫进去才不到两分钟，就一脸沮丧出来了。

Coke紧跟其后，现身门口，朝他挥手。他赶紧快步过去。正要进门，突然被身后“嘭”的一声巨响绊住了脚步。回头一看，原来是西装男孩闷头走路，结果撞到了玻璃门上。

任新蜂看着这一幕，无来由地想起了七年前。

当时是高考第一场，语文。

任新蜂正埋头分析句子成分，突然耳侧传来“咣”的一声。

一只鸟撞到了他旁边的窗户上，断了脖子，一命呜呼。

它的胖尸体顺着玻璃慢慢往下滑，在热空气中显得茫然又决绝。

他长吁一口气，深吸一口气，和正在捂嘴偷笑的Coke擦身而过，走进房间。

那一年他语文得了140分，差3分就是全省单科状元。

如果多了那3分，他的照片就会被母校挂到墙上去，供学弟学妹瞻仰。

也许他就会上另一所大学，选另一个专业，干另一份工作，过另一种生活，有另一些烦恼。

也许其中一个烦恼，是每天都得穿西装。

也许。

一切皆有可能，只有一件事笃定无疑：无论进了别的任何行当，他都不会穿着13件T恤去面试。

第7章
13件T恤

第一件T恤
空手道
欸，你……二位好
我今天是空手来的
第二件T恤
因为看点
全在我身上
接下来就让我
现场脱
给你们看
第三件T恤
脱归脱
并不是要给你们
秀这个
第四件T恤
或者是这个
第五件T恤
NO MONEY
GO MY HOME
因为很明显
我不是高富帅
也不是白富美
第六件T恤
adiaos
我只是一枚
身在LOCAL
心在CIRCLE
的广告小屌丝
挠挠

第七件T恤
所拥有的只有一颗
想做大创意的心
啪~
第八件T恤
以及
一腔热血
O型的
第九件T恤
还有
一肚子
想法
第十件T恤
和一个好身体
点灯熬油榨不干
第十一件T恤
我是任新蜂
也可以叫我
NEW BEE
CALL ME NEW BEE
第十二件T恤
作为一枚文案
我只是……
一杆NEW笔
想要出头
2B
第十三件T恤
虽然现在
还不够NB
但请给我一个机会
我会证明
你们的眼光
有多NB

以上，就是任新蜂的自我介绍。

现在他站在那小小会议室的中央，满身大汗等待提问。

一切都跟预想的不同。

他本以为将会是一场超正式的面试，要置身一个超有压迫感的会场，面对一排超屌的面试官。

面试官只有一个，不是刘大卫，是个光头胡须佬，据说是个创意总监。

没有预期的反应。没有笑声。只有沉默。无比尴尬的沉默。

感觉就像吃饭时有人说不如我给大家讲个关于大便的笑话吧。

任新蜂心想：不怕招人骂，就怕没回响，得，恐怕是搞砸了。

这时Coke适时地清了清嗓子，提醒光头。

光头拍了拍头顶："我只有一个问题哦，你是怎么把这么多衣服都穿上身的？"

任新蜂："穿倒不难，难的是怎么穿着它们顶着外面三十多度高温到这儿来。"

"所以你在家穿好过来的？为什么不到这里再穿呢？"

"一来怕没时间，二来……想先声夺个人。

"这楼里进进出出的大半是CIRCLE员工，我这么招摇进来，任谁看见肯定都觉得奇怪。

"估计还会有人奔走相告说有个2B穿成个胖子样来面试快去围观。

"一来二去，没准就会在轮到我上场之前传到你的耳朵里。

"这样你就会有期待，想要看看这人到底有多奇葩，葫芦里到底卖的什么药。"

光头笑着转过脸去，对Coke说："这小孩有点意思哦，面试还搞teaser*。"

突然咚的一声巨响传来。

这回是任新蜂瘫倒在地上。

他晕了过去，因为中暑加脱水。

---

* teaser相当于"预告片"。可以理解为一次campaign（广告战役）的前戏，即在传播活动正式开始前，以悬念、预告、花絮甚至是"泄密"等方式吸引目标受众的注意，令他们产生好奇及期待。

第8章
好消息和坏消息

面试之后，一周过去。

任新蜂在床上躺了两天人就好了，圈公司那边却始终没有音信。

任新蜂自然天天过得百爪挠心：

一会儿觉得有戏，因为光头说他有点意思。一会儿又觉得没戏，因为人家恐怕会觉得他身体太差熬不住。有心想给Coke打个电话问问，思虑再三还是按捺住了。不能这么没起子。当然，关键还是跟人家不熟。

任新蜂这么想着，一边按下“发送”键，又传了一百个优酪乳的名字给老板，随即起身去到楼道里，打算抽根烟。打火机还没掏出来，手机先响了。

“面试时晕过去的任先生你好，我是CIRCLE公司的Coke。”电话那头说。

“你好你好，可把你盼来了。”

“今天给你打电话，是有一个好消息和一个坏消息，你要先听哪一个？”

“好消息不会是我被录用了吧？”

“是的。”

“哈哈！哈哈哈哈！那怎么可能还有坏消息呢？”

“其实也不是坏消息，是没那么好的消息。是酱紫的，现在全球经济低迷，所以DPP对旗下各个公司的headcount都把得很严，申请一个名额下来至少需要半年。但是目前这边又特别缺人，所以想问你同不同意先以contractor的方式过来？”

“康什么特？”

“Contractor，其实就是合同工。名义上由劳务公司跟你签合同，然后把你派遣到我们这边来上班。不过福利待遇什么的，都跟正式员工差不多啦。只是曲线救国罢了。”

如果任新蜂冷静一点或者和HR的作战经验更丰富的话，就会问这差不多是差多少差在哪儿。但他实在太想成为圈公司一员了。就算不是正式员工进CIRCLE，也已经觉得祖先有灵。

“所以有名额的时候……”他假装思考了一小会儿。

“放一百个心，我们会第一时间帮你转成正式员工的。”

“那我必须答应。”

“行嘞，那你这两天有时间的话再过来一趟，咱们谈一下具体的东东。”

“必须有时间。”

挂上电话，任新蜂迫不及待地打给安琪。

无人接听。

于是他又改发微信。

以下就是他们的聊天记录。

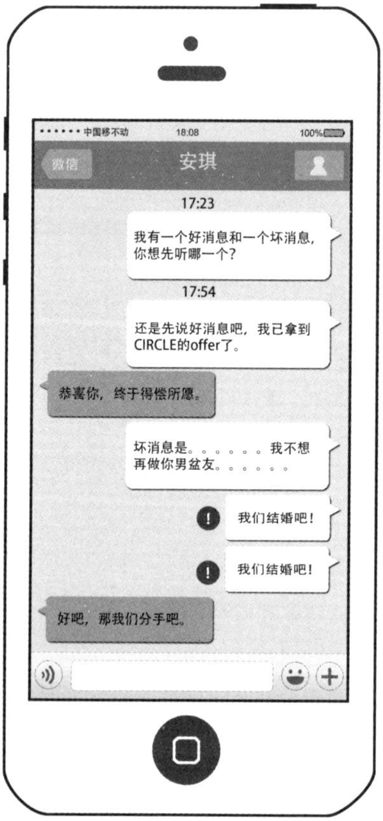

第9章
地铁痴心汉

任新蜂被挤到了两节地铁车厢的连接处。

就算不是高峰期，一号线里照样挤得跟罐头有一比。

不是别的罐头，是华丽丽的一罐臭豆腐。

他刚在丽华大厦同Coke谈完薪水敲定了入职时间，现在打算回家躺着等offer letter去。虽然遭遇拉锯式砍价，最后要到的钱仍比他眼下工资高出一截来。

这全亏他当时耍了个心眼儿。

他却得意不起来。

这么件大事总算落定。

他却笑不出来。

在这么个重要时刻，身边连个能一块庆祝的人都没有，任新蜂头回觉得自己活得特别失败。

车厢地板起起伏伏，他也是各种思绪涌动。

刚刚泛上来的，是跟安琪最后一次见面时的情景。

再一次。

时间是任新蜂遭遇微信分手的当晚。

地点就在他和安琪一起租住的那个小屋里。

任新蜂头回对安琪用吼的：“你怎么能这么拿话当刀使往我心头戳，这里头装的可都是你啊。”

“哪儿呢？我怎么只看到你自己？”安琪的声音听不出表情，“现在你倒是想结婚了，去年我问你什么时候结婚，你是怎么说的？”

“我……说什么了？”

“你说买了房子就结婚。我又问你什么时候买房子，你说什么了？”

“我……又说什么了？”

“你说结了婚就买房子。”

“这不开玩笑的吗？”

“有意思吗？我看咱俩在一起才是个玩笑。”

“就因为这个，你要跟我分手？”

“就因为这个？

“这种事你干过多少回了？

“去年情人节说要送我一份亲手制作的礼物。

“我满心欢喜期待了好几天，结果等来什么？

“一草编的破戒指和一张能气死人的卡片。”

安琪的情人节礼物

“你也知道我当时失业三个月了，房租都是觍着脸跟家里要的，真没钱给你买礼物。”

“没钱你倒是靠谱一点。知道你们创意都不靠谱。没见你多有创意，不靠谱能排第一。今年520，你又干了什么？”

“唉……那事儿……不跟你道过歉了吗？”

“你以为你张无忌啊！拿我的笔记本玩大挪移！那可是公司发的！害得我把键帽一个个抠出来。一个个把马克笔墨水刮掉，再一个个安回原位。你知道我花了多长时间？手有多疼吗？当时我就受够了。”

安琪的520礼物

“今年生日送你的Coach呢，你怎么不提？”

“还好意思提？我跟你好这么久就值一A货包包？买假货就算了，还骗我是真的。恶劣！”

“什么A货？那可是我一口饭一口饭省下钱来买的，真金白银有发票，珍珠都没那么真。”

“反正有人告诉我，说是你亲口跟他讲的。”

“谁他妈……”任新蜂脑海中忽然闪过一张脸，“是不是黄总？”

黄总就是任新蜂现在的老板。Coach包递到公司那天，黄总不问自取上手“鉴定”后，非说那是假的。就算Coach只是二线奢侈品，大牌中的屌丝，他也觉得任新蜂买不起。当时任新蜂虽感受到恶意，却并未想到后面还有敌意——情敌的敌。

这段时间以来，其实任新蜂一直能感觉到，自己和安琪之间出了什么问题。

他只是不愿意往那边想。

但现在逼得他不得不往那边想。

看来，黄总就是那个问题。

“呃……”安琪卡了一下，“你就说，那个包包是不是A货吧？”

“我看咱俩的爱情才是A货。不，A货都算不上，顶多算个B货。不，B货都算不上，顶多算个B。不，连B都不是。他为什么会跟你说这些？你们俩什么关系？”

“你管得着吗？”

“你生日那天，他早早就走了说是约了人吃饭。你那天其实并没有加班，是跟他在一起对不对？还有前两天，你号称跟同事K歌一宿没回来……”

“那天真是跟同事一起K歌。”

“所以那天真是跟他一起过生日咯。”

“是又怎样？”

“你们搞到一起多久了？你们怎么搞到一起的？”

“什么叫作搞？你说话别这么难……你打我！你居然敢打我！长这么大我爸都没打过我。”

任新蜂甩了安琪一巴掌，感觉却是挨了自己一闷棍。

其实不用说，他也能猜到这两人是怎么好上的。

安琪初见黄总，是作为任新蜂家属参加公司outing（远足）。当时黄总死活非要加她微信，却没提要加他的。当时任新蜂只是有点不对味儿，过后也就忘了这茬。

也不知是被劈腿更痛，还是没能早些察觉这事更伤自尊，总之那一声清脆的耳光，就像声控开关。骤然间，任新蜂的眼前心头，伸手不见五指。有些东西遁走了，有些东西现形了。

等到他回过神来，安琪拖着行李箱正开门要走。

砰！摔门声。

头顶的灯被震得晃了起来。这小小的屋子顿时空旷得像个荒原。留下陪他的，只有又麻又肿的手掌、一脸指甲伤和满地狼藉，以及一顶绿油油的帽子。

打那之后，他再没去上过班。

电话一概不接，除了Coke的。

失恋的打击再大，还不至于让他连圈公司都不想去，也没令他消沉到不在谈薪水时要小聪明。

聪明总被聪明误。

那将直接导致他对黄总的第一次报复泡汤。这倒未必是坏事。因为那个计划实在是太不靠谱了。

“大兄弟，天安门还有几站？”一个东北大妈的大嗓门，把他轰回现实中。

“你坐反了。”任新蜂瞥了她一眼，却正好看到这么一幕：

不远处，一个姑娘正一边扑哧扑哧喝着酸奶，一边戴着耳塞听着歌。

在她身后，一个秃顶大叔正悄悄把手机探到她的裙下。

姑娘毫无知觉。

这要搁平日，任新蜂多半会转过脸去，装看不见。

今天也不知哪来的满腔正义感，或许只是心里装着太多憋屈等待爆发，总之他大喝一声你干吗，便冲了上去，一掌拍掉那大叔的手机。

接下去自然是车厢内的一阵骚乱。

两人扭打在一起。

周围的人纷纷避让开，掏出手机拍摄。

那姑娘开始不明就里也跟着躲，等闹明白发生了什么，这才不紧不慢地蹲身下去，捡起躺在地板上的那个手机。

不紧不慢地调出相片。

不紧不慢地翻了几张。

突然间猛地一转身，把手机奋力掷了出去。

擦着任新蜂耳朵，正中大叔鼻子。

大叔惨叫一声，立马丢开任新蜂，双手捂脸。

血顺着指缝往下滴。

那可是个诺基亚，可想而知有多疼。

没准鼻骨都断了。

那边姑娘握着酸奶杯踩着高跟鞋已经杀到。

右手五指一蜷，使出一招猴子偷桃，捏住大叔的裆中央。

大叔再次惨叫，这次声线连同身体一起变了形。

她把喝剩下的半杯酸奶，倒在那人脸上。

这串动作帅得像个女王。

任新蜂看得目瞪口呆。

其他人也都口呆目瞪。

鸦雀无声。

然后，突然间有人鼓掌说好，再然后掌声越来越多，填满两个车厢。

姑娘用鼻子哼了一声，并不看其他人，只是转头朝任新蜂点点头说："谢谢啊，你……"

"大望路站到了。请先下后上，有序乘车，谢谢您的合作。"

车门唰地打开，冲上来一大票新乘客，像潮水一样把他们两个人隔开。

任新蜂忽然想起什么，急忙忙逆流往外冲，终于在车门关上前一瞬间下了车。

他名义上还未离开的这家公司，就在大望路上。

他刚刚想到一个报复黄总的法子，是从那姑娘身上得来的。

第10章
报酬雪恨

任新蜂手里捏着个瓷罐子，已在楼道里守了将近一刻钟。

不时贴着墙探出半个脑袋往身侧那扇玻璃门里瞧。

门里就是他即将永远告别的那家公司。

推门进去，过了前台往右拐，第一个房间是会议室，门关着，里边想必正提优酪乳的案子。挨着它的就是总经理办公室。虽被墙挡着看不见，但他要找的那个人，应该就坐在里头。

不消说，那个人只能是黄总。

任新蜂不是在等他出来，是在等机会溜进去，进去为遭突然劈来的那条腿狠狠踢伤的那颗心雪恨。

以下是任新蜂的报仇计划：

古有曹植七步成诗，现轮到他任新蜂七步成事。

报仇就在今天。

之所以这么急，不是他行动力强。

之所以这么干，也不是给同事们看。

今天客户要来开会，任新蜂刚才在地铁里忽然想起来的。而那客户有重度恐同症，上个月刚逼着黄总换掉一个男AE，就因为他爱翘兰花指开口台湾腔。解释说人家是福建来的也没用。

不换人服务就撤单，这是客户原话。

拼着自个儿成为性丑闻主角，也要把这个磕了半年才到手的客户给搞丢了。这就是任新蜂的目的。他很清楚：除此之外，什么也不能对黄总造成足够的伤害。

作为一个图样图森破（太嫩太天真）的创意，他觉得这个计划非常有创意，只有一点不满意：

大半天过去了，这七步才完成了第一步。

有前台当门神，第二步迟迟迈不出去。

他不知道，其实人前台小姑娘早看见他了，正盘算怎么不着痕迹地放他进去呢。

早在一星期前，晚上11点钟整，她就接到黄总紧急指示——第二天见着任新蜂务必拦住，说什么也不能让他进公司。她不知道这中间的是非曲直，但也猜得出来是黄总心里有亏，怕任新蜂闹事。她却巴不得出事，最好是任新蜂把黄总给狠狠揍一顿，也算是帮自己出口气。

她会这么想，是因为先前帮别人打卡被捉了现行，狠挨了一顿骂不说还被扣一星期工资。

盘算了整整一刻钟之后，她决定去上个厕所。这就能两全其美，既成全了任新蜂自己也没啥责任。

人有三急嘛，这理由搁谁身上都说得过去。

为了替自己的不在场制造人证兼提醒任新蜂，她还特地大声给关系好的同事打了个内线电话，问要不要一块上厕所。

俩小姑娘手拉着手前脚一出门，任新蜂后脚就进了公司。

赶在别人发现前，他推开了总经理办公室的门。黄总果然在，正全神贯注看电脑屏幕呢。

轻轻合上门。

咔嗒一声上了锁。

又拖过靠在门边的一把椅子，斜顶住门把手。

第二步圆满完成。

任新蜂还不知道，这报仇计划就到此为止了。

黄总本来正看社会新闻，听见声响抬起头，刚皱眉想说怎么不敲门，话没出口就自己封了喉。他跳起来想跑发现没门儿，欲喊人来又想起客户在，瞬间笑成一朵小黄花："小任啊，这几天去哪儿了？也联系不上，我们都快担心死了。"

"你是担心我出现吧。"任新蜂走到大班台前，把那罐子重重搁在桌面上。

"怎么会？哈哈哈。"黄总笑得后槽牙都露出来了，心里却对那小瓷罐犯嘀咕。

虽说是再熟悉不过的包装，虽说上面印着"北京老酸奶"字样，虽说没启封，但打死任新蜂他也不能相信那真是一罐酸奶。

他可是亲耳听任新蜂说过：客户的样品喝恶心了，这辈子再也不想碰任何奶制品。

既然如此，那这罐子就很有问题。里头装的是什么？尿那都是好的。不会是硫酸吧？

天哪！天哪天哪天哪！

早知道这小孩不会善罢甘休，这几天肯定憋在家里想招呢，没想到是完全豁出去的路数。

果真小看他了。

唉，确实，色字头上一把刀。

这几天安琪还一直问到底什么时候离婚。

当初说好的纯洁炮友关系呢？

怎么会搞成这样……

不敢再想，黄总赶紧打起精神来敷衍任新蜂："小任啊……"

任新蜂一拳头砸在桌面上："你才是小人呢。"

"是是，我是小人，我对不住你。不过……我……我和安琪……我们是真心的。"

"我是虚情假意的？"

"你也是真心的。你也希望她幸福对不对？看在她的分上，成全我们好不好？"

"我成全你们，谁来成全我？"

刚才那一拳用力过猛，现在疼劲儿还没过去，任新蜂不敢再拍桌子，改把一堆文件扫到地上。

破坏的感觉真不错，远比建设好。

“别冲动别冲动，冷静一下听我给你摆摆。你看哈，CIRCLE不是你的梦想吗？为了它，我们都知道你有多努力。功夫不负有心人，好不容易终于要进去了。前途一片光明。形势一片大好。你不是想做大品牌大创意吗？机会来了，得之不易，何必为了惩罚我而放弃呢？不值得的。你要是把那罐东西泼到我身上，可就变成惩罚自己。我是替你着想。”

黄总说的是一码，任新蜂听出来的却是另一码，并进而想起又一码：像CIRCLE这样的公司，就算对基层员工也是会做背景调查的。他要真七步走完，就算真把那客户给搞丢了，也不过损人不利己。等调查电话打到黄总这儿来，到时候可真就一报还一报了。

而且他还有一个不能说的秘密。

面试那天跟Coke谈薪水的时候，他要了个心眼儿：

他现在工资只有六千块，却告诉Coke是九千元。当然，都是税前。

然后他俩就基于后一个数字开始谈钱。

Coke表示很为难，因为初级文案的预算真没这么多。

任新蜂也表示很为难，自己虽然特别想进CIRCLE但毕竟收入得合适。

Coke表示很多人都是降薪进的CIRCLE。

任新蜂表示知道CIRCLE工资低于行业平均水平可以接受降薪，但也不能差太多。

你知道的，北京生活成本多高啊。他说。

几个回合下来，任新蜂最后拿到了八千块钱一个月。

他觉得很不错。

接着就傻眼了。

因为Coke给他开列的入职所需材料单里，赫然包括需加盖公章的离职证明。

离职证明的标准格式，必须注明现有薪水。

他之前待过的都是小公司，入职离职都没这么正规。

以他跟黄总这么势同水火的关系，本来开离职证明都得费点儿劲。要再把酸奶那么一泼，给他开月薪九千元的离职证明的可能性基本就成零了。一旦被发现在这上面说谎，也许连职都入不了。

江湖传说，美国公司最看重诚信。

但是说出去的话泼出去的水，任新蜂再后悔再立志以后不说谎也没用了。

刚才地铁里那一架打得头脑发热，紧接着又沉浸在中国好复仇的激动中，愣是忘了这茬。现在冷静一想，遭背叛固然痛，但进不了CIRCLE才是一辈子的痛。

他只是没想到，自己对安琪的感情，原来没有自己以为的那么深。

“难不成我就这么算了？”任新蜂说。念头虽然软了，但嘴上还得强努着硬。

“其实，我一直希望能给你一些补偿。”黄总听出了转机，“赔你半年工资怎么样？就当是分手费……不……精神损失费。”

“一年。”

“七个月。”

“九个月。”

“八个月。”

“行，啥时候能拿到？”

“下月发工资的时候，一块儿打给你。”

“还有一个条件。”

“你说。”

“现在就给我把离职证明开好，省得我再来。离职时间就写今天。薪水写税前九千。”

“九千？没问题。”

从公司里出来之后，任新蜂没有直接进电梯，而是闪进了男厕所。

拉了在这里的最后一泡屎。

鲜の屎。

告别式。

告别一份工作。

告别一段感情。

告别一个阶段。

洗完手他望着镜子，努力想说服自己没泼酸奶转而拿钱是别无选择。因为马上又要交房租了，而他的钱都花在了安琪身上。但他越看对面那个自己，越觉其面目可憎神色并无勉强可言。

归根结底还是人穷志短。

人永远有选择。

一切选择都是follow heart。

也就是屎。

他骂了自己一句傻×，一拳砸向镜子。

手再次很疼。

更杯具的是，玻璃并未如他所想象的裂开成一朵花。

镜子就像现实，比他想象的要结实得多。

第11章
疗伤狂想曲

喝酒。上网。用右手撸。

喝酒。泡面。用左手撸。

喝酒。看片。用兰花指撸。

喝酒。洗澡。用六神冰凉超爽沐浴露撸。

喝酒。喝多了一个人哭。边哭边撸。

就这么着，一个月时间很快撸完了。

任新蜂天天大门不出卧室门不迈，宅得头发也长了，胡子也拉碴了，脸也白了，腿也软了。就仿佛又回到大学时代。当然他也不是所有时间都荒废在这些事上。毕竟撸多了难免会烦。不撸的时候他也常检讨自己。在这事情上，他还是很认真想要找自身原因的。找的中间，很自然地，翻出了一些旧事。

比如有一回他和安琪吵架。

吵着吵着安琪丢出一句话，具体说的什么已经忘了，只记得特别狠相当适合拿来下标题——他当时憋了好几天始终出不来的一个广告标题。于是他申请暂停吵架一分钟，把它记下来再继续，气得安琪又丢了一个抱枕和一句话过去。后面这句他倒记得清清楚楚，是“你丫走火入魔了吧”。

最后那标题也没过，到黄总那儿就给毙了，连客户的面都没见着。

还有一次是安琪感冒了十多天没好，那天终于撑不住，请了病假在家躺着。

午后打电话给他说特别不舒服，想叫他回去陪着。他当时正在会中，只好说不方便。其实那个会连个屁都没聊出来。等他下了班紧赶慢赶到了家，发现安琪已经烧得眼神迷离胡言乱语。一量体温41℃，送到医院才知道是病毒性脑炎，差一点儿就耽误治疗。

这样的事还有不少，或大或小，或深或浅，都是蛀在爱情上的洞。攒得多了，就算还能刷漆维持个表面光，洞其实早通了，内里根本早空了。只等外力一捏，立马碎成满地屑。

从这些事上看，确实最大问题在自己。他想。

爱广告多于爱安琪。关心创意多于关心她。因此安琪才会劈腿。

多数时间里，他重复得出这样的结论。

实际上这是心理自慰。

不管怎么说，“我对你不好所以你离开了”终归比“我不够好所以你去劈腿”要容易接受。

极少数时间，当他站在将醉未醉的关口，会发现另一个“真相”。

那就是自己不过一个臭屌丝，心比天高命比纸薄，啥都没有除了骄傲。总在不停地冒傻气干傻事犯傻×。他要是安琪的话也得离开。

这又未免对自己太狠。

至于两人到底怎么会走到这一步，要是他能明白这一个道理或许就不那么执着了：

任何事物都是向死而生。

这不仅仅意味着世上只有一条路，叫作不归路。

事物存在过程中，始终是与颓败、消亡三人行。

宇宙是这样。恐龙是这样。花是这样。广告公司是这样。爱情也是这样。

所有灭亡都是自取的。

然而，并非所有裂痕都肉眼可见可寻可数。

他想不通的还有一点，为什么是黄总？对方若是吴彦祖倒也只好认了，偏偏输给这么个烂人。

几次三番想打电话问安琪。

几次三番把自己给摁住了。

他自我软禁在那小小房子里。

一颗编号为“2单元1104”的偏远星球上。

日日孤独寂寞冷，就是不得一刻安宁。

除了出去吃饭，这段时间他只和别人打过两次交道。

第一次是有人敲门。

一开门是个打着市场调查旗号的推销员。

推销员说，先生你好我们现在跟物业联合做一个调查，只需要耽误您五分钟时间完了还有小礼品相送，嗯是这样的请问您用的是哪家的宽带服务？

“我邻居家的。”任新蜂说着关上了门。

第二次还是有人敲门。

一开门是个快递。

原来是分手前安琪替他淘宝的一条裤子，隔了两星期才送到。签收完他叫住正准备走的快递员，把那件衣服送了出去。

不喝酒不撸又不检讨自己的时间里——虽然这种时候不多——他会做白日梦。

幻想穿越回分手前，是自己先提的分手。

要怎么做呢?

比如这样：

请安琪去吃一顿高档晚餐。

在她面前单膝跪地掏出一个小匣子。

匣子里自然不会有钻戒。

只有一张小纸条，上面写着“我们分手吧”。

她不是喜欢惊喜吗？这够她意外好几天的了。

或者这么着：

当安琪问喜不喜欢她，说“不喜欢”。

然后，望着她泪光闪闪的双眼说：“但是，你没有问我爱不爱你啊。”

接着，她会破涕为笑，用颤抖的声音说：“你爱我吗？”

望着她的眼睛，慢慢地说：“不！爱！我！们！分！手！吧！”

这样的幻想是安慰剂也是毒药。他自己也知道。他也觉出其中暗藏的恶意和小气，因此越发地讨厌自己，越发地不能面对，越发多喝多撸。

实际上，这一个恶性循环，直到他临去圈公司报到前一天才结束。

这天中午，他才醒过来便打开一罐啤酒，喝了一口就觉得肚子胀得慌。

尿完尿他先把马桶盖放下，这才去冲水。他原本没这习惯，是安琪给扳过来的。他听着水的轰鸣声，突然发现此前从未觉察到的一枚小小事实：自己竟没想过要挽回这段感情。

一瞬间他仿佛在小黑屋里看见有光漏进来，自觉想明白也想开了。

他的痛苦，根源还是因为被否定。他的哀伤，其实是糖。前店后厂。无人旁观还这么做作的原因，是不愿承认——本我其实凉薄得很。

换个角度，被甩可看作安琪送的礼物，为他的新生活。

是时候走出来了。

告别过往，从头开始。

从剪个头发开始。

他貌似想明白了，但还没真的想开。

他还不知道，又有一个小小灾难，即将降临在他头上。

第12章
从头开始

任新蜂住在四环边上一个大型平民社区里。

和别的平民社区一样，里边有三多：人多狗多铺面多。

铺面虽多，一半是长年贴着“招租”“转租”大字报的。

开着张且能维持的，逃不出三种类型：便利店、苍蝇馆子以及美发店。

光美发店就有十来家。

任新蜂站路边张望了一会儿，发现手指头不够掰，便直接进入焦虑模式。

作为一个直男，以前都是安琪去哪儿他去哪儿，连发型都是她给挑的。安琪从没在小区里剪过头发，所以他也不知道哪家好。想着随便挑一家吧，他又不是那么随便的人。

不是不想随便，是随便不来。倒不是穷讲究。在生活上，他有选择困难症。

所以他不喜欢点菜，翻着菜单就觉得饱了。

买瓶洗发水能挑半个钟头。一会儿喜欢这个味道，一会儿看上那个配方，一会儿钟意那个包装。

看片子也是。遥控器从九点钟摁到十点半，片库目录翻了好几十页，还是决定不了看什么。

选择太多，就这点不好——不知选什么好。

好在工作上他没多少选择，不然能累死自己也累死别人。

后来，他倒是想出了四海一家的解决之道——挑贵的买。贵的虽不一定是对的，不容易错。但现在他经济还紧张着，没钱讲究，只能将就。就是“将就”这俩字把他给卡住的。

想了半天，决定祭出店名排除法。

人如其名虽未必，店如其名却不会错。

像非凡发艺、皇家帝豪美发、美威国际、宝姿造型东北亚总部什么的，便首先被咔嚓掉。

名字就透着low。

像韩时造型、时尚码头、流行密码、尚领发艺这几个，也拉入黑名单。

名字就透着土。

像醉佳形象、发源地、型动派、左岸发社、米兰形象吾的，也不能去。

名字就透着作。

像美尚汇、杰西美容馆、滟丹沙龙这几个，也不敢进去。

名字就透着宰你怎地的意思。

排除了半天，整个小区走遍，最后只剩下两个选择：

一家叫板寸王子，声称能剃出18种板寸36种平头。

任新蜂小时候没睡好，后脑勺是扁的，自然不会去这家。

另一家叫一剪梅，招牌以梅花为记。

身为一个文案，虽然工作上离不开，任新蜂其实特别烦谐音、对仗和押韵。他喜闻乐见一剪梅就叫一剪梅，没有灵机一动改成一剪美或是一剪媚或是艺剪魅。

心说那就它吧。

脚就走了进去。

正好有空位就坐了下来。

一个发型师颠过来，一边给他扣围巾一边说："哥，好久没来了吧？这次想剪啥样的？"

任新蜂说："稍微短一点，干净利索就行。"

发型师说："没问题，这个，哥，您是咱们这会员吗？"

任新蜂说："我就光剪，不烫不染不保养不办卡不存钱不买产品，好了你开始吧。"

就像刀没出鞘便给对方摁了回去，发型师被噎得腮帮子都鼓起来了。咬着嘴唇狠狠剪了好几刀，才把气给顺下去一点。又剪了几刀，觉得身后有眼睛在盯着他。

转头一看，果然是老板，手里还拿着个打分表。

他这老板先前花两万八千八百八十八去听了个成功学大师演讲，回来之后鸡血上脑两眼通红，决心要在五年内把一剪梅做到一百家连锁。为了提高服务质量，引入军事化管理，开店前做操跳舞喊口号不说，还搞起了末位淘汰制，每天给员工评估打分。

任新蜂的发型师已连续三天垫底，当下不敢怠慢，赶紧打起精神陪客户唠嗑，体现服务热情。

发型师："哥，您是干什么的？"

任新蜂："干广告的。"

"那跟我弟是同行哈，他是发小广告的。"

"不太一样。"

“怎么不一样？”
“我是正经广告公司的。”
“哥，您这公司的名字可真逗，叫正经。”
“对，因为我们老板太不正经了，风水大师说得改个名字避避邪。”
“那您是做哪方面广告的？”
“就是……正经广告呗。”
“现在电视里哪个广告是您做的？”
“我们一般不做电视广告，主要做互动。”
“互，互动？啥叫互动呀哥？”
“就是以互联网为平台……”
“噢，我知道了，就是没完没了老弹出来倍儿讨厌的那种玩意儿是吧？”
“我说，你没事都上什么网站呢？”
“可不就是那些嘛，你懂的。”
“我不懂！我们主要做做网站什么的，也有手机应用。”
“噢，你们是卖手机的？”
“不是，我们搞数码营销的。”
“数码？你们那有便宜数码相机卖吗？哥？哥？嘿，这都能睡着。”

任新蜂实在接不下去，只好装睡躲聊。没承想，他最近睡眠严重不足，眼皮耷拉着耷拉着就抬不起来了。他将美美地眯瞪半个小时，接着在醒来后发现，这家店也得改名字。

不能叫一剪梅，应该叫一剪没。

#一枚离职文案留下的文档#

某次饭局上，Mr. Circle讲了这么个笑话

扫码阅读

第13章
从头痛开始

丽华大厦的日班保安老金，最近心情不太好。

他儿子大学毕业快一年了，还没找着工作，整天在家里长吁短叹没摊上个好爹。要不是老伴拦着，老金早上前啪啪啪一顿抽了。倒不光觉得这熊孩子专注坑爹二十年，老金听不得这个——爹。他是被牢牢套住的小股民，特别忌讳跌啊输啊赔啊这些晦气字。

秉承中华文化的优良传统，自然谐音也是不成的。

所以今早一到班上，看见队长摊在桌上的那份报纸，他气得直打响鼻，想去洗眼睛。

映入他眼中的是这份广告：

老金想，做这广告的真是缺德没边儿。光跌不够，还要拼着跌拼命跌，看来今天不宜看行情。怀着对这广告的恨，继而他恨上这楼里那些做广告的。这恨呀，埋他心里好长时间了。他觉得不平衡：

凭什么那帮小屁孩，岁数比他小好几轮，个个挣着他好几倍的钱？

不就上过大学吗?

凭什么都是大学生，他们能进这么大的公司，他儿子就只配家里蹲?

呸!

凭什么他们九十点钟才上班，就这样还有好些是中午才进公司的，他却天一亮就得起?

这些做广告的都该杀!

天天在电视上卖假表卖减肥药不说，就说那些人的做派，是正派人就看不惯。一个赛一个的怪异。比方说那个小眼睛吧，男的烫头也就罢了，于谦不也烫头吗?顶那么大个爆炸头，直径得有三十公分吧?不热吗?不痒吗?不重吗?还有那个谁，白白净净一小姑娘，也挺爱笑，偏偏文个大花臂。这是想当女流氓吗?还有那个谁，阴阳头就罢了，甭管穿什么就一个字——紧。紧衣紧裤，是暗示自己紧吗?

也不知他们父母怎么想的?这要他老金自己的娃儿，早抡晕过去上老虎凳喂辣椒水了。

还有他们说话的样子。那叫一个哎哟。好好的中国人不说中国话，一张嘴就往外蹦英文词，还摊手，还耸肩，还嗯哼。装什么洋×!都忘了当年外国鬼子是怎么祸害咱们国家现在外国鬼子是怎么祸害咱们大姑娘的了?虽说祸害的都是高颧骨大脸盘单眼皮姑娘吧。

中国人这是怎么了?

中国还会好吗?

他想着，要是自己当上国家主席，第一条就是废除英语课。

学什么学!有什么可学的?!泱泱中华上下五千年文化博大精深，老祖宗的智慧还不够学吗?

老金背着手站在大厦门口，心里忧国忧民，脸上却一点看不出来。挂着笑，这叫专业。他听《三国》最崇拜喜怒不形于色的刘备。榜样的力量是无穷的。刘皇叔就是他的榜样。

一个老外走了近来，他赶紧给拉开门，侧身往里让。

这洋人他认得。派头挺足，好像是楼上那家广告公司里挺大的领导。名字叫什么大人?洋大人!真会占便宜。这洋大人有一怪癖：有电动的旋转门从来不走，非走这手动的小门，号称这么着环保。从来不坐电梯，都是走楼梯上的10楼。号称这么着环保又健康。

目送洋大人背影远去，他心里一哼：这要大清国还在，这要康熙爷年间，你给我开门都不配。

他姓金他骄傲。

爱新觉罗的子孙。

正儿八经正黄旗。

他接着想，当上国家主席第二步该干吗呢?恢复帝制吗?可能有点着急，得往后放放。

他思潮澎湃壮志拍岸，眼里可没闲着。

这不一个衣衫褴褛鼻青脸肿的鸡冠头青年想跟在那洋大人后头溜进去，就被他手一伸拦住了。

“干什么的？”他说，“看你可这儿逡巡挺久的了。”

“上班啊。CIRCLE公司的。”青年说。

死抠？名字是对的，那家广告公司确实叫这么个展现资本家本质的名字。

老金犹豫了一下，决定还是不能放他进去。

奇装异服和破衣烂衫的区别，他还是分辨得出来。看那人，领口被撕破了，衣服上沾满草根，裤子上都是泥点，脸上的伤很明显是新近被打的。这不就一露宿街头的流浪汉吗？没准儿还是一神经病呢。这要走眼放他进去，万一在里头砍人，再砍着那洋大人，那可是国际事件，他就该吃不了兜着走啦。老金想到这儿，紧张得心跳加速，退后两步仔细打量那人。

嘴里虽有酒气，眼神倒不涣散。身上也不像藏着刀。

老金这才把心放下，摆臂往外哄人：“走走走。”

“我真是CIRCLE的。”

“门卡请出示一下。”

“我今儿入职，得上去才能领着门卡。”

“那就是没有咯。对不起，这是高级写字楼，闲杂人等不能随便出入。”

“叫人下来领我总可以吧？”

“那你打电话吧，就在这儿打。”

“……我手机丢了，能借我使一下吗？”

“我怎么知道你不会拿了手机就跑呢？”

“任新蜂？”两人正纠缠不清，不想旁边忽然冒出来一个声音。

老金和那青年齐齐循声看过去，原来是Coke。

那青年正是任新蜂本人。

今天正是他入职的日子。

Coke挑了挑眉毛，把任新蜂拉到一旁，问他怎么这副鬼样子就来了，是又想出奇制胜吗？

“别提了。”任新蜂说。

虽是这么说，他还是把原委对她从头道来。

第14章
点背逆流成河

从头道来，就是从头发讲起。

原来，昨天任新蜂剪头发的时候，为了不愿意跟发型师聊天而假寐，结果弄假成真睡着了。他睡相不好，脑袋爱乱动。那发型师也是个新手，一推子下去正赶上他梦见有人敲门头猛地一抬，一大块头发没了。

等他惊醒过来，也只能面对镜子接受既成事实：

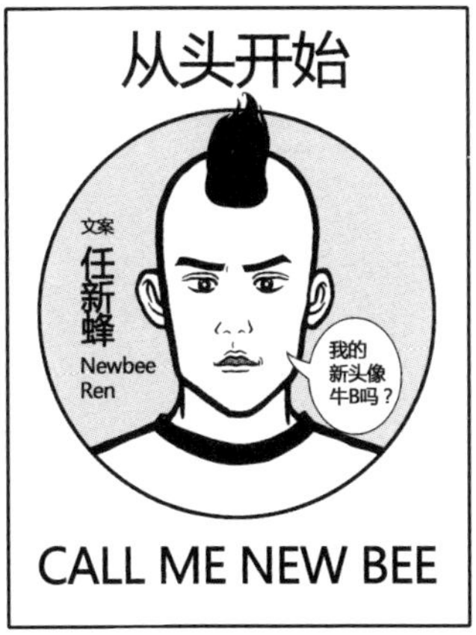

不过这么屌的结果，他实在接受不了。

最后只好老板亲自来救场。

老板一脚踢开发型师，按着任新蜂的脑袋左瞅右瞅半天，最后摸着下巴说，客人，我看您只有两个选择，要么干脆剃成秃子，好处是散热快，要么……请问您是什么职业？

任新蜂说干广告的。

老板说那我建议您干脆来一个屌的。

任新蜂他脑袋扁，连板寸都来不了，更别说光头了，只能是接受老板的建议，死马当活马医，再接再屌。

最后任新蜂就成了上面这样子。

好消息是理发店给他免单了。

更好的消息是那发型师当场被开了。

但他心情依旧低迷，就像外面的气压一样。为了转换心情，他决定晚上去吃顿好的。熬到了饭点他跑去ATM机取钱，发现卡里就剩451块。他存了50进去取了500出来，转身看见房东刚刚走过去。想必是去找他催房租的。

趁着没被发现，他赶紧闪进旁边的小路。

小路上黑漆漆的。路灯早被附近小孩给砸坏了。两边都是待拆迁的老楼，除了两三个钉子户早已经搬空了。钉子户们早已被断了电。

伴着月光走了一段，迎面过来三条大汉，一人一个啤酒瓶把他给围住了。

三人还挺有礼貌，说他们仨一见如故刚刚结拜为异姓兄弟想跟他借点钱去喝酒庆祝一下。

他好汉不吃眼前亏，乖乖掏出钱包递给他们。

不光五百新钞，他们连毛票钢镚都搜刮走。还不满足，接着搜他身，把他手机也摸走。

赶着这当口，任新蜂开口了。

他说当天是他生日，却悲催到只能一个人过，求他们留100块钱好给自己买个蛋糕。

结果他们一边大笑一边唱着生日歌就跑开了。

任新蜂在后边说，要不你们做做活动满100返20行不行。

他们的背影消失在黑暗里。

还好钥匙在兜里。

郁闷到极点的他回到小区，坐在广场石凳上摁着打火机哼了半天生日歌。估摸着房东应该回去了，才起身上楼。

果不其然，房东在门上贴了张条，两个意思：

一是让他买个信号好一点的新手机，别老接不着电话耽误事。

二是通知他下个月开始要涨房租了。

进门一摁开关，灯没亮。

所有灯都不亮。

冰箱也歇菜了。

电视也包大人附身，黑着个脸映出外面一轮月亮。

电用完了。

水呀电呀燃气呀这些事以前都是安琪管的。别说他不知道上哪儿买电去，知道他也没钱买去。

他泡着月光，坐在沙发上生了半天闷气，也说不清是生谁的气。

隐隐约约听到隔壁那小两口又开始吵架了。

吵着吵着又开始扔东西了。

扔着扔着又开始啪啪啪了。

这时月光忽然不见了。

被乌云挡住了。

噼里啪啦没有闪电没有打雷就开始下雨了。

他起身去关窗户，闻见外面的空气湿润得就像南方。

作为一个南方人，他其实一直更喜欢干燥的北京而不是衣服总晾不干的家乡。但那一刻他还是犯了思乡病。三年来的头一回。他想给家里打个电话，用家乡话跟父母聊聊——虽然他们说来说去就是要注意身体要按时吃饭不要老熬夜，虽然最后还是得骗他们说这边一切都好跟安琪也挺好的——不过他打不了。

因为手机被抢走了。

孤独感从墙角从书柜从沙发底下从各个角落生出来，叫他觉得那屋子一刻都无法再待。

猛地跳起来，奔出门去又折了回去。

想起冰箱里还有半打啤酒。一摸都是温的。

温的也喝。

边暴走边喝。边淋雨边喝。

他本来酒量还可以，可当时一没吃晚饭二心情不好三挨了淋，走着走着喝着喝着就醉了醉了。

醉到断片儿。

等他醒来已是第二天早上。

他发现自己躺在安琪家楼下的草坪上。

脸上有伤，衣服上也有伤。

不知今夕何夕了半天，他才猛地记起今天要入职。

虽不知当时几点，看日头已经不低，他顾不上回家换洗，一路跑到丽华大厦底下。

站门口喘了半天，才直起身打算进去。

谁知被老金给拦住了。

之后的事，Coke就都看见了。

Coke听完，顿时感到很头痛。

她知道，让任新蜂这样子去入职，定会导致自己被challenge（质疑）是怎么招的人。

任新蜂也感到很头痛，因为宿醉未醒。

第15章
好名字和坏名字

丽华大厦隔壁，是一间名叫宝金汇的购物中心。

这名字一听就是走高大国路线的。

自然平时客流很少。

从它1楼巨大的落地窗看出去，远处是灰蒙蒙的天，近处是Coke和任新蜂。他俩背着光，分立在一个临街垃圾桶的两边。各拿着一杯咖啡。各夹着一根烟。

咖啡自然是Coke请的。烟也是。

“安琪是……你女朋友？”Coke听任新蜂说完，一挑眉毛吐出了一口烟。

“前女友。”任新蜂说。

“多久以‘前’呢？”

“分手37天了。”

“呵呵，都满月了还这么痛苦，看来伤你够深的呀。”

“哈，被劈腿了，小三是我前老板。”

任新蜂不知为什么，喉咙一滑就说了出来。明明是这么丢脸的事，而且跟Coke只是第三回见。也许这些话一直都挂在他嘴边，只等有人问起，就作倾泻填埋处理。

而这一个多月来，还是第一次有人关心。

“呵呵，真巧了。”

“欸？你不会也被劈腿了吧？”

“也是差不多一个月前，捉奸在床，那贱货是我最好的发小，身上还穿着我最贵的La Perla*。”

---

* La Perla：被叫作内衣中的“劳斯莱斯”。虽然听起来很八星八箭的感觉，但它还真是意大利顶级内衣品牌。

Coke也不知为什么，喉咙一涩就说了出来。明明是想起来就恶心的事，而且明明跟任新蜂只是第三回见。

别看她平时咋咋呼呼的，这事她还没告诉任何人呢，连吴迪这个“基密”也不知道这个机密。

“靠，相比之下我也没那么惨嘛。”任新蜂扬起头，喝完最后一口咖啡。

“切，我才要感谢你。听到你的遭遇，我心情好多了。”Coke拿指甲把纸杯挠得嘎啦嘎啦响。

“不用客气，现在回丽华去吗？”任新蜂问。

“第一天进公司，你希望这个样子见人？”Coke从头到尾打量完他，又看了看时间。

刚刚九点半。

她敢拿一辈子不能喝可乐下注，赌这会儿偌大的创意部不会超过五个人到岗。

除了行政、财务和他们THC，业务部门所有人签的都是弹性工作制。

弹性指的必然不是工作量，是工作时间。名义上是不必朝九晚五。只要不耽误工作，员工可以自由安排时间。想什么时候上班就什么时候上班，想什么时候回家就什么时候回家。

玄机就在这“不耽误工作”的前提上。

就算在这经济增速、工作压力双双全球第一的国家里，广告也是苦逼榜上排名靠前的行业。干广告的要想不耽误工作，几乎没有不加班的时候。当然你也可以选择不加班，如果不想干的话。当然也有不加班的广告公司，那多数是没生意要倒闭的节奏。

因此弹性工作制的实质，是圈公司不想付加班费。

不过换了个好说法，便让员工感到受尊重，自己有主动权，通体舒畅精神爽朗士气倍增。更重要的是，公司为此省了不少钱。

这不过是洗脑术的一次小小成功。

广告业的一个小小注脚。

广告无处不在，不光是电视里播的报刊上登的打开网页跳出来的那些。

跟很多人以为的不同，其实，广告业并不推崇说谎。说谎成本太高，没有这个必要。广告从不无中生有。广告展示的，是精心挑选出来的、PS过的事实。并非事实的全部，只是一部分事实，用它来改变你的态度，让你感觉一切问题都能得到解决，以为幸福近在咫尺，而且很超值。

弹性工作制同样予人诸多幸福感，其中最重要的就是可以睡懒觉，不用攀登早高峰。

代价是见不着晚高峰。

别人约着吃晚饭的时候，你还在座位上找送餐单。

别人在家看电视的时候，你还在会议室里等外卖。

别人洗洗要睡的时候，你站路边等半小时了还没打上车。

别人睡美容觉的时候，你刚到家瘫在沙发上想着一会儿看个什么片子好。

别人在地铁里被挤流产的时候，你在梦里搞大了别人的肚子或者被别人搞大了肚子。

别人打完卡的时候，你才起床挠着头发满嘴牙膏泡泡。

别人已经背着老板刷了半天微博的时候，你刚出现在自家楼下跟黑车司机砍价。

广告人有时差。

而现在，正是多数创意的打车时间。

Coke知道时间还很充裕，正好早上也没什么事，便决定带任新蜂先去宝金汇买身新衣服。

既是为他好，也是为她自己好。

她出门前刚看的星座运势。上面说了，今天的幸运色是红与黄，所以她就穿成番茄炒蛋。上面还说了，本日转运箴言是予人玫瑰手有余香，所以她挑了任新蜂作为行善对象。

任新蜂嗫嚅着说，身上一分钱没有。

Coke说，没事，她先垫着。

任新蜂说，得等发工资才能还她。

Coke说，不急。

见她踩着高跟鞋嗒嗒嗒进了那购物中心，任新蜂赶紧嘬了最后一口烟，像个小跟班追了上去。

商场这会儿刚开门，基本没有客人。

扶着滚梯上2楼“俊逸男装”部的时候，Coke忽然想起一件事：“你刚才说，昨儿是你生日？”

“骗那几个劫匪的。本来想博取同情止止损，结果被嘲笑了。”

“就记得你不是处女座嘛，不然简历早被我拉入黑名单了。”

“要不要这么星座歧视？”

“处女座真的很恐怖。你老板就是个处女，以后你就知道了。”

“欸？面试我的那个光头？”

“不是Paul，是他手下直接管你的ACD（副创意总监），叫石霆。你知道吗？有一次他请我吃饭，想让我帮他找个射手座的文案——就是你这个职位——一顿饭下来，他全程都在忙着擦桌子，摆花瓶里的假花，摆正被我碰歪的盘子刀叉调料瓶。”

“还好吧，就是有点强迫症……”

“上菜的时候，我要拍照他不让，因为嫌layout（草稿）不好看。”

“很多art（美术）都有这职业病。他是art base（美术出身）吧？”

“没错。处女座的art，是世界上最龟毛的生物。我没说完呢。最后你知道他怎么着？他把吐出来的骨头、剩下的饭菜和用过的餐巾纸，都夹起来放到盘子上，摆成了一幅《嚎叫》。”

“你说得对，我真的不能这个样子去见他……”

弹性工作制是个好名字。

大家都不喜欢工作，所以大家都喜欢它。

转基因是个坏名字。

多数人一看到这三个字，就觉得一口黄金大米吃下去，自己的基因就会被转走。就跟自己的基因多好似的。

处女座本来不好也不坏，后来变成一个坏标签。

在很久很久以前，每个星座都有好的一面和坏的一面。后来，就像每个电影都需要大反派一样，人们发现需要一个大反派星座，好拿来取笑、吐槽、敬而远之和背后说坏话。这个光荣的任务就落在处女座身上。

作为一个典型的白羊座，任新蜂一点儿都不信星座。他曾经帮某个沐浴露客户编过一系列星座主题的长微博。比如这样的：

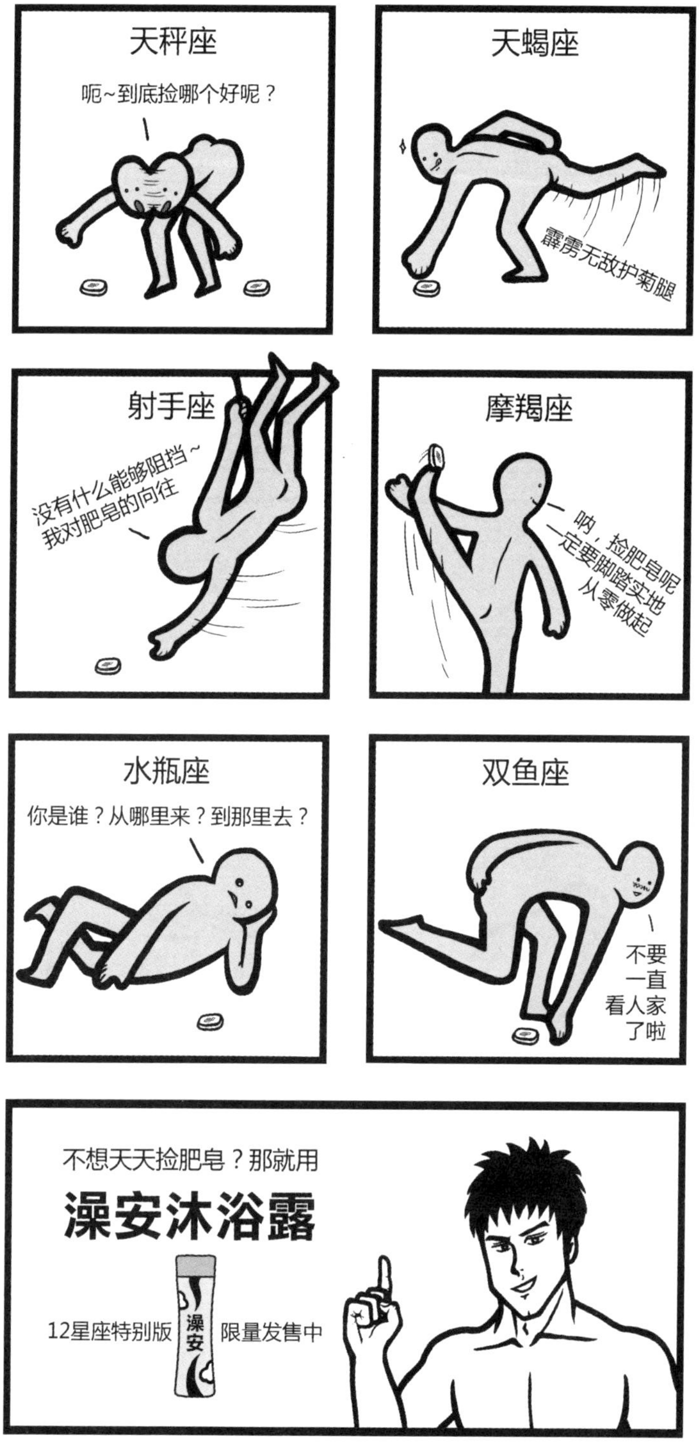
天秤座
呃~到底捡哪个好呢？
天蝎座
霹雳无敌护菊腿
射手座
没有什么能够阻挡~
我对肥皂的向往
摩羯座
呐，捡肥皂呢
一定要脚踏实地
从零做起
水瓶座
你是谁？从哪里来？到那里去？
双鱼座
不要
一直
看人家
了啦
不想天天捡肥皂？那就用
澡安沐浴露
12星座特别版
澡安
限量发售中

从头到尾，可不就是胡编？发布之后，居然不少人表示相当准相当厉害人家就是酱紫捡肥皂的呢。那时他就明白，星座这回事，你写得有多模糊不清，就有多放诸四海而皆准*。

现在他则相信，虽然还没打过照面，石霆必定也是个星座奴隶。

根据Coke的描述，他可真是太处女了。

太太处女了。

太太太处女了。

太太太太处女了。

处女得简直像是演出来的。

这说明他在按照星座书上的性格描述修正自己。放大那些符合成见和期待的——就算是不好的，比如洁癖、神经兮兮、吹毛求疵什么的。隐藏不那么典型处女的一面。反正已经是处女了，那我就该像个处女一样行事。

石霆的潜意识。

虽然他并没有意识到。

他就是这样被自己改造成处女座的。

穷其一生，他将会越来越处女座。

他并非唯一。

很多人也是这样。

你越是信星座，你就越容易变成你的星座。

因着他想要一个射手座的文案，任新蜂猜石霆喜欢这样的人：

乐观、热情、敏感、多变、喜欢挑战、工作狂。都是跟处女座互补的。任新蜂身上倒不缺这些。尽管如此，为了给他良好第一印象，还是可以在形象上强化的。为此，任新蜂挑了一件科幻主题的亮黄色T恤和一条迷彩裤子。

他还不知这一切都是白忙活。

结账的时候，他看见Coke从包里掏出一张黑卡。

想不到，她居然是个小富婆。想必是个富二代吧。既然这么有钱，为什么还要苦哈哈

---

* 此现象在心理学上被叫作巴纳姆效应（Barnum Effect）：人们往往会觉得星相学、占卜、性格测试神准。其实吧，这些东西都有个共同点，说得很模糊而且具有普适性，以致能够套用在大多数人身上。人都是相似的，大部分人根本没有自以为的那么特别。

从技术上来讲，这并不难实现，只要你能做到以下几点：1.让对方相信你的分析和描述都是为他们量身定制的；2.让人家相信你有钻研过，是个权威专家；3.把分析主要集中在正面描述上；4.多用“偶尔”之类的词，比如“你偶尔会非常有自信，但你也经常没那么相信自己”，然后，人家就会说你好神你是星座小王子大湿给我开个光吧。

地来苦哈哈的圈公司上苦哈哈的班呢？任新蜂百思不得其解。带着这个问题，从厕所换完衣服出来，他却左找右找找不到Coke。

忽然脖子上一阵凉意。

接着一股香味袭来。

慌忙转身，一看是Coke，手里拿着一瓶Armani Code男士香水。

“吓死我了，还以为赶上喷迷药的骗子呢。”

“你有什么可被骗的。这是送你的，你身上那什么……你懂的。”

任新蜂懂。一整天了，没洗澡又在外面跑，烂泥踩过，草地上打过滚，身上已经有味道了。

咳咳，突然旁边传来连声假咳嗽。

是个少妇。

穿着Valentino的套装，围着Hermes的围巾，挎着个军绿色的Birkin。

“嫂子？怎么会来这儿逛的？”Coke惊讶地说。

“昨晚接到Chanel销售的电话，说2.55新到店。这不吃完早茶我就来了。”那少妇说。

“2.55你不是有了吗？”

“哎哟，他们家最近又要提价了，我这可是投资。”

“我哥要知道了，得多欣慰呀。”

“你可别告诉他。这位是……？”

少妇指着任新蜂问。任新蜂连忙冲她点点头。

“我同事。”赶在他开口前，Coke赶紧说。

“同事？关系好到送香水？我看不只是同事吧。”

“那还能是什么？”

“你就装吧。这就是你跟妈说的那个男朋友吧？挺……有个性的嘛。”

Coke脸唰的一下红了，也不知是恼的还是害羞的，总之着急忙慌噼里啪啦一阵辩白。

越辩越黑。

任新蜂在旁听着，渐渐有点不是味：虽说确是误会一场，要不要反应这么大？倒好像受了多大侮辱似的。我有这么糟吗？

他不知道，Coke倒是愿意指认他就是她那个神秘男朋友。可是当着他的面儿，没法这么干，只能使劲否认。

正说着，Coke手机及时响了起来。

第16章
珍惜生命远离CIRCLE

给Coke打来电话的是小毛，今天将要离职的文案。

任新蜂顶的正是他的缺。

他问她新人什么时候到，想早点把工作交接完。

“这个破地方一刻都不想多留。”他的原话。

Coke如获大赦，赶紧借这由头和她嫂子告别，揪着任新蜂，三步并作两步回到公司里。两人背后都没长眼睛，看不到Coke嫂子的脸上冒出一丝促狭的微笑，接着从包里掏出一个Vertu手机。

因为任新蜂啥都没带，办不了入职手续。Coke特事特办，直接带他上了10楼创意部。如她所料，整层办公室，上百个座位，却只到了三个人。

一个是打扫卫生的阿姨。

另一个是ECD（执行创意总监）Darren Young，洋大人。这倒不稀奇，他每天到得都是这么早。虽说他每天都没多少事干。自打刘大卫上位自己被架空后，他的工作其实就剩下三样：

1. 包装案例参奖；
2. 在重要提案时列席微笑充门面；
3. 主持每月一次的内部培训。

熬过最开始的失落期之后，现在，对此他已甘之如饴。

领着高薪不干事，这是多少人的梦想？

他已经过了不舍力往前冲的年纪。自打恩师Dick下台之后，他对CIRCLE其实已经心凉。要不是有三个孩子一个中国太太要养，没准儿早都辞职回加州晒太阳去了。

在场的第三人就是小毛。他已经把自己的东西清理好，将工作交接清单打好，正坐在桌上等任新蜂来。

“毛儿，都last day了，怎么还这么早来？”Coke见到他的第一句话。

“早来早走，不想多看那帮烂人一眼。”小毛说，看了一眼任新蜂，“你就是那个新来的。”

“你好，我是任新蜂。”任新蜂迟疑了一下，还是伸出手去。

“欢迎来到地狱。”小毛却跟没看见似的，扭身指着电脑屏幕，告诉他各种文档都存在哪儿。完了之后，他拿出一沓纸递给Coke，“这些炮王都签好字了，你看要没落下什么我就走了啊。”

“嗯……都有了，对了，你的门卡呢？”Coke问。

“门卡丢了。”

“酱紫……按规定那可得从你工资里扣钱。”

“扣吧。”

“那好吧……那，呵呵，一路走好，以后开心点。”

“再见。”任新蜂说。

“最好别再见了。”小毛直起腰蹦下桌，环视了办公室一圈，叹了口气，便头也不回地往外走，留下任新蜂和Coke两人在原地，面面相觑。

“他……怎么这样？”任新蜂问。

“他就这样。”Coke答。

“他为什么走啊？”任新蜂问。

“听说……之前他负责一个项目。两百万预算，要拍三条视频。时间特别紧，当时他已经连续熬了五个通宵，周六还要大早上爬起来跟在美国出差的客户concall。结果上线早了，听见客户在电话里跟吴迪——一个Account，很快你就会见到——抱怨他写的脚本太烂。然后，他当场就崩溃了。”

“这也太那什么了吧？”

“他这人就是比较那什么。当然也不光这件事啦。这只是个导火索。”

两人正聊着，忽然看见小毛又走了回来。

“忘拿东西了。”小毛指着倚在桌边的一根棒球棍。

“刚才忘讲了。”临走前他对任新蜂说，“‘我的文档’里面有个叫‘贵○真×’的文件夹，大概1个多G，都是我以前收集的各种素材。本想拿来写一个关于广告公司的小说，但现在我不想写了。你要觉得有用呢就留着，要嫌占地方就删了吧。”

“哦……谢谢。”任新蜂说。

“Farewell（永别了）！”小毛托着纸箱，再次头也不回地走掉了。

“再……”任新蜂话没说完，就知没有必要说了。

他看了一眼Coke，发现她又在挑眉毛。

一边挑眉毛，一边东张西望。

“阿姨，这是新来的同事，麻烦您给他拿一套文具。”Coke叫住正拿着抹布从旁经过的阿姨。

“是正式的吗？”阿姨问。

“是contractor……还不是正式员工。”Coke答。

“那拿一套旧的就行了。”阿姨说完，一转身就离开了，全程没正眼看过任新蜂。

“你别介意，她就这臭德行。”眼看着阿姨走远，Coke拍了任新蜂胳膊一下。

“没事没事。”任新蜂说，磨了磨手掌。

怎么可能不介意呢？

他记得CIRCLE以前不这样。在这儿实习的时候，不是文具都随便拿不用登记的吗？他临走的时候，还顺了不少回学校呢，到现在还珍藏着一些。看来这三年，不光他自己变了，圈公司也变了不少。任新蜂想着，忽然感觉肋骨有点疼。

是Coke拿胳膊肘顶他。

原来小毛又回来了。

这回是忘了拿帽子。

“应该没落下什么了。”小毛戴上帽子，望着任新蜂，“大家都是文案，我最后送你一句话吧。”

“什么？”

“珍惜生命，远离CIRCLE。”

小毛说完这句话，又头也不回地走掉了。

任新蜂和Coke心照不宣，在原地又等了半天。

但这次小毛没有再折回来。

“我怎么觉得有点开局不利的意思呢？”任新蜂说。

“那你还要入职吗？”Coke说。

“当然。”任新蜂说。

这时一股浓烈的古龙水味道飘了进来。他转身一看，是洋大人。

“新来的同学？”洋大人说，“欢迎欢迎。”

想不到他中文这么好，一点口音也听不出。

“哪个组的？”洋大人问。

“Paul team的Copywriter。”Coke答。

“Then good luck to you。”洋大人忽然意味深长地笑了一声，便往男厕所走去了。

任新蜂还不知道，这样的笑容，他今天还要遇上很多次。

第17章
广告神殿走一遭

宝金街，东接雅宝路，西临金鱼胡同，曾被叫作“北京的麦迪逊大道”。

一度广告公司扎堆。

后来政府决定把它打造成“北京的第五大道”。

这儿就成了奢侈品一条街。

各种豪华酒店、豪华商场、豪华旗舰店和豪华公寓盖起来之后，整片区域的租金豪华大涨。其他外表光鲜的广告公司，先后都囊中羞涩地搬走了。

对这些公司的员工来说，却不啻是种解脱。

毕竟，一帮广告民工坐在一起参详上流社会的生活方式还可算意淫强身，每天从那些卖两个肾也换不来一把的世界名椅、奋斗二十年也置不上一辆的超级跑车面前经过，对不少人来说都是种刺激。大刺激。刺激大了。

不过，在圈公司上班的那些人，却没有这种幸运。

虽跟别的4A公司一样，全球金融危机爆发后的这几年里，CIRCLE一直在走下坡路。

丢了好些个客户，却没进来多少新业务。还在的客户，留得住他们的合同，留不住他们的预算。但圈公司毕竟是广告界执牛耳的，依然稳扎在宝金街正中央的丽华大厦里面。从8到12楼，一连五层。这全亏搬过来时年景好，以现在看来绝低的租金签了15年长租约。

先说12楼。那是高层根据地，一般员工都没上去过。

再跳回到8楼，这里由制作部、财务部和THC共享。

这一层号称loft风格，实情是装修时没留多少预算在这儿。裸露的柱子露砖的墙，清水泥的地面暴露的管道，以及明摆着的地位低。

9楼在内部被称为神殿，是CIRCLE的门面。

每一个CIRCLE办公室都有一处神殿。北京的这一处，规模全球第二大，仅次于纽约总部。

这是现任全球CEO上任以后，为重振河山计，所发起“一代宗师”品牌重塑战役的重头戏。目标受众，首先是股东，其次是客户和潜在客户，最后是员工。

既然事关自有品牌，代言人自然非已故的创始人Mr. Circle莫属。

既然是神殿，逼格自然不能低。这一点上全球步调统一，都采用Mr. Circle生前最喜爱的Art Deco装修风格。

一出9楼电梯，迎面便是占据整面墙的公司标志大理石浮雕。

转身向右，是一堆齿轮组成的圆形接待台。那些齿轮通常不会动。意思是偶尔也能转起来，如果有贵宾光临的话。边转还能边出响，响也不是乱响，能奏出整首《欢乐颂》来。

选这曲目有两个理由：

一、全世界人都知道它，要放瓦格纳的话就没多少人听得出来了。

二、传说Mr. Circle的不少作品，都是在这乐声下想出来的。

他是如此热爱这曲子，天天在办公室循环播放，以致手下不少人连席勒和贝多芬一并恨上。

选择齿轮联动，是要象征各部门配合无间、与客户唇齿相依。

接待台后面，常年站着两个身高一米七五的前台。一年到头面无表情冷若女神，这得算职业病。她们都是退役模特。

接待台前向左，木地板上嵌着64个金色脚印，代表公司成立64年。

脚印到头再往前，是一个三级台阶的圆形小高台。

这也有说头：代表客户、CIRCLE和消费者三位一体。

小高台上供着圈教的唯一真神——Mr. Circle的1∶1大理石坐像。

Mr. Circle侧对着旁边的太阳形落地窗，手持烟斗，眼神睿智，笑望红尘，若有所思。

天气好的话，在那能直接望到西山。

多数时候，红尘指的就是丽华大厦对面、和宝金街一步之遥的那大片待拆低矮大杂院。

雕像对面，常年摆着一把高背金属椅子。

扶手上刻有铭文：**请上座，Mr. Circle想和你聊一聊。**

你若好奇上了去，并依提示把头靠在椅背上，便会瞬时感到被一把磁性男中音钻入自己脑袋。好似脑海起潮汐。说的内容，倒没什么惊喜的。不过是Mr. Circle历年的演讲录音轮播。但这方式有点意思：是利用颅骨传声技术，跳过耳膜，把声波直接喂给你的听觉神经。

因为少了道工序，那声音便显得格外空灵可亲，俨然神在跟你说话。体验过的人都说，比58同城还要神奇。

因为无须耳机，而且除了你没人听得见。哪怕对方近在咫尺。

不过这实在不是什么高科技。当年贝多芬失聪后，每次要听钢琴演奏，都会紧咬住一根硬棒，然后把另一端抵在钢琴盖上。利用的是一样的原理。只不过他是用牙齿传导声波。

以高台为中心，周围环绕着大大小小、风格各异的圆形帐篷十几个。大的可容几十人，小的只够两个人对坐。都以北京地名命名，比如天坛、地坛、中南海。

它们多数是会议室。

客户自然最愿意在中南海里开会。

还有几间功能房。

其中一个小黑帐篷，全年无休播放Mr. Circle的演讲录像。

另有一个小金帐篷，摆满了北京CIRCLE斩获过的所有奖杯。

又有一个小红帐篷，挂满了CIRCLE公司所有客户的Logo（品牌标志）。

最受客户欢迎的是那个小灰帐篷，陈列着各种CIRCLE个性产品，可以不限量任取。当然，这仅限于客户。

从小高台到会议室的中间区域，摆着好几张获过红点奖的圆形概念沙发，供人休憩等候。

这些沙发都有一个共同点：样子特别有创意，坐着特别不舒服。

沙发中间，错落摆放着各种广告神器。这些个，才算有些技术含量。

比如不需要喂钢镚儿、只用对着大笑30秒就会吐出一听可乐来的自动贩卖机。

机身上写着一行大字：**娱乐消费者，就是我们最大的渴望。**

自然又是Mr. Circle语录之一。

相比之下，圈公司员工给这台贩卖机起的外号，更接近这份广告工作的本质。

他们管它叫作：死也要强颜欢笑机。

这同样不是多高的科技，入门级的人脸识别技术罢了。只比颅骨传声高那么一点点。和陈列在左右的空气触屏、体感、眼球追踪、AR、全息、互动投影等比起来要矮得多。就算不是新技术界的霍比特人，顶多是忘穿内增高的黄教主。

这些广告新技术也有一个共同点：客户看完都说很赞，就是很难为此埋单。

一般新人入职，只要带到这儿体验一圈，都会斗志昂扬热血沸腾觉得胸前的门卡更加鲜艳了。

一般新客户到访，开会前先带到这儿参观一圈，提案也会容易过一些。

这就是神殿的作用。

这一整套东西是如此卓有成效，以致很少人愿意正视其中的问题。

问题就是——太过了。

太过金碧辉煌。太过败家。

太过矫饰。太过赤裸裸。

太过傲慢。太过技术崇拜。

太过沉迷过去的荣光。太过科幻。

太过强势。太过没自信。

9楼的上面是10楼。创意部的地盘。

不过只隔了一层预制板，却是完全不同的风格。为了体现圈公司“像保护孩子一样保护创意”的理念，这一层的主题是游乐园。主要景观有：旋转木马吸烟室、充气城堡冥想屋、树屋会议室、头脑风暴泡泡池，以及台球、桌上足球、游戏机、按摩椅等各种设备。

这一招非常成功。

非常成功地把创意给宠坏了。

上了11楼客户部，又是一大变。

每天吹拂客服人员和Planner（规划师）的，是极致北欧简约风。说白了，什么都是白的。白得能让人性冷淡的那种白。这不光是为了格调，更多是基于心理学上的实用考量：

客服部是前线部队，要直接面对客户的炮火。

其中又以女兵居多。

女性的整体特点：踏实、细心、抗压、野心小、表达能力好，同时又容易情绪化，尤其是来大姨妈的时候。

Account们经常要耐着性子摁住火，游走在娇蛮客户和傲娇创意之间。

不单游走，还要管理他们。

不单管理，还要保证工作能顺利进行。

这时，白色能让人冷静下来。

现在，任新蜂就站在11楼的入口处，感觉自己快得雪盲症了。

第18章 欢迎来到最好的广告公司

现在是早间10点半。

跟10楼黎明般的静悄悄截然相反，11楼这会儿已经热火朝天像午市。

有的人甚至都忙得四脚朝天了。

前面说过，圈公司实行的是弹性工作制，客户们却不是。作为“客户和创意之间的桥梁”，Account上班时间得就合客户，下班时间却往往要配合创意。确实非常地有弹性。

任新蜂由Coke带着，穿行在他们中间。

铃声话声开门声，骂声笑声脚步声，还有打印声倒水声键盘声衣物摩擦声，声声入耳。他不感到吵，觉得是广告奏鸣曲。被这忙碌景象感染，他像只费尽千辛万苦终于找到组织的工蜂，心情一路从澎湃升级为亢奋。

一定要好好干，不然就真的被好好干了。

他在心里握紧拳头。

为了能被带到这里来“游街示众”，他努力了三年。

游街示众，是圈公司新员工的入职必修课。就是由专人带着整个公司走透透，认识各种人，熟悉各项制度和流程，学以致用各种设备。任新蜂已按顺序参观完8楼和9楼，现在跳过10楼，先来到了11楼。以下是他在这一层所见到的：

• 一间三面是玻璃墙的小会议室里，有个西装男把自己锁在里头。抱着双臂，嘴里念念有词。一会儿站，一会儿坐，一会儿原地绕圈。一会儿望天花板，一会儿看地板，一会儿直勾勾盯着墙。就跟要用眼神在上面戳出一个洞来似的。活脱脱一个神经病。

那不是神经病，Coke说，今天有大提案，他是在rehearsal（排练）。

• 一个姑娘甩着胳膊颠着胸，一路小碎步往前跑。因为低着头，差点和任新蜂撞个满怀。

他往旁边躲开的时候，瞥见姑娘眼睛是红肿的，脸上有泪痕。

• 一个衬衫男一边翘着兰花指打手机，一边花枝招展快步往前走。后边跟着一个实习生，手里抱着一大堆资料。忽然哗啦一声，实习生怀里的东西都掉在了地上。衬衫男停了下来，甩过脑袋来瞧了一眼，甩过脑袋去继续讲电话。

任新蜂赶紧上去帮忙捡。

• 一个软妹子，软软地靠着桌子打电话，软软地一直说着“好的好的没问题”。

等到对方挂上电话，她即刻现出女汉子原形，对着空气怒吼：傻×！

• 有一排桌子，人都不在座位上。

几乎每个位子上，都有一根紫色的小玩意儿。有的插在笔筒里，有的压在文件上，有的放在电脑边。那东西远看像小茄子，近看像小棒槌。

任新蜂刚开始以为自己看错了。揉了揉眼睛再确认。没错。确实是dodo的震震棒。

他之前买过一根，不过安琪不乐意，也许只是不乐意跟他一起用，所以一直没用上。

他心想，这这这大公司就是开放呀，这这这么私人的东西，就就就随便搁桌上？

他在那浮想联翩。这边Coke也看见了，却是一副见怪不怪的样子。

“这个呀，我也有。”Coke说，“他们组是做dodo的，有一大箱样品，也给了我一根。”

“……”任新蜂有点凌乱，不知接什么好。

“这个挺好的，工作累了用一用特舒服。”Coke接着说。

“……”任新蜂还是接不下去。

“像是颈椎不好啊脖子硬啊或是后背疼啊，对着震一震特别管用。”Coke继续说。

“啊？”任新蜂半天接了这么一个字。

“你需不需要？我帮你要一根去。”Coke又说。

“不用不用，我暂时用不上。”任新蜂终于接上了。

以下是他在这一层没见着的：

当他帮实习生捡东西的时候，一个身材娇小的女生捧着一个大大的野兽派花盒，从他旁边走过，到了垃圾桶边上，连盒子带花都给扔了进去。那正是那天地铁上被偷拍裙底的姑娘。

不过这错过并不可惜。

都在一个公司里，抬头不见低头见，现在不见稍后见。

他们注定不是路人。

11楼已经游完大半圈。

前面是一个拐角，任新蜂和Coke都没想到会有人忽然从墙后蹿出来。更让人想不到的是，那人戴着一个硅胶马头套，而且一把就抓住Coke的胳膊。

吓得Coke尖叫了好几嗓，引来好多人抬头望过来。

她一把揪下那人的头套。谁知头套下面还有东西，是个猩猩面具。

Coke又吓得尖叫了好几嗓子，这回没人看她。

她又一把揪下那人的面具。原来是吴迪。

那两样东西，是前一阵子吴迪去跟片的时候，在片场顺回来的道具。当时石霆和小毛也在场。他们也各自顺了一个草泥马头套和好几样东西。

拿回来，其实也没什么用，一直就搁在桌上当摆设。刚才正好看见Coke，就想吓她一下。

Coke气得踢了好几脚吴迪。

等她踢完了，吴迪才招呼她抽烟去。

于是他们三人就进了吸烟室。

“我来介绍一下，这是任新蜂，顶替小毛的。这是吴迪，AE，你们以后工作上会经常有交集。”

夹着烟的手指轮番指着任新蜂和吴迪。Coke为两人介绍。

“你好，我就是大陆人吴迪……”

吴迪话没说完，Coke就扑哧失声笑了出来。吴迪忍了一下没忍住，也跟着笑了起来。两人笑得直咳嗽。任新蜂完全不明就里，想跟着笑也没办法。

还好吴迪心细，看出他一头雾水。

吴迪：“你没听过这个说法吗？”

任新蜂：“什么说法？”

Coke：“著名的‘4A四种人’啊。”

任新蜂：“哪四种？”

Coke：“香港人，无情。台湾人，无耻。新加坡人，无知。大陆人……”

吴迪指着自己：“无敌。”

任新蜂恍然大悟地呵呵笑了两声。

其实他咂摸再三，还是没找到笑点在哪儿。

他笑，是觉得这说法跟星座一样可笑。不光不科学，而且政治不正确，他认为。

他还是太“春田花花幼儿园”了。

而等到日后，当亲身体会到这说法并非毫无道理的时候，任新蜂将越发感到不好笑。

“刚才说的是华人，那老外呢？”Coke忽然问。

“无……无所事事……无用！”吴迪说。

“哟，还是你本家。”Coke说。

“对了，Paul是哪里人呢？”这倒让任新蜂想起自己的老板来。

“你猜？”Coke挑了一下眉毛，弹了弹烟灰。

第19章
欢迎来到最烂的TEAM（上）

Paul Wong，是香港出生、台湾长大、英国留学过的新加坡人。

虽是百分百华人血统，精神上倒不折不扣是个杂种。

他中文名叫王宝。因为出了名地爱找小姐，不少人便土洋结合，把他叫成“炮王”（Paul Wong）。久而久之，这名字传开了，连老板们也常顺嘴这么称呼他。

他却以为那是大家英语有口音，虽然被这么叫时也答应，心底对此却颇看不上。

他的头衔是创意总监，拦不住很多人背后管他叫没创意总监。平心而论，他也不是一点想法没有，不大不小的广告奖也拿过几个，不然混不到今天这位子。只是他那几手全是打飞机的套路，遇到实际问题就ED。

归根结底，他的问题跟很多外来歪嘴和尚一样，是不接地气。难能可贵的是，他来大陆好几年了，还是那么地不接地气。这就不能不上升到人品问题了。

因着过稿率太低的原因，虽说一时半会儿动不了他，但大客户好客户全没有他的份。

别的创意总监，通常管着两到三个副创意总监。每个副创意总监下面，标配一个文案一个美指。这是创意部的标准人员架构。不光在圈公司，别的4A也大抵如此。

炮王却只分得一个副创意总监，还是别组的弃将。

他领着圈公司最小的创意组，做着最多最杂的客户。几乎都是别的组不愿意接或做不过来的。

他也没少被投诉。来自客户的、公司内部的，甚至是供应商的都有。活不好，创意不

on brief*，到时间给不出来东西……各种原因都有。

但他就是不动如山。

公司似乎没有让他走的意思，他也不嫌屁股烫。

这不能不说是种本事。

关于圈公司为什么留着他，有一种说法是他跟亚太区总裁弥勒佛（Miler Fox）是好基友。

证据？他当初能进圈公司，便是托了弥勒佛的福。这倒不能说是假的。

话说那几年，港澳台地区以及新马泰总监级以上广告人，纷纷转战中国大陆淘金。

他虽没那么资深，因为自觉在新加坡广告圈名声已臭，好在甭管真假手里也攒了一批作品，不如教育中国土鳖去。

就买了张去上海的机票，打算尝尝北姑滋味顺道考察就业市场，看看能投奔谁。

毕竟新加坡人在大陆广告圈数量虽不多，势力却不小。

他本来买的是经济舱，因为里程够了，航空公司便给免费升成商务舱。好巧不巧，就这么跟到上海开会的弥勒佛成了邻座。

登机的时候，他先瞧见弥勒佛行李箱上挂的CIRCLE铭牌，心思不禁一动。又看对方从头到脚都是定制的，定制的眼镜定制的西装定制的衬衫定制的皮鞋连袖扣都是定制的，便拿出苦练过的伦敦腔一路套磁。弥勒佛则以苦练过的普通话对答。

先套出来大家都是牛津的。

Paul说，您知道吗牛津出来的简称牛人。您知道牛人什么意思吧？就是genius，a big fish。

弥勒佛说，幸亏咱们不是剑桥的，不然就成了剑人。

又发现彼此都是Beatles的粉丝。

弥勒佛说，我其实讨厌John Lennon因为他娶了Yoko，我喜欢的是Paul Mccartney。

Paul说，什么叫缘分这就叫作缘分，你知道吗我也叫Paul，我也组过乐队呢。

最后总算聊到工作上。

---

* on brief：最常被Account挂在嘴边的广告行话，意思是“符合工作简报的要求”，这是检验某个idea（想法）靠不靠谱的首要标准。

这个短语在“牛×的创意们最讨厌的行话”排行榜上已经蝉联了好几十年亚军。因为一旦它出现，往往是跟在“不”字的后头。如果你是一个创意，如果听到有人（尤其当那个人是你老板的时候）对你说“不on brief”，那就意味着你又走错路了你的心血又白费了你的夜又白熬了你的脑细胞又白死了还是赶紧准备返工吧。

至于“牛×的创意们最讨厌的行话”排行榜冠军是谁？相信牛×的你也已经猜到了，一定是brief没跑啊。

Paul说，我是干广告的我最崇拜的人是Mr. Circle最想进的公司是CIRCLE。

弥勒佛却只是呵呵一笑就岔开话题。

临下飞机前，他才从上衣兜里掏出一个定制的珐琅名片盒，拿出一张自己的名片递给Paul。

别看弥勒佛以气势凌人作风强硬做事辣手著称，其实是个女王受，对熊一点抵抗能力都没有。

Paul长得五大三粗体毛浓密又蓄络腮胡，正是个标准的肉壮毛熊。

他给Paul名片其实就是个勾搭加试探。如果对方也是同道中人自然懂。

可惜襄王有意神女无心，Paul有颗纯直男的心，让弥勒佛空等了几个晚上。

回头说Paul。

他到了上海之后，疯玩了一圈，临了临了才想起要找工作的事，于是试着打了几个电话。正好有一个前辈在圈公司，刚好缺人手，就叫他过去公司聊聊。

他到时正赶上弥勒佛要去机场，便壮着胆跟弥勒佛远远打了个招呼。没想到弥勒佛还记得他。不但记得，还走了过去握着他的手连连问怎么没打电话。一直到司机催促再不走就赶不上飞机了，才恋恋不舍地撒手而去。

走到门口又回头，拿手放在耳边做听筒状，跟他打嘴形说"call me"。

他那前辈看到这架势，心想这小子上面有人啊，不但当场就问他什么时候能入职，还主动给了超出他期待的报酬和title。反正又不是前辈自己的钱。慷公司之慨拍老板马屁，这等顺水人情，甭管白皮黄皮还是黄皮白心都不会放过。

这就是Paul进圈公司的故事。

上海干了两年之后，他因为风评太差又炒不得因为"上面有人"，就被借故调到北京办公室。

北京办公室最初不明真相接收了他，没过多久便明白被摆了一道，但也只好打落的牙齿和血吞。因为上海办公室规模虽没有北京的大，却是圈公司大中华区总部，行政上管着北京办公室。

就这么着，他又在北京待了两年半，被各种不待见了两年半。

这就是Paul从上海来到北京的故事。

以上说的这些，有的他知道，有的他不知道，有的他装作不知道。

而他铁定不知道的是，此刻头顶上正有三个人在议论他，而且其中一个正是即将到他手下来做文案的任新蜂，即使他刚刚打了好几个喷嚏。

第20章 欢迎来到最烂的TEAM（中）

“后来呢？”Paul刚刚扭头打了个喷嚏，现在正抠着鼻屎问郝建。

要说还有比抠鼻屎更舒服的，那就是打完喷嚏抠鼻屎了。

要说还有比这更惬意的，那就是打完喷嚏抠着鼻屎还有八卦听了，尤其是跟客户以及大明星有关的八卦。

“后来只好重新布光。你也知道，这很花时间的嘛。客户干等着实在无聊，就开了陌陌在那摇，一摇就摇到了化妆师。就这么着两个人聊上了。干柴烈火聊得热火朝天。”

“后来呢？”

“后来摄影师忽然把我叫到一边。我以为又出了什么状况。原来他想让我去跟客户说，别在片场里玩陌陌，影响别人工作。你知道怎么回事？原来他跟化妆师是一对，当初就是陌陌好上的。”

“后来呢？”

“后来我就在那琢磨。要说吧，这确实是客户不应该。但人家毕竟是客户。这话怎么说呢？”

“后来你说了吗？”

“后来我终于打定主意了。这话不应该我说，得让Account去说。我这正想找吴迪呢，就听见那头丁零当啷乱成一团。原来摄影师等不及了，自己跑去找客户。结果越说越乱，两人当场打起来了。”

“后来呢？”

“后来只好临时换摄影师，还有化妆师。就因为这么个破事，又耽误了三个钟头。”

“后来呢？”

“后来制片到处刷脸打电话，好不容易找来了新摄影师，何兰那边又发飙了。因为拍摄进度一拖再拖，让她睡不成美容觉。”

“后来呢？”

“后来经纪人把她拉到保姆车上聊了两个钟头，这才下来答应接着拍完，拍完已经天亮了。”

“辛苦你啦。不过，嘿嘿，幸亏我没去成。”

Paul心满意足地伸了个懒腰。

这是在他自己的位子上，丽华大厦10层西南角的那个小小角落里。

时间是上午11点半。

郝建刚跟他汇报完周六进棚盯片的情况。说是汇报，其实就是午饭前的闲扯。

一天之计在于扯嗯晨嘛。

本来像这种工作上的小事儿，即便是闲聊Paul也很难提起兴趣。因为昨天拍的是资深玉女天后何兰，客户的新代言人，他才主动问起。

毕竟，青春期的时候对着她的海报撸过。

他本也打算亲自去片场，会一会这位曾经的梦中情人。结果周五晚上喝多了没起来，只好把怀旧机会让给石霆和郝建。石霆当天也号称有事，最后到场盯片的就只有郝建，结果就出了这么一档子事。

石霆，就是Paul手下唯一的ACD（副创意总监）。

郝建，则是石霆手下最好的AD（美术指导，简称美指）。

这自然是因为只得他一个美指的缘故。

今天之前，郝建还是小毛的搭档。虽说两人一直不对付，相看两厌，见面就掐，但在一点上却出奇地一致：

都觉得自己是这组里面最悲催的人。

公道一点说，小毛有这种感受，主要因为他丫是个重症文青。文青的自怜自恋，导致他的自怨自艾。他就是那种擅长自我悲情化并乐在其中的人。要搁《红楼梦》里，得是潇湘馆房客了。

他真正的悲剧在于，最近一段时间拿这当游戏玩大发了没hold住自个儿，结果便得了倦怠症。

归根结底还是有时间瞎想却没时间看书，虽说他是个文案。

He deserves it（他活该）。

相较之下，郝建认为自己最悲催还是比较走近科学的。

他上头的两个老板，石霆和Paul，都是art-based（美术出身）。美术嘛，一般只关心画面不看字。对文案既没那么在意，也就没那么多意见。但对美术就不一样了。

要不怎么说同行是冤家呢？

作为组里唯一亲自干活的人，郝建深受其害。一个layout出来，石霆必有一堆意见。

这边光不对。那边比例有问题。

这边景深不够。那边换张素材。

这根线减一个像素。这字号加一磅。

标题放到这边。标题放到那边。

嗯，标题还是放到这边。算了，标题还是放到这边。

郝建算过，石霆每说一句话，他平均要挪动500下鼠标。

亏得他能忍。

其实也不是他能忍，是他需要这份工作。

其实也不是他需要这份工作，是他需要这份工钱。

还好Paul意见不多。

他的口头禅是“差不多就行”。

问题是客服部和客户不这么看，而且他们往往还说不出太具体的意见。

他们最常说的就是，嗯这个，跟我想要的有距离，你们自己感受一下。

感受一下的结果，通常就是重做。

因为Paul太弱势，既在Account前没有话语权，更handle(管理)不了客户，最后当然是累死手下人。

像郝建去盯的这个项目，先前就已经改了十轮创意，最后实在没时间才定的稿。现在拍摄中又出了这档子事，还不知道后面会飞来什么幺蛾子呢。郝建一想起来就觉得头疼。

不过车到山前必有路，他决定先不想了，至少午饭前不想。

说到午饭，今天应该可以蹭顿大的，又能省下一餐。

因为有新人来，有新人餐吃。

新人呢？听说那又是个二货，只希望别跟小毛一样作。

座位倒是收拾好了，人影却还没见着，想必是游街去了。

就算是游街也该回来了吧。

郝建被饭辙勾得直起身子，四处张望。

没找到新文案的身影，却看见石霆怒气冲冲地从厕所里出来。

第21章
欢迎来到最烂的TEAM（下）

“怎么了？这回是水龙头滴水啊还是又有人在里头抽烟？”郝建问。

眼瞅着石霆从男厕里气急败坏地冲出来。

眼瞅着他坐在电脑前恨恨地敲鼠标。

郝建心里暗觉好笑，不由得犯欠想问他又碰上什么不开心的事，好让自己开心一下。

人生嘛，不自己主动找乐子，就只好沦为别人的笑料。

石霆刚开始不想理他，禁不住被问了好几遍。

“比这些都恶劣！”石霆说。

“那肯定是有人擦完手没把纸扔筐里。”郝建说。

石霆当真是恶心坏了，无心继续这个话题，而是话锋一转，跟郝建聊起工作上的事儿：“对了，我看了你前天去盯的那些硬照*。不行啊，一张能挑出来的都没有。”

“不至于吧。”郝建嘴上说，心想要来的终于还是来了。

“怎么不至于？所有片子里，何兰笑得那叫一个僵，都跟刚从停尸房里出来似的。”

“没办法的事儿，她肉毒杆菌打太多了，能笑成这样，按她经纪人的说法，‘我们兰兰已经尽全力了哦’。”

“这怎么当主视觉？怎么出街？做成路牌能保证晚上不会吓死人吗？”

“表情是惨了点儿，不过我已经brief修图公司，死了都要修……好看。”

“修不出来怎么办？你修？”

郝建刚想反击，Paul已经跳进来和稀泥，这是他为数不多干得还成的事儿：“差

* 硬照，摄影术语，即被拍摄主体特别突出的照片，通常指为广告和杂志拍的平面照。虽然名字硬邦邦的，其实大多数拍的都是软妹子。

不多就行了啦。人家客户昨天在场都没说不行，你就别太认真了。这又不是能拿奖的活。”

石霆一听就要跳起来。

他本想提议重拍的，仔细一想确实也不现实。预算、档期、时间都是问题。关键一点，Paul说的有道理，难得有道理一次：客户在现场已确认过样片了。现在说要重拍，那就是打客户的脸。根本不可能同意的。就算同意，客户又怎么跟自己的老板说？

依照石霆对客户的了解，到时一定会质问他，既然觉得不行，那天为什么不去盯片？

叫他怎么回？总不能实话实说，告诉客户自己面试去了。

可是要让这么一个东西从自己手底下流出去，他又实在过不了自己那道坎。

过不去也得过。

忍了半天憋了半天，他终于把满腔不忿嘬成一个牙花子。

声音虽然不响，在Paul听来却刺耳极了。

他也忍了半天憋了半天，最终回以一串咕咕声，从肚子里发出来的。

这回轮到郝建投桃报李了：“都饿了吧，吃饭去吧？对了，今天不号称有新人来吗？怎么还不见人？”

休息，休息一下，来玩一下找不同。

不是硬照

算是硬照

第22章
圈公司里遇见苍老师

其实任新蜂早就从11楼下来了。

公司上下走完一圈之后，他发现两件事：

一、自己刚来就已出名，面试晕倒一事早传开了；

二、所有人一听到他要去的team都笑而不语祝他好运。

隐隐有不祥的预感探出头来。

只好安慰自己：那不过是初到陌生环境所固有的不安，罢了。

其实心知肚明：这理由弱爆了，简直。

就这么一路忐忑到了10楼。正想回座位闯龙潭虎穴去，却被Coke拽着往相反方向走，说跟David Lau打个招呼先。

Coke说，你知道他吧？你老板的老板的老板，创意部实际上的老大。

任新蜂说，那早上遇见的鬼佬ECD呢？

Coke说，你说洋大人呀，他人挺好的，呵呵。

任新蜂虽也跟着呵呵，呼吸却不由自主有些急促。心情有些小激动呢，赛过要去见天王大哥。

在他们这一行里，刘大卫就是一线大牌。

实习之后又三年，终于要再度见到真人了。

早在实习前，还上大三时，任新蜂就见过刘大卫一面，不过当时刘大卫并没注意到他。连眼角余光都没收录。当然，就算真瞧见了也不可能有印象，因为现场实在有太多人了。

刘大卫那次是应邀去他们学校演讲。

题目是《我为什么做广告》，结论是为了改变世界。

那风度那风趣那风骚的正能量，直接风魔了在场一大批未来广告苦力。任新蜂也是其中之一。

他坐在底下仰望着台上的刘大卫，对着他额头的高光暗暗发誓：

绝不再荒废大学好时光。

要从今天起，努力学英语，努力做出大创意，以后要成为像刘大卫一样的人。

演讲散场之后，他看天色已晚，便修正了一下誓言，打算从第二天起开始努力。然后就又跟往常一样去网吧刷夜打装备。到了第二天，因为起得太晚，他又决定缓一天再开始努力。然后就又跟往常一样翘课宅在宿舍打装备。就这么一天天往后延，到头来，大学里哪怕一天学霸他也没当成。光顾着立志跟打装备了，连四级都差点没过了。

一直到实习前，他跟家里大吵一架后才痛定思痛，卖了装备格了硬盘，随后揣着那大学里最大的收获——几千块钱——登上了开往北京的飞机，就这么咻的一声，把自己空投进了现实。

现实那时对他还不错，赠他一枚在CIRCLE工作过的老乡，辗转得着一个无薪实习的机会。就这已经不知让多少同学羡慕嫉妒恨了。

实习就如梦一场，梦里都是他没见过的新鲜词语新鲜玩意儿新鲜做派新鲜气象。梦里倒是常见着刘大卫的身影，就是从来没机会说上话。梦里信息量太大，他刚开始有些虚不受补，锁住元神之后才庆幸：还好大学没怎么努力过。

广告实操性这么强的行业，大中华区市场水这么深的地方，天朝消费者这么大的差异性，那些一天广告没干过的老师教的那些陈芝麻烂谷子，说百无一用都是拣好听的说，得努力才能不被带到沟里去。

实习之前，他连广告公司要用PPT提案都不知道。

实习之后，他头回知道自己想要什么：进圈公司。

毕业后一直为这目标在努力。一直没被看上，念想就老只是个念想。这叫什么？时也命也。说什么“只要努力总有一天梦想会实现”这种片儿汤话都是安慰自己跟父母的。一直到了今天，任新蜂才有底气说，功夫不负有心人。

他跟着Coke往前走。

先经过一台自动贩卖机。

Coke随口说这台贩卖机比较贱，经常投了钱东西不掉下来。这时候怎么办呢，就得踢它两脚。

说着就有人过去演示了。

又经过茶水间。

Coke指着冰箱说，那里头有一格，存了不少啤酒，千万不要偷喝。那是姐夫的。他有时候在12楼闲得无聊，就会下来溜达，拎着啤酒，边喝边逮人聊天。

姐夫，就是Jeff。Jeff，就是CIRCLE北京的董事长。

圈公司今天在中国有这样的局面，都是他一手打开的。

又走了一段路，远远瞧见东北角那聚集了一群人，正闹哄哄如动物园拿货。坐在那附近的人纷纷遭了殃，不是抱着电脑远走他乡，就是戴上耳机干活。表情嘛，都是“推开窗户想透透气却发现那群老娘儿们又在楼下跳广场舞了”的那种。

那个犄角旮旯，正是刘大卫的位子。

圈公司为了打破层级隔阂，两年前大动干戈，把所有独立办公室的隔断都给拆了。

这也是全球新任CEO的新政之一。

现在办公室成了片草原。那叫一个能跑野马，那叫一个纵览无余。

老板一站起来就能看见手下在干吗。

手下一站起来也能看见老板在干吗。

所以呢……

中层们都很不开心，因为没有隐私了。基层员工也很不开心，因为没有隐私了。只有最高层很开心，因为没有隐私了。好在甭管开不开心的，久而久之也就都习惯了。

任新蜂和Coke走到近前，听了几耳朵，才知道那些人是在review（复审）dodo的创意。似乎是创意和客服意见相左，又谁也说服不了谁，只好来找刘大卫定夺。

难怪11楼那一整组人玩失踪，原来都被喊到这来充阵仗了。

“这个创意还蛮……夺眼球的啦，可是……说实话哦……不on brief吔。”

一个声音传来，又软又嗲像团棉花糖。

Coke是早听惯了的，口已经重，倒没觉得有多腻味。

任新蜂却猝不及防，起了一身鸡皮疙瘩。

虽被挡着看不真切脸，倒也好猜，说话的定是个台女。也许还是个丑女。深知自己丑所以要别人注意自己内在女人味的那种丑。

再往前走两步，任新蜂才知道自己错得没边儿。正发表意见这人——他还不知道名叫布兰达——有张相似度在九成以上的明星脸。根本就是贫乳版的苍老师！

照面打过后，任新蜂顿觉听她说话其实也没那么难受了。

甚至对圈公司苍老师由厌生怜，由怜生了想要保护她的心。

他完全是想多了。

布兰达其实是圈公司北京办公室里最强势的BD。不是明面上的那种强横，是迂回曲折想方设法必须照她意思来的那种。很多人领略过后，宁愿自挂东南枝也不敢再对她有幻想。

而她说话的软嗲，与其说是有心机的软硬兼施，不如说是一方水土养一方人。她来自没有一个人不能说会道而且没有一个人说话不娘炮的台湾嘛。乡音改不了的嘛。她也无须改的嘛。

港台的口音。

白人的脸。

怒长的幻灯片。

三百六十度的贱。

至今仍是各大4A公司用来忽悠客户尤其是土豪客户的四大件。

虽然最好的时光早就过去。

这边布兰达正示意手下人找出brief，那边始终未发一言低头看电脑的刘大卫却把脖子一歪。就像只猫头鹰。

就像只猫头鹰。

他说，有事吗?

他看的是Coke，问的也是Coke。

Coke忙说，没啥事这是炮王组新来的文案我带他过来打个招呼不然我们一会儿再来好了。

“不许走不许走！”布兰达抢跑，“正好抓你们当壮丁，帮我们鉴定一下哈。”

说着，她把电脑转了过来：

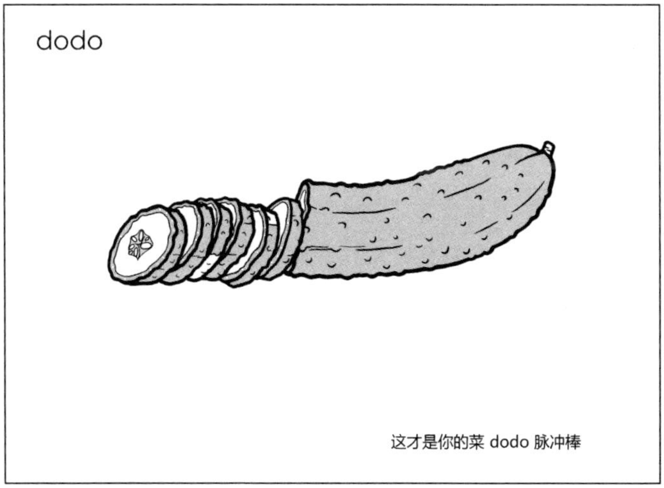

“要说实话哦，看了这个广告你会买吗？”布兰达问。

第23章
初来乍到搞搞震（上）

“这个吗？呵呵，这个嘛……”

Coke语速骤降，前一秒还在六环外贴地飞行呢，下一秒就趴在国贸桥上这个这个龟速前进了。

所有人齐刷刷把目光投向她。一边是女的，都是客服部的。一边是男的，都是创意部的。全在等着看她给不给好评。

两边争了一上午，词都穷了舌也干了，都起意要拿她当最后一根稻草使，好结束这场内战。

压力顿时有点大。

Coke倒不是不好意思谈论情趣玩具。都是成年人，没吃过猪肉也见过猪跑，更何况她其实有一堆心得，布兰达这壮丁真是抓着了。再者说，她的词典里就没有“不好意思”这四个字。她在考虑怎么说比较委婉呢。

作为与创意部对口的THC专员，她很了解这帮爷都是什么牛鬼蛇神。有多被宠坏就有多崩坏。有多膨胀就有多脆弱。有多爱开玩笑就有多开不得玩笑。有多张牙舞爪就有多玻璃心。说白了，就是没有艺术家的命还得了艺术家的病。

那是传染病，借由环境、语气、眼神、订盒饭以及加班时长进行传播。越是年轻越没抵抗力，因为年少无知，也因为年轻气盛。

可Coke舌头卷了半天，才发现自己词典里也没有“委婉”这两个字。她的词典缺页可多了。她擅长的技能里面，离委婉最近的也就是呵呵了。

“欸，亲，你造（知道）吗我后面还有会，求你不要再磨蹭了啦，表（不要）一有帅哥在就装羞涩好不好？”

布兰达等不及了开始催，边说边拿手指随便画了一圈。立马在场诸公都觉得帅哥是指自己。气氛果然一下缓和了不少。

她乘势又推出那问题：“快说啦，看了这个广告，会买，还是不会买？”

既然婉转臣妾做不到，那就只能学小崔了。

“不会买。”Coke实话实说。

“为什么呢？”现在是刘大卫发问。

“我不喜欢黄瓜……”Coke继续实话实说。

“就因为你不喜欢黄瓜……呀！”

Coke话还没说完，就遭旁边一人抢白复读。不是别人，正是dodo组的CD。巧得很，这位CD的英文名也叫作CD，因为中文名叫陈东，最大爱好是收藏CD。

至今坚持不用iPod不听MP3只听CD，但是他用iPhone。

而他给自己选这名字的时候，最大梦想是当CD。

但这还不是圈公司里英文名最奇特的，不过那是后话了。

现在，先让我们回到刘大卫这人满为患的桌子旁。

布兰达听他说完，乜着眼，眼角假装不经意露出一丝讥讽的笑意，咯咯乐道：“欸，她又不四（是）创意。她就四目标消费者啊，消费者就四主观的啊。”

“我觉得吧，她根本就不懂创意，也没明白这稿子的点在哪儿！问她根本是白搭……”

CD手下的一个胖美术也加入进来，火力全开，炮口却完全拧了方向。

所谓猪一样的队友，就是指这样的。

这人面团团的，看上去就跟其他胖子一样和善，言辞里却有敌意藏不住。

他指着Coke大声嚷嚷，差点戳到她的脸。

这么激动，倒也不全是护主心切，主要这个创意是他想的。此外还有一层不足为外人道的原因——他对Coke有恨——由爱生恨的恨。他曾猛力追过Coke一段时间，后来还在某次公司大会上当众向Coke表白，结果被当众拒绝了。

Coke假装没听见，布兰达倒是回他一颗子弹：“你的逻辑好interesting哦，广告做出来让人看不懂，要怪消费者吗？”

刘大卫这时终于开了口：“没礼貌。把手放下，让人家说完你再讲，OK？”

他瞪了那个美术一眼，又扫了CD一眼，最后捎了布兰达一眼。

Coke虽抿着嘴没说话，但仍被任新蜂捕捉到她把一边的眉毛挑得飞高。

虽然不熟，也看得出来她要爆发。

“继续继续。他们说话比较直啦，别生气哈。”布兰达拍了拍Coke肩膀，又撩了撩她头发。

Coke打小在家被当成个宝捧着，上了班因为工作性质也总被各种人捧着。

就算有时候出点小差错，仗着一双无辜大眼和不错的颜，也总能嘻嘻哈哈应付过去。

虽没公主病，哪受过这种指摘？

本来火已经压下去了一些，让布兰达轻轻这么一撩，噌噌又往上冒。

她拿手梳了好几趟头发，这才接着说：

“先声明，我不喜欢的可不是黄瓜，是黄瓜切片。黄瓜我最爱吃了。甭管怎么做都喜欢，除了黄瓜切片。都是那个烂笑话*给害的。一看见这四个字就觉得骚气。

“所以呢，拜托，不要再嫌别人不明白你的梗了。是什么高级新梗吗？超级老梗了好吗？就算推迟退休到65也够岁数领退休金了吧。一边领退休金还得一边被人笑。不是真的哏喔，呵呵，是这么老的梗还出来招摇，根本就是个笑话。

“也就是有的人，还拿它当个宝似的，就跟拿自己当个宝觉得谁都得喜欢他一样。

“想到它的时候觉得自己很牛很博学广闻很过目不忘吧？

“做出来之前就没想过要问问女同胞什么意见吗？

“这产品可是要卖给女生的。

“刚才没好意思说，怕太直接伤着人。其实吧，作为一个消费者，我对这个idea不光不买账，根本一看就有生理性反感。说得好像每个女的都会用黄瓜自慰似的。我就没用过。我认识的女生里头也没人用过。

“谁要用啊？那么脏，顶上带花易折断，没准还有农药残留。谁需要这个呢？

“真是的，也不知道从什么时候开始，一说到黄瓜你们男生就只会联想到那个。一看到有女生买黄瓜就互相露出那种意味深长的笑。真是够了！

“听我一声劝，别再这么干了，一点不幽默，很黄很猥琐的好不好。

“我赌十块钱的，这个创意要是真流出去了，绝对一百个女生看一百零一个恶心。多出来那个，还在妈妈肚子里呢。你们男生知道那是什么感觉吗？

“就好比你去肯德基打算买奥尔良烤翅。结果店员跟你说，先生不好意思，鸡翅卖完了，要不然您来个原味鸡吧。

“虽然不很贴切，差不多就是这个意思。我说完了。

“以上就是我的一点完全不值得参考的个人意见。我说话比较直，请大家不要介意哈。”

回应她的，是一片沉默。

所有人都在暗暗咂舌。

Coke这一番爆发，就像往可乐里头撒了把盐，相比平日简直就像换了个人。

连她自己都没料到，怎么突然间反应就这么大呢？或许是大姨妈快来了吧。也可能是

---

* 你都翻到这一页了，说明你很可能是个干广告的。你干广告，一定要上网的。你上网，一定听过这个笑话。不过世事无绝对，万一你真没听过这个笑话呢？万一这么小的概率发生在你身上，请往这边看：某日，女子监狱发生骚乱，场面异常混乱，狱警招架不住。狱长见势不妙，拿起麦克风大喊一声，骚乱立即停止。他说：再闹下去，今天晚饭的黄瓜就切片！

那美术又胖又over，指着她跳脚嚷嚷的画面不堪到无法忍受。

那个美术看Coke在瞪他，越咂摸越觉得无趣，不禁越坐越低，眼看就要沉到桌子底下了。

“我要发言，其实我也有同感，虽然没那么夸张啦。”布兰达忽然很夸张地把手举起来，假装是在课堂上，脸上倒是挂了一丝胜利的得意。

死创意，有什么可坚持的？告诉你不行就是不行，非得等到Coke来打你们脸才愿意认清现实。现实就是这个创意真的不行。完全拿不出手。客户看到的话会疯的。

话说回来，Coke很给力嘛，改天得请她吃饭才行，顺便打听打听新八卦。她们那边的八卦都是走上层路线的。

布兰达一边想着，一边拿眼神示意手下姑娘们上前表态站队。

“我也是，有点恶心。”

“我也是，看完之后整个人都不好了。”

“我也是，一会儿午饭不能点拍黄瓜了。”

“那……那我也是。”

她手下的那几个姑娘，刚才一直缩在后头没开口，现在则如大梦初醒，忙不迭地跟着举手。

至于创意们，心底自然还是不能服，只是给Coke煞到了，一时间都有点蔫。

人啊，都是欺软怕硬，没有不势利的。

创意们集体看向CD。CD也没想好怎么说，只好看向刘大卫。

刘大卫从电脑前抬起头来，想了想，看向任新蜂：“你呢，有什么想法？”

第24章
初来乍到搞搞震（中）

“哪尼？我吗？呃……嗯……欸……这个……”

从刚才起，任新蜂就盼着自己也被点将。现在真被刘大卫问到了，却来一通支支吾吾。

要说想法，他还真有一个，就是思前想后不知当讲不当讲。

倒不是怕刚来第一天就得罪其他创意，是临到阵前忽然发现自信掉了。

要说那想法吧，似乎也不是很on brief，要不还是别说了？可就算不靠谱但还是有点意思，要不就说了吧？仔细一琢磨，好像也没那么有意思，要不还是别说了？再没意思起码比黄瓜切片靠谱，要不就说了吧？就怕刘大卫听了会觉得特次，要不还是别说了？既然被点了名总得说些啥否则会被看扁的，要不就说了吧？但是说出来不会也被认为是侮辱女性吧，要不还是别说了……

说与不说之间，任新蜂一顿腾挪忙。连说带演都是走心的戏，一人分饰二角累得可够呛。

旁人不知道，光见他表情一瞬狰狞一刹光明，纷纷交换眼神说这人莫不是传说中的“男神”——男神经病。

刘大卫等半天没听出个脆屁来，叹了口气正要说自己的，任新蜂打定主意了。

说！犹豫个毛啊！说了又不会死！不说一会儿才得后悔死！

啪！他乘人不备，在内心深处自抽了一巴掌。

实在是讨厌自己这种黏稠性格。

老是想太多。

还不抵总被人批评的话太多呢。

抽完自己，他就又魂魄归一，复原成那个话频话密话不净的任新蜂了。

“我有个想法，可能不太靠谱哈……”

他说着，举起手里那几张纸。

刚才Coke发作的时候，他一直在研究这份brief。边研究边转眼球，一副若有所思的样子。刘大卫就是注意到了这个，才问他是不是有什么想法。

“照这上面说的，这款震震棒其实不是新产品了。它的市场占有率已经很高，以致最近遇着销售瓶颈。所以任务很简单目标很明确，就是促进销售……”

“这些个我们都比你熟。你就快说说你的想法，让我们也见见世面呗。”胖美术又来打岔。

明明不是这一组的，又是新来的，非得掺和进来，表现欲要不要这么强啊？更叫人不能忍的是，早上撞见他跟Coke一起捧着咖啡进的公司，这两人到底是什么关系啊？

此刻胖美术的心底，泛起了酸翻腾着辣，打个鸡蛋进去就是一碗酸辣汤了。

Coke就是他的那杯热茶，虽然痛了也放下了，但就是做不到当没发生过。

“……噢……好……那个……我以前FMCG*做得比较多。其实不是比较多，就没做过其他品类的客户。照以前的经验，单纯促销的话，最有效就是打折跟买赠。

“但如果目标是开拓市场潜力，也许可以在增加使用频次或创造新的使用时机**这上面想辙。或者，既增加使用频次又创造使用时机。我举个例子，比方说酸奶……”

“停！不举栗子别人也不会以为你不举。铺垫了半天，你不会是想建议买棒棒送套套吧。这种三岁小孩都想得到的东西，能体现CIRCLE的价值吗？”胖美术又跳出来了。

“不是啊。”任新蜂挠了挠头，实在不明白哪里得罪了他。

“我说，你是不是被个叫阿岔的人给抢过女朋友？”Coke也跳出来了。倒不是为了挺任新蜂，是刚才那口恶气还没出完。

“什么？我没女朋友。”胖美术说。

“那你这么喜欢打岔？”

“现在是你打岔还是我打岔？”

“David刚说过的，要有家教，让人家先说完你再发言。是不是啊David？”

任新蜂半天没说到点子上，刘大卫其实多少有些抓狂了。但又不好打断他，因为刚训

---

* FMCG是Fast Moving Consumer Goods的首字母缩写，即快速消费品，指的是那些使用寿命较短、消费速度较快、消费者需要不断重复购买的产品。食品、饮料、化妆品、洗涤用品、电池、卫生纸……都是典型的快速消费品。广告人也是。

** 创造新的使用时机：消费者买的并不是商品本身，而是其用途或附加值，即所谓的“产品利益”。创造新的使用时机就是指通过开发旧产品的新用途或新用法，来满足新的细分产品市场需要。比如三得利的角瓶威士忌，近年来大力推广一种名为“High Ball”（嗨棒，即将苏打水掺入威士忌之中）的新喝法。这种为正统威士忌爱好者所不耻的饮用方式，却因成功营销而广受欢迎，成功打开日本的年轻人市场。这就是老瓶灌新酒的一个成功典范。

过众人不要打断别人说话，这么干无异于打自己脸。

他只好又开始深呼吸。从一默数到十完毕，并不接Coke的下茬，只去问任新蜂：“嚟直接讲，怎么能既增加使用频次又创造新的使用时机？”

“我刚才在11楼游街的时候，发现一件很好玩的事儿。

“好多人桌子上，都放了一根这个——震震棒。

“似乎就是这几位大姐引领的风潮。说错了，不是大姐。当然也不能是小姐。更不是大小姐。反正就是姐几个吧。

“什么？你们都不知道这事儿？平时都不上11楼吗？那你们可能也不知道，他们拿这东西干什么吧？可不是摆在那儿辟邪或者偷偷带进厕所暗爽的，是拿它来震震肩膀揉揉脖子缓解颈椎问题。

“震震棒和按摩器，原理都差不多，就是一个字，震。

“听说，我也没用过只是听说而已，震震棒的按摩效果要比很多专业机器还好。

“是吧，几位姐姐？

“所以我的想法就是，能不能把这个先进经验推而广之，造福广大苦逼都市白领女性呢？

“一根震震棒，带来两种满足。

“内用外用均有奇效，居家上班必备良药。”

“所以，是一石二鸟咯？不好意思，帮你总结一下哈。这样做一是帮老用户发现新用途，然后把震震棒用得更狠。用废了现在那根好赶快给我再去买新的。二是去切按摩器市场的蛋糕。听起来make sense（靠谱）呀，你们觉得嘞？”

虽然说的是你们，布兰达却只看刘大卫。

“你觉得怎样？有问题吗？”刘大卫转头问CD。

“角度倒是很刁钻，准头可就不好说了。”CD说，“我有个问题哈。”

“说。”

“一般中国白领女性会在办公室里公然掏出一根震震棒来给自己做颈椎按摩吗？”

“我们都会啊。”这回不用等布兰达示意，她那一众娘子军就已经纷纷指自己拍胸脯了。

布兰达感到很欣慰，欣慰得想捶胸。

“你们不是一般中国白领女性啦。”CD说。

“那我们是什么？”

“你们是一般中国广告从业人员。”

“难道干广告的真是民工，连白领都算不上？”

“你们连做市调都会被排除在外的好吗？不要再把自己混同正常人了。”

“我们哪里不正常？”

"Stop it，OK？"刘大卫突然一顿鼠标，"现在听我讲，OK？"

现场立马安静下来。

"他讲了好多。"刘大卫指着任新蜂，"浓缩成一句话就系，震震棒也能当按摩器。CD的担心是有道理的。所以我的判断是——至少在介个campaign*上——不，靠，谱。"

啪！啪！啪！

任新蜂听见三个巴掌逼近。

"不过……"刘大卫继续说道。

* campaign：又是常用广告行话一枚，其实并无特别合适的中文可以对应，勉强可译为"广告战役"。

问题：相较之下，你觉得"广告战役"和"Campaign"哪个装B指数更高？

第25章
初来乍到搞搞震（下）

“不过……”刘大卫继续说道，“他有一样东西，却系你们这稿子里没有的。”

你们，指的当然是dodo组这群眼下鸭梨山大的创意。

“那系什么？insight（洞察力）呀，大师们！虽然，有insight不见得make sense，没insight就定会被challenge（挑战）。”

刘大卫说完，在杂货摊一般的案头翻了半天，便自顾自转过身去，拿椅背对着众人。

等他转过来的时候，已经戴了一副眼镜和一个领结。

所有人都吸了一口气并无声地达成共识：

这老贼实在是太爱演了。很难让人不怀疑，他那么喜欢灭idea敲打创意，并非出于标准高，只是要满足自己的表演欲。

刘大卫转过自己的电脑屏幕，面朝众人春暖花开：“介些系我刚才上网搜到的truth，你们感受一下。”

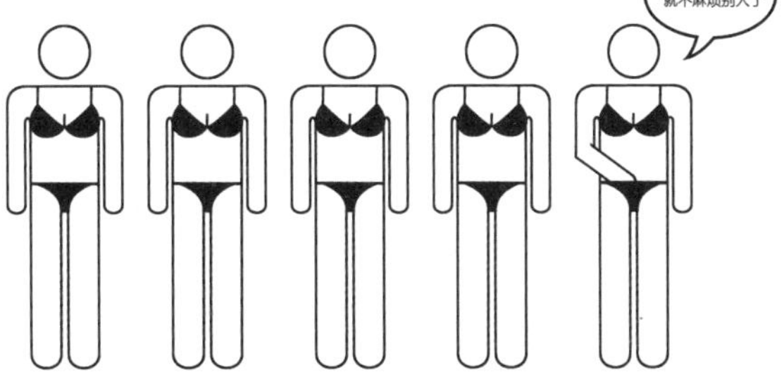

在自慰这件小事上，20%的女同胞坚持每周至少来一发

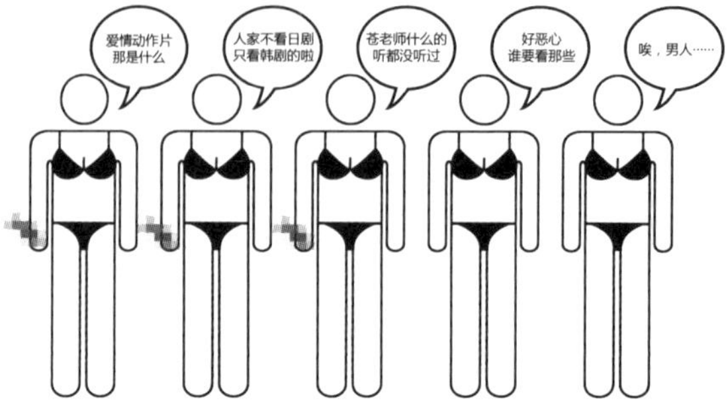

60%的女性声称从来不看AV，却至少买过一件情趣玩具

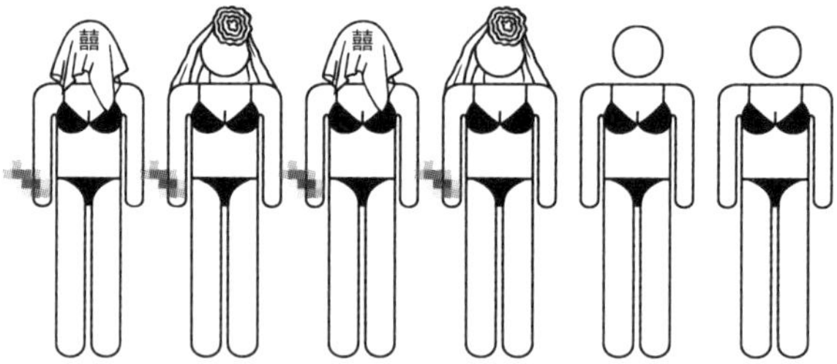

人妻用情趣玩具的概率更高，约莫是单身女青年的两倍

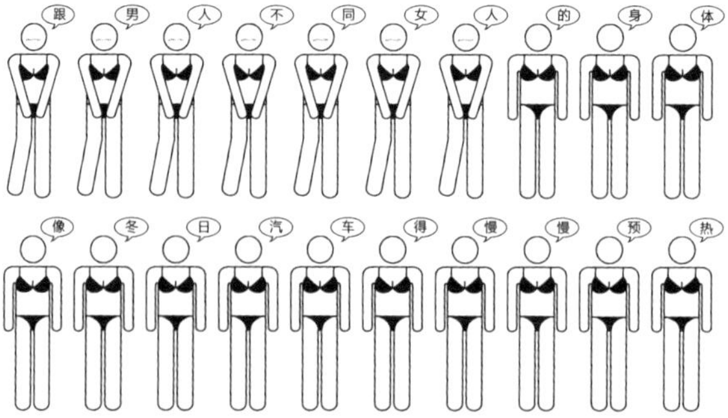

35%的MM想要更多前戏

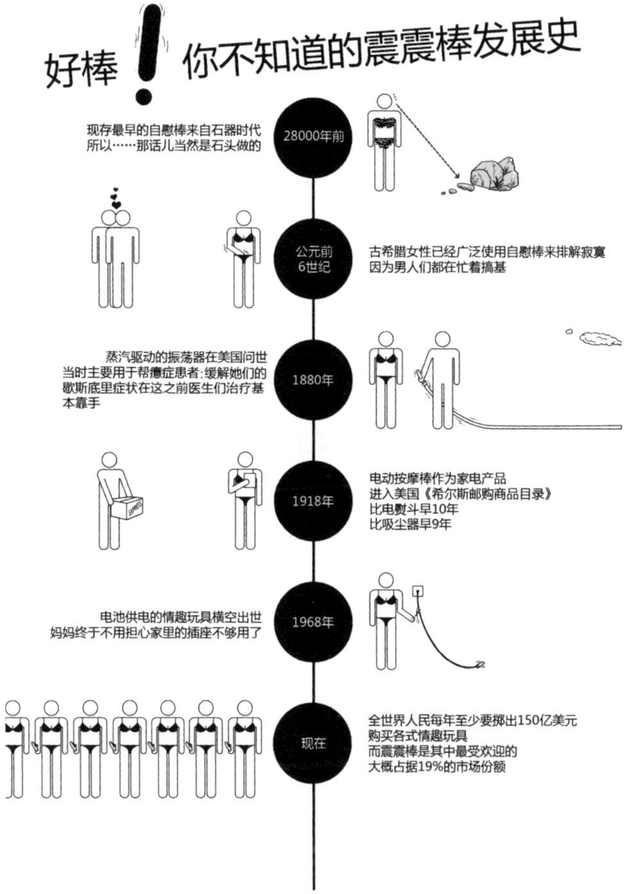

“介些数字告诉我们什么？好明显，全世界人民都知道，震震棒是拿来自慰的。介一点，那么多厂商已经花了那么多钱讲了那么多年。介一part的消费者教育*早就完成了。

“全世界不系已经用钱包投票，推举震震棒为最佳妇女之友了吗？我们还有必要在这次广告里再讲一遍吗？

“谎话重复一千遍，或许真的能变真理。

---

* 消费者教育(customer education)：就是通过广告、促销、公关等各种“软硬”方式，将公司、产品、服务、政策、策略等期望消费者了解的信息传播给他们，并获得认同的过程。

需要这样做的原因，因为消费者并非真的上帝。他们在市场中既不全知更不全能，可能对商品不内行，甚至分不清真假；可能缺乏成熟的购物心理和经验，容易被不法厂商愚弄；可能对有关市场行情不了解，因为缺乏这方面的能力或者“搜寻成本”过高……

总而言之，一无所知的消费者不消费。

“真理重复一千遍，就真的没人理。

“没效果还不算大事，顶多客户钱白花了而已，好多出街的广告不都是介样子浪费钱的吗？

“可是，你要真的跟女同胞们说，别再用黄瓜了试试dodo的震震棒吧介才系你的菜。就如同跟刚刚喜当爹的朋友说你这娃以后一定会死。这话错了吗？当然没错。正确的废话。正确到让人想把你打成残废。

“因为你在说消费者无知又不讲卫生嘛。介系其一。

“其二，可以看出来，不少女人床单没滚好，跟前戏没做足关系很大。可系对男人来说，前戏就像陪女友去看的爱情电影一样，只想快进到欢乐大结局。

“介个系历史遗留问题，大概从亚当夏娃那时候就有了。那有什么解决方案没有？没有解决方案我说个屁啊。答案当然系dodo震震棒啦。

“在房事上，男女的心理有很大不同。通常都系男方经常想搞搞新花样，而女方就比较羞涩。男方希望对方主动点，而女方就比较羞涩。

“老是一成不变，老是被动，问题系一定会出现的嘛。就算现在激情还在感觉还好，你敢保证以后不会越做越像喝白开水吗？那么，要怎么防患于未然？

“假设有一天，正要例行公事的时候，女方忽然拿出个震震棒给男方，他会什么反应？自然喜从天降，埋头做前戏，一点不惜力，不会再觉得前戏长了。

“这才是我们应该去切入的点。

“我们要做的，就系把这样一个场景，投射到女性消费者心里去。

“因为‘幸福的人不消费’，除非他们知道自己不幸福。

“我们要告诉女性消费者，你的性生活既没有那么和谐，而且暗藏危机。

“你想要更多前戏，又不好意思说，没关系。这一切都不再系问题，因为有dodo震震棒。”

“总结一下哈，你是想说，震震棒，不应该是爱人的替代品，而是……”布兰达真是总结狂。

“帮助爱侣畅享完美‘性福’的得力助手？”CD说。

“系这个意思没错啦，可‘得力助手’什么的，听起来像杀毒软件有没有？”

“最受情侣欢迎的第三者？”任新蜂冷不丁插了一句。

“不好。”

“‘性福’的家庭总是相似的，不‘性福’的家庭也是相似的？”某个创意说。

“是那个‘性’？最好不要出现‘性’介个字。

“永远要记住，我们要谈的虽然系‘性’，讲出去的却永远都得系‘爱’。

“爱，系买震震棒最好的理由。

“这个字眼，能够帮助女性消费者减少顾虑和害羞，并给她们带来更多自我满足。会让她们觉得自己买这个东西，系为爱做更多，而不系为做更多爱。有了动机，才会有更多动力，才会去买更多dodo的产品。懂？

“今天就先这样吧，反正还有时间，你们回去照着这个方向再好好想想。

“CD，你有什么要补充的吗？”

“嗯……既然现在重新定了方向，嗯……啊……那就动起来呗，这没什么可说的。”CD拿起那根震震棒按摩自己脖子，“这货还真是挺舒服的嘿……嗯……我们创意这边其实有一个绕不开的问题——没有一个女的，全是糙老爷们儿，不要说对女性心理，就连这产品可能都没用过……嗯……嗯……这样吧，一会儿每人发一支……啊……组织要求你们，晚上带回家过过夫妻生活，拿它跟另一半切磋切磋，交流交流，挖一挖insight……嗯……嗯……明天回来交作业。”

“老大，别说老婆了，连女朋友都没有怎么破？”胖美术说。

“那就找个男朋友。”刘大卫说，转头又问布兰达，“Branda，你有什么意见？”

布兰达这回没有意见。她虽没那么肯定那就是客户要的，却很清楚客户不要什么。所以只要别让她捧着那盘黄瓜去出台，就万事大吉。

众人顿时如蒙大赦作鸟兽散，上厕所的上厕所去，抽烟的抽烟去，组饭团的组饭团去。

瞬间只剩四人：任新蜂、Coke、布兰达和刘大卫。

布兰达好整以暇直起腰板，伸了个咿咿呀呀吊嗓子似的懒腰，这才拾起桌上的手机要走。不想又被刘大卫叫住。原来他是要看她的手机套。

那是个Hello Kitty的立体硅胶壳，厚厚实实像个茧，把个iPhone裹得严严实实。乍一瞧根本认不出来是手机。跟她风格也不像。

端详了半天，刘大卫才说：“‘震震棒也能当按摩器用’这个insight还蛮有意思的，就这么丢掉有点可惜。我在想，手机能有手机壳，震震棒是不是也可以有？套上之后，就变成按摩器。拿下来，就变回震震棒。不如我们拿这个去跟客户做一次主动提案？”

布兰达：“你要建议他们开发周边哦？想法四很好啦，可这四我们该干的吗？”

“那什么系我们该干的？”

“我只四担心客户会不会觉得你太多事了。毕竟产品研发不归市场部管。”

“不提怎么知道？不系一直说‘不要做客户的agency（代理），要做客户的partner（伙伴）’吗？”

“好啦，我帮你安排啦，不过先声明，我这边可抽不出人来帮你写PPT哦。”

“我本来就打算自己写。”

“欸，你到底四有多爱这个想法？还有别的事吗，没有的话那本宫就先滚了哦。”

“不送。”

布兰达一扭身，看任新蜂和Coke还没走，便对任新蜂笑了一笑，过去拉起Coke的手。

毕竟刚才是Coke帮她把创意的气焰给打下去的，于情于礼都不好一笑而过得聊个五块钱的。

台湾人就四这么有家教。要不怎么说中华文化传统都在台湾呢？

于是两人就从约饭聊到减肥再聊到跑步再聊到雾霾，虽然话题跨度那么大，倒也一直能接上。不能不说都是很有天分的人。

任新蜂站在旁边，刚开始以为她们是好姐妹，很快就看出这两人其实并不太熟，便开始暗自替她们操心。

为了表示亲热而互相拉手，那要怎么放手才不会尴尬啊，万一不同步怎么办啊？他感到很苦恼。

就在这时，听到一个声音：“你用的是Armani Code，对吗？”

发话的正是刘大卫本人，问的人是任新蜂，说的是他的香水。

#一枚离职文案留下的文档#

幸福的人不消费

扫码阅读

第26章
Call Me Newbee

刘大卫：“你用的是Armani Code，对吗？”

任新蜂：“啊？是的是的。”

刘大卫：“我以前也用过这款。”

任新蜂：“是嫌味儿不好吗？”

刘大卫：“你叫任……新蜂，对吧？”

任新蜂：“没错，新是新人的新，蜂是两只小蜜蜂啊飞在花丛中啊的蜂。也可以叫我Newbee。”

现在的他已经没有一开始那么局促了。

“那你四新来的采花大盗咯。”布兰达在一旁跟Coke聊着天气，听到这个禁不住笑出声来。

这一笑就更像苍老师了。

Coke却暗暗挑了一下眉梢。

这一套词，不算面试那一回，光今天上午她就听任新蜂说了十七遍。不是十遍，不是七遍，是十七遍。她都能背下来了！当然，这十七回都是对不同人说的，可每回她都在旁边。

每次要自我介绍，他就来这么一出。

每次要自我介绍，他就来这么一出。

都不带减字换词变语速的。

她当然不知道，那可是任新蜂对着镜子练了无数遍改了好几次词，最终才敲定下来的。

第一印象很重要，这道理谁都明白。不管怎么说，任新蜂还是很擅长让别人记住自己的。至于印象好不好，那就因人而异不好说喽。

刘大卫：“牛B？好牛×的名字。”

任新蜂很谦虚：“不牛×，只是Newbee。您才是真牛×。老牛×了。”

“听出来了，你系说我老。”

“欸……真没这个意思。”

任新蜂额头上顿时长出三条线。还是容易紧张，毕竟头回跟偶像面对面。

虽也了解刘大卫是开玩笑，可这种自嘲最不好接了。

生日是愚人节打小觉得自己出生就是个玩笑的他可知道：

世上哪有玩笑？

所有玩笑话，都是真心话乔装的，很多时候成分净是恶意没有别的。然后你还得呵呵受着，不然就是没幽默感。在现代社交里，没幽默感就是一种罪。

世上也没有纯粹的自嘲。

任何自嘲，都不是出于无所谓，恰恰相反，是太介意。所以要在别人来之前，走他们的路，让他们无路可走。以守为攻的节奏。再不济，也是明晃晃的一枚护心镜。

刘大卫明明就是很介意自己的年龄，不然不能这么敏感。

不但不服老，而且老不服。

那要叫任新蜂怎么回他？

总不能昧着良心说您老看上去最多三十出头吧？任新蜂敢说也得刘大卫敢信才行。

再者说了，万一万一，刘大卫觉得自己保养得好也就二十出头的样子呢？

“哟，您这精神矍铄着嘞，哪里老了嘛，哈哈哈哈哈。”布兰达扭身解围来了。

很自然地，就撒开了一直拉着的Coke的手。很自然地，天气这个话题可以不用再接着聊了，反正也就是雾里来霾里去的。

先前因着任新蜂说话东一榔头西一棒子的，她也有点厌嫌他。等说到按摩器的时候，开始觉得他有一丢丢靠谱。现在见他受窘，反倒多了些好感来。

“嗯，矍铄到得精神病了。”刘大卫又启动新一轮自嘲，然后才问任新蜂，“你脸怎么了？”

“早上……早上要来报到的路上，边走边看手机，撞电线杆子上了。”

“噢，你们现在都改介么说了吗？我年轻时候打完架回家，跟长辈说的系踩到香蕉皮了。”

又一个不太好接的。

人家这么大的一个大佬，跟你回忆童年糗事以示亲民，可是真要给他点赞吗？这么一来，不就承认了撞电线杆子纯属子虚乌有？人家会不会觉得你瞎话张嘴就来缺乏诚信呢？又或者说，嫌你编瞎话能力太差不适合当文案？

作为想太多界的劳模，任新蜂今天想得尤其多，只觉得听到的每句话背后都有用意，刘大卫是旁敲侧击要对他当场验货。

他越这么以为，越往深了琢磨。越是琢磨不透，就越爱琢磨。说白了，还是因为什么都没有想要什么都得使尽力气才可能得到所以把什么都看得太重。这就是任新蜂作为屌丝的悲哀。

“所以你系今天入职？”其实刘大卫也就那么一说，很快又换了个话题。

“刚刚游完街，正要带他回座位去见Paul。”Coke抢答了一句。

“嗯？team里的人还没见到吗？”刘大卫问。

“你又不四不知道，他们组的人来得都晚，10层最晚的。”布兰达不失时机扎了一针。

刘大卫却忽然想起什么似的：“咦，你刚才不系说，后面还有会吗？”

布兰达一拍脑门：“是喔，有个lunch meeting差点忘了，我得走咯，改天吃饭哈Coke。”

接下去的半分钟里，余下三人就都没说话，只齐齐目送布兰达左手抓着手机，右手夹着电脑，脚下踩着15厘米高的鞋，上身摇曳下盘稳健，咯噔咯噔冲向电梯口。

圈公司里能把平常走道变成走红毯的，除了9楼那俩前台，也就是布兰达了。任新蜂初来乍到，看得那叫一个叹为观止：背影可比苍老师好看多了，就是小腿略粗了些。其他人也看得赏心悦目，暂时放下手中事，暂时忘记她是谁。

等到布兰达的身影消失了，Coke才说：“那我们也走吧，不打扰你日理万机了，David。”

刘大卫边应道李万姬今天没来，边低头看手机。

任新蜂和Coke就走了。

谁知二人刚迈出去五步，他突然在后面冒出了这么一句：“任新蜂，你喜欢做广告吗？”

“喜……喜欢啊。”

“为什么喜欢？或者我应该介么问，你为什么要做广告？”

“为了……改变世界。”

这次倒是未经排练过，也没有前头那些个刻意逢迎，脱口而出的确实是他的真心话。

他一直记着刘大卫去他们学校的那场演讲呢。那一个半小时改变了他。虽说并没改变多少，后来也没真的改变什么。就只是在他内心深处埋了一粒小种子，慢慢等着春来风来夏来雨来好发芽生根。多少也算是种改变。

入行这三年，纵使陷过一个又一个泥潭，挨过一个又一个雷，造过一坨又一坨大便，有时是镶金边的大便，有时连金边都没有，却始终不忘一句话：“为什么做广告？因为我想要改变这个世界。”

那是四年前，刘大卫站在台上说的，离任新蜂二十排远。

“哦？介个问题我问过很多人了。有说要做大创意的，有说要拿大奖的，有说要挣大钱的，你的答案还是第一回听到。你凭什么觉得自己能改变世界？”

这是四年后，刘大卫坐在桌子后问的，离任新蜂一米远。

“凭广告的力量。”而这是任新蜂此刻的回答。

“怎么说？”刘大卫好像眼中一亮。也可能没有，只是任新蜂的错觉。

任新蜂清了清嗓子挺了挺胸，就开始说了：

“广告真正贩卖的，并不是商品或品牌。广告卖的是观念。

“Think different.没有不可能。

“Just do it.我的地盘听我的。

“高楼大厦、公交车站、地铁车厢、墙壁、路面、报纸、杂志、电视、电影、电脑、手机、银行卡、明信片、T恤、铅笔尺子、锅碗瓢盆，甚至空气，一切都是媒介，都是广告的地盘。

“靠着客户的大笔预算，我们能够无孔不入，让毫无交集的各种人都听到同一个广告的声音，把该说的话要传达的观念递到千家万户，去触动一些人，影响他们的立场，改变他们的行为。而这些人，又会去影响更多的人。一传十，十传百，我只告诉他一个人，最后全世界都知道了。

“也许每次改变的只是人们的一丁点想法，比如说‘使用一次性筷子就等于破坏森林’。但是多多少少，总归是改变了这世界的一部分。

“是往好了改变，还是往坏了改变？

“虽然我们只是站在广告背后无人知晓的苦逼小人物，手里其实握着很大的力量。

“如果只是把这种力量用来告知新品上市诱惑消费，写写无毒无害又无聊的双关语俏皮话，编编酸掉牙的幸福桥段温馨场景，拿拿广告奖给自己点甜头，是不是太浪费了？

“这种力量，难道不应该服务于更美好的事物吗？

“我们该做的难道不是挖掘自己的心声，想办法把它变成品牌的声音，去传递正确的观念吗？

“每一次campaign都是一次机会。一次输出价值观的机会。一次为社会做些实实在在的事的机会。一次改变世界的机会。”

“这些话怎么好像在哪里听过？”刘大卫眨巴眨巴眼。

“这是您说的呀，在四年前的一次讲座上。”任新蜂喘着粗气说。

一口气背了那么一大段词，直接把自己背缺氧了。

“我还说过介些？真难为你记得这么清楚。”刘大卫却好像真忘了，“不管系不系我说的，可能还真系我说的，就算真系我说的，那也系四年前的我。我也可以自己推翻自己嘛。人都系会变的。谁年轻的时候没犯过傻……不系说你，系说我自己……Anyway，我想说的系，你一腔热血想要改变世界，可你有没有考虑过世界的感受？”

“这个……”

“往客户的广告里夹带私货，介样真的好吗？”

“呃……”

“或者换一个问题，你凭什么认定自己想传播出去的理念，就比‘解决头屑烦恼’崇高？

“观念系世界上最具欺骗性的东西。

“特别系那些大词，什么正义啊理想啊伟大啊梦想啊光荣啊，尤其需要警惕。我们系靠传播观念为生的，更需要比一般人保持清醒。而不系拿它们当粉底，再入戏，被自己感动得痛哭流涕。

“就说你提到的一次性筷子吧，没错，大家都说它不环保，可到底不环保在哪儿呢？系不系真的一株株参天大树倒地，一双双一次性筷子上桌？一次性筷子真的罪大恶极吗？

“介个问题看起来好像毫无疑问，但你真的有去了解过吗？还系因为全世界人民都介样认为，环保组织介样宣传，你也就介样认为了？”

“我……”

“你不用现在就回答。做广告有一个便利，就系可以了解到各行各业的知识。你不缺洞察力，也有好奇心。也许你可以先去了解世界，之后再来谈改变世界的事。没准到最后你会发现，介个世界并不系你一直以为的那样。OK？”

“哦……我知道了。”

“不要介么有压力。我不系在否定你，只系……突然间有感而发。其实你那个按摩的想法有点意思的。真的有点意思。怪不得Paul坚持要选你，本来我对你的身体还有一些担心……”

“主要是面试那天太热了……”

“这个不用解释。总之既然这么辛苦进来了，那就好好干，好好成长，OK？”

“哦……OK！”

“赶紧去见你老板吧。对了，一会儿麻烦嚟跟Paul讲一下，说我有事找他。”

任新蜂自然是没问题。

过了没多一会儿，Paul便唱着小曲一路颠了过来。

等他到了跟前，没等他拉过椅子坐下，刘大卫便从抽屉里拿出一张报销单，轻轻按在桌子上，翻到中间一张发票，指着问Paul：

“你可唔可以同我解释吓，哩张飞系点回事啊？唔该。”

（你能不能给我解释一下，这张票是怎么回事？谢谢。）

第27章 心上很乱脚下拌蒜

Coke领着，任新蜂跟着，两人一前一后，沿着落地窗边走。

任新蜂那一组所在的位置，跟刘大卫的其实是个大调角。这么走并非最短路径，因为Coke想见到某个人，就自顾自挑了这么个路线。任新蜂虽不知情，也无所谓，并不急着回座位。他心里有些乱，得摆一摆。

走了几步，觉得半边身子有点热，右眼还有些睁不开。

雾散了一些，有阳光越狱。

又走了几步，有种出考场的感觉。虽然搞砸了但总算熬过去了的那种感觉。

才来圈公司第一天，其实是小半天，就挨了刘大卫那么一记当头棒喝，他有点蒙。原本奉为圭臬的那些话，支撑他度过碌碌无为这三年的那些话，居然遭本主当面否定。世界观虽不至于遭颠覆，至少是蓝屏伺候。

走到估摸着刘大卫听不见了，任新蜂凑上前去低声问："David他并……"

Coke："我知道你想说什么，他就是病得不轻。"

任新蜂："啊？他什么病？好治吗？"

Coke："职业病。症状是甭管什么事儿，思路必须得跟别人不一样。你说今儿天气不好，他就得说好与坏是相对的。你要说麦当劳好吃，他就得说胖子短命。你说好治不好治？"

任新蜂："不好治。"

Coke："根本是治不好。你也看到了，就连搬出他自己说过的话来，他都得反对。"

任新蜂："人是会变的嘛。"

Coke："变什么呀，他从来都这样。欸，你们创意干久了是不是都得这么拧巴？"

任新蜂："我这才干了多久啊？十年后再问我吧。"

Coke："也是。不过话说回来，他也是真能左右互搏。呵呵，我没说错吧，他呀，典型双子。"

任新蜂心想，你才没跟我说过这个呢，忽然想起来刚才要问她什么了。正要开口，Coke忽然立地急停，九十度转了个大弯，低着头就往前走。

任新蜂一时反应不过来，转不过那个弯，差点跟旁边一女的撞上。他忙说对不起，还是被那女的狠狠瞪了一眼。他毫不在意，三步并作两步，追上前去，拉了拉Coke衣袖，却被她肩膀一抖给抖开了。他也毫不在意。

“欸，刚才，你并没跟刘大卫提我名字吧？”

“好像是没有。”

“那他知道我叫任新蜂……看来是真的记得我。”

“废话，你入职是他批的。再说了，今天统共就两人入职，已经邮件通报全公司了。你名字又那么奇怪，他怎么会不记得你呢？”

“这样啊……那他是跟谁都这么不留情面吗？”

“已经好多了。你运气好，没赶上他脾气最火暴的时候。那时呀，不止一人被他骂完想死。”

“我这还算运气好？从根上就被否定了好吗？”

“哎呀，他对你就算是评价高了。说你有洞察，还有好奇心。说真的，我就没见他夸过人。”

“真的？我印象里他挺和蔼可亲的呀。”

“呵呵，都说了他是双子嘛。”

任新蜂还想说什么，突然脚下一个没留神，踩着自己鞋带，摔了个狗吃屎。连带着把Coke给扑倒了。

在游街的最末关头，玩了一出扑街。

摔得真是时候。

他心里边刚重新摆好的。

乱倒不至于再乱，疼也没多疼，因为底下有个小肉垫。疼的是小肉垫。小肉垫哎哟哎哟涨红了脸，支起身子奋力把他推开，坐在地上揉了半天手腕。任新蜂问她有没有事也不应一声。

任新蜂实在不知怎么办好，又不敢去碰她，只好假装也揉痛处，侧着脑袋乜眼四顾，看有没有人注意到他们俩。还好，人基本上都吃午饭去了。

咦，怎么那个座位有点眼熟？

噢，是我的。

啊，是我的！

站在办公桌旁那两位，正往这边看过来的，不会是同一个组里的人吧？

关于如何给team里的人留下深刻而美好的第一印象，任新蜂自然也是谋划过的。只是，人算不如天算，天算不如脚下拌蒜。万万没想到，他任新蜂会是以这么糗的方式出场。

第28章
一张发票

站在任新蜂办公桌旁的那两位，强忍着笑走了过来。

正是郝建和石霆。

他们还没出去吃饭，就是为了等他一道。

若不是为了等他，他们也凑不到一块儿吃饭。

郝建是为了省钱，经常自己做便当带到公司来“叮”。石霆则是图省心不用迁就别人，常年独来独往。不过今天他们都省不了事，得吃任新蜂的迎新饭。

对这事，郝建倒是从早上就盼着，因为又能省下一顿饭钱。石霆自然谈不上乐意，但也没太不高兴，毕竟这是规矩。

圈公司向来有传统：

新人上班第一顿饭，必须由主管领着，和全组同袍一起吃。任谁再忙也不得缺席。这是因着饭桌上气氛轻松，有助于新人融入团队。更重要的是，能让新人感受到公司的重视和欢迎。至于餐费，自然是公司报销，名目却不是“迎新饭”，叫“生米煮成熟饭”。就是吃完这一顿大伙儿就由生变熟的美好愿景。

而员工离职前的散伙饭，通常也是有的，只除了像小毛这样跟所有人都闹僵了的。不过，照惯例，这顿饭是由大家AA，除非是你要跳槽去甲方或者老板特别喜欢你。

从前也有人在自己last day当天，给THC总监写邮件并抄送所有人，问：为什么不能雨露均沾，给所有人报销散伙饭？

圈公司毕竟不是狼性公司，自打进入中国以来，专注温情二十年，千方百计要营造一个CIRCLE大家庭的氛围出来，也就是百计千方想让员工把公司当家。

所以THC总监自然不能说，瞧把你们丫给惯的，凭什么呀？就算我们答应DPP也不能批啊。

她亲手回了一首三行诗，并同样抄送所有人：

叶子的飘落，是风的追求，还是树的不挽留？

散伙饭的不报销，是假装你未曾要走，还是CIRCLE的不舍得？

亲，如果外面不好玩，这里依然有饭等你回来。

她自己对这回复满意极了，不停抓手下人过来问，自己是不是可以转行去当文案。自然没有人说不行的。至于大家看完什么感受，那就只有天知道。

反正当天就有人把邮件截屏给匿名分享到网上，顺道帮“光环”团队找了不少事做。

找关系删帖。

追查IP搞内部调查。

约谈了好几个刺头儿。

折腾了几天，最后也没揪出来那手欠的人儿来，只好不了了之。自然也就没人知道，其实是石霆干的。他虽然看起来是全天候的心情不好，可不像是会干这事儿的人。就如同他看着不像业余玩角色扮演的人一样。

此刻，他和郝建正一人一边，把Coke搀到任新蜂的椅子上坐着。Paul也从桌子后边奔了出来，拿着一瓶黄道益，要帮Coke搽手。Coke倒是轻伤不下火线，手一缩揣兜里，边往旁躲边说不用不用，边给他们仨介绍任新蜂。

可真是个职人啊！

其实她是不想再听一遍任新蜂的自我介绍了，再听就要吐了。

Paul未能摸到Coke的手，只好悻悻看了一眼任新蜂说，呀，Newbee，你可算出现了。

郝建在旁跟了一句，我们等你等得都快饿毙了。

任新蜂一看又傻×了，赶紧一通地道歉和解释。刚说完黄瓜切片正要切入按摩器部分，Coke插了进来，告诉Paul刘大卫要召见他。

Paul一脸的意外和迷茫，像挠着挠着沙发忽然断了片儿的猫。醒过闷来之后连问了三声，刘大卫说这话时是什么表情。

任新蜂和Coke各自挠头回忆了半天，齐声答道，没表情。

Paul喃喃地说，没表情？那可不是什么好事。

当然不会是什么好事。刘大卫每回要见他都没好事。所以他最憷单独面见刘大卫了，比去见客户还紧张。可人家既然已经把话带到了，也只好硬着头皮自投罗网去。

他心情很悲壮，觉得背井离乡出来谋生真是艰难。

他往刘大卫的方向迈了第一步，别别扭扭地，像左脚穿了右脚的鞋而右脚套了别人的鞋。

他犹豫了一下要不要等吃完饭再去，最后还是决定早死早超生，天大的雷挨完劈也就踏实了。

有了这个主张，他步履也就轻松多了。

为了给自己壮胆，还哼上了小曲，倒像是领赏去的。

Paul前脚刚走，郝建便剁脚说Coke，就不能吃完饭再说吗？这下又不知道几点才能吃上了。

Coke挑了一下眉毛没说话，心想：我又不跟你们一起吃。

她看大功已告成，总算是带着任新蜂走马观花一圈又给完整交出去了，就扶着桌子边要起身。

已经没她什么事了，打算这就下楼去。

没想到一用力手腕又疼了起来，钻心地疼，刚抬起来的半个屁股只得又放下。

她一边咬着牙一边恨：我这哪是赠人玫瑰手有余香呀，分明是手有瘀青。

她还不知道，手的问题要严重得多。

她虽然明白任新蜂是无辜的但毅然绝然决定迁怒于他，可是四下看了看，却不见他踪影。

大概是上厕所去了吧。

过了一会儿，任新蜂重新出现，带着四罐可乐。从那台特贱的自动贩卖机上买的。动用了仅有的那张20元现钞——昨晚躺在屁兜深处幸运地躲过了一劫——早上在任新蜂换衣服时倒霉地掉了出来——现在兜里就剩14个钢镚总共12块钱了。这是他全部身家了。

任新蜂先塞了一罐可乐给Coke。要她用它冷敷。

因为找不着冰块，他很抱歉地说。

又给石霆和郝建分别发了一罐。

这一来，多多少少化解了一些三人对他的怨念。

石霆抽出一张湿纸巾，仔仔细细把罐顶擦了一遍，这才打开，呷了一口，问他是什么星座。任新蜂说，白羊。又补充一句，上升是射手。

其实他根本不知道自己上升星座是什么，连那是什么他都不大清楚。

石霆嗯了一声，没再说话。

气氛有点冷，场面有点干，都快赶上北京的深秋了。

任新蜂受不了这个，开始试着跟郝建聊了起来。

刚才跟郝建握手的时候，任新蜂发现他手指上都是老茧，心想这人一定没少摸吉他。正好任新蜂大学时也练过一阵，就拿这话题开场。果然郝建报以热烈反应。

可任新蜂聊音乐，根本是难为自己。

他当初练吉他纯就是为了追女孩，也没多少天分，后来追不到也就懒得练了。肚子里的存货既不多，见识知识也有限，聊了几句就开始捉襟见肘了。

还好，Paul适时现身了，带着一脸的丧。

去的时候没头脑，回的时候不高兴。

刚才，他一去到刘大卫跟前，没等拉过椅子坐下，就看刘大卫面无表情地拍出一张报销单来。

他的报销单。

他即刻就明白刘大卫找他所为何事了。

肯定是那张发票惹的祸。

一个月前，Paul被派到广州出差了一礼拜，中间孤枕难眠，自个儿溜到东莞去玩了一夜。

完事后当然没忘了要发票。前几天贴报销单的时候，特意混在其他发票中间，想把这笔不算小的花销给报了。没想到刘大卫这么忙，这种小事还看得这么细。

刘大卫要他给一个解释：为什么明明去的广州，却住了一晚东莞的酒店？还有这“客户关系维护费”到底是他妈的什么东西？

Paul立马就给了一个解释：是当时客户想去东莞见见世面，非抓着自己作陪。虽然自己并不想去那种地方，但最后还是驳不过客户面子。去到那儿，当然不能让客户埋单。这一切的一切可不就是为了维护客户关系吗？

他以为这理由编得很充分了。因为无论真假，刘大卫都没法打电话找客户问去。那属于性贿赂，不光彩，不足为外人道，也不适合一提再提。

如果这事是真的，那客户一定会认为刘大卫连这种事都要确认也太不知轻重了。没准还得疑心他是想要挟什么。如果这事是假的，那客户无端被扯进这种腌臜事里，定会大怒特怒，然后还得质疑圈公司里头都是什么人。无论如何，想要确认这事的真假，就一定会破坏客户关系，进而影响生意。

他刘大卫是老江湖了，不可能犯这种愣头青的毛病。

既然无法对证，就算刘大卫心存疑虑，也无法证明Paul在说谎。既然不能证明说谎，按照疑罪从无的原则，那就只能认定此事为真。逻辑链简直太完美了，Paul都要佩服死自己了。

他唯独忘了一点：自己的名声有多糟，自己的好色有多出名。

刘大卫不是怀疑，是根本不信Paul说的。

而且，就算是真的，刘大卫也绝无可能批这笔报销。

客服部他管不着，但绝不能在创意部开这个口。不可以鼓励创意们动这种心思。那些脏活、台面下的交易，如果在中国做生意真免不了，留给最上面的人去做就好了。

他们拿那么多钱，这是他们应该扛的。底下的人不需要掺和，最好连知道都不要知道。

能靠专业吃饭，也只靠专业吃饭，这是多么难得的幸福。

作为大头目，他有责任替创意们保护这种幸福。

就这样，Paul说破天去，也只能带着一肚子不爽和发票灰头土脸地回来。

“Paul，咱们去哪儿吃啊？”郝建一看见他就忙不迭地问。

“吃鲍鱼公主去。”Paul打定主意了，既然不给报销，那我也不给公司省钱了。

吃顿大的，不能亏待了自己。

任新蜂回头招呼Coke一起去。

Coke说自己减肥不吃了。

其实她是不愿意跟Paul一起吃。也不怎么愿意跟石霆一起吃。也不太愿意跟郝建一起吃。也没多愿意跟任新蜂一起吃。她刚才见着一个不想见的人，眼下一点胃口都没有。

今天果然不愧是运势零星的一天。

各种莫名。各种逆。最后还把手给伤成这样。

她抓着自己手腕，跟着他们四人，一齐进了电梯。

到了8楼，电梯门开，她独自走了出去。

办公室里空无一人。

她回到自己的位子上，坐下，看了一眼红肿的手腕，忍不住趴在桌上开始哭。哭了两下又赶紧直起身子来，因为头压到伤着的那只手了。

第29章
画个圈圈套住你

这一顿饭已经超越了丰盛。

得说是丰满。

盘子满得桌上都放不下，只能叠着往上码。

这不能不叫石霆感到十分难受。他处女座的劲儿可是全天24小时无休的。在他看来，Paul点菜也是全无章法不讲搭配，完全就是看什么贵点什么。排场直逼公费吃喝。性质也是一样的，都是钱嘛纸嘛反正又不是我自己的。

他吃得不舒服，就没怎么动筷子。

其他三人倒是都吃到顶，可就这样，最后还是剩了三分之二。

任新蜂倒是有心带走，他没钱了嘛，这些够解决他接下来一周的晚饭问题了。但是拉不下来这个脸呀。他可不想一来就让人看出自己的寒酸。

只好眼睁睁看着郝建吩咐服务员打包。

只好眼睁睁看着他把四大袋拎在手里。

除此之外，这一餐任新蜂还是吃得十分惬意的。充分感受到了器重和友善。不过生米并未就此煮成熟饭。这自然不能怪他。Paul、石霆和郝建三人已经同组一年多，也还半生不熟着呢。

吃完饭回到公司，已经是两点半了。

对圈公司的多数创意来说，这才是一天中开始工作的时间。

对任新蜂来说，却是这一天里开始无聊的时间。

因为他刚来，活儿都还在路上。

他重新调整了座椅高度，擦了桌子，归置了文具，先后给电脑换了三款壁纸，又刷了会儿微博，中间上了趟厕所，独自去吸烟室抽了两根烟，看人玩了一盘台球，回来接着刷微博。

刷腻味看恶心了，一抬头，天色倒是有点阴，再一看时间，才四点不到。

实在闲不住，便跑过去问Paul有什么事是他能帮忙的。

Paul托着腮帮子想了半天，说要不咱俩去打盘桌上足球?

他们吸烟室里娱乐设施挺齐备的，有卫星电视，有台球，有飞镖，还有两部桌上足球。就这还有人觉得比谷歌办公室差太远，在撺掇大家联名上书，要求配X-BOX呢。

郝建倒是好心，劝他珍惜眼下这份闲，想忙以后有的是机会。

任新蜂说："中午吃了那么贵一顿饭，下午再不干活，我觉得有点对不住公司。"

郝建扑哧一声笑出声来："以后日子长了，你就得觉得是公司对不住你了。"

说完看石霆在盯着他，赶紧别过脸去，继续排他的layout。

任新蜂从没玩过桌上足球，也就不想去出这个丑，只好重又坐下来，在属于他的那张Herman Miller Aeron办公椅上摇了半天屁股，终于给自己找到件事做。

他决定翻翻那本《CIRCLE圣经》。

所谓《CIRCLE圣经》，就是本语录，收辑了Mr. Circle各个时期各种场合讲过的360个金句。当然了，说是金句，K数也分高低，也有成色没那么好的，有的干脆就是铜包铁。为了凑整数嘛，难免泥沙俱下。就算是金装涂上身的Mr. Circle，也口吐不出那么多莲花来。

归根到底，他是个生意人，又不是布道的。

他有属于他的时代。他有属于他的传奇。他也有属于他的不合时宜。

每一个圈公司的新员工，入职当天都会收到一本《CIRCLE圣经》。

"以接受Mr. Circle广告哲学的洗礼。"

任新蜂因为是合同工，得到的文具是旧的，拿到的《CIRCLE圣经》也是二手的，应该被翻阅过很多遍了，都被翻出褶来。他心里当然对此有些不舒服，但以为公司规定就是这样的，也便努力骗自己：无所谓这些。

其实，圈公司根本没有这样的制度，纯是管发放这些物件的阿姨自作主张。

看他不顺眼。

讨厌他发型。

于是就动用她手里的这点权力，唯一的权力，微小的权力，用二手货来惩戒他。

像她这样的人，退休之后还要出来工作的，很容易会被归入弱势群体。

其实是在广场舞蹈队里也能搞得鸡飞狗跳的主儿。

她发给任新蜂的那本《CIRCLE圣经》，是几个月前打扫吸烟室时捡到的。她有勤俭节约的美德，当时觉得这么好的装帧扔了可惜，就收了起来，虽然也不知道能干吗。果然现在就派上用场了。用来给人添恶心。

任新蜂翻了几页，心想这小册子上一个主人应该是个创意。

想必那人就是郝建所说的"觉得公司对不住他"，心中意难平，在书里到处留下亲笔点评。

以下是其中的一些：

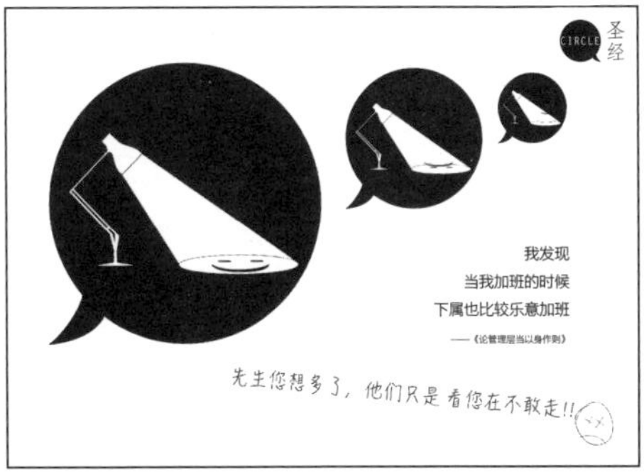

CIRCLE 圣经
我发现
当我加班的时候
下属也比较乐意加班
——《论管理层当以身作则》
先生您想多了，他们只是看您在不敢走!!

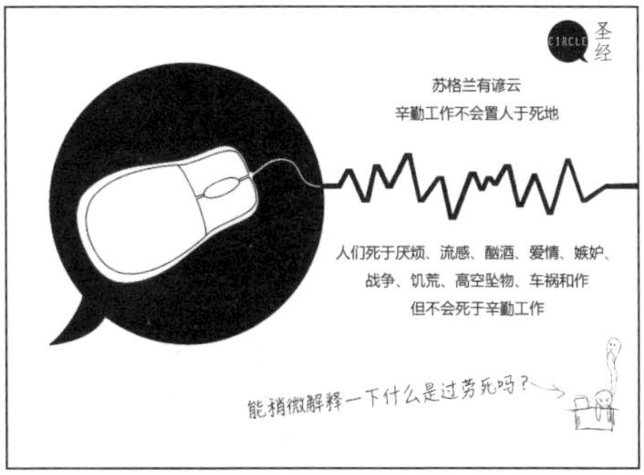

CIRCLE 圣经
苏格兰有谚云
辛勤工作不会置人于死地
人们死于厌烦、流感、酗酒、爱情、嫉妒、
战争、饥荒、高空坠物、车祸和作
但不会死于辛勤工作
能稍微解释一下什么是过劳死吗？

CIRCLE 圣经
一流的广告公司
为了信守承诺
会
殚精竭虑
无惧精神痛苦
加班熬夜
不惜一切代价
包括员工的健康和生活

CIRCLE 圣经
辞退能力不足的员工
是管理层不能逃避的责任
辞退能力不足的管理层，是谁的责任？

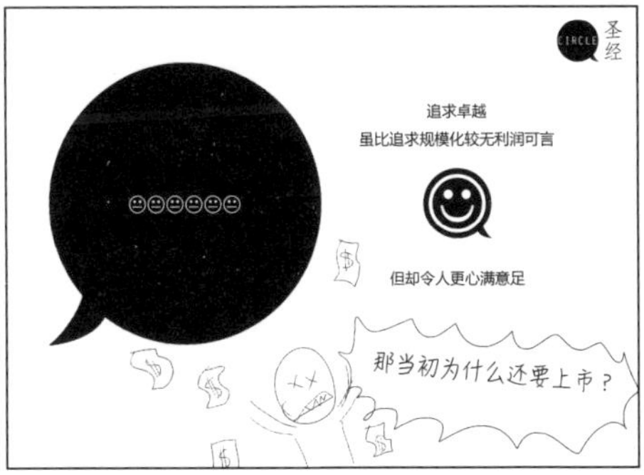

CIRCLE 圣经
追求卓越
虽比追求规模化较无利润可言
但却令人更心满意足
那当初为什么还要上市？

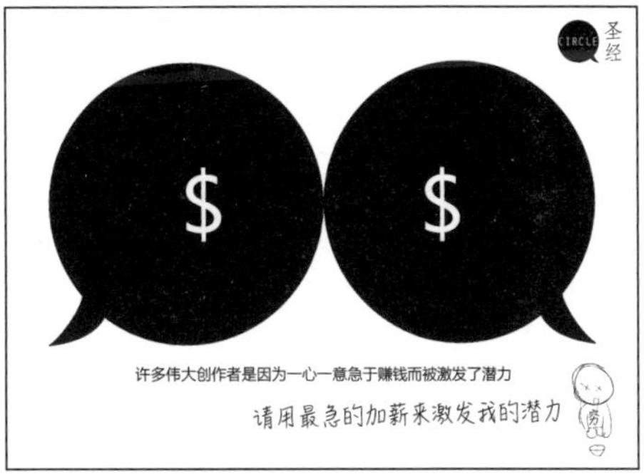

CIRCLE 圣经
$
$
许多伟大创作者是因为一心一意急于赚钱而被激发了潜力
请用最急的加薪来激发我的潜力

CIRCLE 圣经
八星八箭
仅售998
你不愿让家人看到的广告
不要做
你不愿对老婆说谎
那么也不要对我的老婆说谎
前提是要有家人
做广告做到媳妇跑了怎么破？！！！
怎么破！！！！

CIRCLE 圣经
首先演示消费者的烦恼
接着用商品解决其烦恼
消费者最大的烦恼
是怎么这么多广告！

这么一开卷，时间倒是过得飞快。

看到最后两页的时候，正好是6点刚过，这时一只手搭在他肩膀上。

“咦，这是小毛的吧？他留给你啦？”

#一枚离职文案留下的文档#

一个创意老炮儿的12小时工作实录

扫码阅读

第30章
4A界天字第一号诅咒

“咦，这是小毛的吧？他留给你啦？”郝建指着任新蜂手里那本《CIRCLE圣经》说。

“欸？你怎么知道是他的？”任新蜂问。

“笔迹。能把字写得这么难看跟猫吐的毛球似的，除了他没第二个人。”

郝建径直翻到最后一页，果然有小毛的签名。也是一团毛茸茸。

“所以他真的加班加到媳妇都跑了？”任新蜂翻到那一页指给郝建看。

“那就不知道了。我都不晓得他已经结婚了。”

“你们不是搭档吗？”

“是气场特别不‘搭’互相不拿对方‘当’回事的那种‘搭当’。”

“那咱俩……”

“安啦，像他那种神经病现在不大好找了，我觉得你还行。”

“我太荣幸了。”

“您客气。不过说起来，有一阵子他确实是成宿成宿地泡在公司里，明显是不愿意回家。有时干脆就睡在这儿。我还以为他是性格太差找不着对象，不想回家对着四面墙呢。”

“公司里能睡吗？”

“有睡袋，跟守夜的大爷要就行。”

“嚯，这儿的设备也太齐全了吧。”

“大活来的时候，少不了要连轴转，大家又都不想把工作带回家去，结果就是回不了家，只好睡公司。”

“呃……那你们这边，不，咱这边，多长时间来一次大活。”

“一个月来那么一次吧，一次来那么几天吧。”

“擦……”

“哈，你还真信。这都没准的事儿。不过我个人感觉哈，现在大活没以前多了。”

“哦，那我就放心了。也不对，活少也不是什么好事。”

“那是老板们要操心的事儿，关你什么事？能早点下班还不好？其实啊，我过来是想跟你说，不想以后天天睡公司，最好现在就赶紧下班。”

“这里头……有什么说头吗？”

“4A界天字第一号诅咒啊，你没听说过？”

“我以前混Local界的。”

“这还是我师父告诉我的，说上班第一天不能加班，不然加班加到死，出门还打不着车。”

“我靠，打不着车也太狠了吧。”

“是吧，这都是前辈们用血的教训总结出来的。6点多了，赶紧走吧，没事别跟这耗着。”

“可大家都没走的意思呢，我不太好意思……”

“咳，这是你作为新人的福利，不拿也没有人念你的好。再说了……”郝建回头看了一眼，确认石霆不在，这才压低了声音说，“别人我不知道啊，其实我今儿也没什么事，要不是8点之后有20块钱餐补打车还能报销，才不跟这耗着呢。”

“我先走了，你们也别太晚。”郝建话音刚落，Paul就背着包走了过来。

任新蜂赶紧站起来，点了点头。

“哟，Paul，战衣穿在身，又要行动？身体不错啊，夜夜笙歌。”郝建说。

“什么歌？我不去唱KTV，约了个姑娘，争取今晚pull her down。”Paul踌躇满志。

听郝建一说，任新蜂才注意到，Paul身上的T恤，颜色虽跟中午是一样的，却是不同的图案。

“得了，他都走了，你也收拾收拾赶紧撤吧。”

任新蜂并没什么可收拾的。

他昨天晚上被抢了钱包跟手机，又躺草地上过了一夜，今天是空着双手来圈公司报到的。身上除了Coke给买的衣服，就是十来处瘀青，别的几乎什么都没有。

不过他还是在座位上黏糊了半天。

他犹豫来犹豫去，不知是不是应该跟郝建开口。兜里就剩12块钱了，怎么也不可能撑到发工资，他想跟他借点钱。犹豫再三，还是没开这口。脸面倒还在其次，他看出以郝建的性格和两个人的交情，根本不可能借这钱。那又何必自讨没趣？

还好他没张嘴，不然就得听郝建向他说4A界天字第二号诅咒了：“千万表跟同事借钱，不然三年工资没的涨，而且上网老掉线。”

他按下了关机键，却并没有急着走。

等到绿灯灭风扇歇，这才慢吞吞从椅子上起来。

这是他第一天上班，倒搞得像最后一天。

万般留恋，不想离开。

外头，雾霾笼罩日头高悬的北京，正在变成雾霾笼罩万家灯火的北京。

晚高峰还没结束。

路上、公交车上、地铁里都挤满了下班着急回家的人们。

人挨着人。

车撅着车。

日复一日，年复一年，他们就像雪球一样，被生活的手挤到一起，到站了就各奔西东。慢慢地，他们中的大多数，被挤没了梦想戳漏了心气。他们长得越来越像。他们逐渐被怒气、琐碎、乏味、伪善和习惯所包裹，不再想要去了解世界。

成天说要来一场说走就走的旅行，说了三年去过最远的地方是郊区。

整天幻想谈一场奋不顾身的爱情，其实是想搞一场对方奋不顾身还倒贴钱的婚外恋。

各种无可奈何，却又甘之如饴。

觉得这就叫作日子再艰难也要过下去。

以为那便是生活的本来意义。

他们相信世道人心正在崩坏，这是最坏的时代。他们吃饭时拍照消毒，在微博上骂城管粉公知赞作业本，在微信上贴猫晒娃转心灵片儿汤。他们认为这就是正常的人生，却浑然未觉：从把网名改成什么妈什么爹那刻起，他们就已经没了自我。

他们，就是世道人心。

他们，构成了这时代这世界。

而这里，圈公司，虽然也是世界的一部分，焦虑怨恨势利鸡贼一样都不少，但还有些别的东西在。而那就是他任新蜂拼死也都要进来的原因。

已经快7点了，这里依旧人头攒动。

每个人看起来都很忙，虽然有的人只是在装忙。

更多的人看起来要到很晚才能离开。

等他们回到家，并不在深夜里痛哭，没那工夫，但照样可以谈人生。

任新蜂对郝建说，心里却是跟这个还没完全熟悉的地方以及那些还没完全熟悉的人说：明天见。

有些人他明天才会见到，不过有一个人，他待会儿就能见到。

第31章 原来你也在这里

楼层指示灯停在11楼那一格半天了。

任新蜂心想坏了。

果然，等到10楼电梯门打开时，里头已站满了人。

自己这么瘦，硬挤的话应该还是上得去。可那样的话，就得跟中间那个衬衫男脸对脸了。万一人家刚吃过大蒜怎么办？背对的话，势必得拿热脸贴人冷电梯门。如果侧身对着，空间又不够。还有啊，这么多人里头难保没有个把有体味的或者香水喷太多的或者不但有体味而且香水喷太多的。那可都是生化武器。想捂鼻子都没手。没地儿，抬不起来。

哎呀，上还是不上，这真是个问题。

“你到底上不上？”有人问。

任新蜂连连摇头说你们先下吧。他打定主意不凑这个热闹，反正也不着急。

收到了一堆白眼。

他顿时觉得很不好意思，想道歉，但门已经要合上了。要是伸出脚去挡在中间再跟他们说对不起倒是来得及。但那样会被打吧？任新蜂这么想着，情不自禁往后跳了一步。

又等了两分钟，另一部电梯也下来了。

也是经停的11楼。

任新蜂探头一看，这回倒宽敞，里头只有一个人。是个姑娘，在按钮盘旁边站着，低着头，戴着耳机正听歌。看着有些面善，可能早上游街的时候，曾经擦肩而过。

香水味倒是很熟悉。实际上，太熟悉了。

电梯直下了好几层，眼看就要到了，却在二楼停了下来。

真够气人的。就一层还不走楼梯，是有多懒？

还有更气人的。门打开了，外头一个人都没有。估计是摁了电梯又等不及，转而走楼梯去了。

那个姑娘估计也被气着了，连连拿手指戳关门按钮。

“按那个没有用的，就只是个心理安慰。”任新蜂说。

“什么？”姑娘摘下耳机，一抬起头，一脸惊诧。

任新蜂就又给她解释了一遍：

绝大多数电梯的关门等候时间都是固定的。关门按钮，实际上只是个摆设，并不能让门加快关上。没用为什么还要有呢？是想给用户安全感，减少他们的焦虑。

让不让你实际控制不重要。重要的是要让你有控制的感觉。

这就是电梯厂商的心理学。

“你知道的还挺多。”

“之前做过一个电梯客户的比稿，做功课的时候查到的。”

“那创意里头用上这个点了吗？”

“广告里哪会说这些？就是一没用的知识。”

“谁说的，搭讪有用啊。”

“欸？不……我不是……”

任新蜂正说着，门打开了，他只好打住话头，跟在姑娘身后，走出了电梯。

“你叫任新蜂吧？”姑娘也不着急往外走，站住了，回头问他。

“啊对，我就是那个面试的时候晕倒的任新蜂。”

“不是想说这个，你，还记得我吗？”

“这么说起来，是好像在哪里见过。”

他刚才就觉得这姑娘面善嘛。

“给你点关键词——地铁——打架——诺基亚——”

“是你啊，太巧了吧？”

任新蜂终于想起来了。

眼前这位，就是三个礼拜前在地铁里被偷拍裙底的姑娘。当时他挺身而出喝止，跟痴汉扭打起来，自己差点就落败了。后来还是姑娘自己出手，一招猴子偷桃把对方给捏趴下的。

“我就说看邮件的时候，怎么看你照片怎么觉得眼熟。敢情真是你。”姑娘有点小兴奋，抓着任新蜂的胳膊摇，“你怎么也在这里啊？”

你怎么也在这里啊？

这不是她今天头一回说这话了。

她叫程欣，是个AAD，吴迪盼了几个月的那个老板，也是今天入职。跟任新蜂不同的是，她其实是回圈公司。

她是所谓的CIRCLE baby——毕业就进的圈公司。在这里入行。在这里成长。在这里被洗脑。

干了几年之后，因为遇上些烦心事，又想去外面看看，就果断辞了职。

结果在另一家4A干了不到一年，实在适应不了，还是觉得CIRCLE好，就又回来了。

结果回来上班头一天，跟吴迪一打照面，两人就都齐声说出同一句话：“怎么你也在这里？”

她和吴迪之前也不是平行线。

曾经相交过。

地点是夜店。

两人都是找食去的，一起喝了几杯聊了几句，酒精一麻醉看彼此挺顺眼的就开房去了。

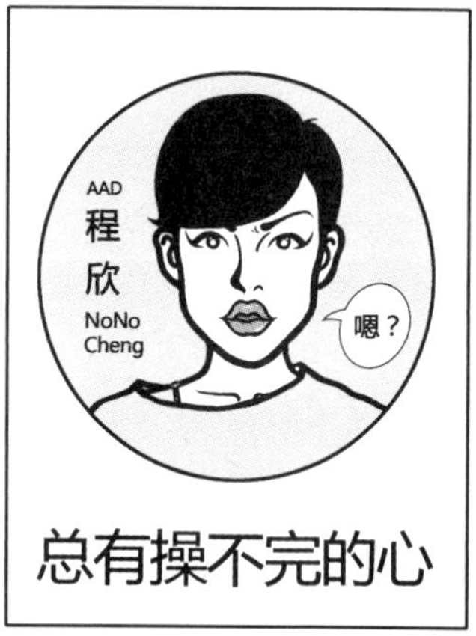

一夜之后再无联系。

哪知道跟这儿重逢上了。

还是上下级关系。

两人尴尬了足足一天。直到刚刚，才找了个没人的角落，坦诚而深入地聊了一番，最后达成共识：出来玩就跟出来工作一样，都要讲专业。彼此掀过那一夜，就当什么都没发生过。

紧接着程欣为了避开4A界天字第一号诅咒，也抓紧时间下班了。

这才在电梯里碰见了任新蜂。

一天之内两次遇故人。

这与其叫巧，不如说是干广告的人太多而这圈子又太小。

“你一会儿有事吗？没事的话我请你吃饭吧，就当是答谢。”程欣依然抓着任新蜂的袖子。

“一会儿……一会儿我约了人吃饭……真不好意思，改日吧。”任新蜂说。

其实他哪有饭局？

他也不是拿着。

他也不是觉得让女生请客不好，尤其是在这紧巴巴的时节。

他不想跟程欣一起吃饭，是因为她用的香水是Marry Me。跟安琪同款。他一闻心里就又有点不是滋味儿了。

无独有偶。程欣那么热情要请任新蜂吃饭，不光是要答谢他，也是因为他身上的香水味跟某人同款。

出了丽华大厦，跟要去坐公交车的任新蜂道别后，程欣走到路边正要招手打车，忽然闻到一股熟悉的味道飘近。没错，又是Armani Code。但并不是任新蜂。没他喷得那么多。

紧接着一个熟悉的声音也传了过来：“怎么要回来也不跟我打个招呼？早上的花收到了吗？”

第32章

至少是个Happy Ending

任新蜂下了公交车，埋头往家走。

说是家，其实就是个能睡觉的窝。虽不漏雨，但是漏风。还好现在是夏天。

以前跟安琪一起住的时候，他都没觉得那是家。那是别人的房子。

回那房子的路上，要先穿过一片路边摊。

熙熙攘攘，很是热闹。

里头叫卖声最大的，依然是那个卖钱包的。

一口低音甜中音稳高音准的地道播音腔，源源不断从喇叭里倾泻出来：

“浙江温州浙江温州！浙江温州最大皮革厂倒闭了！

“王八蛋老板黄鹤，吃喝嫖赌欠下了3.5个亿，带着他的小姨子跑了！黄鹤王八蛋你不是人！我们辛辛苦苦给你工作了大半年，你不发工资！你还我血汗钱！还我血汗钱！

“我们没办法，拿着钱包抵押工资。

“原价都是100多、200多的钱包现价只卖20块，统统只要20块！”

都已经这么有诚意——不管故事还是价格——可就是没什么生意。

任新蜂有心跟摊主说，黄鹤已经跟包小姐一样，全国都知名了，是时候换个新故事了。想了想，还是哪天把人家的喇叭搞坏更一劳永逸些。

继续往前走，经过烟店，习惯性摸烟，才记起来烟早没了。刚要推门进去买，想想兜里那么干净，只好继续赶路。

拒绝了几个发宣传页的小孩靠近之后，就到了那家24小时营业的麦当劳。站在店口望着那又大又黄的M，闻了会儿薯条香，心中没有任何犹豫，决定回家煮泡面去。

也只能回家煮泡面。

到了楼下那片绿地，远远看见某棵树上吊着一个人，好像腿还在抽。

心肝同时为之一颤，吓得喉咙干涩出不来声。

狂奔过去想救人，靠近了才发现是个大妈拿双臂抓着树枝，正悬空屈膝扭腰，嘴里还有词："抓住树杈，随风飘荡。膝盖一弯，心脏健康。远离地面，全身舒畅。"

大概又是什么新晋养生法吧。

只是倒霉了那棵树。辛辛苦苦长到这么大，招谁惹谁了它？没被砍去做成一次性筷子，倒要让大妈给掰弯了？

任新蜂放下一颗心，进了楼道，先查邮箱。

又是一大堆的DM*。来自附近饭馆、超市、远郊新开楼盘以及福建人开的私立医院。一看就让人不想去试吃不想去抢购不想去预订不想去人流。再实惠再超值再无敌湖景再无痛梦幻也不想去。

制作粗鄙的广告意味着质量低劣的产品。这是Mr. Circle说的。

这堆单页和折页，没有一份高大上的。拿来叠纸飞机，都嫌磅数太大飞不起来。

唯一能将就看的，是夹在其中的一张明信片。寄给安琪的。

上面这么写：

亲爱的，生日快乐！

愿你在以后的日子里，虽然比我差一点却比别人都幸福万倍！么么哒！

落款是她某个已经远嫁国外的好姐妹的名字。

真是很别致的幽默感呢。

虽然对安琪依然有恨，此刻任新蜂却真心替她感到开心，也真心替自己感到忧伤。不过这股子悲喜交加，一到了电梯口就自动告退了。

因为任新蜂注意力又转移了。

他盯着楼宇电视的屏幕看。上面正在播不知是白岩松还是汪峰出演的公益广告。

"一棵生长了20年的大树，仅能制成6000～8000双筷子。为了满足人们的口腹之欲，每年有2500万棵树惨遭砍伐，被做成一次性筷子。拒绝用一次性筷子，就是拯救森林。请大家赶'筷'行动。"

---

* DM：Direct Mail Advertising（直邮广告）的缩写，即通过邮寄、散发等方式，将宣传品送到消费者手中的广告形式。它的别名你可能更熟悉，那便是"垃圾邮件"。

DM的历史那是相当久远，最早能追溯到三千多年前的古埃及——当时的一个织布师哈布在首都四处散发这么一份写在底比斯草纸上的传单：

奴仆谢姆从织布店主人哈布处逃走，善良的市民们，请协助将其带回。他身高5尺2寸，面红目褐，有告知其下落者，奉送金环一只；将其带回店者，愿奉送金环一副。

能按您所愿织出最好布料的织布师哈布

没人知道，这位哈布是真的丢了个奴隶，还是想借这由头给自己揽生意。也许两者皆有。

这也是世界上有史可查的第一份广告，至今仍保存在英国伦敦博物馆。

旁白低沉又深情，像是在念悼文。可“为了满足人们的口腹之欲”那一句实在是很倒胃口。说得就跟一次性筷子是给人吃的似的。

抛开这个不说，“拒绝用一次性筷子就是拯救森林”这逻辑有问题吗？任新蜂边蹭鞋边开门边琢磨。上午刘大卫泼过来的那一大盆冷水，余威犹在。

进屋一摁开关，灯没亮，这才想起昨天电就用完了，一直都没去买。

忽然之间，只是叹了那么一口气的工夫，他又把自己给戳漏了。

他转身关门。他委顿坐地。他散着目光发了半天呆。

过了一会儿，他忽然想起什么似的，奔进了卧室。

过了一会儿，他拿着一个手机出来了。

那是安琪以前用的。

开机。幸运！还有电。连上网。感谢邻居！Wi-Fi不设密码。

他登录了自己的账号，给安琪发微信。

以下是他们的聊天记录：

任新蜂的手机屏幕

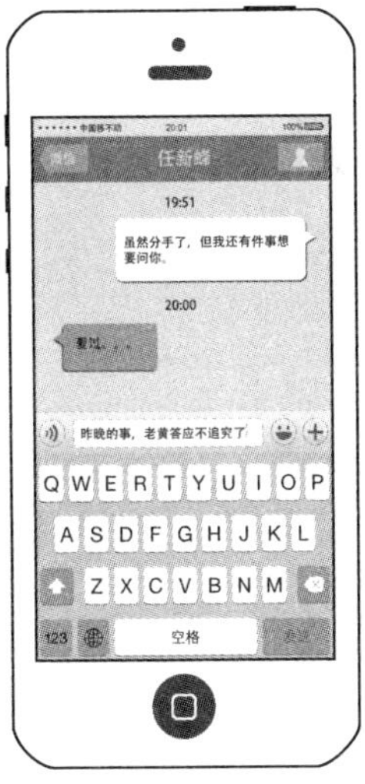

安琪的手机屏幕

出于不同的原因，任新蜂和安琪最后这一条微信都取消了发送。安琪为什么不得而知。任新蜂则是突然间想起来电卡放哪儿了。

去拿的时候，遇见大惊喜。

在抽屉底部发现了一个印着“百年好合”的红包。

顺手那么一摸，里头居然不是空的！

打开那么一瞧，里头居然有600块钱！

任新蜂对着红包上的字回忆了半天，才记起来是去年给一个同事预备的。

未承想婚礼前一天，小两口预演的时候因为让不让司仪讲黄段子的事儿吵起来了。吵着吵着就说到男方家里没给买房女方家里没给买车以及要不要小孩的事情上。最后吵崩了，当场就穿着礼服互相揪着领子去扯了离婚证。离婚之后没多久，那小子也跳槽了。其实他早酝酿着要走了，一直打算着收完份子钱第二天就递辞呈。

这钱就此省了下来，成了他今天的救命钱。

任新蜂高兴得攥紧了拳头。

他发自内心地感谢那位前同事。虽然已经想不起来他长什么样。

“谢谢你们结不成婚。谢谢啊。”

任新蜂决定不吃泡面了，要去吃顿好的——麦当劳——顺便把电给买了。

他揣着那几张毛爷爷正要出门，转念一想，又从兜里抽出了400，弯腰塞进袜子里。

这就是任新蜂的CIRCLE第一天。

“至少是个happy ending。”他对自己这样说，拿起一根薯条放进嘴里。

说是ending，其实他明白这才只是beginning。

工作、压力、麻烦、错误、混乱、疲惫、挫败感都会接踵而来。就像以前一样。圈公司再好，它也还是个广告公司，这些都跑不了的。

他只是想不到，这一切那么快就会到来。

第33章
CIRCLE动物园

来到CIRCLE第二天，任新蜂还是没有事干。

闲得连郝建都看不下去了，一连说了三遍你丫命真好。

他刚入职就遇上一个超级大比稿，属于一旦拿下全年业绩达标的那种。公司动员了一半以上的创意参加，他也没能幸免。第一天倒是放他按时下班了。第二天下班的时候，已经是第三天了。

“想当年，哥才刚新婚燕尔呢。”郝建无限感慨。

“欸？你已经结婚了？”任新蜂没看到他无名指上有戒指。

“哪止！结婚，生娃，离婚，人生的大满贯已经完成了，接下来就是混吃等死了。”

“欸？”其实任新蜂想说，你跟小毛倒真是难兄难弟。

“你又欸什么？不谈这个了。说出来都是泪。这样吧，我发你个活怎么样？”

“欸？好呀好呀。”

于是任新蜂就开始帮郝建在Getty（专业图库网站）上面找图。

一边找图，一边侧着耳朵偷听dodo组创意们的讨论。

他们全体，此刻就在他座位旁的那间小会议室里。午饭后就开始，已经聊了足足有三个小时。昨晚分头回家交完公粮之后，今天集体在这里交功课。

那会议室的门坏了，关不严实。自打两三个月前刘大卫在里头发飙，把门框给踢歪了之后，就一直落下这毛病。在圈公司，就算只是做一扇门，也挺不容易的。也就是在那次会议之后，他被吴迪内部投诉，只好定期去看心理医生。

所以任新蜂能听到dodo组都在说什么。

虽然内容很香艳很happy，但并没有什么特别特别的insight。唯一有点意思的是，所有人都坐着，只有那个胖美术坚持站着。因为坐不了。

CD说，你昨晚不会真找了个男朋友吧？胖美术涨红了脸急忙解释是痔疮破了。

回应他的是一阵呕吐声。

他说的倒是真的。

只是他没说痔疮为什么会破。

实情是他昨晚真找不着人一起体验dodo震震棒。最后灵机一动，去买了一瓶凡士林，自己跟自己试用，把菊花的第一次奉献给了工作。

多么伟大的情操！特别值得褒奖呢！只可惜不能对人言。

任新蜂心想，难怪早上出地铁的时候看见丫在前面撅着屁股撇着腿走道呢。

他可忘不了昨天这家伙是怎么对他冷嘲热讽的。

他正暗自高兴果然有现世报呢，忽然有人叫他名字。

那人是吴迪，两根手指捏着一张纸，是给他下brief来了，而且是明天就要交的急活。

任新蜂下意识地看了一眼时间，5点59分。他就这么有一搭没一搭地听着，有一搭没一搭地输入各种图片关键词，居然时间过得飞快。转眼又到下班时间。

这要换了别的创意，赶这时候接到吴迪的brief，非掀桌拒接不可。原因很简单：

一、这时候接单，还明天就要，意味着又得熬夜。

二、吴迪是一男AE。

在广告公司内部的食物链里头，男AE处在次末端，只高于实习生，被大小通吃。

女AE则恰恰相反，属于大小通吃，当然前提是你得漂亮又会来事。这样的话，就算你莫名其妙地答应客户的无理要求，然后不过traffic，直接跑到创意跟前瞪着无辜的大眼睛说这个待会儿就要拜托帮帮忙啦求求你了，创意多半也会心软答应。

因为创意大多数都是男的嘛。

创意难过女AE关。

男AE难过创意关。

不过，任新蜂不但没给吴迪脸色看，反倒很欢迎也很热情。

憋了一天，可算来活了。

他急于证明自己，就算要加班也无所谓。

这不能不叫贴惯创意冷屁股的吴迪受宠若惊。

他急于下班，语速飞快三下两下就跟任新蜂说完了工作内容。

倒不是什么大活。就只是给国美想新的slogan（口号）。不过很麻烦。

“之前这活已经换过好几拨文案了。前前后后至少提过两百条，就是一直过不了。”吴迪这么给任新蜂打预防针。

完了又问他的公司邮箱，要把之前提过的slogan发给他做参考。反面参考。

“newbee.ren@circle.com” 任新蜂在纸上写给他。

“你还真给自己起这么一英文名啊。”吴迪说。

“有什么问题吗？”任新蜂问。

“没，没问题，就是CIRCLE动物园又有新成员了。”

“欸？什么动物园？”

“就是……你知道的，干广告的都不走寻常路嘛，在起英文名上也是这样。很多人觉得David、Tony、Andy、Amy、Vicky、Angie这些都太俗。所以就充分发挥主观能动性，在字典里挑自己喜欢的单词。

“我之前常会在邮件里看到各种神奇的名字，后来专门进系统调出来整个大中华区的员工目录，从头到尾捋了一遍。发现很多人的英文名都很奇……奇妙。

“里头动物老多了，都够开家动物园的。Tiger、Lion、Wolf、Fish、Phoenix这都不算什么。香港有一个Elephant，上海和台北各有一个Dolphin。更绝的是广州有一个人，姓孔名金，所以就叫King Kong。所有办公室加起来，总共有六个Jerry四个Tom，好想看他们聚到一起。

“而现在你来了，又增添了两个物种。”

“不就只有Bee吗？”

“还有Ren哪。”

“那看来我是动物园管理员。”

“说到管理员，真的有人叫Admin。8楼制作部还有俩哥儿们，一个做Flash的，叫Loading；一个写代码的，叫Settings。你们这边，有个CD叫CD……”

“嘘，他就在旁边的会议室里。”

“呃……CD以前手下有个创意叫Jesus。所有信教的同事都对他特别反感，拒绝跟他开会。据说他现在到了新公司改了新名字，叫Coconut。

“真不知道那些教友要是遇到那个叫God的Planner会怎么办。

“也不知道当God遇到那个叫Devil的IT会发生什么事。”

“My God！这个也太牛×了吧。”

“这还不是最牛×的。你猜是什么？”

“别卖关子了。”

“这牛×的名字可跟Newbee你有关系。”吴迪环顾四周，低声说，“是属于你顶头上司的。”

“石霆？”

“对，他比所有人都各，就是不起英文名，所以邮箱用的是拼音。”

“诗儿石，特赢霆，我擦，shiting！”

“是不是史上最牛×。”

“我看是史上最Shitty。”

他们俩聊得高兴。

郝建在旁边也听得开心，转过头也想掺和两句，忽然看见石霆从柱子后面冒了出来，赶紧捅了捅任新蜂，让他闭嘴。

斜眼看着石霆面无表情地坐回到自己位子上，任新蜂和吴迪都有些提心吊胆。

也不知道刚才说的，他听见了没有。

看起来是没有。

第34章 A Hard Day

憋到夜里10点半。

抽光了一盒烟干了两瓶啤酒剥了三两毛豆。

终于凑够一百条slogan。

任新蜂刚要点击“发送”，心思一动觉得时间还有点早，便把鼠标挪到一旁，按下了“放弃”键。

又等了半个小时，这才重新登录公司邮箱，把这一批slogan发邮件给石霆，并且抄送Paul。

他只是个初级文案。也就是说，不管自我感觉多么好，在别人眼里就只是个雏鸡。写出来的东西，按流程必须要给上级确认过之后，才能给到Account。

发完邮件他就得意扬扬地睡觉去了。中间得意扬扬地起了两回夜。第二天得意扬扬地到了公司，看石霆已经端坐在那儿，便准备随时领赞。

等了半天也没动静，只好跑去问石霆昨晚11点03分发给他的邮件收到了吗。

石霆说，还没顾上看。

任新蜂说，那麻烦你瞜一眼，答应了吴迪中午前要给到他。

石霆说，知道了。

又过了半小时，又忍不住跑去问石霆这堆slogan有什么问题没有。

石霆说，我这就看。

刚踱回座位，屁股还没沾到椅面儿，就让石霆给叫了回去。

石霆说，这么多字贴在邮件正文里，密密麻麻看得我眼疼，请存成Word文档再发我。

任新蜂赶紧复制、粘贴、存盘，用附件方式又发了一遍，再次抄送Paul。

过了五分钟，再次被石霆给唤过去。

石霆说，你写了这么多，有从这角度出发的有从那概念出发的，最好分成几个方向。

任新蜂心想，嗯有道理，赶紧照做。

又过了十分钟，石霆刚抬头还没开口，任新蜂就像只飞蛾扑了过去。

果然又有问题。

石霆指着其中一条大声念："连'有国美，不用去美国'都出来了，你真觉得这个能行吗？"

任新蜂小声说："这不想以量取胜体现诚意吗？"

石霆："数量决定质量。质量决定客户的眼睛亮不亮。这样，你挑出十条觉得最好的，再发我。"

任新蜂："可是……可是我觉得起码能挑出二十条来……"

石霆："也就是说，你也觉得至少有八十条不够好咯，明知不好为什么还要给我看？"

任新蜂："欸……"

石霆："还是你也不知道哪条好哪条不好，要我帮你选？"

任新蜂："不是……"

石霆说："你是文案，不光要写得，还得能舍得。客户要的不是一百条slogan。他们就只要一条。最合适的那一条。你一次出这么多，累的可不光是自己，看的人也很累。最后客户看花了眼，翻到后面忘了前面，选择太多没了主意，还不如没有选择呢。到最后你猜会怎么样？还不是打回来重写。"

任新蜂无话可说，坐下来杀了半天挣扎了半天，才把Top 10又给石霆发了过去。

接着石霆又让他10选5。然后是5进3。等到三强产生，已经过了饭点。

石霆也没说好也没说不好，就是点点头，告诉任新蜂就这样吧可以发给Account了。

幸好这期间，吴迪没来电话催。

其实任新蜂不知道，吴迪答应客户的交活时间是下班前。

这是他们部门代代相传的小招数，专门用来对付创意的不靠谱。因为知道创意时间观念差，所以给他们下brief的时候，往往都会把deadline提前。就这样还经常闹得很被动呢。

将仅存的那三条slogan发给吴迪后，望着白茫茫一片好干净的屏幕，任新蜂听见肚子叫。

他胃里也空了。

奇怪，明明早餐吃得很饱，这半天也只在电脑前忙活，并没什么激烈运动。

在B2食堂独自吃饭时，他一边狼吞虎咽一边想，也不知道石霆是不是成心难为他。

结论是自己阴暗了。

虽则不是和风细雨，人家说的确实有道理。

本来以为自己已经干了三年广告，虽说客户不行队友不行公司不行，怎么也该上道了。原来踮起脚尖伸手摘了半天星，还是身在泥塘里，根本离道还有好几里地呢。

得努力。得充电。得舍得自己。得抓紧时间。

他倒是善于自我检讨。

所以一回楼上，就在小毛留下的那一个G的文档里找食粮来着。

找到了三个文档，都是关于怎么写文案的。

他想的是对的。石霆确实是在教他，也真的成心要修理他。

昨天任新蜂和吴迪关于英文名的那一番对话，他都听到了。

#一枚离职文案留下的文档#

不要以为有人等着拜读你的文章

扫码阅读

#一枚离职文案留下的文档#

大湿们如何写文案

扫码阅读

#一枚离职文案留下的文档#

当你写了很多稿还是过不了，这时怎么办

扫码阅读

第35章
A Shitty Night（上）

这三篇并不长，任新蜂却花了不短时间才看完。

边看边想，我去，照做的话会被带到沟里去吧。

转念一想，我这不一直在沟里从没爬出来呢吗，便又从头看了一遍。

等到再次听见Paul说我先走了你们也不要太晚，才发现天色已经暗了下来。

无惊无险又到7点，这就又该回家了。

到圈公司上班这两天，他正经事几乎没有，光顾着无聊和被打击了。前天一场，主力是刘大卫。早上一场，被石霆虐得一点脾气没有。不过这些于他都是皮外伤。

干广告的不能这点儿心理承受能力都没有。

他更受不了没事干。

他都开始怀疑，传说中的4A就这样？广告公司怎么能这么闲呢？不是说特别缺人手吗？

要不怎么说入广告行的都是贱骨头。

他站起来，看多数人都趴电脑前忙，其实也就自己没事干，只好羞愧下班去坐公交车。

公交车上人不少。尤其是在原来公司附近那一站，呼啦上来好些人。

任新蜂不由得捂紧钱包。里头那几百块钱，是他仅剩的家当，要一直撑到发薪日。几乎是不可能完成的任务。

忽然听见有人叫他名字。

单手坠着拉环，探头探脑半天没找着人，以为自己幻听。

直到被戳胳肢窝。

转身还是没人。一低头才发现是原来公司那枚娇小前台。

因为长得还算可人，所以是娇小，不然就只能说是矮小。

两人寒暄了几句。

任新蜂想起一事，就问前台这个月工资发了吗？

前台说，早发了，上礼拜就发了。

任新蜂说，这样啊，那我先下了，帮我给王姐李哥他们带好。

挤到下车门前又回头说，也帮我给黄总带一句，说我特惦记他。

前台一脸我懂你我真的懂你地说，嗯哪，必须的。

一下了车，任新蜂就直奔最近的取款机，一查工资卡上余额果然还是零。

一怒之下就直奔黄总家去。

之前黄总答应多给他八个月工资作为感情损失费，说好了这个月发工资的时候一次付清。现在可好，别说那八个月工资，连上个月的工资都没给。他得要个说法去。

当然，说法是次要的，要钱才是首要。

砰砰砰，他一到就开始砸门。

过了一会儿门那头有人问谁呀。

他本想自报家门，一出口就改成："快递。"

话音刚落，楼道里的灯就灭了。灭得刚刚好，连猫眼儿都不用避。

过了一小会儿，咔嗒一声门开了，一屋子亮堂迫不及待扑到任新蜂身上。

那光先只是一根绒线，吱呀声中越变越肥，到了差不多一拃宽，忽然停住了。

那门改了主意，想要合上。

但来不及了，任新蜂的手臂已经伸进门缝。他弓箭步往前挤，跟门角力，相持了半分钟，终于把门给推开了。他一扭身就进了屋里，一抬眼就看到了黄总穿着睡衣站在玄关里，浑身挂着彩，头上密密匝匝缠了好几圈绷带，还戴了个笊篱帽。比任新蜂昨天早上还惨。

他正想问是哪路的正义朋友把你打成这样，就看黄总往后一跳，抄起一把雨伞。作势要打过来又不敢动真格。充其量就是手里有家伙安心一点点。

黄总心有余悸，就跟摸了电门似的，手一直抖，伞一直抖，脚也一直抖。

黄总说，呀呵，你还没完了。

任新蜂说，当然没完了，你还差我九个月工钱过了说好的时间一直没给，这事能完吗？

黄总说，你把我打成这样还想要钱？没让你赔医药费就不错了。

任新蜂说，让我赔？我呸！欸？是我打的你？

他前天晚上遗失的记忆，这会儿终于找回了一部分。

原来当时他边走边喝，不知不觉走到了安琪家的楼下。

他估摸着，她不能那么快就跟黄总一起住，一定是回父母家了。

他拎着酒瓶子站在雨里，也没哭也没喊她名字，倒是试着找了一下她的窗户。

很快就放弃了。

因为喝多了想吐。

干呕了一阵没出来，他抹了一下嘴角想：我这是干吗呢？真够没起子的。

他决定回去睡觉。

第二天还要入职呢。

那才是头等大事。

正好这时候一辆迈腾开进小区，远远地停在草坪旁。

他心想不会那么巧吧，就走了过去，正好看见车里头有两人在吻别。

正是安琪和黄总。

也不知是因为酒精还是憋了一个月的怒火，总之有些东西噌一下就上头了。

他扑过去，拉开车门，把黄总拖下车。

之后的事，他没多少印象了。

光有一些画面，电光石火一般，无声划过脑海。

打着双闪的车。安琪在哭。拳头打在鼻子上。眼泪。鼻涕。雨水。晃动的地面。酒瓶子砸在头上。血流下额头，混进雨水里。雨水从天而降。雨水高高溅起。雨停了。

任新蜂回过神的时候，正好听见黄总说："……看在安琪的分上就不报警了，但是那钱你也别想要了。"

忽然之间，任新蜂觉得这一切真是没劲透了。

最没劲的是自己。

他猛地抬起手臂，吓得黄总一把撑开伞。

"爸爸，这哥哥是谁？"一个小孩的声音从任新蜂身后传出来。

"啊……哦，快递，送雨伞来的。"黄总从伞后露出半个脑袋。

任新蜂转身一看，是黄总那3岁大的儿子正在揉眼睛。

大概是让他们俩给吵醒的。

"妈妈还没回来？"小孩说。

"妈妈出差去了，下个月准回来。"

"上个月你就说下个月，这个月又说下个月。"

任新蜂挠了挠头皮，看了黄总一眼，一声不吭开了门，一言不发走了出去。

刚一出楼道，胃忽然一阵疼。

他扶着旁边的车，一边捂肚子一边想：

我这是在干吗呢？臭屌丝装什么风一样的男子？下雨天抽什么风在外面喝酒？拎什么酒瓶子去给人开瓢？一瓶子下去，四万多块钱又飞回黄总兜里去了吧？有那钱，就算心情依然不爽也能去箱根泡泡温泉望着富士山疗情伤。现在就只好坐在路边喝燕京吃脏串儿越吃越泄气。

可他也知道，这钱就是要不回来了。

把黄总打成那样，真立案的话，够得上故意伤害罪了。就算黄总有过错在先，有机会获从轻处罚，那也是建立在积极进行经济赔偿的基础上。好不容易才进去的圈公司，铁定也得怎么进的怎么被请出来。

欸？等等，好像有什么东西不对。

对了，发薪日是在一个礼拜前，打架是在前天。

就算不打黄总，人本来也没打算兑现承诺。

他当时就是那么一说，为了诓自己不在公司里闹，从没准备真的给钱。

这还得怪自己，当初怎么会忘了立字据。

任新蜂这回真怒了。

没劲就没劲吧，他一定得出了这口气再说。

这要Coke在，就得说他白羊的脾气上来了。

其实他是受不了真相。

真相是他凭一己之力把所有事情都搞砸了。

他眼睛一转有了主意。

他已经留意到，刚刚扶着的那辆车正是黄总的。

第36章
A Shitty Night（下）

任新蜂在前面跑。跌跌撞撞。

几个保安在后面追。气喘吁吁。

十来条出来夜遛的狗跟在保安后面追。兴高采烈。

它们的主人在后面追。骂骂咧咧。

眼看小区大门就在前头，只要跑出去就能脱身。

啪！

任新蜂摔了个狗吃屎。他又踩着自己鞋带了。这一下摔得结实，他用下巴直磕水泥地，眼前直冒金星不说，差点就咬舌自尽了。等到他硬撑着爬起来，逃亡窗口已经关上。

前后左右，围上来八个保安，把他摁倒在地。

他的下巴再次磕到水泥地。

这回他真的咬着舌头了。

他被扭送到了物业中心。

过了一会儿，黄总穿着睡衣下来了，没等保安介绍完情况，立马扭身冲到屋外。

任新蜂蹲在墙角里，被三个壮实保安围着，一边揉着下巴，一边在心里倒数：

五。

四。

三。

二。

一。

欸？怎么没动静？

任新蜂刚抬了下屁股想瞧瞧外面什么情况，立马挨了一记爆栗，只好抱头复又蹲下。

这时外面终于传来一声迟到的哀号。高亢，尖厉，悠长，惹得整个小区的狗也跟着吠了起来。那自然是黄总发出来的。在他爱车前。

是的，那辆刚跑了不到两万公里的迈腾，已经被任新蜂搞得不成样。

六扇车窗的玻璃都被砸成蜘蛛网。

车标、观后镜全被掰断。

左侧车身有俩大字：**SB**

右侧车身也有俩大字：**还钱**

车前盖上的字那可就多了：

王八蛋老板黄总，吃喝嫖赌欠下了3.5个亿，带着他的小姨子跑了！

黄总王八蛋你不是人！

我们辛辛苦苦给你工作了大半年，你不发工资！

你还我血汗钱！还我血汗钱！

一水的柳体字，都是任新蜂拿块尖石头一笔一画刻出来的。

他小时候被他爸逼着练过几年书法。当时他敢怒不敢言，虽然每天临《神策军碑》，却从来不走心。根本不知练这玩意儿能干吗。现在谁还指着一手漂亮字给人好印象？谁承想今天就派上用场了。

不过，如愿以偿听到黄总悲鸣，他心里却开始后怕。

怕黄总这回真的不依不饶非得报警。

他不想进看守所，不想有案底，更不想没了眼下这份工作。

他那一腔怒火呀，早烧完只剩灰一堆，颤颤巍巍往上冒青烟。

就连那烟也快消散了。

刚才那一阵夺路狂奔，消耗了不少肾上腺素。现在身上心上都有些虚。

他扶着墙，一边挪脚一边想：

我这是在干吗呢？屌丝有什么资本学窦唯？人真是不能太把自己当回事。太要存在感的话，甭管干什么最后都是求后悔药。

这边任新蜂正鄙视自己，那边黄总已经冲了进来，拎起一把椅子就要往他身上砸。

保安们怕损坏公物，赶紧一拥而上，连拉带劝带哄，把黄总摁实在沙发上。

保安队长亲自出面，问黄总是想公了还是私了。公了的话，就立刻打电话通知片警。私了的话，就该怎么赔怎么赔。

黄总按捺不住又跳起来，隔着人墙问候了任新蜂十八代祖宗，末了还是决定私了。

他也不想把事情闹太大。那样是能惩治任新蜂，没准还能毁了他的前程。可这样就做得太绝了。

治得了他一时治不了他一世，恐怕只能招来更疯狂的报复。

这小子血一上头就没理智。今天能砸车，明天就能砸别的。不能这么没完没了，得让他知难而退。

而且，说到底，他并非对任新蜂无愧。

黄总做了决定，保安队长就开始两边递话。

出来打工之前他干过一任村长，最爱干这种调停的事儿，有成就感的同时还能挣点烟钱。

终于，商定了一个双方都能接受的钱数。

只剩下最后一个问题：任新蜂根本没那么多现钱。

任新蜂的意思是分期付款。

黄总的要求是一次付清。

任新蜂又提出一个方案：给黄总免费干私活，直到把钱还完为止。

黄总当即拒绝：他已经请了新文案，生意也没好到要外发，他也不想再跟任新蜂打交道。

最后黄总跟保安队长说："你跟他说，不管他借也好抢也好，总之什么时候把钱拿来，什么时候放人。以后大路朝天各走一边，谁也不欠谁的。"

保安队长皱着眉头说："哎呀，业主您这说法可不太好，咱们不成绑票的了？"

这时任新蜂大着舌头说："我想打个电话。"

他本来已经打定主意不跟父母说这事，可刚才捋了一遍，发现根本没戏。关键时刻还是只能给家里添堵。在北京待了三年，一个能借钱的朋友都没有。真是太失败了。

得到允许后，他慢慢抬起屁股，慢慢从兜里掏出手机。

蹲得太久，他腿完全麻了。

拨号之前，他忽然想起一个人来。

也许她能借他？

虽然不太熟，但这钱对她来说应该是小数目，她像是个富二代。厚着脸皮姑且一试吧。

他连和安琪分手这事都还没跟父母说呢，实在不愿意大半夜的让他们千里之外担这心。

他就打了她的手机，说事情是这样这样的，你那个那个能不能借我点钱。

未承想，她在电话那头一口答应。

过了半小时，屋外有车灯驶近。

过了没一会儿，一个人推门进来。

不是别人，正是Coke。

左手打着石膏，用悬臂带挂在胸前。

Coke交了钱赎了人。

就像昨天一样，领着任新蜂，众目睽睽之下出了那屋。

他们在路边打车。

任新蜂问："你这手怎么回事？"

Coke说："骨折，都是你害的，我现在连车都开不了。"

原来，昨天任新蜂回座位路上踩着自己鞋带，倒地时将走在前头的她扑倒。

她当时用手撑了一下地，过后只觉手疼得厉害，本来还想坚持工作，没想到到了下午手腕肿得像猪脚一样，只得赶紧去医院。

一照片子，桡骨下端骨折，伴随腕关节损伤。

任新蜂连连致歉。

Coke倒看得开："也不能全怪你，我最近闹水逆。"

任新蜂又连连感谢。

谢她雪中送炭。

这时一辆出租车停在他们旁边。

任新蜂赶紧跑上前一步，替Coke打开车门。

临上车前，Coke说："借你这钱可是有条件的。"

"我知道我知道，我一定连本带利还你。"

"我要利息干吗？"

"欸？那条件是……"

"我要你当我男朋友。"

PART Ⅱ

背着梦想往前游
叫作梦游

第37章 以公司为家

二十天之后，早上9点。

闹钟一响，任新蜂就睁开眼睛。

其实他早就被晒醒了，躺着翻梦寻物呢。他梦里偶得了一个公益广告的创意，日出之后，半梦半醒之间，给忘了。只记得好到一塌糊涂，做出来一定能得奖。

他懊恼地嗷了一声，一骨碌爬起来，三下两下卷起枕头毯子，塞进柜子。又到淋浴间把头天晚上晾里边的衣服收起来，不管干没干透，也一股脑塞进柜子。接着冲进厕所去刷牙。

正一嘴白沫，有人咚咚咚敲门。

一个女声问，里头有人吗？那是阿姨要进来打扫的节奏。

他慌忙漱了口，冲门外大喊，有人。

刷完牙洗完脸，正盘算早餐是苏打饼干就现磨咖啡还是奥利奥蘸立顿红茶，有人推门进来。是吴迪，手里夹着本杂志。吴迪瞥了一眼任新蜂手里的洗具和杯具，倒是一点不惊讶。

吴迪：“早，刷牙？”

任新蜂：“早，大号？”

吴迪：“嗯，吃了吗？”

任新蜂：“没，你呢？”

吴迪：“吃过了，不然哪儿有的拉。”

任新蜂：“你可真是个直肠子，怎么到我们这儿拉来了？”

吴迪：“这层清净。”

任新蜂：“你倒会找地。”

吴迪：“那我拉了，你吃去吧。”

任新蜂："啊呸！是我去吃你拉……也不对，操。"

他正要推门出去，吴迪忽然从格子里探出脑袋说："对了，一会儿找你下个brief。"

任新蜂心说这才是你拉我吃呢，就出了厕所，走到了自己桌前，吧嗒将电脑打开。

他以公司为家，夜夜在这打地铺，已经两个礼拜了。

倒不是忽然间大活临头回不了家。

他在北京本来也没家。先前跟安琪合租的是一室一厅，每月租金三千五。他交两千，安琪交一千五。现在连这也没了。

他让房东给赶了出来。

眼下又到了续合同的季节，房东要涨25%房租，而且要求改季付为半年付。可他没现钱。不光没钱，还欠了一屁股债。别说半年，一个月的房租都交不起。他跟房东说宽限一个月，等开支了马上给。其实他是想用这一个月缓冲期找房子。房东说那不好意思，只好请你三天内搬出去。其实房东早打算好租给别人。乘他上班的时候，已经带过好几拨人来看房。

他一点脾气没有，挨到第三天晚上才收拾完行李，背着一个大包一个小包，交钥匙走人。

在北京三年，那就是他的所有家当。

其实那屋子有太多回忆，而且墙壁透风水管漏水，他早不想再住了。可是前一阵接连发生那么多事。不是他自找倒霉，就是倒霉找上门来。他焦头烂额的，哪顾得上找房子？

他在一个大学同学家的沙发上过了第一夜。

半夜听见小两口在卧室里为这事吵架。

第二天起来，就背着小包进了公司。

知道那同学的老婆不乐意，就在人家开口前自觉离开了。

虽然知道那同学的老婆不乐意，还是把大包寄存在他们家。

打那之后，他就开始了吃在公司睡在公司的节奏。

没告诉任何人。多数时候是耗到别人都走了，才去洗洗睡。偶尔也先假装下班，在外面溜达到差不多了，再跑回公司去睡觉。

这么小两周下来，不光钱省了不少，还跟夜班大爷迅速熟络起来。

大爷觉得这孩子真可怜，天天通宵回不了家，经常自带夜宵喊他一块儿吃。感动得他想喊他爷爷，话到嘴边觉得太作了才作罢。不然非把大爷给吓着不可。

他也引起了刘大卫的注意。

这些天来，刘大卫甭管多早来多晚走，在办公室里走圈的时候永远能瞧见任新蜂。

他对任新蜂第一印象不算坏，就是觉得这小孩大谈什么"广告改变世界"有点不着调，能量正得招人嫌。典型的三观遭过蹂躏未经调教，不在正确方位上。现在看他老这么点灯熬油，虽然最大可能是效率有问题，起码态度很好。这种愿意熬能吃苦的小孩，如今不多见了。

刘大卫自诩与时俱进，身心都保持年轻。

跟他差不多大年纪的，很多肚子大到站直了低头看不见脚趾。不但long time no thin，还跟老二long time no see。当初一起入行的，基本全被时代淘汰了，葬礼都参加过两三个了。只有自己仍屹立桥头不倒。

虽是港农，听见十动然拒、人艰不拆这些个不明觉厉的新词都不会说闹觉余*。所有新科技第一时间尝鲜。所有新媒体第一时间体验。娱乐圈新人，也都认得哪张脸是哪张脸。即使张张脸都差不多。

但其实，他的中年危机一点不比别人小，也就是藏得好藏得深，连自己都给骗过去了。

证据之一，是越来越爱听李宗盛的歌。

证据之二，是早知青春留不住，却硬要抓住青春的小尾巴，对扑上来的鲜肉来者不拒。她们，是他的灵感之光，他的不老泉，他的洛丽塔。

证据之三，是心态已不知不觉掉入窠臼，觉得一代不如一代。

人老这回事，都是从看比自己年轻的不顺眼开始的。

他越是对别的年轻创意恨铁不成钢，越发觉得任新蜂这小孩不光是来镀金的。

他就时不时地点拨任新蜂一下，从各种方面。

这让任新蜂受宠若惊，越发觉得住公司真是英明决断。

当然他也清楚，这并非长远之计。早晚还是得找房子。

未承想，他没开始找房子，房子倒先找上他了。

---

* 这些都是网络新成语。

十动然拒：十分感动然后拒绝。出自一段可歌可泣的旧闻——2012年光棍节，某大学男生将历时212天创作的16万字情书送给心仪已久的女生。这名女生收到情书后十分感动，然后拒绝了他。

人艰不拆：人生已如此艰难，有些事就不要拆穿。出自林宥嘉歌曲《说谎》。当你需要面对一个无法面对的真相但又不想说“草泥马”的时候，就可以这么说。

不明觉厉：虽然不明白对方在干什么，但是觉得很厉害的样子。出自周星驰电影《食神》——当斯蒂芬周向火鸡及鹅头讲解如何把濑尿牛丸做到上市时，鹅头说：“虽然不知道你在说什么，但感觉好厉害。”

说闹觉余：看到其他人有说有笑有打有闹，觉得自己很多余。这是一种弥漫着淡淡悲伤的生活状态，出处已经无法考证。

第38章
办公室恋情什么的最下饭了

创意部里空荡荡。大部分创意还在被窝里。少部分勤快创意刚出门。任新蜂独自趴在电脑前，坐等吴迪来下brief。

左等不来右等不来，只好看娱乐版解闷。

今天的头条标题是《资深玉女偶像何兰放生万斤泥鳅，惨遭自称“草泥马侠”神秘男子闹场》。说的是何兰为了祈祷世界和平，往一个湖里放生了四十七万多条小生命。结果就有那么一号闲人，戴着草泥马头套，冲进放生现场阻挠这场善事，还大骂何兰他们是在破坏生态平衡，这种放生还不如放屁。吓得何兰花容失色，当场晕倒在同行的参延法师怀里。结果当然是“草泥马侠”被保安给架走了，放生活动圆满完成，众人连同泥鳅都很平安喜乐。

新闻最后说：“究竟这位‘草泥马侠’是何方神圣？截至发稿，依然成谜。敬请期待后续报道。”

期待个屁！这要不是何兰为了博关注自导自演的，我把鼠标吃了。任新蜂这么想着，一边瞄了一眼自己的鼠标。幸亏没旁人听见，不然他真的得吃这塑料货。

这个“草泥马侠”，不光不是何兰雇的，跟他其实还有一点渊源。

任新蜂伸了个懒腰，起身想去倒水，却看见了Coke正慢悠悠走来。

等了半天吴迪没现身，倒把她给等来了。

Coke走近了说：“你好，男朋友。”

任新蜂说：“好久不见，女朋友。有事？”

Coke说：“嗯哼，你报恩的时刻到了。”

半个月前，Coke江湖救急，借了一笔钱给任新蜂，条件是要他做自己的男朋友。

他就做了她男朋友。

不是一般男性朋友，也不是一般男朋友，是可以带去见家长的那种男朋友。

就只是用来见家长的那种男朋友。

“我要你当我男朋友。”

当晚，黄总所住小区外的马路牙子上，听到Coke吐出来的这句话，任新蜂愣了足足30秒。

时间长得够插播一条TVC*了。如果是恒源祥的话，说完一遍十二生肖还能再说一遍十二星座。最后还能剩下6秒钟来单独展示Logo。

直到出租司机狂按喇叭，他才如梦初醒。

活到二十多，第一次被表白。而且是这么直白的表白。

惊喜自然是有，更多的是惊吓。

毕竟跟Coke还不太熟。

不能说对她没有好感，但这也未免太快了吧。

他正想说自己刚结束一段关系暂时没心情谈恋爱虽然你人很好但目前自己想把精力放工作上什么的，Coke从出租车里探出脑袋，朝他招手：“你先别被吓着，我跟你说个秘密。”

任新蜂心想，不会是想说她长这么大从没交过男盆友结果上个月查出来有绝症吧。

当然不是。

以下是任新蜂一路上听到的：

原来打12岁起，Coke就知道自己是个拉拉，但她一直没跟家里出柜。

上学的时候，这让她父母很放心。

因为从来不和男孩单独出去。闺密倒是一大堆，不少是假小子，经常周末到她家过夜。唯一关系紧密又是男的也就是吴迪，那也主要是两家走得近。

工作之后，这逐渐成了她父母的心病。

不管怎么暗示明示威逼利诱，她都说现在还小不想找男朋友。

上了三年班过了25岁，这让她成为整个家族的共同话题。

每次亲友饭局上都会被问：什么时候结婚啊原来还没男朋友呀怎么还不交男朋友呢虽然你们家有钱但眼光也不要那么高嘛不然我给你介绍一个吧哎呀怎么不高兴了我还不是为

---

* TVC：Television Commercial（电视广告）的缩写。最初特指以电视摄像机拍摄的广告片，以区别于CF（Commercial Film，即以电影胶片拍摄的广告片）。不过如今已很少人提及CF，多以TVC来通指电视广告。

TVC是传统广告老三样（TVC、平面和广播）之一,标准时长有三种——15秒、30秒和60秒。因为TVC的投放费用实在太贵，大部分客户都舍不得投60秒广告。当然啦，就算投了也很难有人看完。

近些年网上出现了一大堆长达数分钟的广告片，尽管创作欲求不满的创意们坚持把它们叫作微电影，其实大部分真的就是又臭又长的加长版TVC而已。

了你好。

最着急她单着的，当然是她妈，三天两头给她发各种二代的照片逼她相亲去。自然不是什么二代身份证照片。是各种有身份的二代的照片。

情急之下，她开始跟家里说已经有朋友了。这倒不是说谎，她又没说是男朋友还是女朋友。而且她当时确实已经不混圈了，有个帅T朋友。

之后亲友饭局上都会被问：什么时候结婚啊不是有男朋友了嘛怎么还不把他带来让大伙见一见帮你把一把关嘛手机里有他照片没有给我看看呗哎呀怎么又不高兴了我还不是为了你好。

最着急想见未来姑爷的，当然还是她妈，三天两头催她往家里带。

情急之下，她只好开始编瞎话。不是说感情没到这份上，就是说最近正闹别扭。过一阵再问就说已经分了。再过一阵就说又新处了一个。

这么敷衍了一年多，不知不觉已经换了五六个“对象”。

她爸也开始坐不住了，觉得这宝贝闺女恋爱观大有问题，派了她妈去找她深谈。

她只能将胡编进行到底。

说之前遇到的都不是真爱。有的是看上她的色了，有的是看上她们家钱了；有的是性格不合，有的是星座不合，有的是血型不合。最近刚分的这个，是劈腿被捉奸在床。

听得她妈那叫一个心疼，一把揽她入怀哭着道，男人都不是东西！闺女啊你这就叫红颜薄命吧。

Coke想起前几日把前任捉奸在床的场面，也不由得悲从中来。

母女俩抱头痛哭了一阵。

哭完之后，Coke怕她妈回去睡不着觉，赶紧说其实最近又新好了一个，这回挺靠谱的。

她妈说，你倒是不谈则已一谈就不闲着，那他姓什么叫什么干什么工作的?

正好，当天下午，她刚拿着吴迪给过来的简历，跟任新蜂通过电话，对这名字印象很深。就照着他简历上写的，一五一十报给她妈听。

只虚构了两点：

一、说任新蜂是去面试时对她一见钟情的。

二、任新蜂现在也进了CIRCLE。因为是同事，所以一直没公开。

她妈又问两人是怎么好上的。

她只好把胖美术追她的事迹移植到任新蜂身上，并在那基础上又加编了一段：在她惨遭劈腿后，他是怎么悉心安慰忘我照料以致累倒，这才最终打动了她。

她妈说，听起来这小孩不太靠谱啊，不过对你倒像是真心的。

Coke说，有真心就够了。

她妈说，真心不够啊闺女，有照片吗让我审审。

Coke说，照片有什么好审的，哪天审真人吧。

就这么把她妈给打发走了。

回去之后，她妈开始三天一个电话，问什么时候审真人。她不敢说又分了，只好说他最近特忙，等过了这一阵再说。这一忙就忙了一个月。

中间，因为有这么一节故事，面完所有人之后Paul问她意见，她便极力推荐任新蜂。

不能不说，她是任新蜂得以进圈公司的贵人。

说来也巧，任新蜂入职当天，Coke带他去宝金汇买衣服，正好碰上她嫂子。她嫂子早听她妈描述过，当下一对照，一点都没差，这准就是小姑子的新男友。

当着任新蜂的面儿，Coke哪敢说是。可她越涨红了脸否认，她嫂子越认定她是害羞。跟他们俩分开以后，她嫂子立即电告她妈说，妈，你猜我今天遇见谁了？

她妈说，这我哪知道啊。

她嫂子说，咱家小可和她男朋友。

她妈这才来了兴致，连连追问说，怎么样那小孩？那小孩怎么样？

她嫂子说，长得还算体面，就是吧，就是吧，就是有点那个。

她妈说，那个是哪个？

她嫂子说，就是那个，那个，挺个性化的。

她妈撂下电话，立刻就给她爸报告去了。

给她爸报告完，立刻就给她打电话了。

第一次电话Coke没听到，当时她正领着任新蜂在11楼游街。

第二次电话Coke拒接了，当时她正在刘大卫座位前代表女性同胞慷慨陈词。

第三次电话Coke终于接了，当时她一个人在医院里，一开口就带哭腔。

她妈那叫一个心焦，跳上车一路闯了三个红灯，半小时之内赶到医院一看，闺女手上打着石膏呢，开口第一句话是伤得怎么样，第二句话是那小孩呢怎么没陪你。

Coke问，哪个小孩？

她妈说，还有哪个小孩，你的新男朋友呗。

Coke说，哦，他呀，忙。

她妈说，再忙也得放下，你就问他，你重要还是工作重要。

Coke没吭声，心想，我是他什么人，对他来说当然是工作重要。

她妈气鼓鼓地把她接回家，死活不让她回自己住的地儿。到了晚上临睡前，又气鼓鼓地敲开她房门说，我看这小孩对你也不是真心的。到了第二天晚上临睡前，再度气鼓鼓地敲开她房门说，你爸发话了，那小孩再忙能有他忙？最近无论如何得安排见个面吃个饭。

Coke一听头都大了。

看来是躲不过这一劫了，正躺床上发愁怎么跟任新蜂提这事呢，手机响了。

是任新蜂打来借钱的。

这就是Coke要任新蜂做她男朋友的前前后后。

当时任新蜂听完之后，虽然颇有些莫名的失落，还是一口答应了。

于情于理，就算只看在钱的分上，他都没有理由拒绝。

之后又过了好些天，Coke她爸终于在百忙之中排出一顿饭的时间来，要面审未来姑爷。

于是Coke就来找任新蜂了。

“明天晚上7点半，东方君悦里头的长安一号，到时咱俩一块走。”Coke说。

任新蜂说行。

他还没进过那么高级的地方呢。很有些期待，还颇有些压力呢。

他说：“我一定会好好表现的。”

Coke说：“不用，做你自己就好啦，反正我也不需要他们喜欢你。”

“欸？我这么招人讨厌吗？”

“你……呵呵，你其实人挺好的，就是吧……光是这发型，就很难招老辈人喜欢。”

“我能把这当成一种肯定吗？”

“行行行，你明天肯定不会加班吧？”

“那得问我呀。”突然从旁边横插进来一把声音。

第39章 要不要跟我一起住

“那得问我呀。”

任新蜂和Coke正聊着，吴迪的声音突然横插一杠进来。

他又来给任新蜂下brief了。

正如他说的，虽然创意部自认高客服部一等，其实下班时间掌握在Account手里。不过Account的下班时间也掌握在创意部手里，因为得盯着他们干活。就是这样的两个部门，一天天的，这么互相拖着一起累着，缠缠绵绵绕天涯，直到世界末日。

“你们闻到了吗？”吴迪忽然扬起头，左右嗅了嗅。

“什么？”Coke问，也跟着四处闻了闻。

“有奸情的味道。”吴迪说。

“屁！”Coke说。

“原来奸情的味道是屁。”吴迪说。

“滚。”Coke说。

“你们最近走得很近嘛，我已经收到八卦说你们俩好上了，到底演的哪一出？”吴迪说。

“对啦，我们俩是好了。”Coke满不在乎地说。

“欸？”不光是吴迪，连任新蜂也惊得下巴快掉了。不是说好了不公开这事的嘛。

他不知道，吴迪跟Coke有多熟。

他更不知道，他们俩的八卦是Coke自己传出去的。演戏要演全套嘛。万一她爸要调查任新蜂呢？毕竟是Coke第一个带去见父母的“男朋友”。

不怕一万，就怕万一。

“你被他捋直了？”吴迪收了下巴，指着任新蜂，问Coke。

“呵呵，我弯了直直了弯，行不行？”Coke说。

“小心闪了腰……”吴迪挠了挠下巴，“我知道了，又是你妈逼的吧？”

“你丫活腻了吧，居然敢骂我？”

“骂你什么了？”

“还不承认，你有没有说又是你妈什么的吧？有没有？”

“我是说，又是你妈逼——迫你的吧。这样行了吧。”

“算你行。”

“说到哪儿了？瞧你这岔打的。所以你这回躲不过去，只好要他假装男朋友，去见叔叔阿姨？”

吴迪当然早知道Coke的性取向，Coke可是一直把他当无话不说的gay密看待。

“真是难为你了。”吴迪拍了拍任新蜂后背。

“这是我应该做的。”任新蜂其实也觉得挺难为自己的。

“我爸妈过后可能会找你打听他，你知道该怎么说吧？”Coke指着任新蜂，对吴迪说。

“知道知道，一定尽全力把他夸成天仙。”吴迪说。

“就怕你这样。千万别这么干，如实说就好。”Coke说。

“你就不怕叔叔阿姨对他印象不好？”吴迪说。

“我怕印象太好。到时逼我嫁给他怎么办？”Coke再次指着任新蜂，对吴迪说。

“欸？嫁给我有这么可怕吗？”任新蜂忍不住又问了一遍，“我有这么招人讨厌吗？”

“你挺好的，就是吧……老实说，不太容易招老辈人喜欢。”吴迪说。

果然不愧是发小，Coke跟吴迪说的如出一辙。

“就是这样的，你面对现实吧。我这是未雨绸缪，为以后甩了你做好准备。”Coke对任新蜂说。

“那你打算什么时候跟他分？”吴迪再次指着任新蜂，问Coke说。

“怎么也得苦恋个半年再分吧，不然也太快了。”Coke第三次指着任新蜂，对吴迪说。

“当着男朋友的面，跟别的男人商量怎么把男朋友给甩了，这样合适吗？”任新蜂说。

“对啊，你个没有礼貌的妇人。”吴迪说。

“滚。”Coke说。

“你先滚吧，我有正事。”吴迪说。

“那好吧，你不滚，我先滚为敬。”Coke说，转头又跟任新蜂告别，“明晚见哈，男朋友。”

“不见不散，女朋友。”任新蜂说。

Coke走了之后，吴迪三下五除二就把工作给说完了。

“还有事？”任新蜂见他磨磨蹭蹭的不走，就问了一句。

“我说，你最近……”虽然四下无人，吴迪还是刻意压低了音量，“一直住在公司里吧？”

刚才倒没见他这么小心。

任新蜂一听头都大了。自己已经很小心了，没想到这么快就被发现。

“你别担心，我不会说出去的。不过你是有什么难处吗？”吴迪赶紧又补充了一句。

任新蜂心想：话说到这个份上了，否认已经没有意义，还显得不敞亮。他就一五一十地，把自己如何沦为丧家犬的告诉了吴迪。

“你可真够衰的，但这样也不是长久之计。”

“谁说不是呢？”

“你看你，最近是睡也凑合吃也凑合穿也凑合什么都凑合，整体给人感觉就是特别邋遢。”

“我也不愿意这样，这不现实只能先这么凑合吗？”

“有句网上的话不知道你听过没有——你把自己打理成什么样，你就只能过那样的生活。”

“这不兜里空空的吗？我是打算一发工资就赶紧找房子的。”

“我倒有个建议，不然你住我那儿去。离这儿很近，走路上班。”

“这怎么好意思。”

“不让你白住，要收钱的。我一人住一套两居，有一间房空着也是空着，不如便宜租给你。”

吴迪最近有点入不敷出。

他跟程欣还在磨合期，今年内要涨薪水看来是没戏了，就想靠房租贴补一下家用。

这对任新蜂自然也很合适。

就这样，任新蜂当天便成了吴迪的房客。

很快，关于他们俩的八卦就将流出。

如果对任新蜂和吴迪的同居生活感兴趣，请扫下方二维码，阅读任新蜂亲自撰写的三篇辛酸回忆录。

第40章
钱难赚，屎难吃，最难还是见家长

什么叫见家长？就是与虎谋皮。

睡了人家闺女不说，还要正式开演勇夺心头肉的戏码，怎么能指望博得满堂红？都说女儿是父亲上辈子的情人，什么时候情敌相见不眼红？必须是满满的敌意和挑剔等候着。

但在家长这头，多数时候，不待见也只是无用功。既然没本事把时空停止在闺女小时候，也就只好接受既成现实，然后暗暗喂难堪给人吃。

所以，第一次见家长，十个男朋友里头，有八个得当场改名叫“难朋友”。剩下那俩，一个是丈母娘都动心的正牌高富帅，另一个就是任新蜂这样的冒牌货。

可对任新蜂来说，这事也并没看上去那么容易。

他不一向有想太多的毛病吗？这与其说是性格缺陷，不如说是惯用右脑落下的毛病。

一想多就容易拧巴。

本来Coke交给他的任务很简单，就是本色演出，用真我的风采搞砸这次见面会，好为之后的分手埋伏笔。按理说，任新蜂应该毫无压力才对。

但是跟多数人一样，他也有极力想讨好别人的天性。

人是群居动物，总是希望别人喜欢自己，不想别人讨厌自己。

所以当Coke和吴迪一致指出他这样的人不招上一辈喜欢的时候，他面上没说话，其实很受伤。他左肩头蹦出来个长犄角拿长叉的小人儿，叫他为了自尊一定要好好表现。不蒸馒头争口气，要打破这宿命。等半天，右肩头那个戴光环穿白袍的小人也没出来。他自己跟那犄角小人讨论了半天，最后终于打定主意，要跟Coke拧着干。

为了给她父母留下好印象，他当天特意刮了胡子，又特意花了10块钱把莫西干头推成头皮寸，还特意换上入职当天Coke给他买的那身衣服，更特意喷了入职当天Coke送他的香水。这一下子就干净利索有味道多了，以致Paul问他是不是打算晚上约会去。

而他给Coke的解释是：“哪有第一次见家长不精心准备的？不然就太假了。”

Coke心想也对，就说你考虑还挺周全的。

任新蜂说，这叫有生活。

说这话的时候，他们俩正并肩走在去往长安一号的路上。

那个地儿离他们公司很近。

两人对完一遍口径之后，开始为一件事犯起愁来。

要不要在Coke家人面前表现得亲昵一点。

毕竟Coke跟她妈说的是这回找到真爱了。

真爱不是空口说的，体现在各种细节里。首先是眼神，其次是腻歪，也就是那些发乎情止不住的肢体接触。眼神问题好解决，时不时直勾勾地看着对方就成。难办的是最后一项。

在任新蜂的建议下，两人试着拉了一下手。

Coke强忍着巨大的不适跟违和感，全身绷紧走了七步，忽然将任新蜂的手一把甩开，自顾自埋头大步往前。

任新蜂很受伤地抬头一看，前头路边，有个人正在注视他们。正是入职第一天的中午，踩到鞋带之前，他差点撞上的那个女的。她是另一个组的美术，也是公司里有名的女汉子，就连走路架势，都比很多男的爷们。那天Coke见到她时，反应也跟现在差不多。

他顿时明白了七八分，追上Coke问："就是她吧？"

Coke说："什么？"

任新蜂说："你前任啊，被你捉奸在床的那个。"

Coke说："够了，别说了。"

于是剩下的路程，两人再没说过一句话。

就是默默地走着。

默默地等灯。

默默地过马路。

默默地进了吃饭的地儿。

默默地让服务员领着。

临进包厢前，Coke深吸了一口气，忽然挽起任新蜂的胳膊，瞬间笑成了一朵花。

任新蜂也不甘示弱，立刻一歪脑袋，笑出了满脸褶。

包厢门呼啦被服务员推开。里头的人呼啦转过脸来。

七八个中年男子，都是一样的肥头大耳。

欸？任新蜂的脸顿时僵住了。

Coke眉梢一挑，脸上的笑也谢了。

"对不起！对不起！领错包厢了。"服务员忙不迭地跟两边鞠躬道歉，呼啦把包厢门给关上了，呼啦把隔壁的包厢门给打开了。

这回没有错。坐在包厢里的有四个人，分别是Coke她爸、她妈、她哥和她嫂子。

Coke立刻又挽起任新蜂的胳膊，一歪脑袋，瞬间笑成了一朵花。

第41章
喂自己袋盐

这是任新蜂第二回见家长了。

第一回见的当然是安琪父母。

那次，他果然没有辜负宿命，成功地让他们对自己直摇头。

一回家安琪就开始闹，说他怎么一点礼数都不懂。也不知道给人夹菜。也不知道主动敬酒。也不知道自己是后辈晚生，碰杯的时候杯沿要比对方低。

任新蜂说他最讨厌别人给自己夹菜了，当然也不会给别人夹菜。己所不欲勿施于人嘛。他也不是不想主动敬酒，一直没得着机会。每次刚要举杯，安琪她爸就已经把杯子凑了过来。至于杯沿问题他确实不懂，南方根本没这种讲究，都是自己喝自己的。

所以这一回，任新蜂充分吸取了上次的教训。

除了夹菜问题上依然坚持底线，其他各种过犹不及。

刚一坐定就腾地站起来，高高地举起酒杯要敬大家。敬就敬吧，挨个碰杯的时候，他都把杯沿低到要从尘埃里开出花来。低就低吧，每次一碰完他都咕嘟一饮而尽。

可惜他又搞错了。

安琪一家是老北京，讲究的是老礼儿。

Coke家则是各种西式儿。

今天吃的虽是中餐，开的却是红酒。

红酒哪有一口闷的？

所以，面对任新蜂的豪举，Coke她爸她妈她哥倒都还能不动声色，Coke她嫂子却是掩不住地掩嘴笑。Coke看在眼里，也不知道是该高兴任新蜂演得不错呢还是该替他觉得丢人。总之眉梢挑了好几次，又悄悄拽了拽任新蜂袖口。

他这才消停下来，夹了两口菜，开始找话题。

因为知道Coke她爸是投资人，就跟他聊了聊比特币。

因为知道Coke她哥有个创业公司，就又跟他聊了聊互联网思维的煎饼果子。

因为知道Coke她嫂子是个败家娘儿们，就又跟她聊了聊大牌们的正确发音。

因为不知道Coke她妈什么喜好，就只好跟她随喜聊了聊仁波切。

聊了半天，总算统一了Coke一家人对他的看法——浮夸。

后来不知怎么说到工作上。

Coke她哥就问：“广告总不能干一辈子，你以后有什么打算没有？”

任新蜂：“打算……就是干广告呗，暂时没想过别的。这工作挺适合我。我也挺适合这工作。”

Coke她哥：“我还挺适合在家躺着呢。我问你哈，就算你做到创意总监，一个月能挣多少钱？”

Coke她嫂子在旁边帮腔：“对呀，我们家小可，打生下来就是富养，过不了一般日子。”

Coke立刻假装娇羞：“嫂子！”

Coke她妈就出来打圆场：“现在说这个太早了。那个谁，你多吃点，别拘着。”

任新蜂憋了半天说：“也不能什么都拿钱衡量。”

Coke她哥：“那拿idea衡量？idea又不值钱。”

任新蜂就彻底不说话了。

Coke赶紧给她妈使眼色。

她妈就给她嫂子使眼色。

她嫂子肩负重任，眼睛一转，看到墙上电视里正播着的广告，就有了个主意。可以说是一箭双雕：一是转移话题，避免场面这么干下去；二是在公公婆婆面前也塑造一下自己勤俭持家的形象，也算是危机公关——她因为喜欢买大牌包，没少被Coke她妈念叨。

她便指着电视问：“那个小谁，小蜂，这是你们做的吗？”

任新蜂扭头一看，原来在播的某款沐浴露的TVC，由何兰代言。正是之前郝建去跟的那一条。

“还真是我们公司做的，不过我没经手。”任新蜂迫不及待地撇清，因为觉得那创意实在烂到家了。

“我能提个意见吗？你们以后做广告，能不能别老用明星代言？”

“欸？怎么说？”

“你想啊，光何兰一个人的代言费，就得好几百万吧？羊毛出在羊身上，最后这不都是我们消费者埋单吗？要是不请明星，那成本不就降下来了？这沐浴露不就能卖便宜点？”

“欸……那不打广告，把广告费省下来，不是能省更多成本？”

“那敢情好，可这么一来你们不是没饭吃了？”

“我们大不了改行呗，反正做到死也发不了财。问题是如果一个产品，不打广告不做营销，就没人知道。没人知道，就没人来买。或者说，就算有人知道，但没看过你打广告，也会觉得你实力不行，不敢买。”

“那就只打广告好了，不请明星。”

“其实吧，请明星是帮消费者省钱。”

“这不对吧。”

“是这样的。有个词叫规模效应。简单地说，就是生产得越多卖得越好，单件商品的成本就越低。就比如说叔叔这身西服，是定制的吧？那就肯定很贵。但要是买成衣呢，就会便宜很多，因为是流水线生产。

“所以，品牌为什么请明星代言？因为他们有知名度有影响力有一大堆粉丝，能带动销量。销量上去了，产量也就上去了。产量上去了，成本就下来了。成本下来了，价格才能下来。”

“那要请来的明星大家都讨厌，怎么办？或者做出来的广告大家都骂，怎么办？”

“你讨厌一个人，肯定不会买她代言的东西。对吧？不买，最省。”

“买包包也是一个理儿。”Coke她妈补充了一句，“你去英日美法意扫货，是比在国内省。可是还有比这省的呢。不买，最省。”

Coke她爸面无表情了半天，这时忽然放声笑了出来。

大家就都看向他。

任新蜂边看边想，看人家这气场，自己不知道哪年哪月才能练出来。

Coke她爸举起杯子抿了口酒。

任新蜂这才发现他手背上一道疤。

这叔叔以前不会是混黑社会的吧。

Coke她爸对任新蜂说：

“那个谁，你不喜欢什么都拿钱来衡量，这我能理解。可你刚才讲的这一套，里里外外不也是钱吗？年轻人，不要因为暂时还挣不着钱，就对钱有偏见。其实啊，钱是人类最不坏的发明之一。向钱看的人，至少不容易犯傻×。”

吃完饭之后，任新蜂一脑门官司回到了住地。

吴迪还没下班，也可能是出去玩了，总之不在。

他躺在沙发上，呆呆地盯了好一会儿天花板，忽然从墙角那道裂缝上得到灵感。虽然还没想出来怎么回Coke她爸，但终于知道怎么回Coke她哥那句“idea又不值钱”了。他真恨自己，怎么当时没想到。

现在打电话给Coke问她哥手机号是不是不太合适？会被当成神经病吧？最起码是盐吃多了咸的。他只好把刚拿起来的手机又放回到茶几上。

刚一撒手，手机响了。拿起来一看，是Coke打来的。

“告诉你一个好消息，一个坏消息。”

“又来了。”

“好消息是我哥嫂都挺不喜欢你的。我妈表示还得再观察观察，反正没看出你对我的真心来。”

“坏消息呢？”

“坏消息是我爸觉得你还凑合。”

第42章
Word Thing How Turn

这一页纸如果有性别的话，一定是个妹纸，而且青春无敌。

为什么呢？

因为她又白又软，根本也不珍惜时光。仅仅从上一页翻到她这一页，嚯，一转眼三个月过去了。照理说，当你拈起她时应该感到光阴四溅，可并没有人被溅到。可见时间有多贱。一寸光阴一寸金，怪不得金价跌这么厉害。

当然也可能是时间压根儿就不存在。

就连任新蜂本人，也说不大出这三个月他是怎么过来的。

并没多少可记的。

他刚进圈公司那会儿，以为未来终于为他而来。结果呢？每日花枝招展上班去。每夜残枝败叶下阵来。大客户大创意大制作大动静，这些任新蜂先前热盼的、以为进了圈公司就能亲密接触到的大大，个个离他远远的。全都轮不到他。

不过，倒是有一个大麻烦，很快将要找上他。谁让他在最烂的team里呢？

对于这一切，他不是一点心理准备没有。

前头说过的，他知道圈公司再好，也就是个广告公司。压力、麻烦、错误、混乱、疲惫、挫败感这些，都是跟广告人最不离不弃的工作伴侣。

他相信广告就像玛丽莲·梦露。如果接受不了她最坏的一面，也不配拥有她最好的一面。

这份工作最好的一面到底有多好？且有得辩呢。也就是说，那根本是个无法达成共识只能各自表述的玩意儿。

至于最坏的一面有多坏？也是众说纷纭。各人有各人的职业生涯不能承受之痛。不过要是真痛了也就放下了，那些一边喊痛一边接着干的，只能说明并没那么痛。

至于任新蜂这边，他倒是愿意接受那最坏的一面，可也得人家先把脸转过来才行。

任新蜂面对的就只有乏味。

乏味的客户。乏味的产品。乏味的促销计划。乏味的brief。乏味的头脑风暴。

乏味的第一稿。乏味的修改意见。更乏味的第二稿。越加乏味的第三稿。最乏味的最终稿。

新鲜劲儿过去后，比居家日子还乏味的日常工作，渐渐地在他面前不带妆了。

虽不至于比以前更没劲，可这是4A中的女神CIRCLE啊！不应该这样啊！因应着这种失望，他的作息时间开始创意化。

夜夜熬夜，越熬越晚，用拖延症来拖延对自己的失望到来。

日日赖床，越赖越晚，用拖延症来拖延新一天的失望到来。

这三个月里，他唯一拿得出手的作品是以下两个：

点赞小便斗

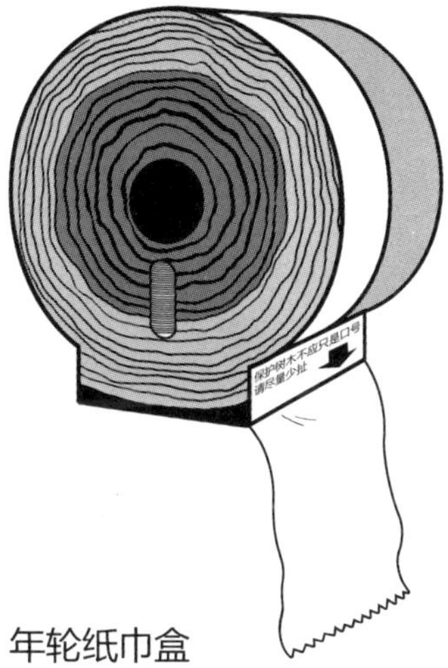

年轮纸巾盒

展示地点不在别处，就是圈公司的那几间男厕。

能看到的人，当然仅限于男同胞跟打扫卫生的阿姨。

客户不是别人，正是Coke。

先前，她们部门一个月内接到石霆四次投诉。不是说有人素质太差上完厕所居然不冲水，就是有人身体太差尿成扇面四处飞溅。不然就是大家用纸巾擦手每次起码两张经常三张有的四张个别五张实在很浪费很不环保。或者厕纸补给不畅时常断了供给造成很多不必要的电话拨出。认真做了一番调查之后，THC总监发现光责骂阿姨确实解决不了问题。光增加打扫厕所频率也解决不了问题。作为一个湾湾她怕被投诉地域歧视不敢直说，可归根结底这就是华人男性的素质问题啊亲。看来有必要在公司内部开展一轮出恭再教育。

很自然地，这个担子就落到Coke肩上。

很自然地，Coke就找上了任新蜂。

谁叫他是她男朋友呢。一日没还完钱，他就还是她男朋友。

任新蜂坐马桶上憋了一晚上，第二天交出来上面那哥儿俩。

Coke刚开始还有些担心，没想到贴出去之后，效果居然不错。

唯一的副作用是短时间内水用量猛增。因为他们公司有那么一群点赞党，每当朋友圈、微博都刷无可刷的时候，就跑厕所里去点赞。

这事儿也引起刘大卫的关注。他亲自打电话给Coke，问厕所里这些标语都是谁写的。

任新蜂听说之后，心中难免得意。因为得意，不免生出了一些期许。因为有期许，自然得失望。因为他的工作仍然没有改变发生。

短小精悍的成就感很快便哗啦啦被冲走了，铁了心跟着他的依然只有乏味。

没完没了的乏味。

堆积如山的乏味。

望不到头的乏味。

任新蜂心里着急，知道不可以再这样下去，不然人又该废了。大学里废柴了四年。毕业后撸瑟了三年。浪费人生的感觉虽然很爽，但回首时真的很糟。

眼看已经二十有五，他自觉老之将至大叔欲成，没多少时间可浪费了。必须主动出击，不然他努这么大力到圈公司来做什么？于是他开始主动找人聊。

“情况就是这么个情况，你说我该怎么办好？”

任新蜂说完一大通，拿起杯子喝了一大口水。

“你的心情我懂，可四啊你要有耐心嘛。广告也四一场修行，慢慢来，表着急。”

坐他身旁那个人，边说边叉起块乳鸽放进嘴里。

眼下是晚餐时间，他俩正头抵头坐在一间以口味地道和环境逼仄著称的茶餐厅里，看起来倒像是一对情侣。

“你的意思我懂，可是每天净是这些小屁活扑面而来，真的看不到机会。”

“你的感受我懂，可四哪有那么多机会啦，就算Mr. Circle他老人家，干了一辈子广告，到头来真正能称得上大创意的，不也就那么几个？”

“你说的我都懂，可是你看看他服务的品牌，你再看看我现在的客户，别说大创意了，大一点的预算都没有。”

“你的想法我懂了。帮你总结一下哈，其实你想换team的，四不四？”

“欸？可以换team的吗？”

“别装了啦，你约我吃饭，不就四想问我怎么换team？”

“换不换team倒无所谓，当然能换最好，主要想换换客户，比如dodo什么的。”

“那你现在的客户，要让谁来服务呢？”

“欸……”

“好客户谁不想做啊？为什么人家做得好好的，要交给你呢？凭你长得帅吗？”

“帅倒不是很帅，可是我一定会努力……”

“比起努力，可能帅还更有用。对不起哈，我会不会太直接了啦？”

“不会不会，我扛得住。”

“就像这只鸽子，它一定也很努力想要飞得更高更远，到头来还不是被做成乳鸽？为什么呢？”

“因为它还不够努力？”

“我的意思四，没有人会关心你有多努力，大家只会看你有没有能力。为什么公司会招你进来？不四你热情善良有节操上进好学品德高喔。你有没有每天都扶一个老奶奶过马路，这对公司来讲，一点都不重要。你能进CIRCLE，仅仅是因为你有价值。而你现在的价值，就四服务这些所谓的烂客户。如果你觉得自己deserve更多，那就要让别人看到你有更多价值。”

“可是没有机会啊。”

“你要四这样想，那就永远都没有机会咯。”

“话是这么说没错……”

“四金子的话，到哪里都会发光的。”

是石头的话，到哪里都不会发光的。

这是那人没有说出口的后半句。

没有烂客户，只有烂创意。

这是那人没有说出口的另一句话。

那人一边说我不客气咯，一边迫不及待地叉起最后一块乳鸽。

那人正是以吃货自称的布兰达。因为长得像苍老师，所以这么装嫩的时候还显得挺萌。也因为长得像苍老师，所以任新蜂虽然连乳鸽屁股都没吃到也并不生气。

本来任新蜂和她工作上并没有交集，很难有机会坐在一起。好在圈公司有一项造就了很多佳话也成就了不少奸情的制度，叫作学长制。

就是给每个新人发一个资深员工作为学长。

学长的任务：领一笔公费，带着新人去吃吃喝喝，聊聊天，传传谣，讲讲公司文化，说说办公室八卦，以帮助新人们最快地适应新环境。

任新蜂的学长就是布兰达。这倒不是巧合，是走了后门的。作为写那批厕所文案的回报，他跟Coke求来的。Coke当时虽然挑了两下眉毛，末了也没说什么，转身就帮他把这事给办了。因为反响不错，她们THC总监打算也把女厕所开辟为素质教育园地。到时少不了又要找他帮忙。

“不好意思，我接个电话哈。”

正说着，布兰达的手机响了。她拿起来看了一眼，赶紧接通。

“宝宝，今天在幼儿园有乖吗……麻麻（妈妈）也有乖乖上班喔，一会儿还要乖乖加班嘞……你自己先跟阿姨睡吧，不要等麻麻了哈……Mua Mua，那麻麻先挂咯。”

等她挂上电话的时候，发现任新蜂正眼神复杂地看着自己。

“我女儿啦。”她说。

“看不出来你已经有小孩了。你先生也是干广告的吗？”

“谁说有小孩就一定已经结婚了。”

“欸？”

“没见过未婚妈妈呀？”

“没见过这么辣的未婚妈妈。”

“你这小孩嘴很甜嘛，难怪刚来就把Coke泡到手了。”

“欸？这……你都听谁说的？”

“大家都在说啊。而且哦，我听到的，关于你的绯闻可不光这一个喔。”

“欸？请问我跟谁还有一腿？”

“你的房东啊。”

“欸？！吴迪？我跟他？搞什么？”

“给。”

“我不是gay。”

任新蜂猛地一抬头，才知道自己听错了。

刚刚那声“给”，是布兰达递钱给服务员时说的。

“好啦好啦，我造你不是gay。”布兰达一边点着找回来的钱，一边慢条斯理地说。

“是吧。”任新蜂一颗心放下了。虽然已经知道布兰达有孩子，他对她还是有遐想的。

“你是bi（音：败）嘛。”

“欸？”

他俩走出饭馆的时候，正好月亮也出来了。

布兰达说吃得有点撑不如走一走再打车吧，任新蜂虽然没吃饱但也说好呀好呀好呀，还主动抢过她的电脑包，帮忙拎着。

虽然被灌了一肚子没多少营养的职场勾兑鸡汤，起码这个晚上还是有收获的：一是和女神单独吃了顿饭，不过主要是看她吃；二是明白了现在想转team不是好时机。

他埋头走着，心里琢磨着没有机会的话要怎么创造机会。

他完全没注意到，刚刚路过的那辆车里，坐着Coke的嫂子。

他当然更无从知道，就在当天早些时候，为了能准时跟布兰达吃这顿饭，自己搞砸了一件事。

大麻烦很快就要找上门来。

不过在那之前，他还有一点小烦恼要应付。

第43章
弯直潜规则

其实，英语四级考了三次才勉强过关的任新蜂并不知道什么叫作bi。

可当时他又不好意思问布兰达。

在CIRCLE这种外企，英文不好可比穿晋江时尚品牌还要丢人。

任新蜂毕竟是一男的，再没皮没脸放得下身段，也有好面子的时候。他自然不是跟谁都这么好面子的。这不对方是布兰达嘛。他对她比较那什么，所以就比较那什么。

第二天上班的时候，他还记着这个事儿，百忙之中专门抽空前去请教Paul。

Paul虽说百无一用，好歹是个新加坡华侨，母语是英语。

“Bye？就是ciao。”Paul没过脑子地说，他最近正忙着勾搭公司里的一个意大利女实习生。

“cao？”任新蜂问，心想这老板怎么满脑子都是这事，身体可真棒。

“也就是日语的撒由那拉，韩语的俺娘嘿哈噻油，闽南话的哇来磕。中文就是再见。”

“不是拜拜的拜。”任新蜂觉得受辱了，他英语再烂不能连这个都不知道，“那应该是个名词。”

“哦？那你造个句给我听听。”

“就是吧，比方说，有人说我是个bi。”

“你是个bi……我知道了，你可不就是个bi。”

“欸？”

“我造个句，不，我写两句诗，你就明白了——小蜂小蜂是个Bi，不管男女他都爱。”

任新蜂还是没完全领会。只是隐隐地有不好的感觉。

直到Paul调出电子辞典来，他才彻底搞明白：

原来bi是bisexual的简称，即是双性恋的意思。

又弯又直能弯能直就叫作bi。

虽然困扰了整个晚上加半个白天的谜团解开了，他可一点豁然开朗的感觉都没有。

只有一件事值得庆幸：这词念“博爱败”。他愿意别人叫他Newbee，可没打算被简称为Bee。他也不可能乐意别人说他是个bi。就算bi听起来很潮很骚气很不羁很男女通杀也不乐意。因为他不是。

退一万步，就算是，又关别人什么事。

这都哪儿跟哪儿啊？

这都从哪儿传出来的？

这圈公司里的人没事不学习业务，老揣摩同事的性取向干吗？您揣摩也就罢了，没必要议论了吧？您议论就议论吧，又何必告诉事主呢？这不是明摆着给别人添烦恼吗？

打算几点飞雪替我叫冤呀？任新蜂想把酒问青天。不过手里并没有酒，二则外边PM2.5指数太高看不大清天空，他只好把着茶杯问炮王。

进而他才从Paul嘴里听到：

其实大家对他可羡慕嫉妒恨了。刚来不到一个月，就跟Coke走到了一起。听说连父母都见过了。紧接着就又跟性向不明人士吴迪住到了一起。两人天天一起上班一起下班，周末还被碰见双双逛超市买保险套，小日子过得多甜？

其实保险套是吴迪买的。

任新蜂没有性生活好几个月了。

最叫人跌眼镜的是，这Coke跟这吴迪居然没打起来。

这三角关系不能不叫人好奇。

任新蜂赶紧说：“我们俩，不我们仨，我们是清白的。”

这时郝建拍了拍他肩膀说：“不用解释，我们不歧视你。”

Paul也附和：“对啊对啊，我们都很开明的啦。”

任新蜂一听之下立马Coke附体，懒得再作任何解释，只用齿缝发出呵呵来回应。

跟性向被误会相比，最令他厌烦的，还是这种刻意表现出来的宽容嘴脸。满满的自以为是。满满的居高临下。满满的勾兑出来的正能量。满满的装×。而且，装着装着，他们真心觉得自己特真心。

真正觉得弯直无差的人，才不会说出这种话。

作为文艺气质始终挥之不去的小2×，任新蜂一向觉得政治正确是必须的。不过，今天，他头一次感受到政治正确是多么廉价和伪善。

无独有偶，就在任新蜂头顶，吴迪也在会议室里和同样问题狭路相逢。

他们正要跟客户concall*。

等其他人上线前，为了调剂气氛，有其他部门的同事开起了他跟任新蜂的玩笑。

人家倒是没有恶意。或者更准确地说，自以为没有恶意。

说来说去，也就是下半身那点事儿。

吴迪倒是不动声色。不管别人说什么都是呵呵，只是中间不由自主地瞥了程欣好几眼。

他其实比任新蜂还直。这一点程欣可以做证。不过打他进CIRCLE第一天起，就被几乎所有人当成弯的。

原因有很多：

他品位不错，知道的牌子比很多女生都多，每天都把自己捯饬得干干净净的，胡子从来不会超过两天不刮，牙尖嘴利，对服务员异常挑剔，定期去健身房，有八块腹肌，等等。

奇怪的是，面对那种种流言和猜测，他从未承认过也从没否认过，以致大家只当他默认。

其实，那正是他要的效果。

广告界和时尚圈差不多，同志比例明显高过社会平均值。

当然除此之外，这两个行当还有很多相似之处。比如势利眼，比如流氓假仗义，比如月亮是国外的圆，比如瘦子多。不过这些都是题外话了，还是说回到弯直问题。

广告公司都标榜风气开放兼容并蓄，所以表面上对弯直一视同仁。但其实，部门不同，性向不同，处境也很不一样。

创意部一向男多女寡。男的大部分是纯直深直太直。

他们大部分人都对拉拉异常友善，只除了那些女盆友被拉拉掰弯了的，对gay则多有生理性恐慌和条件反射的排斥。

因此创意小基们一般都低调行事。埋头躲柜中，深藏功与名，以免影响加薪与升职。

客服部的情况则截然相反。

本来就是女多男少。因为工作性质，男的里头直的反而少。这里就成了总部“基”地。

跟直男相比，弯男们更得gay老板的欢心。这道理不消说。也更得女老板和女客户的宠，因为他们往往比直男更细心比直女更有肩膀。也更得女同事喜欢。眼下风气使然，女生们都流行找基密撑门面。

---

* concall：conference call（电话会议）的简称。这是史上效率第二低的沟通方式，仅次于跟道德B谈逻辑；遭人痛恨的程度约等同于文艺女青年谈感情。之所以至今仍被普遍使用，是因为大家更不喜欢连走神都会被看到的视频会议。

这就是吴迪不愿主动澄清自己性向的原因。

他虽不主动扮演假gay，倒也乐得被当成gay，因为有更多升迁机会。

程欣听着别人开吴迪这种玩笑，心里暗自觉得好笑，也不由自主地瞥了他好几眼。

有一眼终于对上了，她意味深长地冲吴迪一笑，便把头转向窗外。

同一时刻，直落3层。

身在8楼自己座位上的Coke，也正眼望窗外。

她刚刚接了她妈的电话，心情不大好。

她妈跟她说，她嫂子昨晚看见任新蜂和一个特骚的女的走在一起。不但挨得很近，还帮她拿包。“亏我还觉得这小孩老实，原来也不是省油的灯。”她妈最后总结说，“男人都不是东西。”

Coke望着楼下那一片低矮平房，瞎话张嘴就来：昨晚任新蜂跟她在一起，是嫂子看错了。

又宽慰了她妈两句，便找了个借口挂断了。

她忽然被无力感打中了。原来编谎话，也是个体力活。她有心向她妈出柜，可是理性说现在还不是时候。她问自己怎么办，她真不想再说谎了。

这时手机再度响起。是她的前任，也就是那个对任新蜂从来都横眉冷对的女美术，打来的。

“好久不见。最近怎么样？”女美术说。

“好得不得了。”Coke说。

“晚上有空吗？一起吃个饭。”女美术说。

第44章

出大事了

6天后，任新蜂一觉醒来，已经快12点了。

屏幕一亮，发现有13个未接来电。

他一下子就躺不住了。

13个电话里头，5个是吴迪打来的，7个是程欣的号码，最后一个来自石霆的分机。

他一边咳嗽，一边在脑子里过时间表。早上并没有会。不然不会赖床到现在。当然就算没有会，工作日睡到这点儿也有点过分，虽然昨晚加班了。他最近可太不把自己当外人了。

他一边穿衣服，一边回拨过去。三人都没接。

打开微信一看，吴迪说：粗大事了，速来公司。

他慌里慌张的，牙都没刷脸都顾不上洗，就往门外奔。

一边下楼，一边擦眼屎。

好在吴迪家的这处房子，离公司很近，步行只要10分钟。他用跑的。中间闯了个红灯，差点让一辆瘸×乐给碾成瘸子。进大厦的时候，又跟保安老金撞了个满怀。还度日如年地候了一小会儿电梯。就算这样，到达10层创意部门口的时候，总共也只花去6分钟。

他刷了门卡，进了里头，扶着墙一阵好喘。

喘够了抬头一瞧，欸，四周一片静悄悄。

应该都吃饭去了吧？但愿是都吃饭去了。

他掐着肋吊着胆踱到自己座位前，发现石霆跟Paul都不在，只有郝建坐在自己电脑前。一边吃着自带便当，一边在看视频。

任新蜂赶紧凑过去打了个招呼。

郝建回过头第一句是“来啦”，第二句是“这回你死定了”，说着就把屏幕往任新蜂那边转。

“这是今儿早上刚被人传到网上的，才俩小时点击率就已经五十多万了，你感受一下。”

屏幕上正在播的那个视频，很明显是拿手机拍的。画面晃得厉害，画质也很粗糙，不过还是看得出来是某个促销活动的现场。

与其说是现场，不如说是废墟。

舞台、背板、围栏什么的，都已经不成样了。

只有一片乱哄哄闹喳喳。

一堆老头老太太，人数总得有好几百人，猫突犬走的，都在打砸抢。个个健走如飞兴奋得满脸通红，仿佛又回到激情燃烧的红卫兵岁月。

可算吃着回春丸了。

现在画面是几个老头儿把一个促销员小姑娘逼到了墙角，在抢她怀里的东西。有一个手慢的没抢着，便把她的帽子给掀走了。另一个手更慢的，一看连帽子也没了，只好摸了一把那姑娘的胸，找平衡。

姑娘吓得号啕大哭。

镜头一转，那边是几个老太太，分成两派，在争一条横幅。也不知道争这干吗。当抹布还嫌不吸水呢。没准是歌舞队缺红绸子。场面看着倒像是老年人运动会拔河项目。

任新蜂按了暂停键，揉了揉眼睛，又抠出来一块眼屎。

他没看错。横幅上的促销口号，正是他一个星期前写的。

第45章
疯忙必漏

事情是这样的。

一周前，确切地说，是那天的下午6点22分——太阳已经在一个小时前下班了。任新蜂自然没这么好命。所以他只能在心底喊着我日，一边趴在电脑前眉头紧锁运指如飞。

而吴迪就守在一旁，眼睁睁地看着那个键盘快要被哒哒哒敲散架了。不能不说，他当时心里颇有些愧疚，倒不是对键盘，是对任新蜂。

他知道任新蜂约了布兰达当晚6点半吃饭。他也知道这室友兼绯闻男友对布兰达有意思。他更知道自己5点50来下单6点半就想收货这不合规矩，而且强人所难。

可他也没办法呀。

只好刷脸恳求任新蜂，就差主动提出减免房租了。

那活儿他跟客户那推了三次，最后依然没推掉，还白白浪费了三四个小时。

那活儿是润色一份活动单页的文案。客户是大象方便面，一个国内小品牌。他们家什么都小，名气也小，市场份额也小，预算也小，发挥空间也小。脾气跟口气倒是很大。

任新蜂一直没懂：像这么一个既不挣钱又不出活还难伺候的客户，CIRCLE为什么要做？

别说他不明白，吴迪跟程欣也闹不清楚：半年来基本是赔钱在做，老板们这是图嘛许？

这一次，大象要为一款新口味在北京办路演。

说是新口味，其实是跟风。

国际大品牌一统方便面，前不久推出了一款老坛泡椒牛肉面，卖得特别好。他们就也推出了一款从包装到味道几乎一模一样的，叫作泡椒牛肉老坛面。

说是路演，其实也没什么新招。

主要就是试吃跟买一赠一，买一箱方便面送一根火腿肠。

为了吸引人气，宣传重点是：只要凭宣传单页，即可到现场免费领取赠品。

那些赠品都是他们之前办活动剩下来的T恤啊塑料碗啊原子笔啊什么的，正好借机处理掉。

这事儿本来跟圈公司完全没关系。CIRCLE是大象的branding agency，只管做广告，并不负责落地办活动。但是大象内部负责这活动的市场专员，是个刚毕业的中文系事儿×，死活看不上路演公司给的文案。

前后改了五稿，还是说一照眼就能瞅见病句。

最后关头，眼看当天再不定稿就来不及进印刷厂了，依然很不满意。

她贵为客户又放不下身段亲自改文案，就几次三番打电话要吴迪帮忙。

于是任新蜂就在临出公司前被拦下，回到座位上心急如焚地帮他们改文案。

6点31分，任新蜂敲下最后一个字，喊吴迪过来看。

吴迪匆匆检查了一遍，没发现错别字，就在任新蜂电脑上直接发给客户。

客户在那边也是急得不行，捋了一遍觉得起码语句都通顺了，就确认了。

谁都没发现，在最后面的"活动须知"里任新蜂少写了一句话：赠品有限，送完即止。

就是这句话的缺席，导致了大事件发生。

他们预定的活动开始时间是昨天早上8点整。

6点不到，现场就有人排队。都是刚在公园里甩完鞭撞完树的老头老太太，手里都捏着他们的宣传单页。

7点半，排队长龙已经拐了好几个圈。放眼过去依然都是老头老太太，手里都捏着他们的宣传单页。

那个头回挑大梁的市场专员看到这场面，美得合不拢嘴。他们大象哪回搞活动，也没这么高的人气。时不时地，她就凑到人群前去拍照。每拍一张，就发给自己老板。

还是路演公司的人有经验，觉出有点不对劲。虽然到底哪儿不对劲也说不出来，但他们还是建议推迟活动或者干脆取消。

人来得太多了，他们说。

人多不是好事吗？那市场专员说。

8点整，活动准时开始。刚开始秩序还维持得不错。虽然基本没人买那新口味的方便面，都是奔着赠品来的，一领完就转身回家去了。

不到9点，赠品告罄。而后面没领着的，至少还有两三百人。

排了半天队两手空空的老头老太太们自然不能干，很快便推举出几个意见领袖上前去谈判。

他们一上来就气势如虹，采用了怒骂策略：

"你们大象方便面咋这么没诚信捏？"

“不是说只要拿宣传单来就能领赠品的吗？”

“你们大象就这么骗老人？”

“我们干了几十年革命工作是这么好骗的？”

“你们亏不亏心哪？”

“亏我们一家三代几十年来只吃你们家的面，把我们买面花过的钱都退回来！”

“你们这么鸡贼你们父母知道吗？小伙子，小心以后生孩子没屁眼生孙子长鸡眼。”

“明儿就倒闭关张嗝屁着凉去吧。”

工作人员只好耐着性子解释：

“大叔大婶大爷大妈们，这赠品有限请大家理解。你们看这样行不行，我们的促销活动改成‘买一赠二’了。只要凭手里的宣传单页，买一箱方便面，赠两根火腿肠。”

好不容易当一回意见领袖的意见领袖们当然不干：

“赠品有限？怎么不写出来啊？”

“对，不写出来就是欺诈，我儿子是律师我可告你，别以为我们不懂法。”

“没赠品还想让我们花钱买你们家破方便面？我呸！”

“想得倒挺美。”

“不把赠品还给我们，这事没完！”

“大家伙儿跟我一起说，不还赠品，这事没完！赠品不还，这事没完！”

群情激奋的老头老太太们，年轻时都是参加过运动的，个个喊口号经验丰富。此时都齐刷刷高举起宣传单页，齐刷刷挥舞着手臂，齐刷刷扯起了嗓子。

声震十里，响彻云霄。

那个市场专员哪见过这种事，吓得汗如瀑布都滴进眼里去。

她刚举起手想擦汗，就被一个眼尖的老太太发现了。

老太太提胸上前声嘶力竭地喊：“你手举这么高干吗？你想打人？你打你打你打呀，你冲这儿打！”

意见领袖们个个心领神会，马上向后面的人群递话，说他们丫打老人。

场面马上就失控了。

愤怒的老头老太太们高喊着“打他们丫挺的”“奸商滚出北京去”等口号，一拥而上，掀了桌子，砸了炉子，卸了背板，拆了舞台，抢了现场所有方便面以及所有还成形的东西。

那市场专员首当其冲，被意见领袖们围攻，挨了好几巴掌。其他工作人员，也纷纷被推被掐被咬被揪头发，没有一个能幸免。

很快，一大批警察叔叔就来了。

一来就傻眼了。

他们也是头一回见到这么多老人暴走，根本无从下手。

谁叫中国有尊老爱老的优良文化传统呢?

都相信着，都盼望着，都拿美好的愿望当现实着：

一个人，年轻时当惯了滚刀肉，一进夕阳红舞蹈队立马就能变得温良谦恭让。

一个人，年轻时爱吃人豆腐，临到发如雪肉起褶的岁数，骤然间清清白白像盘小葱拌豆腐。

一个人，年轻时候坏得冒泡，到退休时将一夜间变成老好人。

即便明知这传统是老人们下的套，你还是不得不钻进去，因为总有一天你也会老。这传统是如此伟大光荣正确不容置疑，以致连警察也不好抓这么多老人。

那么多的老胳膊老腿，一近身可能就直接躺地上说警察打老人了。

怎么弄?

没法弄。

既然抓不了老人，只好先把工作人员抓起来，统统塞进警车。

这也是慈悲心肠霹雳手段。

为了保护他们不得不如此。

再架起大喇叭，劝各位老人消消气，别为这点小事急坏了身子。

最后，大象董事长亲自到场鞠躬谢罪，并答应赔在场的每个人两箱方便面一件广告衫，才算是平息了这一场群体事件。

昨儿一天，大象整个公司上下，都在忙着应付这事。调物资的调物资。跑衙门的跑衙门。压媒体的压媒体。准备声明的准备声明。调查原因的调查原因。写检讨的写检讨。

今天，他们终于腾出工夫来向CIRCLE问罪。

一大早，由营销副总带队，大象公司一行十几人连同律师，没打招呼就杀了过来。

为了任新蜂少写的那一句“数量有限，赠完即止”，他们打算在圈公司身上把损失找补回来。

因为他这个当事人一直没现身，石霆和Paul就都先后被叫了过去，到现在还没回来。

当然，就算任新蜂及时出现了，他们俩也没法置身事外。

虽然吴迪没走正规流程，导致他们都对这事一无所知，可谁叫他们是任新蜂的老板呢?该出头时就出头，这是老板的本分，不然怎么让下属背黑锅?

这事儿本来就乱七八糟的，郝建讲得又夹七夹八，不过任新蜂听完心里倒没有七上八下。

他直接脑子里一片空白。

他一屁股跌坐在自己座位上，抱头望着地板。

这个姿势，他整整保持了一个小时。

直到手机响起来。

第46章
Business Is Business

电话那头是石霆。语气冷淡得很，听不出祸福。什么多余的话都没有说，他就是让任新蜂赶紧到刘大卫的座位上去。

挂上手机，任新蜂撑着椅子的扶手站起了身。

该来的终于要来了。捅了这么大一个娄子，受什么处分都是可以想象的，而且他也合该受着。

他看了一眼桌上的东西，顿时觉得连那张记着自己邮箱的黄色即时贴，都充满了回忆。那还是刚来的第二天，他写给吴迪的。努力了三年才换来的这么一段经历，就要结束了吗？他还没兑现对自己的承诺做出大创意呢。不出意外的话，这个座位应该很快会属于另一个人了吧？他很伤感。

其实哪有那么多的回忆。

他才来了不到四个月，而且阿姨早上刚擦过桌子。他昨天挠头掉的头发、打哈欠喷的口水、吃外卖洒出来的汤渍……全都被擦得一干二净。可就算如此，也不妨碍任新蜂觉得自己在这儿留下了痕迹。

他眼下有这么个刚需。

这心理跟背包客是一模一样的。

我来了，我体验了，我走了。

这么感伤着，他三步一回头，频频看自己的座位。

越看越舍不得。

他可算知道风萧萧兮易水寒是什么节奏了。

就是三步一呼三步一吸。

呼。吸。呼。吸。呼。吸。咣！

他一头撞上了柱子。

一阵笑声。

他捂着鼻子想找条缝钻进去。

“哈哈哈，你这是想以死谢罪吗，任新蜂？可别拖累了柱子哥。”身后有人说。

是CD team里的那个胖美术。

又一阵笑声。

看来大家都知道这档子事了。

他没心情搭茬，赶紧埋头往前，三步并作两步。

到了刘大卫跟前，一看石霆和Paul都在，也都低着头不说话呢，他把头埋得更低了。

果不其然，刘大卫把他连同那二位，骂得那叫一个体无完肤。打专业素养、流程管控到新闻敏感性全囊括了。一个小时之内没重样的词，而且一个脏字没有。

自打被迫去看心理医生以来，这还是刘大卫第一次在办公室里发飙。骂完之后，他只觉得五体舒爽六脉打通七窍生津八字增重，这才开始说正事。

“跟大象他们已经谈完了。总之嚟们需要知道的就系，做到春节前双方就解除合同。换句话讲，以后不用再伺候了。介对嚟们来说，其实系个好消息吧？”

这话真是说到任新蜂他们仨的心坎里去了。

他们确实是这么认为的。

不过就算给他们一百个胆，也不敢点头说是。

“接下来系对任新蜂的处分。”刘大卫接着说。

任新蜂这才抬起头来，直勾勾地望着刘大卫的眼睛。他决定最后一搏，用真挚而无辜的眼神来打动刘大卫。石霆和Paul没听见自己的名字，都不约而同嘘了一口气。而周围的人虽然都假装在忙自己的事儿，其实都竖着耳朵听。

刘大卫：“两个决定。一系试用期再延长半年。二呢，罚嚟负责今年的尾牙演出。”

任新蜂：“欸？就……就……就这样？”

刘大卫：“怎么？还嫌不够？”

任新蜂：“不不不……当然不是。”

刘大卫：“给我记着介个教训。以后再犯出一回介种问题，连我都保不了嚟。”

任新蜂：“谢谢David。”

刘大卫：“不用谢我，我保嚟不是为了嚟。”

第47章
做爱做的事儿

任新蜂又早早地下班了。Paul还没开始收拾东西，他已经关好机穿上大衣说我先走了。他最近总是很着急回家。出门前照例又经过dodo组。

他们team依然忙得热火朝天，忙着凑一块儿头脑风暴。

不过这一回，他们并没有边聊边比赛谁的套套吹得大，也没有研究如何1秒钟单手开套。他们在传看一个怪模怪样疙里疙瘩像个生化版拨浪鼓的东东。一边看还一边往自己前脸后脑勺上捶。一边捶还一边露出很爽的样子。

任新蜂走近了一瞧，才知道那就是刘大卫上次给客户主动提案用的道具。

当时提报的，是替震震棒发想的一款概念外设。一套上去，震震棒即刻变身多功能按摩器。一拿下来，震震棒就又复原成纯洁的性福神器。

为了给客户更直观感受，他们用3D打印机做出4个样品来。

提完之后，客户表示这个主意确实一般人想不到，但还要做一番市场研究才能决定。

在布兰达看来，这便算是婉拒了。

要她说，客户愿意听这提案就已经很给面子了。

不管怎么说，他们还是留了两个样品在客户那儿。回来之后，刘大卫自己挑走一个，说要留作纪念。剩下这最后一个，就辗转流落到他们组。

“给你试试？”见任新蜂在一旁看得出神，他们里头有一人问，“用这个按摩颈椎真的太舒服了，David当初是怎么想到这个的呀？”

“欸……不用不用……啊……真的……啊……能不能快一点……哦……啊……太快了……”

任新蜂终究还是难抑好奇，亲自上手体验了一把。一震之下，发觉心头有点堵。根本没有人记得“震震棒也能当按摩器”这个概念是他先提出来的。所有人只知道这是刘大卫的idea。

他把东西还给他们，孤独寂寞冷地往外走。

脚步无声踩在地毯上，刚走出来一点风雨中独自牛×的劲头，就又迎面碰上Coke的前任。

她，那个帅T，依然对他横眉冷对。对此，虽然任新蜂已经习惯到不能再习惯，但每次都会气短到不能再气短。也许是这姐儿们太煞了。她不应该来做美术，更适合去当驱魔师。

她捧着一个碗面，走到饮水机前接热水。

服务大象以来，任新蜂已经把市面上能买着的方便面都尝了个遍。虽然因此落下一个毛病——见到方便面就胃疼——却也练就了一门手艺。准确地说，是一种眼力——甭管什么方便面，只要一瞄包装，立马能说出是哪个牌子什么口味零售价多少。

很明显，Coke前任手里的方便面是一统家的。

一统，就是半个月前“老年人打砸抢事件”的幕后黑手。

事情发生过后没几天，CIRCLE就通过各种渠道，搞清了来龙去脉。

原来，一统的市场总监在家乐福走市场时，被促销员塞了一份大象的宣传单页在手里。出于职业病，他把宣传单从头到尾细读了一遍。出于职业病，他立刻发现里头少写了一句“数量有限，赠完即止”。

当时一统公司上下，都为大象方便面拷贝自家新口味的事儿激愤得不行了。但在法律层面又治不了他们。他从缺席的这一句话上意识到：报复的机会来了。

他当即布置手下尽可能多地收集这些单页，然后到老年人常出没的地方去散发。还用每人250块的代价，买通了十来个好出风头爱表现的老头老太太，要他们到时闹场。同时通过软文公司组了一批黑大象的帖子，一待事件发生就嗖嗖嗖发到网上。

至于任新蜂看到的那个视频，则是他亲自拍的。

为了增强真实感，特意买了个国产安卓手机，中间还故意手抖了好几下。

这次黑打行动，他们统共花了不到5万块钱，给大象带去的直接经济损失在百万上下。至于对无形资产的伤害，那就没法精确估量了。反正当天大象的股价一路跌到底裤以下。这一大壶，够大象喝一阵的了。

一统会干出这种事情来，并不稀奇。

别看他们是卖面的，行事可一点都不面。他们是狼性儿公司。面向对手只有一个方针：有机会要灭了丫挺的，没有机会创造机会也要灭了丫挺的。不管对手是谁。

稀奇的是，CIRCLE并没有把这个调查结果通报给大象。

这还是任新蜂听吴迪亲口说的。

他实在想不通为什么。即使马上就不伺候了，这么做似乎也不合情理。还有，CIRCLE对大象的态度，也一直让人感觉有哪里不对劲。这个客户，明明是圈公司数次主动上门才争取到的，到手后却服务得相当敷衍。一言以蔽之，这一切不像在做生意，倒像是始乱终弃泡马子。

这几天他总在琢磨这件事。每次一想到这就闹不明白。

现在，他再次一脑袋浆糊地站在电梯间里，望着两扇门慢慢合上。

忽然，打门缝里硬塞进来一条腿。几乎是同时，那头有人喊，等等！等等！

任新蜂赶紧帮忙把门给摁开。

冲进来的正是任新蜂第一天上班时在11楼隔着玻璃看到的那个自言自语西装男。

任新蜂脸马上拉了下来。

他心里其实恨不得踹那人的脸。

那人英文名叫JB Chang，却不姓常。他姓张，大名是张君宝。

他跟人交换名片时，所有人一对照中英文，都是先一愣，再一笑，继而以为他是香港人。因为也就是港府推行的威妥玛拼音，才会把“张”拼成“Chang”。其实他是河南人。

多数人一看到这个名字，都会想到一个问题。

没错，就是长度问题。这事儿圈公司里应该没什么人知道了。不过他们圈里知道的人应该不少。常有人看到他在Destination出没，想必还是有些特长的。

他跟布兰达平级，都是BD。是程欣的老板，吴迪的老板的老板。

也就是说，大象这个客户是由他负责的。

这就是任新蜂恨他的原因。

在拼合了吴迪、石霆和Paul三个人的说法之后，任新蜂大致还原出这么一个故事：

跟大象的人谈完后，JB Chang在内部会议上使尽全力想让任新蜂背整个黑锅。千错万错所有错，都是他任新蜂一个人的错。本着前惩后戒给大家敲警钟的目的，最好让任新蜂走人。

幸亏当时刘大卫在。

刘大卫当然不可能同意。

于公，这件事上，其实吴迪的责任更大，是他自作主张接下了不该接的工作，又没给创意留足够时间，review时草草了事，没给总监确认便发给客户，所有流程上能犯的毛病几乎都犯了个遍。

于私，他是创意部的老大，这种时刻正要他拿出肩膀来。既然JB Chang偏袒手下已经到了不讲理的地步，他也得拿出护犊子的劲头才能不被比下去。不然以后还怎么带队伍?

这时候拼的已经不是谁是谁非谁错更多，而是谁更罩得住。

再往深里说，创意部和客服部就像一枚旋转中的钢镚儿的两面。在连轴转中保持着微妙的平衡。这一次，要是让JB Chang成功把偌大的屎盆子扣在任新蜂头上，糗的可是整个创意部。往小了说，是被压了下去。往大了说，是给开了口子。这就是他撕破脸也得保下任新蜂的真正原因。

最后的最后，当然是两个部门各打五十大板，任新蜂和吴迪双双领罚。

任新蜂最后还是忍住了没动手，只是在临出电梯前偷偷放了个无声屁。

就让这股恶气陪JB Chang去到B3。

刚一出了丽华大厦，他就看见程欣。

想必是在打车。

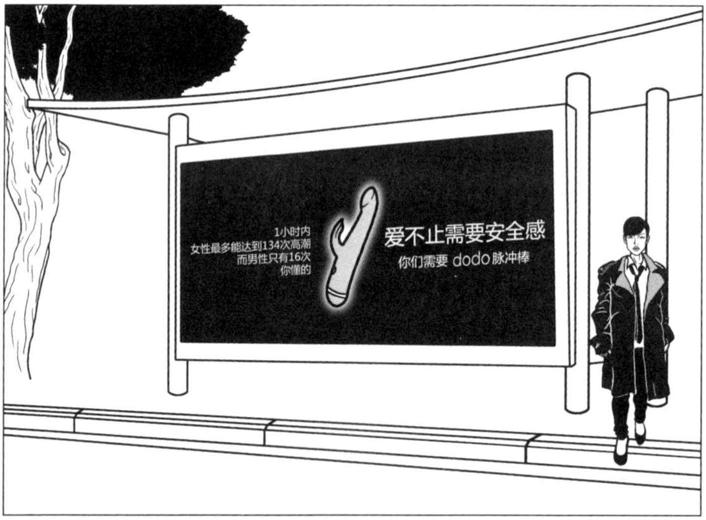

因为跟安琪撞香水，任新蜂一直避免离程欣太近。每次一闻到那个味道，整个人都会很不好。不过，今儿任新蜂决定上前去打个招呼。

毕竟在大象那件事情上，程欣不但帮自己说了不少好话，听吴迪说还跟JB Chang顶了起来。

就在他迈步之前，一辆车停在程欣旁边。程欣随即打开车门，坐进了副驾驶位。任新蜂认得那辆车，是刘大卫的。

这也不是他头回撞见程欣和刘大卫在一块儿了。

这两人到底是什么关系呢？

关我屁事。

他这么想着，往家走着。

他进了屋，洗了个澡，叫了个外卖，然后坐在电脑前，打开了一个叫作“贵圈真潮”的文件。那就是他为尾牙写的脚本。

在敲键盘之前，他望了一眼窗外，心想：

有时人们以为自己在做爱做的事，其实多数时候，只是在做事而已。既没以为的那么爱，也做不好。可是除了努力做，还能做什么呢？

如果对这破脚本感兴趣，
不妨拿起手机扫一扫。

第48章
鸡头的诅咒

尾牙*，指的就是年会。

破四旧之后，这词在大陆其实已经鲜有人提了。直到后来，台商和港商纷纷跨海而来，才把它又给带了回来。

后来不少外企因为港台高层成窝，也管年会叫作尾牙。这么叫了好些年，许多后来人便以为那是洋词音译而成。真别说，这两个字组合到一块是有点古怪，如果不知道来历的话。

但其实它是老词发新枝。古倒真是很古。

---

* 尾牙：闽台民间承古风，素有“做牙”的风俗。这说的可不是当地人打小爱看牙医有事没事就去做个牙齿美白什么的。此牙非瓷牙，更不是人牙，指的其实是“军前大旗”。古代出兵时要祭旗，以祈旗开得胜，这事儿就叫作“禡牙”，是做牙的源起。

要问这牙是怎么做的呢？每逢农历初二及十六日，当地人（尤其是做生意的）都会准备鸡猪鱼肉祭拜土地公（往往身兼本地财神爷），以求生意兴隆高朋满座客似云来。祭拜过后的贡品，当然不能白白扔了——败家子儿也没这么干的——通常都拿去分给员工，这就是传说中的“打牙祭”。这一整套工序，就叫“做牙”。

做牙最重要的是“两牙”——当然不是葡萄牙和西班牙——而是头牙（正月不做牙，一般从二月二土地神诞日开始）和尾牙（腊月十六日，一年中做的最后一个牙）。其中又以尾牙尤为隆重。不但祭拜时的贡品比平时更加高端大气上档次，各商号还要在这天大肆宴请员工。因为过了这一天，辛劳的一年就要过去了，而一年中最艰难的几天即将到来——该各处收账结账去了。

以前，还没《劳动法》的时候，如果来年不打算续聘某个员工，老板就会在宴席中将鸡头对准他，暗示其过完春节不用来了。当然，如今这种风俗已经不见了，吃“尾牙”逐渐演变成为公司年终的重要聚会。总结一年的工作，宣布重要的决定，发发奖金拉拉仇恨，演演节目泄泄怨气，全都是在“尾牙宴”上完成。

圈公司在大中华区，向来是香港帮独大。北京圈公司的尾牙，或许是THC总监打海峡对岸来的缘故，却有浓浓的台味。 在业内则是公认的又臭又长。动辄从下午三四点开到晚上十一二点。

可别看其他广告公司爱编排这事，其实都夹着羡慕嫉妒恨。他们不是不想也将尾牙搞得这么臭这么长。是搞不出来呀。

没那么多员工。没那么多老板。没那么多愿景可描绘。也没那么多奖可抽的。最主要的是没那么多节目可撑时长。

广告业这么风骚的地界，无论公司规模大小，都没有尾牙请外人表演的。全是自己人上阵，唱唱跳跳扮丑卖萌中，员工跟老板表忠心，老板向员工献媚。

不过呢，其他4A公司的尾牙演出，充其量是部门联欢。跳几个年度热舞。糟改点年度热歌。串烧些年度热词。办不成晚会范的。

CIRCLE则不一样，光北京就有一千多号员工。

跟富士康自然没法比，可在广告业这就算是航母了。

别看被戏称为圈公司，CIRCLE其实是个传播集团来的——全球最大传播集团DPP旗下最大的传播集团。她本来有三个亲生的子公司——CIRCLE广告、CIRCLE互动和CIRCLE公关。前两年全球CEO一句“要整合”，主营传统业务的CIRCLE广告和专攻数码平台的CIRCLE互动就在众目睽睽之下应声合体，成为任新蜂如今所在的CIRCLE传播。嫡系部队由仨变俩，员工却并没因此变少，客户也没因此变多。

与此同时，为了达成越来越难以达成的业绩目标，CIRCLE在大中华区董事长、人称姐夫的Jeff Wong领导下，开始在中国大肆收购各种本土公司。

这些个后加入的子公司，虽说术业有专攻，在私底下都被统一叫作后娘养的。并不跟亲生子们一起上班，还是待在原来的办公室。用的原班人马，服务的原来的客户，干的原先那些事儿。

就是招牌换了。药没换，汤大多也没换。

在姐夫眼里，他们这些后娘养的，充其量就是报表上的数目字罢了。然而，尾牙却不能不让这些数目字参与。因为“要整合”嘛。

到场的房头一多，难免生出胜负心来。互相之间少不了要攀比。

各家员工，尤其是非嫡系的，都铆足了劲儿，要在腊月十六这一日为自家公司争光。一入场，先比颜，比型格，比谁家的大长腿多。到老板们汇报工作的时候，开始比业绩，比作品，比谁的发言哏，比掌声持续时间。进入抽奖环节，自然就是比哪家拿奖拿到手更软以及最后大奖花落谁家。而最重要的，则是比演出争名次。

每年这都是一场集体主义恶战。

在前线短兵相接的是一群二把刀编剧、半桶水舞台指导、极业余演员和麦乐迪歌手。

战斗规则如下：

一、由尾牙组委会提前定下当年主题，比方说今年的主题就是很不潮的“潮”。

二、每家公司各有20分钟表演时间，形式不限，怎么折腾都行。唱歌跳舞超级变变变都行，演默剧话剧音乐剧也行，总之要契合主题撑足20分钟。

赢的人当然兴高采烈，认为替公司争光了。

输的人往往垂头丧气，觉得于公司有愧。

其实尾牙跟奥运会的意义是一样一样的。

胜也没啥可喜。

输也没啥可悲。

关键吧，各家水平都相当——相当业余。

题材也雷同。

不外乎诉诉苦发发牢骚撒撒娇骂骂客户，说说自己有多难，论论广告行跟皮肉生意有多像。尺度一旦拿捏不好，就容易成怨×，跟被逼良为娼似的，倒了所有人胃口。正是因为这个——压力大水平差还吃力不讨好——尾牙事宜一向被视为苦差事，通常都是发给新来的负责。美其名曰锻炼组织能力，其实就是欺负新兵蛋子。

圈传播今年的负责人是任新蜂。实际上，他是因为做错事受惩罚，才被塞了这么一个活儿在手里的。谁也没想到，他干得不错，居然领着一盘散沙得了第一名。

不过这会儿他还不知道，演出还没结束呢。

根据抽签结果，他们公司排在第二个上场，这当口才刚刚表演完毕。

主创们，也就是任新蜂、吴迪、Coke、程欣、郝建、石霆和布兰达，都顾不上卸妆换装，一下台就冲到属于他们的那一桌前，没等坐好，纷纷拿起筷子往离自己最近的盘子里夹。

表演是个体力活，又唱又跳20分钟下来，一个个都饿扁了。尽管饭菜有点凉，依然风卷残云。光顾着吃，都顾不上感谢同桌的Paul。

Paul虽然没上场，今天也难得发挥了点作用——帮他们几个占桌。

任新蜂吃着吃着，忽然停住筷。他的胃又疼了。鼓捣大半个月挠掉好多根头发的一件大事终于完成。此刻他心情比较荡漾。如释重负之余，又有点难受。

目下在他脑子里过的小电影，都是眼前这几位在台上忘的词卡的壳跳错的舞步。他也知道不能苛求。这么短的时间，能把这么多日理万机的业余演员捏合成这样就算不错了。可他还是不甘心。失误太他妈的多了。虽说该笑的地方大家都笑了。失误还是太他妈的多了。

“来，cheers，大家刚才辛苦咯。”

任新蜂突然听见身后传来一把充满磁性的男低音。

很熟悉又很陌生的感觉。

任新蜂本来没心情碰杯，一转头赶紧举起杯子蹦了起来。原来是刘大卫陪着姐夫在挨桌敬酒，刚刚好走到他们这一桌来。

自打来到圈公司，任新蜂还是第一次见到姐夫真人。说起来，这姐夫也是华文广告界的传奇。资格可比刘大卫老多了，堪称活化石级人物。早在上世纪80年代初就加入圈公司，据说是华人里唯一见过Mr. Circle本尊的。

就像任新蜂剧本里写的：

1989年，他奉命跨过香江，“在黄浦江的旁边画了一个圈”，开设了CIRCLE中国第一家分号。当然了，说“从零起全靠平地抠饼”这不至于，因为是跟着客户过来的。但“第三年才挣五千美金”确是事实。万事开头难嘛。

这么多年过去了，可以说，没有姐夫当年的坚持，就没有CIRCLE今天的排场。

刚才演出中，唱到上头那几句词的时候，躲在幕后的任新蜂，特地留意了一下姐夫。

表情颇为感慨呢。

当时他就觉得，这马屁算是拍正了。

可是，跟大家碰完杯之后，姐夫并没有问这剧本是谁写的，却笑着问饰演有情的吴迪：

“你老板是不是戏里那样的？是的话告诉我，我帮你开了他。”

这话一出口，直接把程欣给呛着了。

吴迪赶紧打哈哈：“怎么会，那是戏里，哈哈哈。”

“戏里写的都是戏外的事。”姐夫拍了拍他肩膀，瞥了一眼程欣，又端起杯子，佝偻着后背，自顾自往下一桌走去。刘大卫赶紧快步跟上。边往前边回头，先是冲任新蜂点了点头，又冲程欣挤了一下眼睛。

大家都看在眼里。

大家都只当没看到。

接下来半席无话。接着吃。接着喝。接着看表演。

几场看下来，任新蜂算是找回了些自信。不是队友干得好，而是敌人太差劲。他开始觉得这回怎么着也能进前三了。他这会儿还不敢想第一名呢。

他的胃也感到很欣慰，渐渐地就不再闹了。

这时候服务员上了一盘鸡。啪一下搁桌上，把鸡头对准Paul。

“呸呸呸！晦气转走！晦气转走！”Paul嘴里念念有词，大力转动转盘。

把转盘转成平放的摩天轮。

“欸，你搞什么？还让不让别人吃饭了啦！”被Paul这么一转，眼看着夹了一半的青菜又掉回盘里去，布兰达很不爽地一掌摁停转盘。

“亏你还是台湾‘郴’。没听说过吗？尾牙宴上鸡头对着谁，谁明年就要走人。”Paul一边解释，一边像个资深乩童，合掌望空乱拜。

“那现在是怎么回事？这样合适吗？”大家循声望去，发现鸡头现在对准了程欣。

程欣也想把鸡头转走，没想到铆足了劲儿拽了好几下，也没能把转盘转起来。直到Paul嗷了一声，鸡头连同一桌子菜才又转了起来。

“你干吗拿牙签戳我？”Paul摸着自己的胳膊外侧，佯怒问坐在他左手的Coke。

“呵呵，你干吗一直拽着转盘不让它动起来？”Coke冲Paul挑了挑眉毛。

程欣当然是隔着半个圆桌举起两个大拇哥，给Coke点了两个赞，Coke则回报以飞吻。

现在，这一桌，几乎所有人的目光，都紧紧盯着鸡头的动向。不约而同地，他们都找到了一种玩俄罗斯轮盘赌的感觉。

玻璃转盘悠悠转了几圈，终于慢悠悠地打算停下来。眼看算上惯性和摩擦力，鸡头应该要停在自己门前，郝建急中生智躲到了隔壁的石霆身后。石霆倒是大度，起身，把座位让给他，自己端着碗筷坐到了郝建的椅子上。

作为一个死理性死理性的处女座，怎么会相信这种封建迷信无稽之谈？

石霆这么想，在心底哼哼了两声。

结果好死不死，转盘停在了石霆原先的座位上。也就是说，鸡头现在对准了郝建。

郝建鼓着腮帮子吹了半天，想把鸡头吹歪，终于还是未能吹动。他决定利益均沾要死一块死，说什么也得再转一次转盘。

这一次转盘停在了吴迪面前。

吴迪托着下巴跟鸡头对瞪了好一会儿，突然提起筷子，把鸡头给夹了起来，放到任新蜂碗里。

“室友，这是我对你的祝福，愿你宁为鸡头不为凤尾。”吴迪说。

“欸？好深奥，你是指这次尾牙吗？”任新蜂说。

顺着那死不瞑目的小鸡眼望过去，任新蜂别过脸去，发现鸡头正对准刘大卫的背影。

当然，就像尾牙名次一样，任新蜂还不知道：

鸡头对准过的人，到了第二年真的先后都离开了。

没有人知道，那到底是真的诅咒，还是广告圈流动性太强。

总之，当身边的人一个一个离开的时候，任新蜂将会无数次梦见这一个鸡头。

“嘘，要宣布表演名次了。”程欣拉了拉任新蜂袖子。

于是，这一桌，所有人，一起把目光投向了台上。

第49章
一起去喝大

哈哈哈哈哈哈哈！

哈哈哈哈哈哈哈！

虽然大奖花落别人家，但是节目得了第一名！不是第二第三也不是倒数第一，是金光灿灿的第一名。长这么大还是头一遭的呢。这下终于不用哭着回家安慰自己说“至少我有努力过”。

等等，这么兴奋是不是有点过分？不就是个尾牙嘛。而且拿到这个名次一点难度都没有好不好，对手们的表现都太让人失望了。看起来就只有自己精心准备了。

说起表现，在圈公司第一次得到认可居然是尾牙，这样的职业生涯是不是太可悲了？这么一想，似乎又没心情去庆祝了。可是吧，失落时不是更应该喝两杯的吗？

不管啦！

总之今晚要无醉不归。

反正明天又不用上班。

一贯喜欢想太多的任新蜂，在尾牙结束后再次为喝酒问题想太多。当然，如你所见，最终还是去喝一杯的念头取得了压倒性胜利。

自打入职前夜喝多了差点耽误大事，任新蜂虽不至于要戒酒，也的确蛮久没敞开了喝。

因为知道自己一喝就大。

一大就不知道会干出什么事。

关键是干完还都不记得。

但是，最近实在是太多郁闷滚滚来了，他亟需来场大的。

唉，果然还是在这可悲的人生里打转！

任新蜂这样看着映在旋转门玻璃上的那个自己，一边和吴迪商量去哪儿接茬喝。

圈公司的尾牙刚刚结束，眼下会场——嘉里中心——外面全都是人。

八成是在打车的。

八成是一个小时内打不着的。

他俩正打算往前退一段离人群远一点，就听到后方传来一阵喇叭声。回头一看，是辆MINI，司机是Coke，正招手让他们上车。

她本只打算捎他们一段，没想到听吴迪一说，也决定一起去喝大。

她刚看见她前任带了个幼齿柴火妞来参加尾牙，现在也亟需来场大的。

其实这理由并不充分。前一阵明明是前任电话约吃饭被她电话里拒了当面求复合被她当面给拒了。可是那又怎样呢？见不得前任过得比自己好，难道这不才是最基本人性吗？她被劈腿被伤害以致目前还单着呢，凭什么前任她那么快就有下家了？总之她就是得喝大。

沿着三环辅路往南开了没多久，快到国贸的时候，Coke忽然又停了下来。

停在路畔一个背着大包正招手打车的人旁边。

那是程欣。

任新蜂从车窗望出去，刚好看到她把手机收起来。看样子是刚挂上电话。

Coke摇下车窗问她："您这是要去哪儿？"

程欣说回家。

Coke又问："你家在哪边？"

程欣说："小西天。"

Coke伸出一个手掌说："五十。"

程欣说："太贵啦，师傅。我打了那么多年黑车，您是最黑的一个。"

Coke说："特地晒的，显得健康。这样吧八戒，陪我们一块喝酒去，就不收你车钱了。"

程欣此刻也亟需喝场大的。

程欣说行，就打开后车门，挨着任新蜂坐了下来。

任新蜂其实不太乐意她来，但又不好意思阻拦，只好别过脸去望着车外假装若有所思，悄悄地用手捂住鼻子。

程欣瞥了他一眼，转脸问坐在前面那两位："你们打算去哪儿喝呀？"

吴迪："还没达成共识呢。您有什么建议吗？"

程欣："今天是周五，哪儿人都多。我在国贸三期的香格里拉倒是订了个房间，不如去那儿喝？"

Coke："你怎么会在那开房的？"

程欣："本来今晚约了个朋友，打算去那儿深入交流来着。之前订房的时候，我还特意在电话里问了落地窗的玻璃结不结实能承受多大重量，我一切准备功夫都做足了，今儿还特意带了这一大包道具和制服，连dodo都是我提前团购的。结果你们猜怎么着？丫刚给我打电话说来不了了，得陪大老板喝酒去。”

任新蜂：“欸，为什么要问玻璃结不结实？”

程欣：“因为打算窗震嘛，当然怕玻璃禁不住了。”

吴迪：“几个月前不是有条新闻，说两个人在阳台上偷情，结果动作过猛导致阳台坍塌，双双掉下来死掉了。”

程欣：“对对对，我就是看了那条新闻心有余悸，才特意问的玻璃承重。”

Coke：“什么新闻，我怎么没见过？”

他们旧闻聊得欢，没想到路旁有个人突然冲了出来。

还好Coke反应及时。

一个急刹车。

任新蜂却猝不及防，上身猛地往前冲，鼻子撞在了椅背上。那滋味，就跟生吞下一大团芥末似的，连酱油都没和。那股子又痛又快的劲儿还没过去，就听见Coke一声尖叫。

他连忙擦干眼泪抬起头，才知道是怎么回事。

倒不是把人给撞着了。

那人似乎也给吓着了，愣在车前不动弹。

他肩膀以下都正常，肩膀上顶着个草泥马的脑袋。

仔细一看，是戴了个头套。

这么冷的晚上，冷不丁看到这么一号，再淡定也得吓出一身汗来。

“那不会是草泥马侠吧？”吴迪问。

任新蜂没作答。他顾不上。一边是鼻子疼，一边是手被程欣给紧紧拽住。

他试图甩开。

甩不开。

“草泥马侠？”Coke问。

“你从来不看新闻的吗？”吴迪说。

正说着，那草泥马侠已经反应过来了，噌噌噌跑到马路对面，噌噌噌消失在黑暗中了。

要不是刚才程欣用手机捏了一张照片，他们大概都得怀疑方才是自己眼花。不过，就算有照为证，他们也很快就都忘了这事。程欣甚至都没把照片发网上。

Coke带着他们找到了一家卖酒的。

他们进去买了一堆吃的喝的，就掉头朝国贸三期的方向去。

之后的事情，他们就都记不全乎了。

第50章
宿醉后

第二天中午。

四个人当中，任新蜂是头一个醒的。

生生让尿给憋醒的。

睁开眼的时候，他觉得嘴巴干得像块木头。不，应该说是块石头。完全没有水分存在的迹象。唾沫星子想必在这一个口腔宇宙里已经灭绝了吧？

他艰难地转了个身，推开压在自己膀胱上的那条腿。毛茸茸的，也不知道是谁的腿。

他硬撑着爬起来，跨过另外一条腿。穿着黑丝，应该是另一个人的腿。但也不知道是谁的腿。

他继续往前爬，又绕过两只手三条腿和一大把头发，最后终于踩着地毯了。

一个踉跄，差点让个酒瓶子给绊倒。

昨晚喝太多了。头痛欲裂。后脑勺让人用手刀砍了一晚上，大概也就是这种感觉了吧。

听说这也是脱水引起的。

原理大概是这样的：

你的大脑90%的成分都是水。这就是你会喝多的原因——你脑子进水了呗。

当你摄入了太多酒精的时候，你的肝脏将不得不连夜加班分解酒精。你的肾脏也会通宵工作把酒变成尿。个个脏器运行起来都要用到水。不过这时候你又没法补水去。因为你早醉得不省人事了。根本不知道自己在干什么或者在被什么干。

遇上这种大旱灾年，你的内脏们就会联手北上，去偷你大脑里的水。

需要说明的是，这件事儿，你的大脑其实是知道的。

它不言语，只是必须为你的愚蠢做出补偿。

全身上下，从脚指头到胳膊肘，这整个过程只有你不知情。

直到你醒来。

醒来你也不见得知道，但你会感受得到。

这时候，你的大脑因为缩水，已经瘦了一两圈，导致大脑和颅骨之间出现了空隙。连接大脑和颅骨的膜状物，因此被拉得紧绷绷的。在这种状态下，你只要晃一晃脑袋或者摸一摸头发，都会感觉脑壳里来了个拆迁队。

现在，任新蜂就是这么个感觉。

所以他得梗着脖子蹑手蹑脚往厕所里去，尽量保持脑袋不受力。

尽管如此，经过那扇看得见大裤衩的落地窗时，他还是忍不住扭头去看。

玻璃上有无数个手印。

昨晚到底发生了什么？

他试着回忆了一下，没承想头又开始疼，只好先不琢磨了。

好不容易到了厕所，尿完尿抖三抖，又拧开水龙头喝了足足3分钟，这才好受点，也才有勇气去看镜子里的自己。不看不知道一看吓一跳，任新蜂这才意识到：

自己身上是光着的。

就在这时候，房间那边突然传来一串尖叫。连绵不绝，绝望而又愤恨，就跟丢了贞操似的。不，比那还要严重些，更像丢了手机。

任新蜂连忙拿起条浴巾，胡乱围在腰上，转身就往厕所外跑。刚颠了一步头就疼起来，只好又梗着脖子蹑手蹑脚地走。

好在这只是间普通套房，厕所到床只有十步之遥。

果然不出任新蜂所料，尖叫的人正是Coke。

她躺在床正中央，紧紧裹着床单。想必床单下也是赤条条。躺在她左边的是程欣，正拿双手捂着耳朵。从她眼神的呆滞程度看，宿醉程度比任新蜂只重不轻。而吴迪则已翻身下床，撅着光溜溜的屁股，在地上找自己内裤。

“干！”任新蜂靠在墙上，心想。

“干了没有呢？”吴迪套上内裤，心想。

“这事儿真的记不得了呢。”程欣整个人躲进了被窝，心想。

“呵呵，一万个草泥马呀！”Coke继续尖叫着，心想。她的声音既尖且亮，关键是气还很足，任新蜂感觉再听下去脑袋就该爆炸了。

他决定叫Coke冷静一下。

万一让外面谁听到就不好了。

他刚往前迈出一步，就踩到个软绵绵的东西。

那是个用过的dodo。还是个螺纹的。

第51章
真心话大跌份儿

“来一杯吗？”

“还来啊？拜托，我现在一闻到酒味就想吐。”

“抿一口就好，这叫以酒解酒，对付宿醉特别有效。”

“呵呵，少来。”

“真的！昨儿晚上喝的什么，第二天照原样来一小杯，什么恶心伤心糟心，都会立马消失。”

“欸，你还记得自己昨天喝了多少酒吗？”

“这个……咱们买了多少种酒来着？”

“五种吧。”

“我记得某人号称留学时考了国际调酒师执照，然后把六种基酒都买了。”

“我怎么记得是七种。”

“是八种烈酒一样来了一种。”

“其实我知道个配方的，三分之一龙舌兰加三分之一茴香酒加三分之一菲路奈，能解一切酒。可惜昨晚没想到这一出，眼下只能凑合一样来一点浮根。”

“我说，这招真的管用？”

“真的管用。我骗谁也不能骗你呀，老板。”

“欸，别信他的。这种法子只能救眼前，过后会更难受的。”

“让一下，我要去吐。”

“等等，我也要去。”

“女生还真是喜欢一块儿上厕所呢。”

“欸，能让你老板把衣服披上吗？大家以后还要做同事的，这么坦诚相对真的好吗？”

“你说什么？等我吐完你再说。”

“你不号称以酒解酒特别有效吗？”

“可能我昨天并没喝过这种酒……呃……哇……”

等Coke心情平静下来，大半天过去了。

等每个人分别醒完酒，又用去了大半天。

眼下天已经擦黑了。

他们四个坐在潮汕小馆里，一边等粥上来，一边就着花生咸菜回忆往事。反正闲着也是闲着，而且有个重大问题，始终没弄清楚呢。

“昨天买完酒，咱们还去哪儿了？”

“不是直接去酒店了吗？”

“你们俩先上去check in的，Newbee陪我在地库停好车再上去的。是这样吧，男朋友？”

“是的，女朋友。”

“进了房间咱们干吗来着？”

“还能干吗？喝酒咯。”

“还有呢？”

“看大裤衩咯。”

“还有呢？”

“聊天咯。”

“后来呢？”

“后来就有点吃冰棍拉冰棍——没话了。”

“呵呵，对对对，我记得场面一度很冷。”

“后来是谁呀？是程欣你吧？说好久没玩‘真心话大冒险’了。”

他们都好久没玩真心话大冒险了。于是，昨晚接下去的时间里，他们意识尚存的时间里，四人一直在玩真心话大冒险。

大冒险始终没人选。因为当时外面已经零下了，都怕会被派出去裸奔或者舔电线杆子。

全都选择说真心话。以下真心话，是他们记忆里仅存的。

任新蜂的真心话（一）

Coke：你为什么是这个蜂呀？我老妈我嫂子还有我老板都问过了，一直不知怎么回答欸。

任新蜂：那不然呢，疯子的疯？

Coke：不是一般都会用山峰的峰或者丰收的丰吗？

任新蜂：听我妈说，当初想给我用的是雷锋的锋。可是上户口的时候，那个警察叔叔大概刚被蜜蜂蜇过吧，愣给写成了这个蜂。我妈也是个随和人，也就接受了。

Coke：呵呵。

任新蜂的真心话（二）

程欣：你是不是很讨厌我？

任新蜂：欸……没有啊。

程欣：我靠，你还要迟疑一下才说没有。你果然很讨厌我的吧？

任新蜂：欸……真不是。

程欣：我靠，你又迟疑了。你成心的吧？

任新蜂：欸？你非得逼我说“是”，你才甘心吗？

程欣：欸……那我问你，干吗每次见到我都恨不得背过脸去？

吴迪：也有可能是他暗恋你，不敢直视你，哈哈。

任新蜂：滚！是这样的……你用的香水跟我前女友撞款了。每次一闻到这味道，我都会比较难受，想起一些伤心往事什么的。希望你能理解，也向你致以诚挚的歉意。

Coke：我去，你还没缓过来呀？

任新蜂：那你呢，你缓过来了吗？

程欣：其实我一直很好奇，你们俩，你和Coke，到底是什么关系？

任新蜂：下次抽到我，再回答你。

Coke的真心话（一）

程欣：你跟任新蜂到底是什么关系？

Coke：呵呵，就是男女朋友呀。

吴迪：这事我可以做证，他们连父母都见过了。

任新蜂：就是仅限于见父母的那种男女朋友。

Coke：喂喂喂，你喝多了吧，男朋友。

任新蜂：报告女朋友，我还没有多。

程欣：行行，我懂了。

Coke的真心话（二）

吴迪：你是处女吗？

Coke：别骂人啊，你才处女呢，我可是七月份的尾巴狮子座。

吴迪：我不是问你星座。

Coke：那你问……我去……你可真那什么。

吴迪：真心话，是不是吧？

Coke：这得看处女的定义是什么咯。

Coke的真心话（三）

任新蜂：你们家那么有钱，为什么还来CIRCLE上班呢？

Coke：钱是我爸的，又不是我的。

吴迪：你这么独立，那为什么不自己申请信用卡要用你爸的副卡？

Coke：那是生日礼物……我说，你管得着吗？

吴迪的真心话（一）

Coke：你到底是不是弯的？

吴迪：弗洛伊德说每个人都是潜在的bi，每个人当然都是弯中有直直中有弯。所以弯还是直，这真的是个难题。

Coke：你丫别臭贫了，就一个字，弯还是直？

吴迪：弯还是直？明明四个字。

Coke：找打是吗？最后一次问你，弯还是直？说真心话。

吴迪：那你们千万不可以说出去，我真的没有弯过。

Coke：那你干吗……

吴迪：扮gay是吧？我从来也没说自己不是直的呀。

Coke：呵呵，都是大家的误会对吗？那你为什么不澄清呢？

吴迪：因为不澄清比澄清收益大呀。都是做Account的，同志明显比臭直男更受待见。

程欣：是这样的，这个我可以做证。

吴迪：而且，扮gay的好处也不止这一个，对泡妞大业也很有帮助。

任新蜂：欸，怎么说？

吴迪：每个女生的心里，都梦想有一个gay密，对不对？所以作为一个同志出现在女人堆里，反而比直男身份更受欢迎。而且呀，因为没戒心，所以你再怎么毛手毛脚也不会招来反感。人家只会以为是姐妹间的打闹嘛。每次出去，也不用都是你埋单。姐妹嘛，AA呗，又不是情侣。到最后，你把人家搞上床了，也不用担心下床问题。对方觉得自己把一个同志给捋直了，只会觉得自己魅力无法挡，反而害怕要负责任。这么说吧，光是靠着同志这个外衣，我睡过的姑娘就不下十个。

Coke：我只能说，你丫真是……太龌龊了。

吴迪：其实是她们睡了我好不好？

吴迪的真心话（二）

程欣：为什么JB Chang对你那么好？

吴迪：这就得问他本人了。不过他确实约过我好几回，都被我婉拒了。

吴迪的真心话（三）

任新蜂：除了JB Chang，公司里还有哪个男的约过你？

吴迪：都说出来得吓你们一跳。

Coke：你丫有这么受欢迎吗？看不出来呀。

吴迪：算了，说一个你们一定猜不到的吧。

程欣：快说。

吴迪：CD组那个胖美术。

任新蜂：欸？

Coke：哈？

吴迪：他还追过你对不对？

Coke：对呀，怎么连他这种人都变弯了。这难道不是弯界的耻辱吗？

吴迪：听说是他用一根震震棒把自己给掰弯的……

Coke：别说了别说了，啦啦啦啦，我不想听，啦啦啦啦。

程欣的真心话（一）

Coke：当初为什么要离开CIRCLE呢？

程欣：压力太大，得了荨麻疹，在家里养了足足半年才好的。

Coke：就只有这一个原因？

吴迪：我也听说好像是跟什么办公室桃色事件有关……

程欣：这么说老板，我看你是活腻了。

吴迪：游戏精神哪儿去了？

程欣：好吧，确实有这么一件事。当时的我年少无知，无意之中当了回小三，结果被人家正房告到THC去了。后来我就被约谈了。约谈完了我一怒之下就辞职了，就是这样。

程欣的真心话（二）

吴迪：在座的三个人，你最想和谁上床。

程欣：当然是……Coke。

Coke：呵呵，这事咱们单聊哈。

吴迪：我还以为会是任新蜂呢。

程欣的真心话（三）

任新蜂：那个人是刘大卫吗？

程欣：……

吴迪：她好像睡着了。

Coke：真的假的？

任新蜂：算了，让她睡吧，那咱们接下来干吗？

接下去他们干了什么，没有人记得。

所有人的记忆，都止步在这里。

最重要的问题——到底谁跟谁做了——一点线索都没有。

就像四个人选择了集体遗忘一样。

第52章
日难也下，意思是日子再难也得过下去

尾牙之后再打两周，便又见春节了。

这要在贺岁片里头，大团圆结局就在眼前。

只可惜你现在刚翻到本书的三分之二处。

不过为了应景，大团圆还是有的，尽管不是结局。毕竟是春节嘛。就是那个不少人已经烦到不想再过但再烦还得接着过的春节。

听起来很像婚姻有没有？刘大卫就是这么以为的。

因此他拿工作当幌子，将老婆和两个儿子打发回香港去过年，独自留在了北京，打算在这春天的开始，过几天消停日子。远离孩子、婚姻生活和年。

他不想跟人说过年好，因为并不知道过完年会不会好。

不过圈公司里的大部分人，尤其是外地的，还是出于惯性盼着赶紧放假好回家吃成个胖子。不然开春后拿什么减肥？

盼望着，盼望着，盼得节前都没什么心思工作。

无独有偶。

客户那边也是一样，客户的老板也是一样。

人同此心。

所以：

年前下brief，年后上班第一天要。就算再残酷再无情再无理取闹的客户也绝对不会那么残酷那么无情那么无理取闹到做出这等最残酷最无情最无理取闹的事来残酷给广告公司看无情给广告公司看无理取闹给广告公司看。

因此：

每年到了年底，和大部分广告公司一样，CIRCLE办公室里都会弥漫着一股陌生的清闲气息。就跟遭了化学武器突然袭击似的。大家伙儿绷了一年的神经，无一例外的，都会

在这几天里变大条。

家在外地的，能早走的都早早不见了。带着女盆友或bonus。当然啦，能多早走，这取决于12306宕不宕机。能不能走成，则由你跟你老板的关系决定。关系好的话，打个招呼就能来场说走就走的旅行，假单都不用填。也就是说，年假可以省下来了。

这种事按规定当然是不允许的。不过圈公司的高层们都对此睁只眼闭只眼。反正闲着也是闲着，不如放员工早点回家乡好早点厌烦家乡的一切早点犯贱想要回来上班。

这么一来：

也有不少人并未离京，却假装已经动身。

其实就是不去上班宅在屋里狂玩游戏。

郝建就是其中之一。

不过他玩游戏只是为了休息，更多时间是在排练。他们乐队组了两年，终于得到第一个演出机会，就在年后。他可不想给搞砸了。工作上他可从没这么废寝忘食斗志昂扬过，不然也不至于干了这么久还只是个SAD。

另一头：

为数不多在圈公司坚守岗位到大年三十的，除了北京人也就是天津人了。没有“回远方的故乡看看久别的爸妈”这个说头，不好意思不进公司。不过，进公司也没多少损失。就是现个身点个卯再凑一块儿扯点儿淡，并按照圈公司的优良传统，传传谣讲讲八卦嚼点舌根。

这几天唯一值得拿出来议论的，是JB Chang的事儿。

尾牙当晚，就这会场附近，他让一个人手持球棒踢翻在地。头破血流不说，肋骨还断了两根，年夜饭看来只能在医院吃流食了。

警方初步判断是寻仇。不是劫财也不是劫色。依据是JB Chang的手机钱包以及尾牙上刚抽中的平板电脑都在，衣裳也还完好。

大家都觉得可能是泄愤。理由是JB Chang贵为BD却没有跟其他高层一样，把尾牙中的奖品捐出来再double。

这两点犯人都同意，既是寻仇也是泄愤，如果他被抓到的话。

实际上，估计很难抓到了。别说长相了，根本连那人是老是少是中国人还是鬼佬都不清楚。

那人戴了个草泥马头套，全程一句话没说，上来就开打。

吴迪心底倒是有一个嫌疑犯名单。上面写着两个人的名字——石霆和小毛。他们俩都有草泥马头套（之前跟片的时候顺的道具），也都和JB Chang有梁子。

某次，Account会错客户意耽误工作事，愣被JB Chang在老板跟前说成是创意坚持己见不听人劝。好死不死，那段时间刘大卫出差去了，没人替他们出头。结果在这事里的石霆和小毛，就齐齐背了黑锅。

JB Chang爱嫁祸给创意，不是一天两天了。这方面他是累犯惯犯。

听说这跟他初恋男友是个创意有关。

不过吴迪并没打算把这份怀疑说出去。毕竟只是推测，一点证据都没有。虽说小毛已经离开但是石霆还在，说出去只会让自己工作上更难做。

任新蜂也想到了一个人，就是尾牙当晚那个突然冲出马路的。虽说手里并没拿着棒球棍，但那人不也戴着草泥马头套吗？

他也没打算把这事儿说出去。

有人把JB Chang给打了，他其实暗地里叫着好呢。

带着这种轻松愉悦无公害的心情，他在大年廿九登上了回家的高铁。

接下来的春节假期里：

在空荡荡的北京城中，刘大卫开着车四处轧马路。正为不再堵车心花怒放呢，就发现大部分馆子都歇业了。不只是饭馆，基本上所有的经济活动都停止了。方便面都泡不好的他，开始后悔当初为什么不用四倍工资把保姆留下来。

他掰着脚指头数日子，盼假期早点结束。

而在南方某地，出外打工归来的胸怀世界的小镇青年任新蜂，则把这个年过得格外充实。

就和往年一样充实。

每一天，他都忙于跟迫切想知道他一个月挣多少钱在北京买房买车了没有打算几时把爹妈接到京城去为什么今年没多带一个人回来过年的各路亲戚斗智斗勇。

他的对策是在亲戚开口之前先问他们家小孩在外面一个月挣多少钱买房买车了没有打算几时把父母接过去住为什么今年没多带一个人回来过年。

十分奏效。

中间，拗不过一个发小的面子，他先后被拉去参加了小学同学会和初中同学会。

不出所料，那些小学同学，很多人已经叫不上名字了。

不少脸早就被遗忘在风中。

都是互相不要的。

酒过了三巡，任新蜂的记忆渐渐恢复。

他开始认得谁是谁了。

当年的傻×，如今还是傻×。他们也知道自己是傻×，但是不管自己叫傻×。他们说自己很傻很天真。

同理的，当年的胖姑娘，如今说自己是吃货。当年的贱嘴少年，如今说自己不过是爱吐槽。当年的缺根筋，如今说自己天然呆。而任新蜂那个早早发福的发小，则说自己是大叔。

标签都是新的，人都是旧的。

谁知道再过十年，他们又会管自己叫什么？

谁都知道再过十年，人人只会越发面目可憎。

任新蜂坐在角落里，喝着酒低声问发小，参加这同学会的意义何在。

任新蜂说：“我的意思是说，你看哈，这会儿大家都才进社会没几年，既没成家也没立业。青春也还在。个个活蹦乱跳的，连个挂了的人都没有。这时候开同学会有什么意义呢？既没人炫得起富，也没人家庭不幸福要找老同学勾搭，更没人可追悼的。倒是有那干保险销售的，满场发名片。到最后，你看，互相大眼瞪小眼，就是对不上眼。所以我呀还是那个问题，到底为什么要参加这同学会？”

他那发小说：“别这么说，这么多年的同学情谊不该聚一聚吗？”

任新蜂只好说：“应该的，呵呵。”

他跟Coke认识久了，越发觉得这呵呵好用。

能气死牛。

他这发小在当地做小公务员。每天的主要工作就是帮领导挡酒。当发小面带得意向任新蜂诉苦时，他也呵呵以对。

在初中同学会上，任新蜂不再揪着发小问为什么要来同学会了，因为他跟初恋重逢上了。

两人多年没见，客气中显出陌生来，陌生中又透着曾经熟络过，更不约而同地把仅剩的一点青涩拿出来装门面。

两人聊了一下往事，发现可追忆的不多，便互相问起这几年过得怎么样。

初恋说她现在上海，已经有个谈婚论嫁的男友。

任新蜂说自己在北京，刚刚进了全宇宙最好的广告公司。

初恋说自己为了小日子打拼，每天很忙很累。

任新蜂说都忙都累压力都大。

初恋说和男友计划去丽江旅游一直没能成行。

任新蜂说关键还是你并没那么想去。

初恋说也对，对了你不是在北京吗我给你出道选择题吧。

任新蜂说又是那种二选一吧，你从小到大就喜欢给人出选择题。

初恋说你先听我说嘛。

以下就是初恋从网上看来的那道选择题：

有两个人，一个在北京一个在丽江。在北京的年薪十万买不起房，租着十几平方米的小房间。每天朝九晚五，挤公交吸尾气被服雾，却依然挤破脑袋想出人头地。在丽江的没有固定收入，住在湖边的一个破院子里。每天睡到自然醒，没钱了就去帮游客拍照，没事喝茶晒太阳，看雪山浮云。北京的说丽江的不求上进。丽江的说北京的不懂生活。两种生活，你怎么选？

任新蜂想，这道题里有两个人，一个是屌丝另一个也是屌丝，问题是我干吗非选择当屌丝呢？

这几个月来，开始遇上些不在屌丝界的人，任新蜂多少有了点长进。

当天晚上，从同学会回到家后，他洗了个澡，把初恋从心底给彻底洗掉了。顺带地，全然梦幻无痛地，他把安琪也给洗掉了。

大学四年，北漂三年，他每个春节都回家。没一次这么盼着早点把年过完好走人的。他像刘大卫一样，就想赶紧回去上班。

离家前一夜，任新蜂跟他爸聊人生聊工作聊为什么不能回家乡聊北京的苦与乐，聊到12点。聊完之后，他躺在床上半天睡不着觉。辗转反侧到后半夜，他忽然想起一个忘记名字的电影来。里头有这么段故事：

说有一个中年失业男屌丝，自我糟践几十年之后，他的人生里就只剩下两样东西了——他妈和他心爱的摩托车。

他每天下午都会偷他妈的钱，然后跨上车子去到酒吧喝至不省人事。开摩托车的时候，他喜欢把皮夹克的后襟反过来穿在前面。这样不透风，暖和。

他酒品很不好，喝多了就管不住嘴。可想而知，经常跟人起争执的嘛。一次被几个大汉围殴之后，他痛定思痛，决定一是戒酒二要努力。

他妈高兴极了，给回头浪子做了份三明治取名金不换。

他带着三明治跨上摩托车，出发去附近的伐木场找工作。

上路没多久，就被一辆大卡车给撞飞到道旁。

他安静地趴在那儿，这时候还没死。

过了一会儿，来了辆警车，下来俩警察。

他们说，你看这人真惨，脖子都被撞拧了，我们来帮他正一下吧。

这时候镜头往上摇。

一大片阴郁的天空。

一声清脆的画外音。

咔！

广告位
招租
CIRCLE

PART Ⅲ

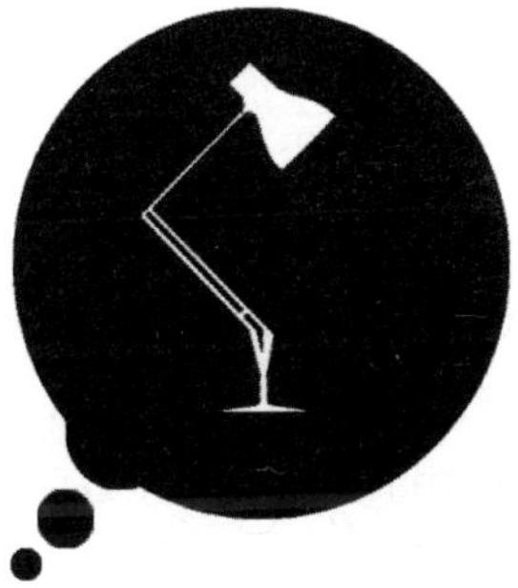

梦醒来便将它遗忘
简 称 梦 遗

第53章
人都是逼出来的

春节过完了。春运又起了。

一前一后两波高潮，打工候鸟们这后半趟的路线图，当然就是从各自家乡返回北上广深。众生皆苦，他们年前四散自虐去，为的就是年后重聚再互虐。正如他们当初许下新年愿望，就是为了在年末发现又一个都没实现。

不过，这种事情又有谁会放在心上呢？

哪次跨年除夕情人节七夕国庆双十一牵手接吻上床结婚纪念日，不是该表示的表示，表示完了就完了的？许愿祝福团圆这三项过节基本义务，很少有人能免得了。

基本上所有人都要做，而且都做得漫不经心。因为都是被裹挟的。换句话说，是被逼的自愿。

人们相信平淡的生活需要节日，就像跑马拉松需要兔子。节日除了是盼头，还可以掩盖一切矛盾和不快往事。轻轻一句“大过年的”，多大的事儿也能给抹过去，虽然只是暂时的。

都不好意思不给年面子不是？

有些人以为这是传统价值观在作祟，还埋怨厂商们不该一到过年就放那种阖家团聚三代同堂的广告。给在外头的人很大压力，搞得不回家的话就跟犯了多大罪似的。

屁啦！

传统倒确是传统，只不过是商家的传统——想方设法要你消费而已。你不千里迢迢回家过年，谁去抢飞机票、火车票？你不拜年，谁去买年货？你不过情人节，谁一下子买九千九百九十九朵玫瑰？你不求婚，谁来买好几克拉的钻戒？你不结婚，谁拍婚纱照摆酒席？你不生娃，谁买进口奶粉贵价童装？你不消费，怎么发展经济？

节日就是消费日。

至于消费完了有没有新气象生活会不会变得好一点，谁有空理你，谁又有义务理你。

此刻，任新蜂坐在二等车厢里，被旁边那个脱鞋不够还跷脚的臭脚大叔给熏得眼泪直掉，但他依然觉得背井离乡的感觉可真好。

他想，明年不参加这场大迁徙了，不花这冤枉钱了。

这时他的手机忽然响起。

是初恋发来的微信。

同学会那天晚上，出于礼貌互加的，加完一直没顾上聊。

以下是他们的聊天记录：

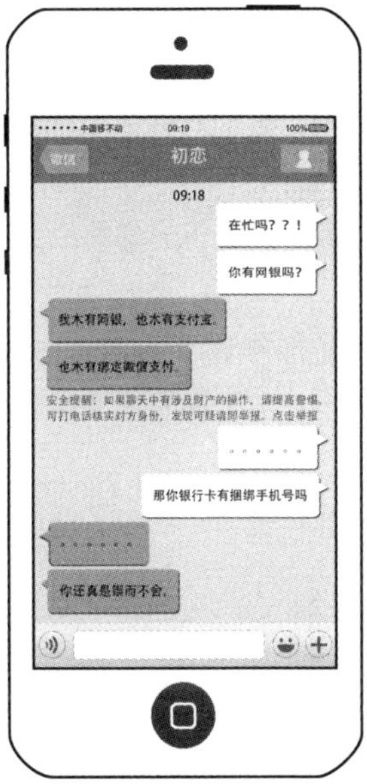

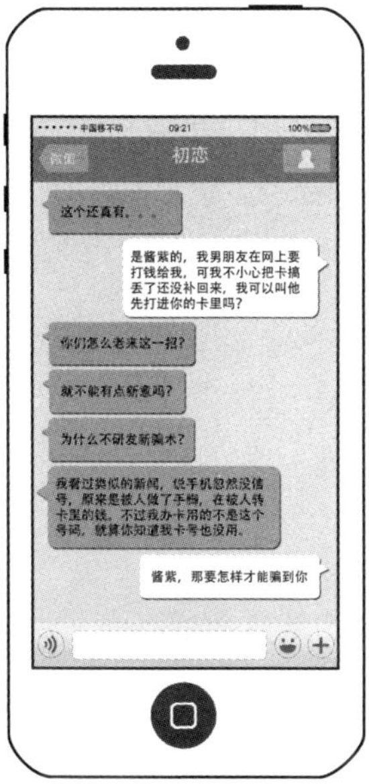

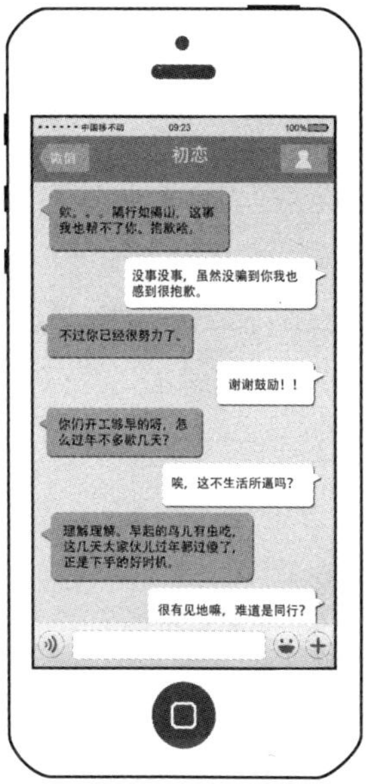

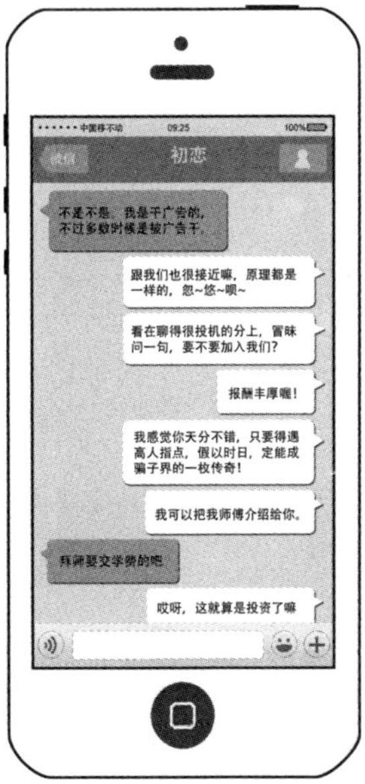

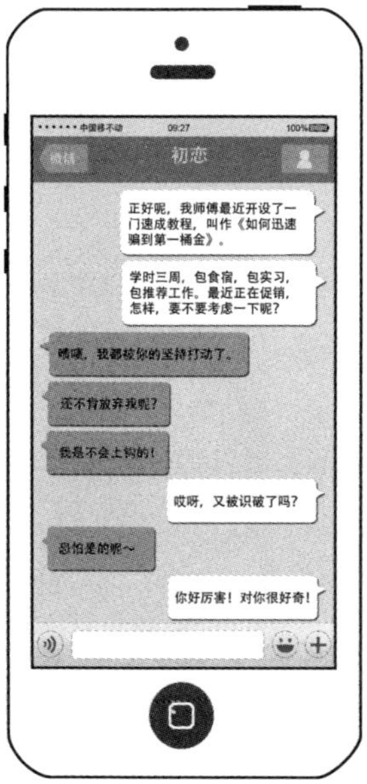

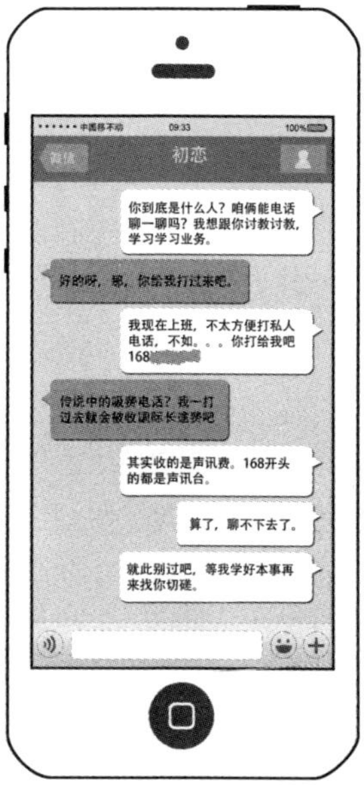

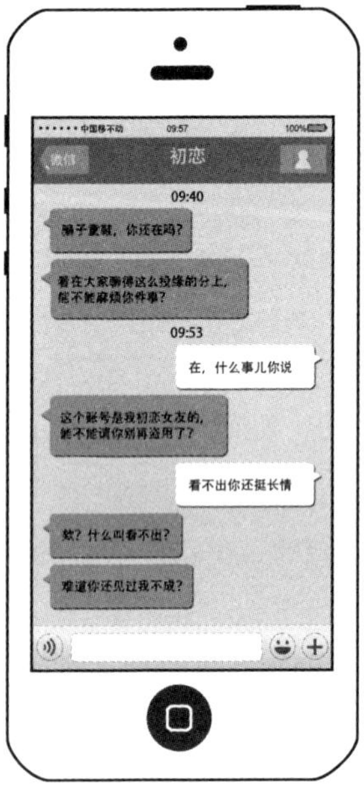

等了半天，再无回音。任新蜂决定先去尿一泡，顺便呼吸一下新鲜空气。

去往厕所的路上，他看到每一个座位上都坐着人。当然，这是废话。人不坐满这还是春运吗？人虽多，却没有一样的。当然，这又是废话。人要都一样那就宇宙和平了。

有的人醒着。有的人睡着。

有的人一脸开心。有的人一脸便秘。

虽然外表不见得能看出来，每个人的确都有各自的小秘密和小日子。

每个人都为生活所逼，来回奔波忙。忽悠或者被忽悠。没有不忽悠的。

任新蜂留意到，第十五排有四个人坐在一起聊天。看样子不是同学就是同乡。他们在聊这次回家的逼事儿。

“最后我妈都坐上阳台了，说明年我再不结婚她就要跳楼了。”第一个人说。

“而我呢，作为一个已婚人士，当然是走到哪儿都被问什么时候生娃。”第二个人说。

“你一定没人逼了吧？婚也结了孩子也有了，责任都完成了。”第三个人问第四个人。

“什么话？我跟我那口子都是独生子女，被家里逼着生二胎。”第四个人说。

“这么说起来你最没压力了，已经跟家里出柜了嘛。”第二个人问第三个人。

“我压力才大，所有亲戚都觉得有责任把我掰直。”第三个人说。

而在第二十三排，是一个小平头在打电话。

“别跟我说对不起，要说跟毛主席说去。”小平头说。

估计电话那头还是在说对不起。

“我把你从11楼扔下去然后跟你说对不起，你觉得怎么样啊？啊？！”小平头说。

最后一排，有个小孩边哭边写作业。

“让你早点写就是不听。到北京前写不完，你就别回家了。”小孩旁边一个少妇说。想必是他妈。能把孩子逼得这么狠的，估计真是亲妈。

最后任新蜂终于来到了厕所前。

正要推门进去，突然听见车厢里传来一声尖叫。此恨绵绵无绝期的那种尖叫。所有人都循声望去，看见一个胖中年妇女站在过道里顿足扯嗓子。

嗷了足有3分钟，这才歇下来，忙不迭跟大家道歉：“不好意思哈大家伙儿，一想到要上班我压力有点大，必须喊一喊。”

任新蜂心里说我去，正要推开厕所门，发现门上贴了个福字。

大概是乘务员干的吧。

为了增添一点节日气氛。

任新蜂尿完出来，回座位从包里掏了根笔出来，又回到厕所前。看四下没人注意，他在福字下边添了一笔。结果那字就成了这德行：

权当上班前的热身。他跟自己是这么解释为何要干这种无聊事的。其实他也并不清楚病根在哪儿，也许就只是因为无聊。

恶作剧完毕，他志得意满往回走。

走着走着，忽然听见兜里有响声。他以为是骗子仍不甘心亲自致电过来。赶紧掏出来一看，很是失望。是发小的电话。

他不太想接，但还是接了。

“我问你啊，Selina这两天有没有跟你联系。”发小上来就是这么一句。

“Selina？谁呀？”任新蜂有点没头脑。

“还能是谁，你那初恋。”

“她怎么改名叫Selina了，我都不知道。”

“她不号称现在外企上班没人叫她本名都称呼她Selina……咳，这个不重要。重要的是她有没有跟你联系？”

“刚刚微信聊过，不过那是个骗子，盗了她的账号。”

“什么账号被盗？告诉你吧，就是她本人。她就是那个骗子。”

“欸？”

第54章
Hello Kitty

照任新蜂发小的说法，事情是这样的：

任新蜂初恋的谈婚论嫁现任男友，比她要大好几岁。

他大一时猛啃了不少成功学的书，顿觉眼前一亮豁然开朗。大二下学期就让老乡骗进了传销窝。还好暑假里被及时解救了出来，没时间祸害家里亲戚。他在家反思了一个多月，大三一开学就自主创业了，开始主营校园套套紧急送服务，宣传的口号是“你把持3分钟，我保证送上门”。

本来嘛年轻人血气方刚，经常激情一上头却在最后一秒发现没套套，对这项服务的需求还是有的。

虽然加价不少，胜在能救急，刚开张时生意居然不错。

结果她这男友非得高调做营销，买了一个警车用的红蓝灯，业务一来就戴在头上，闪烁着狂奔过校园。多数顾客倒是无所谓，乐得让别人知道自己已经告别处了。

校方却坐不住，觉得这会让学生们太“性”奋，没一个月就把他这生意给严打下去。

他进的五千盒套套基本全砸手里了，自用到现在都还有剩。

虽说一开始就遭遇这么大的挫折，他依然生命不息创业不止。至今已是第五次创业。

这说明了什么？说明前几次创业都可耻地失败了呗。

不过这纪录在创业界并不算耻辱。

第五次创业，是要用互联网思维开连锁豆浆店。主打“预先微信下单，免去排队烦恼”。

万万没想到，凭“互联网思维”这五个字真的给他骗到一笔投资。

万万万万没想到，他居然拿着投资人的钱去赌球。

结果？全赔进去不说还欠下一大笔高利贷。

为了替他张罗钱还债，任新蜂的初恋这才回的家乡。

之前不知多少年没回过了。

刚上高中她就举家搬走了。

她回来是为了参加这次同学会。

她参加这次同学会是为了骗老同学钱。

结果当天出席的，有一半都被她给骗了。少的上万，多的小十万。

这一半人，无一例外都是男的。

谁叫她当年是他们班班花呢？至今也还没谢，越发地娇艳。

而任新蜂当年则是那坨被班花插的牛粪。

他们班男同学，包括任新蜂发小在内，都不明白她当初怎么会看上他。所以这次任新蜂的初恋一提要借钱，都很欢欣地被骗了钱。因为她遇到事，居然是来找自己而不是找任新蜂。这也算是为少年时的春梦埋单。不过很快，他们就相继发现梦里都不是真的童话里都是骗人的整个人就都不太好了。

至于具体是怎么骗的，任新蜂发小没说。

“那这内情你怎么知道的？”任新蜂问。

“她家虽然跑了，在这边不还有亲戚吗？等我们发现受骗，已经找不着她人了，只好集体去找她亲戚。”发小说。

“然后呢？”

“然后逼着她亲戚打电话给她父母，这才问出来的。”

“你们没让她父母赔钱？”

“她父母说跟她已经断绝关系了，反正要钱没有要命有一条。”

“欸？不应该是两条吗？”

“说是被她气得各自只剩半条命，合起来是一条。”

“哦……还是有什么地方不太对劲的样子。”

“哪里不对劲？”

“我说不出来，总之就是有点不对劲。”

“我们都被骗了而你居然没事，这就是最大的不对劲。看来她对你丫还是余情未了。”

“余你妹。”

“总之你留点心眼吧，没准她很快就会找你呢。到时一定稳住她哈，拿出你做广告忽悠人的功力来，最好能把她忽悠出来见一面，到时候我亲自带警察过去。”

“欸？什么叫做广告忽悠人？你们都觉得我也是骗子吗？”

“还是有区别的，广告毕竟是合法忽悠。”

“我去年买了个登山包，超耐磨。”

“同志，请不要骂人。”

“我骂你是看得起你。她现在人呢？”

“谁知道，她父母都号称不知道，大概带着钱回上海去了吧。”

说着电话，时间过得飞快。

刚挂上电话，火车就进站了。

出火车站的时候，任新蜂遇上一个姑娘问路。

姑娘头上戴着一个猫耳朵发卡。看第一眼的时候，他觉得那姑娘神情像猫。看第二眼的时候，他觉得那姑娘举止像猫。就是想不起来像什么猫。

虽说他不喜欢猫，还是热心给姑娘指了路。

因为那姑娘要去的地方，居然是宝金街丽华大厦。

任新蜂看了一眼地址，抬头说我正要去那儿你可以跟我一起走。可姑娘完全没反应。

他又说了一遍。姑娘还是没反应。

不只没反应，根本是一动不动，就像被点了穴似的。

动作凝固在上一秒。

只剩眼珠子能转。

环顾四周，还有不少人也都是同样状态。

任新蜂第一反应是：丢，时间停止了？

任新蜂第二反应是：干，不会火车还没到站我仍在做梦吧？

任新蜂第三反应是：操，一定是快闪。

他算反应快的。

他的确碰上豆瓣青年玩快闪了。

同城活动。

主题是“我不想我不想我不想上班”。

所以要把时间停在出火车站之前。

作为一个前两年曾给客户多次提过快闪创意的广告人，在见识过那么多快闪之后，如今面对任何快闪，他都只想快点闪。

他以为这风潮早过去了。没承想，现如今还有人在玩这个。而且还是立地静止这种原始快闪。就不能动动心思想点新辙吗？就算是脱衣快闪也好呀。起码比集体杵在原地装机器人电力不足来得有看头。

环顾四周，任新蜂确认：

参加这次快闪的都是年轻面孔。满脸写着菜鸟的那种年轻。穿戴倒都算入时，但一眼就能看出来，不是外贸原单就是淘宝爆款。气质倒是跟这活动perfect match。

这时候，不少旅客也反应过来了。

大概都是老听说快闪快闪平生第一回见着真章，纷纷过来围观鼓掌叫好拍照留念。

越发叫任新蜂觉得这一切傻透了。

最傻的就是选火车站这种地方。本来就人潮拥挤地方不够大，还跟这设人桩，不裹乱绊人呢吗？他见看热闹群众越聚越多，怕再待着一会儿不好出站。只好丢下刚刚说的，要给那猫姑娘带路的话，自顾自挤出了火车站。

他是掐着点儿回来的。

特意坐的夜火车，到京正好是上班第一天早上十点，直接带着行李就往丽华大厦奔。

休假上班状态无缝切换。

到了公司，发现一件新鲜事：10层门口多了尊兵马俑。据说是去年圈公司业绩不太理想，找大师摆的一个风水局。

进了公司，到了座位，看见石霆正在跟郝建发牢骚：

“春节的时候，我在家里实在无聊，就付费买了个优酷会员，想看两部新上的大片解解闷。结果你猜怎么着？之后甭管什么视频，全都自动把片头广告给我去掉了。我一个干广告的，怎么能不看广告呢？”

“对对对，怎么能这样呢？太不人性化了。你得给他们写信投诉这件事。”

“不用你说，早就写了。”

“嚯，看来你春节过得是真无聊。”

这一番对话要让外人听见，恐怕都会觉得石霆有病。

他还真就是有病。职业病。病入膏肓。

对任新蜂来说却是药。药名叫犯贱。

可算回到主场了。

身边都是说一国话耍一样贱法的人。

足足憋了七天，眼下任新蜂贱气上脑干劲十足。

只是事不如意十有八九，一上午又是没啥事干。

熬到中午，吃完饭回来，没多会儿，看见Paul领了个姑娘过来。

Paul说：“我来给大家介绍一下，这位是咱们组新来的intern，是个Art，叫作Kitty。”

任新蜂一扭头，差点没把眼珠子给转掉了。

那Kitty头上戴着一个猫耳朵发卡。不光神情像猫，举止也像猫。正是早上在火车站问路的姑娘。

任新蜂先前想不起来她像什么猫。现在终于想到了。

他清了清嗓子正要打招呼，那边郝建已经上前握着她的手说：“Hello，Kitty。”

郝建抢了他的词。

第55章
婴儿模式

Kitty是美术系的大四学生。

虽没烈焰红唇大长腿，还攒了不少婴儿肥，却天生一脸猫相，说话也是喵喵声。站着像哆啦A梦的妹妹。坐下一举手就是招财猫在行动。难得的是天然萌，并非刻意装出来的。这很难不讨创意部一众老少爷儿们的喜欢*。

他们平时见惯了鸡样白领，猛然间迎来这么一位萌宠型的，都有点久居帝都忽见蓝天的感觉。

来到Paul team实习，她自然归郝建带。

没过几天任新蜂就发现，郝建对她不一般。

工作上像春天般温暖。生活上像夏天般火热。帮忙挡破事儿像秋风扫落叶一样。对待跑来跟她套磁的工友则像冬天一样残酷无情。

这说的就是郝建对Kitty的态度。

任新蜂不禁感叹：真是同人不同命！自己实习那会儿咋没赶上这种好人好事呢？

---

* 按照动物行为学家康拉德·洛伦兹的说法，有人生没人养的话，幼儿根本活不大。当然这是句正确的废话，但废话之所以正确是因为有科学依据：为了种族的绵延，让当爹当妈的愿意在10秒钟的快乐之后心甘情愿拿出18年来照顾自己冲动的结晶接受人类命运的惩罚，基因里有段编码，会让人到了育龄就变得喜欢小婴儿、小动物、小怪兽什么的，这就是Kindchenschema（婴儿模式）——一个人或东西拥有婴儿特征（大脑袋、大眼睛、大圆脸、小身子以及贪玩、脆弱、无助、好奇、天真等性格特质）时，就会让人产生关怀欲望而非性欲望，进而忽略掉他们的那些叫人崩溃让人抓狂的一面。

其实早在洛伦兹之前，广告先烈们就注意到这点，并总结出了百试百灵的创意3B法则——当广告里出现Baby（宝宝）、Beauty（美女）和Beast（动物）时，可以有效吸引受众注意力。所以下次你在广告上看到1B或者2B或者3B，别急着嫌它们俗，俗是因为好用；也别急着喊完卡哇伊觉得自己好有爱心，因为那是基因决定的。

其实他也明白，别说软妹子了自己连女汉子都不是，只能被当作大牲口使唤。

这是广告公司食物链决定的。

刚开始任新蜂以为郝建对Kitty这么好，是因为两个人都爱猫。天下猫奴是一家嘛。爱猫及人嘛。

他俩除了经常交流侍喵心得，还经常在下午一起溜出去，到公司楼下喂流浪猫。

可是，当任新蜂知道那些猫粮、火腿肠全都是郝建掏的腰包之后，就觉得没那么简单了。

郝建其实应改名叫郝抠门。

他就不是这么大方的人。

无事献殷勤，非奸即盗。

这话本是郝建说那些经常来找Kitty的创意的，拿来对准他自个儿，想必也不冤。

紧接着任新蜂又有惊人发现：

Kitty到来之后，郝建迅速地抛弃了便当模式，天天跟着他们出去吃。想来也是为了跟Kitty一起吃。不仅如此，每次吃完摊钱，他总不忘提醒大家把Kitty那一份刨去。因为“她一个实习生，每个月才拿800块钱，大家对她好一点”。

Kitty自然感动坏了。

任新蜂也被感动哭了。

他是触景生情想起往事被自己感动的。他实习那会儿，可是一分钱都没得拿。

每次有人叫他一起出去吃饭，他总得找理由不去。不是说在减肥，就是约了别人。真实原因是圈公司员工去的馆子对一个学生来说太贵了，吃不起。他又是个男的，不好意思每次都让别人请，所以就干脆吃独食。

他总等大家走了之后，自己才一个人溜去吃成都料理。有时想改善伙食，就去吃碗加肉的马兰拉面。他就是这么熬过实习岁月的。实习结束他瘦了整整5斤。

他由吃饭的事上认定：郝建是老牛想吃嫩草。

这么一判定，再四顾，证据可就多了去了。

比方说过年前郝建还问任新蜂，微博上好多人说的“新技能Get√”是什么意思。如今不过隔了一个春节，对颜文字郝建已经新技能Get√了。还不光是上手那么简单，可以说运用得人神共愤了。

下面请看郝建本人的网聊语言演变对照：

以前	现在
++！阿亢来下工作了，风紧！扯呼！！	尔康进村了，快跑(((┏(;￣▽￣)┛
++！又改！！！！！！！！！！！！！！！！！！！！	(╯•̀_•́)╯┻━━┻ 掀桌！不改！！！
++！今天又要加班！！！！！！！！！！！！	Σ(°Д°；噩耗传来！今天又要加班尿~

艹！两百多张图修得我眼都TM快瞎了。	不行尿，眼睛实在受不鸟，得做套眼保健操→_→…←_←…←_→…→_←…↓_↓…↑_↑…↓_↑…↖_↗…↙_↘
艹！又得熬通宵！！！！！！！！！！！！！！！！	(*+___+*)~@ 通宵受不了~受不了
艹！提案通过！！！！！！！！！！牛×！！！	提案通过~・★,:*:・(￣▽￣)/・:*・° ★*撒花~

同一个人，短时间内说话这么判若两国，要不是人格分裂那就只有三种可能：

一、想显得年轻。

二、想进别人的语境里去串门，跟人套近乎。

三、以上皆是。

鉴于郝建三十有二的高龄以及Kitty作为狂热颜文字控的事实，答案显然是“以上皆是”。

而郝建异乎寻常的热情，显然Kitty也感受到了。有一天在饭桌上，她假装不经意地调出手机里的一张照片，转过去大家看：“这是昨天我刚洗完澡出来的时候，我男票拍的。让他表拍表拍非要拍。”

下面请看照片：

其实那是裁切过的。

下面请看完整版照片：

“你有男朋友了？怎么没跟我说？”果然郝建立刻大声问道。

“呵呵，你是他什么人，干吗非得跟你说？”不用说，这是Coke。

郝建对Kitty确实有种特别的感觉。

不过，不管任新蜂还是Kitty，其实都猜错了。

第56章 电话战役

郝建为什么对Kitty这么好？任新蜂偶然发现，真相就藏在他的钱包里。

话说这一天，Paul team所有人都被吴迪抓了壮丁。

一行人熊赳赳气短短头皮硬硬，鱼贯走入会议室，去跟客户开了个怒长无比的concall。

议题在这里并不重要。反正来来去去就是那些改不改、改多少，是要推倒重来还是部分调整的破事儿。

重要的是，对方的leader是个印度人，而且是个意见又多语速又快的印度话唠。

可想而知这会开得有多艰难，简直不该叫电话会议，而得称之为电话战役。

程欣、吴迪和石霆轮番上阵，就连Paul也百年不遇地喊了好几嗓子。个个说得口干舌燥外加一百万匹草泥马驰过心底的旷野。

任新蜂和郝建则是另外一种反应：均听得耳朵快流血了外加一百万匹草泥马驰过心底的旷野。

他们俩都是惨过苦情剧的四级水平，参加这种有老外出台的纯英文concall完全插不上嘴，只能列席充个门面，问题是客户又看不到。

别说任新蜂和郝建了，程欣都不知道吴迪干吗把他俩也叫来。

她明明只跟吴迪说，石霆必须到场，另外死也要把Paul拉来挡子弹谁叫他是CD呢。结果整组创意除了一个实习生Kitty，都接到吴迪发出的会议邀请。不光有挡子弹的，还有垫背的。要不是实习生存在感太差连邮箱都没有，Kitty也不能幸免。

吴迪心里的节奏，大概是大家要死一起死吧。

难得的是，四个创意都准时现身了，因为当天事情并不多。感动得吴迪使劲往窗外张望，想确认太阳是不是打西边出来了。

太阳确实在西边。那是夕阳。

话分两头，任新蜂和郝建既然到场了，程欣也不好意思说不用他们参加。即便是出于好心，总归伤人自尊心。所以就一起煎熬着呗，既然闲着也是闲着。

她拉过椅子，紧挨着任新蜂坐下。

按说当天程欣并没喷香水，任新蜂不该再躲着她才对。可尾牙那一夜的记忆虽不完整却仍是新鲜的，他未消旧疙瘩又添新尴尬。总之见着程欣，怎么都是别扭。于是程欣每次一靠过去，他就下意识地往旁躲。又怕别人看出来，只好假装伸懒腰，暗地里往外挪椅脚。

程欣刚开始并没发觉，只是在某个瞬间一抬头，发现任新蜂怎么离这么远。等醒过闷儿来，察觉到他桌面下的小动作，不禁心里来气，大动作往他的方向挪椅脚。

就是要跟他并椅紧挨着。

就是要跟他较劲。

任新蜂看出她是成心的，也恼上了，继续往外挪。

就是要跟她保持距离。

就是要跟她较劲。

就这么着，concall进行了俩小时，两人绕着会议桌挪了小半圈。

要不是最后任新蜂的椅子碾着郝建的脚，这小小的公母转还得继续运行下去。

幸亏当其时，是印度人在飙印式英语。郝建咬紧牙关忍着疼，赶紧使出修炼多年的必杀“霹雳无敌一指mute”，然后才大嗷特嗷起来。

别看他平时又油又贱，关键时刻还是晓得要以大局为重。客户在那头已经很恼火了，帮不上腔，起码不火上浇油。

“你们俩干吗呢？玩哪还是玩我哪？”郝建抹着眼泪质问道，“我这鞋可是去年新买的！”

跟外企菜鸟任新蜂不同，郝建作为入行快10年的4A老鸟，早就熟练掌握了concall最高奥义。那就是上面提到的“霹雳无敌一指mute”，又名“弹指静音”。

讲究的是：胆大心细耳朵好，手指灵活快准狠。

要发招时，先运力于指尖，然后集中精神，瞅准对方话隙或气口，飞速摁下mute（静音）键。然后就能对着“八爪鱼”尽情恶毒，辱骂对方如草芥。反正不管说了多难听的话，电话那头都听不到。

这一招适用于在电话会议中发泄不满、背着对方商量对策以及被椅子碾到脚之类的突发情况。技术要领是尽量做到悄无声息，让对方毫无察觉。

在这次concall上，郝建动不了口只好频繁动手，静音不下三十次。争取到的时间，足够他们几个把印度人祖宗十八代问候个遍的，连带着还羞辱了因陀罗、湿婆、恒河、甘地、大象、神牛和印度神油。

后来经行家Paul提醒，印度神油其实是香港产的，跟印度一点关系都没有。他们才收回这一条，其他的恶意仍保留。

值得一提的是，当他们这边发言的时候，电话那头也经常安静得一塌糊涂。无疑的是，客户那头也有mute高手。保守估计，他们这边每一个人的祖先，也都被客户们问候了一遍。这么算下来，这次电话战役中，双方在静默互骂的层面算是打了个平手。

而真正要解决的，依然胶着，毫无进展。

其实，但凡换了别的公司，或者换了圈公司其他人，这会都不能开成这种局面。

圈公司自诩“广告大学”，向来以教育消费者、调教客户为己任。AE进门，先教的是如何对客户say no。

程欣作为虔诚的CIRCLE信徒，外号叫NoNo。人生信条是“Work hard, play harder”。生活上是出了名的身娇腰柔易推倒，工作上是出了名的仔细强硬不好搞。不光对同事是这样，面对客户时也如此。

最后，在印度人“I am valley valley anglee，valley valley diffigo do dog do you.”*的咆哮声中，疲惫不堪的双方，终于在绝望中达成共识：先行休会，改日再议。

长达三个小时的concall，这是唯一的成果。

如果不算上任新蜂在郝建钱包里所发现的秘密的话。

碾脚事件发生之后两分钟，郝建忽然又mute：“我看这会一时半会儿完不了，不如我们叫个海底捞，一边火锅一边concall，想来也是极好的。”

除了石霆，大家都说极好极好。

石霆不说话的时候，就在那忙着拆缠在一起的耳机线。

确认这一餐能报销之后，郝建就拿起手机，单脚蹦着出了会议室，打电话订餐去了。他的脚还疼着。他的钱包本来好好搁屁兜里，随他蹦着蹦着，自个儿蹦了出来。因为是掉在地毯上，所以一点声音没出。而他觅食心切，也并没有发觉。

等到任新蜂发现地上的钱包，他已经出去了。

任新蜂日行一善，过去帮忙捡起来。

拿在手里的时候，也不知是真不小心还是假不小心，总之任新蜂见到里头放着一张照片。是个五六岁的小姑娘。长相神态都像只小猫。

任新蜂一眼就认出来，那是Kitty小时候。那脸基本上就没变样。小时候是那么大的脸，大了还是那么大的脸。长大了脸还是偏大，可见小时候脸多么大。

---

* 人生海海，怎能不多学几门英语呢？不过为了照顾一小撮看不懂印式英语的盆友，还是将中英双语字幕贴出来。

原文：I am valley valley anglee, valley valley diffigo do dog do you.

英文：I am very very angry, very very difficult to talk to you!

中文：欧巴我真是好生气好生气！你们丫太难沟通了啦。

任新蜂心说，我去，郝建你丫是有多迷恋Kitty居然随身带着人家照片，太变态了太变态了。

转念一想，欸，不对，为什么不是Kitty近照而是童年照呢？郝建这照片是哪儿来的呢？显然不可能是Kitty主动给的。那就是偷的？太变态了太变态了。

怀揣着诸多疑问，任新蜂坐立不安等了半天，才见郝建推门进来。

郝建悄声说火锅都订好了。大家一阵无声欢呼。

任新蜂赶紧把钱包还给郝建。因为还在会上，没法问。

后来concall完了，海底捞也到了，郝建又把Kitty给叫了进来一起吃，自然更不能问。

直到第二天上班的时候，他看四下无人，才扭头问郝建是怎么回事。

“操，那是我闺女的照片。”郝建说。

第57章
两枚保险套搞出的人命

以下是郝建的自白：

操，那是我闺女的照片。

（任新蜂：欸？原来你把Kitty当闺女？太变态了太变态了。）

什么跟什么？你丫想多了。我不是说我把Kitty当闺女……我是把Kitty当闺女……但我刚刚说的不是把Kitty当闺女……操，把Kitty当闺女怎么就变态了？操，我也染上你话频话密话不净的毛病了。

我是说呀，这张照片不是Kitty的，是我现年5岁的亲生闺女的照片。

（任新蜂：我想起来了，你是跟我说过你离婚了有个闺女，跟她妈。可这也太像了吧。）

是吧，你也觉得她们俩像哈？

我一直纳闷呢，怎么两人差这么多岁数还能长这么像呢？

你知道我见到Kitty第一眼什么感觉吗？还以为我闺女长大后穿越过来找她爹呢。后来一想，没理由啊，虽然分隔两地但一直都有联系，并没有失散。没必要专门穿越来干这件事。去清朝多好，遇见个阿哥那可就发了。到时候埋几件古董在土里把藏宝图传下来，孝敬孝敬我。我还用干什么破广告啊？

（任新蜂：回来，回来。那我知道你为什么对Kitty这么好了。）

我知道，你们都以为我喜欢她嘛。操，喜欢是喜欢，可不是那种喜欢，是爸爸对闺女的那种喜欢。我就是把Kitty当我闺女了。说起来，我真挺久没跟亲闺女见面了。操，一腔父爱没地方发泄呀，都给了Kitty。

（任新蜂：欸，挺美好一事，怎么让你说得有点恶心？）

哪里恶心？哪里变态？恶心的人眼里都是恶心。变态的人眼里都是变态。我看你才是真恶心真变态。呸！

（任新蜂：变态的人眼里都是变态，你看我是变态，那你是……）

操，你大爷的，你们文案太变态了我说不过你，聊不下去不聊了，再见。

（任新蜂：别，沉默使人变态，这不好。咱们作为搭档平时应该多敞开心扉聊一聊，增进彼此了解。其实我一直想问怕你觉得我太八卦没好意思问正好趁这个机会问，你当初怎么离的婚？）

这件事嘛，操，说来话长，这件事我还没跟别人讲过……

（任新蜂：没事，你长话短说。）

操，你丫别打岔了行不？操，我刚才说到哪儿了？

（任新蜂：这件事嘛，操，说来话长。）

哦对，这事得从六年前说起。那会儿我还在上海，风格跟现在完全不一样，长发披肩，白衣飘飘，像个诗人。

（任新蜂：那还不如现在呢。）

操，不是让你丫别打岔了嘛！

（任新蜂：不打了不打了，再打岔我是你女婿，你接着说。）

我呸，你想得倒美。我闺女以后要敢找做广告的，我先跟她断绝关系。操，我又说到哪儿了？

（任新蜂：长发披肩，白衣飘飘，像个诗人。）

对，当时我在一设计公司干，过得也跟诗人一样穷逼。为了省钱，我住在一个大学里头，租的是一个教工的房子。经常下了班之后，去学校的草坪上练吉他。我前妻当时还是学生，经常拿着本英文书去听我演奏。一来二去，我们眉来眼去，就勾搭上了。

我还记得，跟她第一次正式约会的情形。我们先约在校门口集合。我请她吃了一顿生煎。吃完走到我们认识的那个草坪上，她唱歌我伴奏，唱了一首又一首。从《走近新时代》一直到《流浪歌手的情人》，直到别的情侣围过来求我们别再闹了才停的。

我们只好移师大礼堂，操。在廊柱下面接了吻，操。接着手牵手，在学校里逛了一圈又一圈。想起来就亲一个。想起来就亲一个。最后我请她到我住的地方去喝杯咖啡。她面带羞涩点了点头。

喝咖啡代表着什么，你知道的。孤男寡女共处一室，后面你也该想象得到，我还在那磨磨蹭蹭等水开呢，就被她从后面推倒了。

（任新蜂：这个我真想象不到。）

你说什么？

（任新蜂：没，没说什么。然后呢？）

然后就是我摸过去她摸过来我摸过去她摸过来我摸过去她摸过来。等到摸够了要入港的时候，我才想起来，操，没预备套套。之前也想不到进展能这么快。拉手接吻滚床单，一个晚上全齐活了。

幸亏当时那大学里有个学生创业搞“套套紧急送”，就是专门服务这种突发状况的。我照着传单上的电话打过去，让赶紧送一盒dodo过来。没想到那边说，因为刚开学业务很繁忙，dodo脱销了，问我国产的行不行。我说十万火急不行也得行。没一会儿就真给送来了。

操，我想这国产套套的质量也不知道怎么样，干脆一次套俩比较保险。

（任新蜂：一次用俩套？不是会互相摩擦嘛？）

操，谁说不是呢？可那时也没人给我们提个醒呀！我一个艺术生，她一个文科生，化学都不好。

（任新蜂：这是物理知识好嘛。）

管它物理还是化学，总之都还给老师了。

我们那第一次比较激烈，各种高难度体位各种咬啊掐啊抓后背啊，最后真就把两个套套磨破了。

两个月后，她发现自己怀孕了。她爸知道了之后立马飞过来，先把我揍了一顿然后说，要敢做敢当做出正确的决定。我跟我前妻商量了半天，最后决定把孩子生下来。

我们就这么奉子成了婚。

刚开始还挺开心的。白天我去上班，她带着孩子去上课。晚上三个人在学校里散步。

后来她毕业了，也没去找工作，专职在家带孩子。渐渐地矛盾就出来了。先是越来越没话说。她说什么我也不感兴趣。我说工作上的事她又听不懂。再往后矛盾越来越大了。我从设计公司出来，进了上海一家4A之后，越来越忙，成天加班。操，她不体谅吧还老觉得怎么可能天天这么忙呢我一定是在外面有人了。就老跟我闹。

其实我钱都上交了，没有小金库，浑身坦荡荡，身上连请人吃饭的钱都没有，搞个屁外遇？可她就是不信任我。

闹到最后，眼看终于要过不下去了。

当然为了孩子，一开始我还是努力想要过下去的。

可命运就是这样，老跟你过不去。

你不想要什么，偏给你什么。

你想要什么，偏不给你什么。

事情到了无法收拾的地步，是在一次聊天之后。

当时我们躺在床上，闺女在中间。我背对着她说，老婆啊，还记得我们第一次约会吗？我们先在校门口集合，然后去吃了一顿生煎，又在草坪上唱了半天歌，在大礼堂的廊柱下接了吻，还手牵着手在大学里走了好几圈，最后我请你上去喝咖啡，咖啡没喝上倒是滚到了一起。因为套套破了，两个月后你发现自己有了。你爸爸飞过来打了我一顿之后说，要敢做敢当做出正确的决定。我们最后决定结婚，把宝宝抚养到这么大，我至今都觉得这是一个正确的决定。

她说，当然，当然忘不了。

这时我转过去，看到她已经泪流满面了。我轻轻地问她，那家生煎叫什么你还记得吗？

就说了这么一句，操，也不知道为什么，大概是想不起来恼羞成怒吧，总之忽然之间她就急了，一下子蹦起来，扑到我身上，一边揍我还一边咬我，把我头发扯下来好几绺，就连闺女在旁边哭都不管。

第二天起来，她就要拉我去民政局离婚。操，我当然不去。我以为她就一时冲动，没想到她真铁了心要跟我离，见我不同意，就拿着我的钱去请律师。

只好打起离婚官司。

别说，她的律师还真给力。最终判决是女儿归她，我净身出户。我唯一得到的，就是每个月付高额赡养费来换取看闺女的机会。我可不就只能节衣缩食抠门算计努力挣钱把吉他都放下了吗？后来有个机会进北京CIRCLE，package不错，我就来这儿了。跟我闺女从此相隔两地，只能每个月飞过去看她一回。

可就这样，我闺女还是跟我越来越远。

上个月见到她，你知道她跟我说什么？她说她恨我。也不知道那臭婆娘跟她说了什么。

我讲完了。

操，你刚才不是话很多嘛，怎么不说话了。

第58章

出入平安（上）

要说任新蜂从郝建的故事里学到什么的话，那就是：

确保安全，要有一套。千万千万，别搞两套。

在他看来，郝建那根本就是自己给自己下套，把整个的人生都给套牢了。他可不要活成这个烂样子。这越发加剧了他对尾牙那一夜的担心。

虽说他、程欣、Coke和吴迪全都喝断片了，没人能想起当晚到底发生了什么。可另外三人能当什么事都没发生过，他任新蜂没办法。因为躺在酒店房间地毯上、被他光脚踩到的那一个套套，就是有什么发生过的铮铮铁证。

除此之外，其实没有任何旁证，但他就是觉得当晚如果有和谁啪啪啪的话，那一定是跟程欣。因为这份笃定，他最近每次见到程欣都不淡定。害怕终有一天她走进来，开口不是说工作，而是："我怀孕了，孩子是你的。"虽明知这是国产言情剧的路数，不是程欣的路子，他还是忍不住这么想。

他要不这样，他就不是任新蜂了。

他是想太多界的翘楚任新蜂，否则昨天不能那么对程欣。

明明想躲远一点的，偏偏因为工作朝夕相处。

怎么破?

呸呸呸!

一说到破字他就又想到套套上面去了。真是没出息呀。他边骂着自己，边和郝建一起往电梯口走去。

因为10楼、11楼的会议室全被订满了，他们只能去9楼某个帐篷内接一个新brief。

具体工作吴迪在电话里没说，任新蜂也没问。反正一定不是什么好活。好活到不了他们这一组。

路过dodo team的时候，看见他们又一群人凑在CD桌前大呼小叫。大概又聊什么聊high

了吧。任新蜂心里充满羡慕嫉妒恨，低头快步往前赶路。郝建却非得凑过去看热闹。

“看什么呢？”

“帮客户做的手机壳，刚送过来的样品。”

他俩靠近一瞧，一堆手机壳长这样：

“欸，这个好玩，能给我一个吗？”任新蜂问。此时此刻，他正缺这么一个护身符。

“嘿，保佑你出入平安的神器，能说‘给’吗？得说‘请’。”CD说。

“那我能请一个走吗？”任新蜂赶紧改口。

“请走，请走。”CD大手一挥。

“欸？您的意思是请我走还是我能请一个走？”任新蜂真有点迷糊。

“你再不请一个赶紧走，我就得请你走了。”CD说着，从那堆手机壳里拣了一个丢给任新蜂。

“那……那我也申请一个。”郝建走过路过不错过，想拿一个去给Kitty。

“嘿，什么都有你。行，也给你请一个。”CD依然答应了，看来心情挺好。

CD今天确实不郁闷，但这种态度对任新蜂，主要还是看他比以前顺眼多了。

自打尾牙演出勇夺第一名之后，任新蜂明显能感觉到自己在公司里的人缘变好了。不光主动打招呼的人多了，就连推进工作都比以前顺畅。唯一仍对他横眉冷对的，大概也就剩下那个胖美术了。他还不知道，这其实意味着他在圈公司得到认可站稳脚跟了。

两人拿着手机壳，下到了9层，找着了帐篷，发现吴迪跟程欣早等得不耐烦了。

程欣一见任新蜂，就白了他一眼，扭过头去不说话。

昨天concall的时候没顾上多想。吃海底捞的时候没时间多想。坐出租车的时候肚子疼没力气多想。等回到家坐到马桶上，她放松下来，越琢磨挪椅脚一事越生气。太没面子了！

就算你任新蜂对我没好感，用得着在大家面前这样吗？真是没风度。搞得倒像自己上赶着要贴人家冷屁股似的。

咯咯，吴迪干咳了两声。

咯咯咯，郝建顿时觉得喉咙痒痒，也跟着干咳了几下。

咯咯咯咯，任新蜂不由自主也干咳起来。

咯咯咯咯咯，程欣也逃不了这心理暗示，没来由地开始干咳。

咳完她才发现，自己刚才有点失态，把场面弄得很干。干到大家的嗓子眼里去。她不禁很自责：怎能这么不专业呢？

那边郝建倒没觉得程欣不专业，就是对任新蜂和她的关系感到很困扰：从昨晚到现在，这俩货跟情侣闹别扭似的。任新蜂不是Coke男盆友吗？也没听说分了呀，中午不还老一块儿吃饭来着吗？什么时候跟程欣搞上的？

搞上就搞上了呗，毕竟这是圈公司，谁跟谁搞上都不奇怪，可搞得这么高调真的大丈夫吗？唉妈呀，现在年轻人的世界真是看不懂。

我像他这么大的时候，不说没有婚前性行为吧，起码一炮定终身。其实也不是终身……至少结婚了，至少没一脚踩多条船过。不行，看来任新蜂是个专吃窝边草的，回头得让Kitty离丫远一点。

吴迪跟郝建有相同的困惑：从昨晚到现在，这俩货跟情侣闹别扭似的。虽说任新蜂只是Coke假男友，但这样做是不是有点太高调了？万一传出去，Coke可够没面子的。

话说回来，他任新蜂跟她程欣，到底是什么时候好上的呢？我这么跟他们朝夕相处的都没看出来端倪。任新蜂行啊，不显山不露水的，原来是个专吃窝边草的。不行，晚上回家得抓着他交流交流心得学习学习体会。

“喀喀，你们俩都傻站着干吗？”程欣又干咳。

“说的是，赶紧坐下赶紧说完赶紧走人吧。”吴迪说，“这个地方只预定了半小时。”他想说的，其实是赶紧坐下赶紧说完赶紧走人赶紧不用这么尴尬。

他们那个帐篷很小，只放得下四张椅子。程欣和吴迪挨着坐。郝建不想夹在任新蜂和程欣之间，赶紧先下屁股为强，坐到了吴迪旁边。不得已，任新蜂只好挨着程欣坐下。

程欣再度白了任新蜂一眼，把椅子往吴迪那边挪。

她示意吴迪开始讲brief。

第59章
出入平安（中）

“咯咯，这次的金主是玉面油，洁宝旗下的一款开架洗面奶。

“你们应该对这牌子很熟悉吧？没用过也该听过。虽然名字听起来很油，其实一直主打去油来着。Slogan（口号）是‘有了玉面油，玉面不再油’。

“去年的广告主题是‘女生更爱面子’。今年也不知道销售压力太大还是研发中心抽风，往里加了各种猛料，一下子升级成了万金油。不光深层去油还能深层补水深层美白深层修纹，总之脸都归它管就对了。

“客户呢，希望趁这次宣传配方升级的机会，顺便把品牌形象也升下级。首先是不想再提‘女生’俩字了，嫌太便宜货的感觉，要说‘女神’。Key message（关键信息）是‘全新升级，全面解决女神的面子问题’。

“别抠字眼啊，这都是客户自己总结的……”

听着吴迪在那读brief，任新蜂不由得走神。走着走着，便走到了吴迪老板身上：

昨天那么对程欣，好像是有点过分哈。也难怪今天遭了白眼。就算不是女神，人家毕竟是女生，是要面子的。心里疙瘩心里藏，跟人挨得近一点怎么了？又不会死。自己挪椅脚挪得那么狼子野心昭然若揭，的确太不给人留面子了。

他忽然被一种叫愧疚的猪油蒙了心头，觉得自己很不是个东西。随即就又修正了这一论断，认为自我贬损得太厉害了，自己顶多是行为无礼外加心有暗疾罢了，还是能算个东西的。

当然了，甭管是不是东西，总之他欠程欣一个道歉这事跑不了。

可这歉该如何道来呢？他有点犯难。

倒不是拉不下脸，是怎么跟人不同。他是干创意的嘛，成天琢磨的都是如何能不走寻常路。说白了，就是不能好好走路。

有了！

噌，悬在他头顶那个灯泡忽然亮了起来。

他脚气……不……是矫情又犯了。

“……大概就是这样，No姐你还有什么要补充的？”吴迪终于念完brief，望着程欣说。

程欣挠了挠鼻头想了一下，又清了清嗓子组织语言，说我补充三句。

第一句：这本来应该是洁宝team的活儿，但他们实在忙不过来，没办法只能请你们帮忙。

潜台词：不好意思，这是一个没人愿意接的活儿。

第二句：“女神”这个词呢，是客户昨晚从睡梦中得来的，什么梦我可不知道，反正当场就把她给激动醒了，一骨碌爬起来就打电话给我，几十块钱的东西还要走女神路线，我当然不能苟同，跟她从凌晨2点争到天亮，最后才发现客户基本上放弃治疗了，我也只好放弃了。

潜台词：不好意思说这么长的句子，不过重点是客户玛丽苏很严重。

第三句：总之你们的创意里一定不能丢了“女神”俩字，不然绝对改稿改到变成神经病。

潜台词：最后预警，这是一个不吐槽预热没法启动的项目。

“我操，要不要每次都这么有挑战啊？”郝建只恨自己不是女神。

“哎呀，没有挑战就不找你们了。”吴迪也挠了挠鼻头，他已经会顺着捋创意的毛。

“关键我们身边又没女神，哪知道她们有啥面子问题？”郝建想女神一定不用面对这种问题。

“咯咯……”程欣立刻拢起了腿挺起了胸直起了腰板昂起了下巴。

“怎么你喉咙痒痒？”郝建成心跟她逗咳嗽。

“我看你是皮痒痒。”程欣一秒钟又切回女汉子模式，攥着沙柑大的拳头撂眼神。

“是，我皮痒痒，北京太干了嘛，需要玉面油滋润一下。”郝建打开样品，倒了些抹在脸上。

“那皮痒痒能算是女神的面子问题之一吗？”吴迪是今天的召集人，得确保会议往正确方向开。

“屁，窃书能算偷吗？女神皮痒痒能说皮痒痒吗？”程欣很不能苟同。

“怎么你们都觉得女神这说法很欠揍吗？”任新蜂在纸上涂涂写写半天，忽然开口说。

“屌丝的身价女神的心，你说吧，这广告怎么能做得不招人骂？”郝建问。

“这得看怎么说。”任新蜂说。

“怎么说？”吴迪问。

任新蜂就把自己的本子掉了个，对着他们仨：

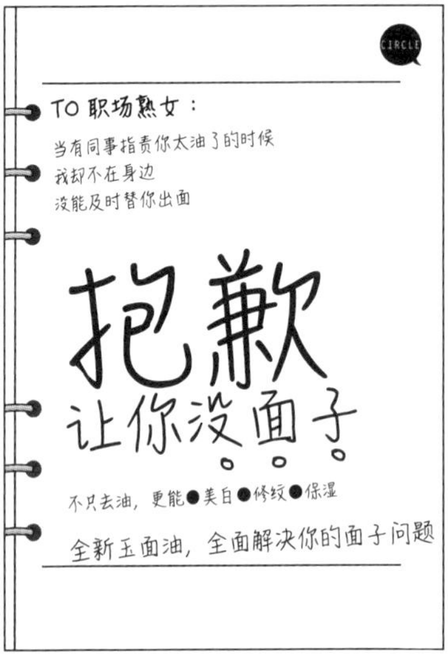

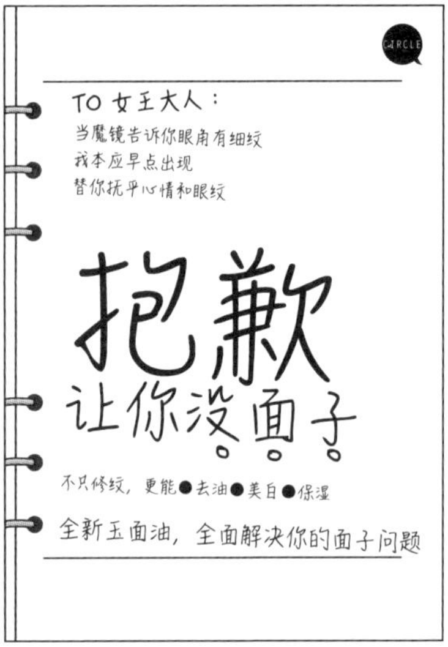

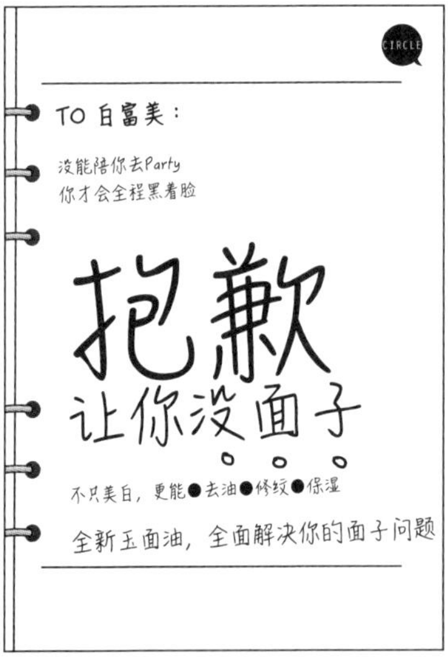

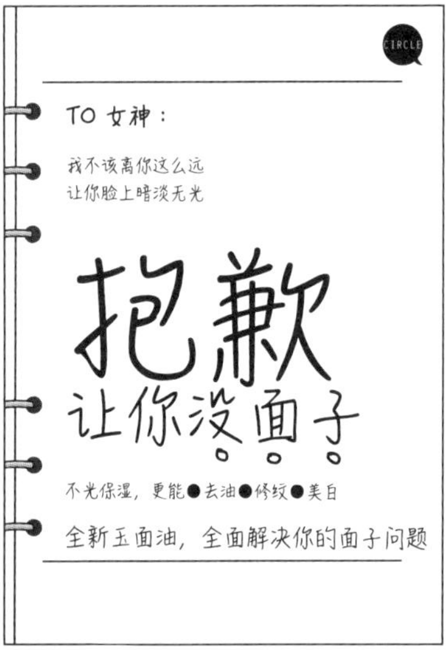

任新蜂：“屌丝写给女神的道歉信，这种tone调如何？”

郝建：“好歹是把女神给搁进去，也真难为你了，可怎么说呢，感觉怪怪的。”

吴迪：“对对对，尤其是最后一个，假公济私的感觉扑面而来呢。”

郝建：“混账，怎么能说你室友假公济私呢，应该是借花献佛。”

任新蜂：“欸，我得罪你们俩了吗？”

吴迪：“No姐，你怎么看？”

于是他们仨，一起把脸转向了程欣。

第60章
出入平安（下）

程欣并没接下茬。

可她不言语吧，比语言的杀伤力还大。

只见她猛地抬起头，脸上青一阵白一阵，随即捂住嘴巴，眼瞪得跟铜铃一样大。一副受了严重内伤需要狂吐一场的样子。

自以为这份小巧思藏得好藏得妙，谁知被郝建跟吴迪一眼就识破，任新蜂脸上已经有些挂不住。被他俩你一句我一句地调侃，任新蜂脸上更加挂不住。现在程欣又做出这种反应，任新蜂脸上完全挂不住了。

真是的，不接受道歉也用不着这样吧？

如此短的时间内凑出这么四张稿子来，很耗体力的嘞。没有功劳也有苦劳。没有苦劳起码很疲劳。这样的回应让人很没面子好不好？早知道还不如省点事写个藏头诗什么的。

任新蜂很受伤，正要开口说些什么，却见程欣噌地站起来，就往帐篷外面冲。

敢情她不是作势要吐。她是真的跑去厕所吐。我写的文案有这么恶心吗？！

任新蜂听见身体里面有什么东西炸开碎掉的声音。一闪一闪亮晶晶，满地都是自尊心。

他太高估自己了。

程欣要吐，可不是因为读了他的文案。

昨儿那场concall，本来就让她的情绪很不好。屋漏偏逢连夜雨。吃完火锅之后，她的肚子也开始闹情绪。在出租车上憋了一路，差点没憋得背过气去。才进家门连衣服都顾不上换，就直接扑进厕所。

一见到马桶就两眼泪汪汪，跟见到老乡似的。

一进到厕所，整晚就没怎么出来过。

就算出来了很快又得进去。

她都有心在厕所里打地铺了。

凌晨2点，玉面油客户给她打电话那会儿，她还坐在马桶上呢。后面基本也是坐那上面聊完的。也正因为实在拉得没力气了，NoNo姐才会职业生涯里第一次未能坚持立场，跟客户说了yes。

这么着折腾大半宿，只睡了三个钟头，到早上要进公司时，人已经瘦下去两斤。裤头松了一指。她还挺高兴。一高兴就往死了作，坚持跟往常一样不吃早饭，只喝了杯能通便的黑咖啡。打算再接再厉再减两斤。

如她所愿，一早上又窜稀四回。临近中午，肚子才消停了一会儿。

她想：太好了，存货清得差不多，这回中午可以放开吃了。

偏偏这时玉面油客户又发过来一份文档。文件名：关于女神的一些更深入的感悟，希望对你们的工作能有所帮助么么哒.pptx。

原来凌晨挂上电话后，客户由于聊得太high睡意全无，就又打开电脑奋笔疾书。要乘着好多想法还在脑海里掀波浪，赶紧记录下来。

程欣干了几年广告，也算各式客户都见过。比乙方还能熬的，不是没有。喜欢帮创意想创意的，也不是没有。坐拥高龄少女心同时热衷创意工作而且体力这么好的，还是头会遇到。

客户太拼命，简直要人命。

她不禁感叹，洁宝到底给员工打了什么鸡血？

她却不知道，洁宝的鸡血跟圈公司的鸡血是一个地方来的。

虽然很不想看，但客户发过来的文件不看说不过去。人家还等着回复点赞呢。她捂着肚子打开文件，捂着肚子看到这一页时，彻底坚持不下去了。

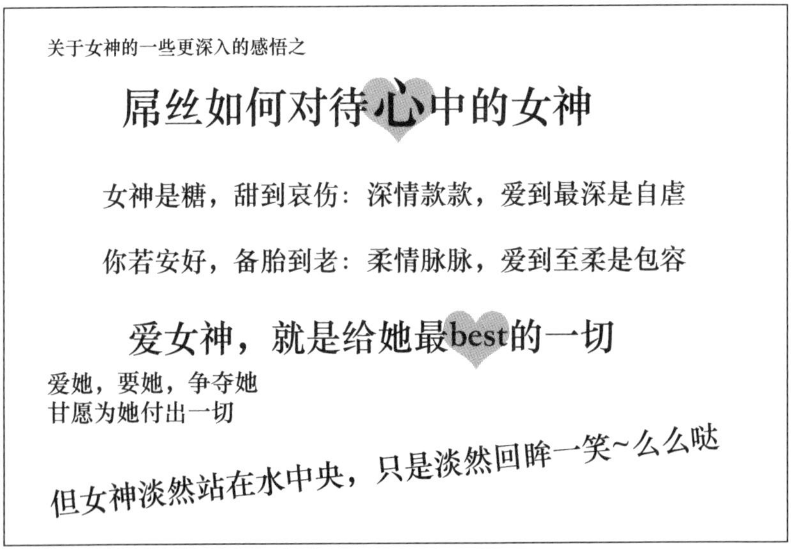

客户写的东西可比任新蜂有威力多了，看得她直咽酸水。

正要关掉文件，却被刚好瞥到的布兰达误会那PPT是她写的。气得她即刻胃疼，食欲全无。于是午饭罢吃。

饿到两点，肚子大概午歇完毕又开始闹。一阵一阵地疼。发作的时候腰都直不起来。就这样她都没打算请病假。

1个quotation（报价）要做。

2个brief要下。

4个会议要参加。

8个电话要回。

To Do List上还有16件事没打钩。

公司邮箱里新增未读邮件32封。

她决定一到6点就下班，回家，躺着去。今天要对自己好一点。老娘他妈的不加班了。但就这么点小小的美好心愿，最终还是没能实现。不是又加班到深夜，是她并没能撑到下班。

给任新蜂和郝建的brief下到一半，程欣就跑进厕所大吐特吐去了。吐完回到帐篷里，脸已经白得跟厕纸似的。就这样还不忘给任新蜂擦屁股："我觉得他这方向应该挺对客户胃口，回头我先探一探口……"

没说完就又捂着嘴往外冲。二度吐了。这回连苦水都给吐出来了。

吐完抹着嘴推开厕所门，差点迎面撞上任新蜂。等等，这是女厕，这么大的标志不可能会走错的。难不成这家伙不是来上厕所，而是特地在门口等我？看来还真是，不然手里拿着我钱包干吗？哎哟喂，这家伙居然一脸的关切。他今天是怎么了？吃错药了吧？先是整了一出那么矫情的道歉，现在又这副样子，跟昨天可完全判若两人。难不成……

刚才她前脚出帐篷，任新蜂心里忽然一咯噔。

看她最后一句的语气，是觉得这创意还行？那就不是被我恶心到的了，哇哈哈哈哈哈哈哈，我就知道嘛。等等，那她吐得这么厉害是为什么呢？难不成……

他眼睛一转有了主意："看这架势，会也没法往下开了，要不你们先上楼去？我陪她上医院。"

吴迪和郝建迅速交换了一下眼神。

吴迪的眼神说："你看，这两人果然有奸情。"

郝建的眼神说："我早跟你说了嘛。"

吴迪的眼神说："咦，你什么时候跟我说的。"

郝建的眼神说："就是那么一说。"

于是他们齐声说："那行。"

于是任新蜂就独自来到女厕门口等着。

一见到程欣，任新蜂就非得挟持她去医院。

程欣非不想去医院。

任新蜂说你为什么不去医院？

程欣说我没事我还能坚持。

任新蜂说你都站不稳了我看再这样下去只能坚持躺着了。

程欣说那也好过去医院跟你说实话吧我打小就特别怕打针。

任新蜂说那还不好办吗跟医生说一声别打针不就行了。

程欣说那那那……

任新蜂说哪儿呀还那什么啊那就走吧。

程欣上吐下泻忙个不停，就算本尊是女汉子却已然没剩什么力气，被他一拉只能跟着走。

到了医院，挂了急诊。候诊的时候，她紧张得攥住任新蜂的袖子不放。

偏偏等了半小时才见着医生。任新蜂的袖扣都快被她给拧下来了。

检查结果是金黄色葡萄球菌食物中毒。

因为程欣宁死不肯输液，医生只好给开了点红霉素，嘱咐回家卧床休息多喝水。

走出医院的时候，任新蜂对天长嘘一口气。程欣看在眼里，不由得心里有了那么一丝感动。感动之余，还有那么一丝丝悸动。

她最近刚看了一份英国的研究报告，说平均下来，一个女人要跟15个男人打过kiss，谈过2次正式恋爱，同居过1回，一夜情4次，外加呼天抢地要死要活全方位立体式失恋2次后才能找到真爱。

可她光深入交流过的朋友就已经超过上面数字总和了，还没见着真爱的背影呢。别说真爱了，她都没正经谈过什么恋爱。这世上除了她老爸，还没别的男的这么紧张过她。

她对任新蜂的误会更深了：难不成……他真是那什么我？我擦，太尴尬了太尴尬了。

任新蜂对她的误会却解除了：真是食物中毒，不是妊娠反应。

他心情大好，决定送佛送到西，就又打车把程欣送到家。进了她家门，把她扶上床。

她一躺下就喊口渴，他立刻跑去厨房给倒了杯水。捧着杯子回到卧室，却发现她已经睡着了。他本想就此开溜，又担心她带病之躯别睡着睡着怎么了万一死了自己可就说不清，只好先不走。至少他是这么说服自己留下来的。

他先是坐在床边看她睡。看着看着，自己也有点困。困着困着，就头搭床沿睡着了。睡着睡着，又被程欣一脚给踹醒了。

他抱头在地上滚了半天，把疼劲儿给碾平了，这才爬了起来。

程欣那一脚却是梦中赏给玉面油客户和JB Chang的，用足了十成力气。一踢到任新蜂，其实当即她就醒了。一睁开眼睛看任新蜂疼成那样，自己也很不好意思。

只好紧闭双眼继续装睡。装着装着，又睡着了。睡着睡着，梦见跟任新蜂滚床单。滚着滚着，想起来现实中也是跟任新蜂同处一室的。赶紧努着醒过来。

又睁开眼的时候，看见任新蜂就站在床边，额头上贴着块创可贴，一脸诡异的笑容。

她心里有鬼，不敢问任新蜂在笑什么。怕答案是自己说了不该说的梦话。

她又心里有愧，也不敢问任新蜂的创可贴是哪儿的。只好问现在几点了。

任新蜂说晚上10点多了。

她无力地说自己饿了。

任新蜂问她想吃什么。

其实问也是白问。

程欣平时根本不开火。厨房里连米都没有。任新蜂翻了半天，只找出一包泡面。还好没过期。

任新蜂："那我下面给你吃。"

程欣："呸。"

任新蜂："你想到哪儿去了？"

程欣："你才想到哪儿去了呢。"

任新蜂："我看你好得差不多了。"

程欣："我看你才好得差不多了呢。"

任新蜂："那我回去了。"

程欣："等等，你给我泡完再走。"

任新蜂："欸？"

程欣："我是说面啦。"

任新蜂："我又没说不是面，你又想到哪儿去了？"

程欣："滚。"

任新蜂："那我真的滚了。"

说是要滚，任新蜂还是把面泡好等程欣吃完才真的滚。临滚出门前他忽然想起来一样东西，就从兜里掏出来递给程欣。

"这个给你吧。我觉得你眼下更需要它。"

就是那个dodo的出入平安手机壳御守。

"那我就勉为其难地收下了。"程欣说。

"太谢谢了。"任新蜂说。

任新蜂就这么滚出了程欣家，滚进了万家灯火。

他关门太快，都没听见程欣也说了句谢谢。

他还不知道，自己和程欣不在的这个下午，圈公司里乱成一锅粥了。

郝建和Paul打起来了。

第61章 一场据信由女实习生而起的办公室斗殴事件（上）

注：以下为Paul及郝建的陈述，均摘录自Coke所负责撰写的《调查报告：一场据信由女实习生而起的办公室斗殴事件》。

Paul的说法：

我也不知道他（郝建）犯了什么病。昨天晚上明明还好好的，大家一起吃着火锅开着会。虽然那个会议开得不大成功，但火锅吃得还是很胜利……

（Coke：你是想说顺利吧？）

啊对，顺利。Sorry啊，You know my中文不太顺利。

（Coke：你是想说流利吧？）

啊对，流利。啊不对，你是来给我当中文老师吗？

（Coke：呵呵，那先不说中文，你从头跟我讲讲今天这事儿呗。）

Well……从哪里讲起好呢？

Sorry啊，我脑袋刚才撞到桌角，现在还好疼，不知道有没有失忆。

是这样的，今天上午我出去提案了，不在公司里。中午跟客户一起吃饭，直到下午3点才回来。本来1点钟有个玉面油的brief的，当然就没有办法参加了。因为石霆也不在，（他）参加培训去了，我就让郝建跟任新蜂先去听。

回来之后，我看整组人only一个郝建在，就问他怎么回事。他说程欣下brief结果把自己给下吐了。把任新蜂给吓得，立刻扭送她去了医院。

当时我还觉得奇怪，为什么任新蜂对程欣这么紧张？他不是你的……

（Coke：咯咯，麻烦说正事好吗？）

OK，OK，我这也是关心下属嘛。总之，这会儿郝建还好好的没有犯贱。

聊完玉面油的事，我看Kitty也没在，就顺嘴问了一句说，她没来上班有没有跟你请假？（因为）他是Kitty的师傅嘛。郝建说并没有。我就说，Kitty虽然是实习生，但公司有公司的规章制度，怎么能不想来就不来呢？大概我当时话说得有点重吧。郝建对Kitty一直过分热情，已经超出了colleague（同事）的尺度。这件事大家都是看在眼里，你跟他们是一个饭团的应该也知道的吧？

反正当时他一听就不太高兴的样子。过了一会儿，我听见他给Kitty打电话。打着打着，他的脸色就有点不对，也不知道Kitty跟他诽谤了我什么。

（Coke：你怎么知道Kitty在说你坏话？）

因为郝建一边讲电话，一边时不时地瞥我一眼嘛。而且不是一般的眼神哦，完全是有一团火在烧的那种眼神。当时我就有很不好的心理预期。

（Coke：为什么呢？你和Kitty有什么过节吗？）

因……因为……不是说了吗，他的眼神很暴怒，感觉对我很不满的样子。喂，我才是suferer（受害者）好不好，怎么好像在审问我一样？

（Coke：呵呵，哪有？你太敏感了啦。接下来呢？）

接下来他刚一放下电话，就箭一样朝我飞过来。

我赶紧站起来想躲开。可是离得太近，根本躲不掉。我就这么被他一下给扑倒，（被郝建）摁在地上一阵暴打。往后倒的时候，后脑勺还撞到了柜子。

你看，就是这里，Ouch！你别这么用力按好不好了啦，很疼的嘞。

（Coke：没事的，就是起了个包。）

就是起了个包？

就是起了个包？

你是医生吗？

说不定有内伤喔。

（Coke：好啦好啦，最后一个问题，问完马上放你去看医生，OK？）

什么啦？

（Coke：你刚才说，一看Kitty不在，就问郝建她怎么没有来上班，对吧？）

Yup。

（Coke：也许她只是走开了不在座位前呀，你怎么一眼就断定她没有上班呢？）

就是……就是……就是一种直觉。哎呀，头好疼！好疼好疼好疼！不行了不行了，I have to go to the hospital，立刻马上right now。一秒钟也不能拖。

（Coke：那你需要报警吗？）

报警？干吗？不用不用！按照你们大陆的话说，这属于内部矛盾，内部解决就好了啦。没必要麻烦人家警察苏苏。

（Coke：呵呵，可你不是说自己伤得很严重？）

我嘛，我是担心传出去对公司影响不好。

郝建的说法：

为什么揍丫（Paul Wong）？操，你问那家伙去呀，丫自己干的事情自己最清楚。

（Coke：我们会问的，现在想先听听你的说法。）

操，我没什么可说的。反正打都打了，操，大不了不干。

（Coke：我们这是在录音，能不能别有这么多脏字？我担心录音笔会罢工。）

操，我尽量吧。

（Coke：呵呵，多谢，那请你还原一下当时的经过好吗？）

是这样的，那家伙下午才进的公司。一到就问我Kitty来了没有。我说没有。他也没说什么，操，他当然没什么可说的，总之他就说了一句Kitty来的话第一时间通知他。我说行。其实当时我也有点担心。

（Coke：担心什么？）

不是担心什么，是担心Kitty啦。这孩子吧，虽说上手比较慢，责任感还是很强的。实习这么长时间，从没试过不打招呼就翘班的。我想她一定是出什么事了。

本来呢，我早想给她打电话，但今天一上班就被各种破事缠住了，一直没顾上。所以当时丫正好给我提了个醒。我就给Kitty打了个电话。

响了半天才接的。

我问她怎么了是不是生病了。刚开始她还支支吾吾的不敢跟我说实话。一会儿说自己起晚了，一会儿又说自己昨晚吃了火锅肚子不舒服。

我说你的语气不太对到底发生什么事了。

她这才哭着跟我说，昨晚差点被Paul给猥亵了。

（Coke：什么？猥亵？）

对，猥亵。

（Coke：这可不是小事。怎么猥亵的？）

就是……操，当时我又没在场……还是不复述了，你直接问她吧。

（Coke：那行，你接着说有你在场的这件事儿。）

我当时一听头皮就炸了。

（Coke：嗯嗯，所以你打Paul就是纯为Kitty出头？）

那当然了！Paul是什么名声，这个不用我跟你讲。我就想说，人家一个小姑娘，背井离乡来这实习容易吗？不带这么耍流氓欺负人的。所以我一撂下电话，就冲到丫面前，一拳打了过去。操，丫倒好像早有准备似的，一转身躲了过去，还对我使了一招猴子摘桃。真是太卑鄙了。幸亏我这么一撅屁股，堪堪躲了过去。然后我们就扭打在了一起。没多久CD他们听到动静，一帮人跑过来劝架，这才把我们分开。再后来你们就来了。

（Coke：可我听说是你把他摁在地上一顿暴打。）

操，你信吗？他那个体格，跟肉山似的，一个顶我俩，我能把他摁在地上？我承认是我先动的手，但其实是我挨的揍比较多。你看这儿，还有这儿，还有这儿，都瘀青了。

（Coke：需要去医院吗？）

这倒不用，都是皮外伤。

（Coke：还有最后一个问题，依我对你的了解，大打出手这不是你性格……）

那我应该是什么性格？路见不平转过身去那种性格吗？你要说我抠门，我承认。可我真不是那么㞞的人。

（Coke：这跟㞞不㞞没关系。我的意思是，你不是这么不理性的人。为什么不报告给THC呢？）

跟你们投诉，你们会秉公处理吗？

（Coke：当然。）

操，反正做都做了，该怎么着就怎么着吧。

第62章
一场据信由女实习生而起的办公室斗殴事件（中）

注：以下为Kitty的陈述，也摘录自Coke所负责撰写的《调查报告：一场据信由女实习生而起的办公室斗殴事件》。

Kitty的说法：

昨晚的事儿喔？郝建哥都跟你说啦？哎呀真讨厌。都叫他除了树洞，一定一定不可以跟其他人说的。果然是个大嘴巴。

（Coke：呵呵，树洞不是人吧。）

喵？管它是不是人，随便啦。对了，他都说了些什么？

（Coke：他只说你被Paul猥亵未遂，至于具体过程让我来问你本人。）

哎呀还要讲具体过程，人家很羞羞的呢。

（Coke：那……）

那好吧，我开始说咯？姐姐你在录音吗？

（Coke：是的。）

不介意我也录音吧？

（Coke：不介意不介意，当然不介意。）

就是吧，昨天晚上他们加班的时候，叫了一个火锅外卖。因为我也没走的喵，有一个活儿干不完的喵，后来就被郝建哥叫过去一起吃。

（Coke：吃的时候发生什么事儿了吗？）

那倒没有。基本上他们除了吃火锅就是骂客户，顾不上干别的。不过我很乖的喔，光吃没骂，就只是旁听生一枚。

（Coke；对，你很乖，后来呢？）

大家吃完就各回各家了。本来郝建哥想送我的。但是呢，因为呢，悄悄告诉你喔千万不要往外说，我其实有点怕他。正好Paul说可以顺路送我一程，我就……

（Coke：等等，你怕郝建？他不是对你好得跟什么似的吗？）

他是对我很好。简直太好了。好得叫人害怕。姐姐你懂的吧？

（Coke：呵呵，我也不知道我懂不懂。）

我说到哪儿了喵？

（Coke：Paul说要捎你。）

对，然后我就上了Paul的贼车。一路上他使劲套磁，问我打哪儿来实习多久了还顺利吗对CIRCLE感觉怎么样。我当然说特别特别喜欢这里的一草一木，连摆在10楼门口那个兵马俑都喜欢。他又问我想留下吗，我当然说特别特别希望能够留在这个大家庭里。他一听，立刻把车停到路边。边摩着手边扭过脸来跟我说，想留下很难，因为广告是实操性很强的工作，CIRCLE原则上是不招没有经验的应届毕业生的，但也不是没机会。我赶紧问是什么机会。他说他是创意总监，有推荐新血的特权，不过需要先给我做一个全面的review。

（Coke：屁，哪来的这种特权。）

我当时又不知道喵。总之我就傻乎乎地说好呀好呀不知道是哪天呢。他立刻说，择日不如撞日，改日不如今日，不如现在去他家review。

（Coke：然后你就跟他去了？）

其实我也有过犹豫的说。因为郝建哥跟我说过，Paul这个人好色是出了名的，让我没事离他远一点。可转念一想，人家是大总监欸，不去的话太不给人家面子了。于是我就答应了。

（Coke：你倒真是艺高人胆大。）

到了他家，我们先扯了会儿闲篇儿。

扯了半天，我看他越坐越近，就问到底什么时候开始review。他乘机拉着我的手说，这不已经开始了嘛。我心里一咯噔，本想当场甩手走人的。可转念一想，人家是大总监欸，就这么走的话太不给人家面子了。我就只是慢慢把手抽了回来。

过了一会儿他又问我要不要喝点什么？我又是心里一咯噔，心想该不会图谋把我灌醉吧。可转念一想，人家是大总监欸，什么都不喝的话太不给人家面子了。于是我说那来一点点。

他就开了一瓶红酒，还放了一部片子，跟我这么并肩坐着看。看电影的时候他的手又不老实。先是这么搭在沙发后背上，然后又这么挪挪挪，一直挪到我肩膀上。

我再次心里一咯噔，心想要不还是走吧。可转念一想，人家是大总监欸，就这样翻脸的话太不给人面子了。所以我就只是肩膀一缩，躲开他的魔掌。

哎呀，姐姐你会不会觉得我太迟钝太弱了？

（Coke：呵呵。）

呵呵的意思，是会还是不会？Anyway，我接着说喔。我们又看了一会儿片子，忽然……

（Coke：他又怎么你了？）

没有啦，是我肚子一阵剧痛。用力忍了一下还是忍不了，虽然很羞羞也只好开口借他家的厕所。等到冲完水出来，正想以身体不舒服为由告辞呢，却赫然发现沙发上并没有Paul的身影。正在想他人去哪儿了呢，忽然旁边一条黑影扑了过来。喵了个咪的，一把抱住我的腰，将我抵到墙上，嘟起毛茸茸的胖嘴就往我脸上凑。

我第一反应是Paul家里进贼了，心想这下惨了他要被劫财我要被劫色。直到闻见那嘴里的火锅味，才发现贼就是Paul。我本想大声喊救命来的，可转念一想，人家是大总监欸，这么干的话太不给人面子了。

（Coke：这种时候你还想着别人的面子？）

哎呀，人家就是酱紫的一个人嘛。

（Coke：行吧，请继续。）

我虽然没喊出声，但还是极力挣扎来着。可力量实在相差太悬殊了。用尽力气我也没能把他给推开，还被他亲到了牙齿。情急之下我只好哭。想到自己还是个黄花闺女今天可能大劫难逃要被糟蹋了，我的眼泪就止不住。没想到金豆一掉反而管用。他慌忙把我放开，然后我就一路哭回家了。

（Coke：Paul……他就这么放你走？）

他有追。但只追到门口就停住了。

当时我一回头，看见他扶着门框，用力捂着肚子。然后他就退了回去，把门关上了。大概他也吃坏肚子了吧。真是被火锅给救了。

（Coke：后面还有吗？）

后来他给我打了好几个电话。我都没接。他又改发微信，说什么当时喝多了都是他不好千万不要说出去。什么嘛！在车里的时候根本就还没喝酒。摸我手的时候那瓶红酒也还没开。总之他微信发得越多，我越看越想越后怕，也不知道怎么办好。所以今儿干脆就没来公司。

（Coke：是这样啊，我明白了。）

第63章
一场据信由女实习生而起的办公室斗殴事件（下）

注：以下Kitty和Coke之间的对话，并未出现在Coke所负责撰写的《调查报告：一场据信由女实习生而起的办公室斗殴事件》里头。

“是这样啊，我明白了。”

说完这句话，Coke便啪地关上录音笔，似笑非笑地盯着Kitty，半天不发一言。

在这间三角形状、仅容两人四条腿、名为“内库”的小小会议室里，Kitty被看得浑身不自在。不由得一会儿扯扯领子看是不是穿反了一会儿扶扶发卡看是不是戴歪了。间中还征询式地喵了几声。

忽然间跟想起什么似的，她也打算关掉自己手机上的录音APP，却被Coke止住了。

Coke不过拿手轻轻碰了一下她指尖，她就跟触了电似的立即把手缩回去。

Coke：“后面要聊的，你最好还是录下来，别以后忘了。”

说是还有话，可Coke又继续之前的样子，依然上下打量着Kitty，就是不开口。

跟平日一样，Kitty眼里戴着猫眼美瞳脸上化着精致淡妆。皮肤光滑得跟没有毛孔似的。衣服也是精心搭配过的森系。头顶还戴了一个猫耳朵发卡。再加上一副小可怜表情，越发像只风中的流浪小猫。

又过了一会儿，Coke才开口：“你果真好萌。”

“哈？”Kitty惴惴不安等了半天，完全没料到会听到这个。

“也难怪创意部那些傻男生都对你没抵抗力，完全就是一副人畜无害惹人怜爱的样子嘛。”

“是哦，人家照镜子的时候，也常常被自己萌到呢。”

“不过今天你这妆扮，是不是过分用心不合时宜了呢，呵呵？”

“……”

“你之前说，今天没来公司是因为昨晚受了大刺激，吓得一夜没睡。”

“嗯哪，而且我也不知道该怎么面对。”

“可是照常理来说，遇到这种大事，不说蓬头垢面吧怎么还会有心情拾掇自己？”

“我是……用打扮来让自己心情好起来呀。”

“呵呵，好，撇开这个不说，你的故事还是跟个筛子似的。”

“姐姐你是什么意思？”

“我的意思是漏洞太多了。”

“哪里呀？”

“从你来的第一天我就注意到了，你一直在努力扮演一个呆萌的角色。不说多高明吧，作为一个女生要想在创意部生存下去，这起码是个很对头的策略。”

“人家不是演的啦，是真的天然呆。”

“刚才你也反复强调自己很傻很天真，反应弧很长，以致一路都看不出来Paul的企图。”

“事实就是酱紫的呀。”

“你对郝建倒是很敏感。他不过对你好得过分了一点又没什么过分举动，你就躲得远远的。”

“……”

“郝建早就警告过你要离Paul远一点，相信你也从别人那儿听说过Paul有多好色名声有多差，但昨天晚上Paul一说要送你，你还是毅然决然地上了他的车。”

“……”

“这么善于保护自己的你，这样做是不是有些人格分裂？”

“人家说归人家说，我跟Paul之前又没有太多实际接触，哪知道他真是这样的人。”

“呵呵，疑点还不止这个喔。”

“姐姐你表继续冤枉人家了啦。”

“在Paul家里，他毛手毛脚得寸进尺，你一忍再忍不愤然离去全都是因为‘人家是大总监欸，这么干的话太不给人面子了’，这总是你的原话不是冤枉你的吧？”

“这话又有什么问题？”

“你要真这么怕拂了别人面子，为什么又当面拒绝郝建送你，你不知这样会让他很没面子吗？”

“都说了，我怕跟他单独相处的呀。”

“因为Paul是大总监而郝建只是一个小美指吧？”

“姐姐你非要这样以那什么之心度Kitty之腹的话，我也是会生气的喔。”

“就像你虽然已经很生气了但还是没忘叫我一声姐姐，尽管也是一口一个郝建哥叫着，可事实是你根本对他没多少好感。就冲你说他果然是个大嘴巴，也能看出你对他并不信任。当然啦，这也很正常，郝建这种抠男，本来就很难招人喜欢。”

“那……那又怎样？”

“那为什么你还要告诉他被Paul性骚扰的事儿？这根本说不通嘛。你要真的像自己极力塑造的那么胆小怕事软弱无力的话，怎么会声张呢？而且是跟郝建这个你不喜欢不信任的人声张？”

“……”

“其实你是想挑唆郝建去打Paul，一方面替自己出气，一方面把事情闹大，对不对？”

“这样做对我有什么好处？我图什么？”

“你图什么？这需要你来告诉我呀，呵呵。”

“就算是你说的那样，我怎么能预料到郝建一定会给我打电话？”

“还是你的原话，因为他对你好得过分。你不上班，他肯定得着急。而且就算他不打电话给你，你多半也会打电话告诉他。”

“就算是这样，可我又怎么能算准他一定会找Paul干架？”

“……”

这回轮到Coke答不上来了。

是啊，以郝建的老油条性格，确实不是这么一点就着一推就上的人。就算为了Kitty，他也完全犯不着跟老板翻脸。Kitty不过一个来去匆匆的实习生。而Paul虽然以无能著称，毕竟上面有人，也在圈公司当这么久创意总监了。就算在广告公司这种层级并不森严的地界，公然以下犯上打老板，也并非老板们所喜闻乐见的。一旦传出去，没准还会影响自己的职业生涯。这么一想，郝建这一举动也有些反常呢。

看来这个推理还是不够严整。

“这个……先不说这个，呵呵，其实一开始我也不敢断定，是见你也要录音才确定的。”

“确定什么？”

“你录音目的是什么？”

“呃……”

“我猜你是想把它当作手里的牌，必要的时候公诸于众，给CIRCLE制造一场公关危机。”

“姐姐，我为什么要黑圈公司呢？”

“如果你的要求得不到满足的话。”

“那依姐姐的聪明，你猜我想要的是什么呢？”

“呵呵，我不想猜，想听你说出来。”

“那好吧，不兜圈子了，我就是想要个offer，仅此而已。”

“就这样？你搞出来这么一摊事儿，不惜让你的郝建哥跟Paul反目，就为了这个？”

“什么叫就为了这个？你知道今年应届毕业生找工作有多难吗？”

“我知道，我知道。”

说完这句话，Coke便啪地关上Kitty手机上的录音APP，皱着眉头望着Kitty，半天不发一言。太让人失望了。还以为有什么惊天大阴谋呢。闹了半天就只是想留在圈公司而已。她只猜到了是什么，却没猜到为什么。

“姐姐……”Kitty怯生生地说。

Coke不耐烦地一挥手，打住Kitty的话头。现在的小孩到底是怎么回事嘛，太呵呵了吧。本来还以为看了那么多推理小说终于能学以致用当一回神探呢。浪费演技。

好好整理了一下思路，又借尿遁跑出去打了个电话，她回来坐定这才开口：“Kitty，你当真以为公司会受你威胁吗？”

“姐姐你的意思是我跟外面爆料说著名4A公司CIRCLE创意总监猥亵女实习生也没关系？”

“首先，大多数客户根本不care这个，他们只关心我们能不能出活。就算真的有客户号称因为这么一个未遂的桃色事件跟CIRCLE解除合同，你也不要信。那一定是早就合作不下去了的。

“其次，你知道我们内部有一个光环团队的吧？他们跟各家媒体都处得很好，在大面上把这件事给压下去是分分钟的事儿。

“再次，就算你在微博还是什么别的地方把这件事炒起来了，招来一些人围攻CIRCLE。他们又不是我们的衣食父母，骂得再难听CIRCLE也不会有什么实质损失。

“而且呀，别要忘了公众的注意力是很短暂的。我敢保证，不出一个月，没有人会再记得这件事。最坏最坏，实在事情闹大了，或者你去报警，CIRCLE大不了把Paul给开了。一点都不可惜。这样做还能乘机给CIRCLE的形象加分呢。所以你还觉得把这件事爆出去有用吗？

“而万一万一你真的那样做了，知道会给自己招来什么后果吗？”

“什么？”

“你觉得以CIRCLE在业界的地位和资源，要终结你还没开始的职业生涯有多难？”

“这……”

Kitty刚吐出一个字就说不下去了。

泪珠子在她眼眶里打着转。转了一圈又一圈，眼看就要掉下来。眼看这一顿虚虚实实连蒙带骗的，把Kitty给吓成这样，Coke忽然有点于心不忍。

给完了大棒，该给胡萝卜了。这也是她之前电话里跟老板商量好的。

“不过……”Coke说。

Kitty一听好像有转寰的余地，连忙使劲眨眼。真就让她把眼泪给成功眨回去了。

“大家都是女生，而且你确实是受害者，我也不想见到那种最坏的情况出现。你看这样行不行？首先向你保证，公司一定会严厉处分Paul，只要你不抖出去。当然程序上会有一点复杂，需要一点时间。其次呢，是关于你的工作问题。很明确的一点，公司绝不可能为这事给你一个offer，这不合规矩也会坏了风气。”

Kitty一听，泪珠子又开始打转了。转了一圈又一圈。

“不过……”

Kitty一听又是天无绝人之路的意思，连忙吸溜鼻子。真就让她把眼泪给再次回收了。

“两个方案。

“方案一是你换一个组继续在CIRCLE实习。半年后给你升到资深实习生。再半年后给你升到首席实习生。再过半年等大家都忘了这事儿了，找机会给你一个正式的offer。方案二是你先回去学校。毕业后也可以随便找份工作先干着。大概到十月份的时候来参加我们的‘圈人行动’。”

“什么行动？”

“圈人行动，这是我们THC今年新推出的招聘计划，用来发现潜质新人给CIRCLE输血的。别以为现在光是人不好找工作，工作找人更难。总之，所有人都可以报名参加这个活动。最后会选出来10个人，分配到各个部门轮岗。只要不出幺蛾子的话，基本上最后都能得到offer。我可以给你留一个名额。不过最后能不能留下来，就看你自己造化了。二选一，你选哪一个？”

“那……当然是二。”

“很不二的选择。那就这样说定了？”

“能白纸黑字签个协议什么的吗？”

“呵呵，这个恐怕不好吧。”

“那……那好吧。”

“还有最后一个问题……喀喀，这是我私人好奇问的。”

“姐姐你说。”

“你敢进Paul的家门，当真有自信可以全身而退吗？”

“这个，这个，当初真是抱着被潜的觉悟去的。”

“我去。”

“当时我想，豁出去了，不就是咬着牙往下一瘫，几分钟就完事了吗？不会有人知道的，没准过不了多久自己都不会记得了，嗯，加油，你可以的，小Kitty！”

“等等，你这么坎坷的心路历程，真就为了得到一个破offer？”

“姐姐，你真的不知道我有多想留在CIRCLE。”

“我真的不知道你是职场小说看多了还是韩剧看多了。”

“其实我追得比较多的是TVB剧集。”

“谁要跟你讨论这个！行了，今天就到这吧，你可以走了。”

“那……姐姐我也有一个私人问题。”

“你说。”

“你为什么对我这么好？”

“我有对你很好吗？”

“你看我都这样了，你还愿意给我机会，这还对我不好吗？”

“呵呵，实在要说的话，那就是看在大家都是拉拉的分上……”

“哈？姐姐你是拉拉？这件事新蜂哥他知道吗？”

“你说嘞？”

“看来是知道。难道你们是假扮情侣？难不成他是gay？喔，卖糕的！可我并不是拉拉欸。”

“你不知道自己是而已。”

“我真不是。”

“呵呵，就算你现在还不是，以后早晚也会是的。”

“可我……”

“你得相信我的拉拉雷达。”

第64章
鸡头的诅咒开始了

稍微来讲一下后面发生的事儿。

Kitty很快就回学校去了。她已经没必要继续实习下去。而Coke向她保证的——一定会严肃处理Paul——最终并没有做到。倒不是食言，而是没来得及。

其实，CIRCLE北京的高层们这次意见相当一致：要痛打Paul这落水狗。他们早想赶他走了。但因为众所周知的原因，之前一直使的是润物细无声的冷暴力。

所谓众所周知的原因有三个：

一、作为一个香港出生台湾长大英国留学新加坡身份英语比中文利索的华裔歪果仁，Paul的薪水很不低，待的年头又不短，炒了他的话，赔偿金会让财务总监很心碎；

二、Paul虽然无能，工作上倒一直是小错不断大错没犯，罪不至fire（开除），要动他师出无名。

三、传说亚太区总裁弥勒佛是Paul的好基友，不看僧面总得看佛面。

因此不能辞他，只能逼他自己请辞。

所谓润物细无声的冷暴力是指：

一、发给最不得力的手下；

二、喂给最脏最累最苦的活；

三、大小场面上都晾着他；

四、各种冷言冷语臊着他。

但所有这些手段，到目前为止，都没能取得一丁半点成效。这家伙的忍术学得实在太好了。毕竟根上还是个老中。而且工作上再不爽再受气再有怨恨，换来的钱可以让他买到足够多的安慰了。而且跳槽的话，只会更加不好过，还不见得有槽可跳。他干吗不在这儿待着？

所以Coke一被委派处理此事，她从THC总监那里得到的指示就是：

这次办公室斗殴事件，简直是天上掉下来的馅饼，一定得充分利用好。务必整理出足够多的黑材料。必要时可以发动群众斗总监，故意把资料泄露出去以激起基层员工的正义感。就算激得他们去联名上书，都在底线以上。争取能让Paul主动辞职。最起码得闹到亚太去，把他调去别的办公室。

说到这里，相信你早就看出来了：

高层们对Paul那么大的意见，并不只是因为他向实习生下手。甚至可以说，那仅是很次要很次要的原因。Paul之所以不被原谅，是因为他太不受待见。Paul之所以不受待见，是他人品和专业都太差。但这些都不是最紧要的。

根本原因是他对公司来说没有价值。

他眼下的唯一价值，是做圈公司的时传祥，替别的组捡屎。一旦连这都做不好的话，他的存在也就只能拉仇恨了。

而Kitty这事儿一起，他基本上就是个负值了。圈公司不是不能养废柴，但不可以养累赘。先前看在弥勒佛的面子上，高层们忍了三年。最近随着弥勒佛将被贬去非洲的传闻甚嚣尘上，高层们越来越忍不了了。而就在斗殴事件开始前半小时，他们终于意识到Paul已经成为生意上的绝对负累。不光不能帮公司挣钱，还有可能连累公司赔钱。他们忍无可忍了。

这件事还得从当天早些时候说起。

因为刘大卫和石霆都不在，Paul上无老下无小的，实在推不过去，只好答应亲自去提一个案。

负责该案最大的Account是布兰达。

结果他不负众望地迟到了。

二十个未接电话之后他才回电，睡意犹浓地说已经在路上了马上就到。又连续十三个问他到哪儿了的电话之后，才现身会场。足足让客户大老板等了一个半小时。当时他的解释是：吃坏东西了，一早上都在拉肚子。

这也就罢了。

轮到他上去说的时候，全程目光呆滞语无伦次还多次忘词，最后只能照念PPT了事。正当布兰达觉得已经没办法更糟了准备自己出马提创意，Paul再次突破了她的想象。

“呃……大概就是这样，所以我们为XXX准备了这样一套创意。”

他这样说道，完全没注意到自己刚刚脱口而出的，是客户竞争对手的名字。

客户叫YYY。对手叫XXX。两家有世仇。常年互相黑。

在场所有人，当即都倒吸一口冷气。因为YYY大老板对XXX可说是恨之入骨。平时都禁止在公司里提及。要说的话只能用代码。比如那个狗X牌子、抄袭狗、营销狗等。最新的代码是三叉——傻叉、二叉、low叉。全都由YYY大老板看心情制定。

下来之后，他立马被布兰达在桌底下猛踢了好几脚。波棱盖儿差点被踢碎。

事后他的解释是：昨晚通宵了。

这倒不是说谎。只不过他不是通宵工作，而是通宵痛饮。昨晚Kitty哭着跑掉之后，他一个人干掉了五瓶红酒。倒是成功把性欲、郁闷和忧愁给浇死了，也把提案这件正事给忘得差不多了。

好不容易熬到会议结束，布兰达强打精神问客户有什么问题。

客户大老板倒是很直接："你们这位大总监就是最大的问题。对了，咱们的合同什么时候到期？"

布兰达这边一干人个个低着头，一言不发。本来都是骄傲且傲娇的圈公司一员，广告业最高冷的一群人，当时都觉得脸丢到尘埃里去了。

客户那头则全部铁青着脸，一言不发。因为客户大老板铁青着脸呢。

回公司的路上，布兰达倒是什么话都没说。

她已经连话都不想跟Paul说。

她急着回公司去参加高层status。

在会上她添油加醋把Paul给投诉了。

说来也巧，她刚开说，楼下便开打了。

郝建和Paul在10楼打成一片。

高层们则在12楼的会议室里迅速达成共识：不能再对Paul睁只眼闭只眼了。再留着他，只怕Mr. Circle九泉之下都闭不了眼。一定要不惜一切代价，把这种害群之马开除出革命队伍。

可Coke才刚完成调查报告，雷霆手段还没开始用呢，Paul就先突然消失了。具体是怎么回事呢？后面很快就会讲到。

高层们也没忘了郝建。他挥向Paul的拳头再怎么恰是时候，不能不处理。归根到底，因为他也是没多少价值的人。无独有偶，处分下达之前，郝建就先递了辞呈。这就又给Coke们省事了。

刘大卫循例约谈了郝建，毫无诚意地挽留了几句，低头就给批了，还特许其一周之内离职。

这么一来，却让郝建在圈公司最后几天的形象鲤鱼跃龙门。狗熊立变英雄。尿人儿突具爷们气。许多人都对他印象大大改变，觉得他的离职就跟刘大卫当初接受CBD这title一样，是洋人逼的。纷纷替他抱不平。

持这种看法的人一多，连郝建最后也受影响。照镜子的时候，觉察出自己身上原来有种隐藏很深的英雄气质。还是比较高级的悲剧英雄。于是走路开始带风。头也开始昂着。

任新蜂却因为从Coke那儿听说了Kitty对郝建的真实看法，觉得他有点可怜。

任新蜂想终究是搭档一场，就主动去跟刘大卫申请经费，给郝建准备离职礼物和散伙饭。除了他也没别人干这事儿。Paul跟郝建都不说话了，自然不可能。石霆跟郝建关系也特一般，也不会去张罗。

郝建看在眼里，颇有点感动。他原本以为自己得跟小毛一样遭遇呢。

散伙饭上他酒喝得有点多，这才拉着任新蜂吐露心声：

其实他对Paul大打出手，不完全是为了Kitty。

他先前请了好几次病假，其实都是面试去了。就在打架当天早上，终于落定了一份工作。是去某个音乐网站当视觉总监，报酬非常好，还能有期权。唯一比较难办的，是对方要求一周内入职。他琢磨了半天怎么能尽快离职，一直没想出来，直到给Kitty打电话。

听见Kitty差点让Paul猥亵了，他立马觉得机会来了。

一撂下电话，他就朝Paul扑过去。一来早看他不顺眼，正好走之前发泄出来。二来把这事儿闹大，公司一定巴不得他赶紧走。

“欸，我还以为你是把Kitty当闺女……”任新蜂很错愕。

“我是把她当闺女，可她毕竟不是我的真闺女。”郝建说，“事实是，我想通了，钱是挣出来的不是省出来的。我得努力挣钱，以后才能供我闺女出国。”

“你不是说，你闺女随她妈，恨你。”

“她恨我，那她也是我闺女啊。”

就这么着，郝建走了。

除了作者和正在看这破小说的你，当事人们还都没发觉呢：尾牙宴上的鸡头诅咒开始了，第一个就应验在郝建身上。

而任新蜂则终于时来运转了。呃……也不见得。总之他的逆袭要开始了。

第65章
两条新闻：闻起来都不太对味

郝建离职后的第二天。

太阳照常升起。圈公司如常运转。这是必然当然自然的事儿。就算哪天刘大卫不在了也一样。

任新蜂的心情却有点莫名。

他开始以为跟旁边的座位忽然空了有关。一想，不至于。要说，昨儿吃散伙饭的时候他确实有点小伤感，毕竟也跟郝建搭档了几个月。但两人交情也就是这样了。那点唏嘘活不过12个小时的。那么，该不会是大姨父又来了吧？一想，也不至于。最近压力并没那么大。一切都好，只缺烦恼。后来他终于找着病根了。

就在电脑屏幕上挂着呢。

就是让那条新闻给闹的。

今天早上，他在一个名叫广告圈（adjuan.com）的行业网站上面，看到这么一条“当日要闻”：

CIRCLE宣布同大象方便面分手

日前，知名广告代理商CIRCLE（北京）主动向其地区客户大象方便面提出停止双方的合作。

有消息称，CIRCLE（北京）参加了一统方便面今年3月份召开的大中华区创意比稿。相比于大象而言，一统无论从品牌知名度、企业形象、企业规模、市场占有率上，还是营销预算上，都要大大超出前者，因此CIRCLE（北京）才会如此果断地向大象提出分手。

CIRCLE（北京）是从去年下半年开始，未经比稿而获得大象的广告业务的。此次参加一统方便面比稿，CIRCLE可谓诚意十足先声夺人，不知后续创意是否也足够动人呢？让我们拭目以待。

这条短讯的语气，暧昧得紧。就跟皮大衣下面只穿着情趣内衣走在大街上似的。自以为极隐蔽不着痕迹，其实所有人一看那大衣样式就知道是暴露狂专用款。

词句则是颇不顺畅，多处前后不搭，像鱼刺一样容易把人卡住。明显是小编从哪篇通稿里复制粘贴再自个儿组装的。

可谁会发这样的通稿呢？当然除了光环团队别无旁人。

对于圈公司会参加一统的比稿，任新蜂并不感到意外。

Business is business.

Advertising is advertising.

让他感到莫名的是：虽说工作前不久才交割清楚的，但大象不在年前就不做了吗？那会儿还没听说比稿这回事儿呢。而且也不是CIRCLE主动提出的停止双方合作。是一统害的呀。

继而他又回忆起之前服务大象时的疑惑：像这么一个既不挣钱又不出活还难伺候的小客户，CIRCLE为什么要接？而且是主动上门贴了人家几次冷屁股，才拿下的。

他转身去跟石霆探讨。现在郝建走了，team里也就剩下一个石霆能说说话了。虽然石霆并不爱说话吧。

至于Paul，任新蜂跟多数人的态度差不多。能不跟他说话就不跟他说话。能少跟他说话就少跟他说话。Paul已经完全被孤立了。

“这事儿你还看不出来？”

“我就看出来不大合理。”

“当初公司亏钱接这个客户，就是为了把它给甩了，好在今天宣布出来。”

“你是说公司拿大象当投名状？”

“不然怎么显示诚意。”

“半年前他们就知道一统要举行比稿了？”

“这种大比稿，有的提前一年就有小道消息往外流了。”

“说得我都有点同情大象了。”

“忘了他们当初怎么对你无情虐了？没什么可同情的，谁叫他们品牌弱预算少呢。”

“你是怎么看出来的？”

“我也是听人说的。”

说毕，石霆就又转过身去，对着电脑皱眉头了。他今天也被一条新闻搞得很莫名。那是条社会新闻：

草泥马大侠再度惊现江湖 广场舞大妈惨遭粪弹爆头

昨晚10点左右，北京劲松社区一群大妈跳广场舞时，突然遭遇一名头戴草泥马面具、手持两个装满秽物的大可乐瓶的神秘男子冲入方阵。多位大妈躲闪不及，惨遭其近身泼粪。更有一位65岁的领舞贾大妈，被粪弹正面爆头。

据她自述，可能因为心宽体胖又刚染了头发目标较大，当时该名男子直朝她冲过去。她本有机会逃走，无奈躲避过程中被另一名领舞甄大妈绊了一下，结果稍一迟疑错失良机，就被泼了个正着。而甄大妈则因为缩在她身后逃过一劫。“我回家洗了三遍澡，就这样还有味儿呢。”贾大妈心有余悸地对记者说。

据多名目击大妈所说，该名男子在将瓶中的粪便泼洒完之后，又从背后抽出一根棒球棒，朝正在播放伴乐、价值1100元的音响一通乱砸，直砸到设备火花乱溅，这才扬长而去。

因为广场周边的探测头，春节前线缆被大风刮断至今尚未修复，因此未能监测到该名男子的模样。据其他常年在广场上跳舞的大妈猜测，此事可能是周边居民不满噪声而采取的报复行为。

记者走访周围了解到，附近居民对广场舞发出的噪声确实有意见，但大多数都认为应该用平和的方式进行沟通，采用如此极端的手段并不可取。“万一一个没掌握好，泼到自己怎么办呢？”一位居民这样问道。极少数居民则表示该名男子的行为是替天行道，甚至尊称其为草泥马侠。

记者随后据此上网搜索，赫然发现多个月前也有一名头戴草泥马头套、自称草泥马侠的男子冲入资深玉女明星何兰放生活动现场捣乱抗议。至于这两桩事件是否背后有不为人知的关联，这两个草泥马侠是不是同一个人，目前仍不得而知。

要不要这么标题党啊？！

石霆此刻的心里，是一片草泥马戈壁。

明明内文说的是草泥马侠，怎么一上标题就变成草泥马大侠了呢？为了对仗这么乱改别人的名号好吗？记者你是跟处女座有仇吗？

不过这还不是最严重的问题。这个用棒球棒的草泥马侠到底是谁，那才是最交关的。

跟尾牙之夜打伤JB Chang的，是不是一个人呢？

“咦，劲松社区？小毛不是住那儿吗？”

石霆正沉思得抓耳挠腮呢，冷不丁听见身后冒出这么一句话。

回头去看，发现是吴迪。一脸的意味深长。

第66章
大战在即

“你还去过小毛家？”石霆很诧异地问。

如果说石霆是高冷病人的话，小毛那就是孤僻症晚期了。从没见小毛跟哪个同事私下有过交往。他生活里有没有朋友，也得打一个问号。

“有次他发烧请病假，偏偏有个活儿特别急，我只好上他家现场办公，盯着他改完。”吴迪说。

“好像是有这么一回事儿……”石霆眯着眼睛说，“对了，能不能麻烦你一件事儿？”

“你说。”

“可不可以请你以后别总站在别人身后忽然开口说话？”

“呃……当然。”

“当然可以还是当然不可以？”

“当然是……你猜？”

任新蜂看吴迪一脸尴尬之余，还有股憋着丧劲儿攒大招的意思，赶紧出来打圆场：“又有新工作？”

“咳，瞧这岔给打的，倒把正事给忘了。David让我来叫你们开会。走吧，几位爷？”

于是Paul team几位爷，其实满打满算也就仨，便随吴迪奔赴10层最大的那间会议室去了。

那会议室叫作装库。

推门进去，看见一屋子都是人。椅子已经不够坐了，不少人只能站着。不管坐着还是站着，全都一副摩拳擦掌大战在即的样子。

这倒不是装的。

眼下他们齐集在这儿，确实有仗要打，目标是拿下一统方便面的大比稿。打赢了的话，前两季度的revenue目标就不用愁了。打不赢的话，当然也死不了人，就是年底的bonus会薄一点。

而不管输赢，大家都会一如既往地苦×。

不是在这上面苦，就是跟那上面哭。

所以干广告的，一入行就先得懂苦中作乐。不然没得活。

任新蜂来圈公司快半年了，还是头回见到这么大的阵仗，不由得也被氛围所感染，有点莫名的小兴奋。虽说他还不知道要干吗呢。

他环顾四周，发现刘大卫赫然在座，正跟CD对着电脑聊得口沫四溅。

CD既然在场，手底下的人自然也都跟来了，包括那个胖美术。

胖美术一见到任新蜂，就投来一束能穿前胸透后心能把门灼破的目光。

真是的，哪来这么大的仇呢？任新蜂这么想着，避开那火源，扭头去看Account那边都有谁。

布兰达team全员到场，这其中也包括程欣和吴迪。

自打JB Chang尾牙当晚被人打成重伤住院之后，他的人马和业务就被布兰达临时接收了。

这单价值几千万的大比稿，本该由他来主持的。他进圈公司之前曾经服务过一统。跟他们市场部所有人——上至市场总监下至各品牌经理——的关系一直都维持得很好。实际上，就是他提前半年获知一统将要炒掉现有代理商举行大比稿的消息。为了表达诚意对大象始乱终弃的招儿，也是他想出来的。

所以上次大象办活动闹出群体事件，JB Chang非得让任新蜂背黑锅，多少也是恨他坏了自己的节奏。本来不该那么早就跟大象分手的。

好在消息一直压住了。

他这边正庆幸呢，那边人算一再不如天算。布了这么久一局，却因为尾牙结束后的一场无妄之灾，眼看要被布兰达吃了果子。

所以，JB Chang这几天在家养伤养得格外郁闷。

郁闷之余，开始动心思。

此时此刻的任新蜂，自然对此全无所知。他只是越来越好奇：出动这么多人到底是要干吗呀？

他又注意到人群中混入了几张陌生面孔。乍看上去高矮胖瘦各不同。细看个个都有高级喷子的气质。想必就是传说中的Planner吧。他们都是有大案要案的时候才出动的。

看样子做大创意的机会终于来啦。真是功夫不负有心人哪。诸位，等着看我一鸣惊人一雪前耻吧。哇哈哈哈哈哈哈哈。

任新蜂一边在心底狂笑飞奔撒花，一边还得掩饰住不叫人看出来。这就导致他的表情变得十分狰狞。在马路上溜溜走了10分钟还找不着公厕的那种表情。

“你肚子不舒服？”Paul关心地问。

自从跟郝建打完那一架发生之后，Paul发现自己的人缘明显变差了。

其实他之前也广不受人待见。只不过那时候大多数人在面上对他还过得去。最近越来越多人见到他，都把厌恶写在脸上了。Paul还不知道这是高层们的舆论战造成的，还想着可没法这个样子在圈公司待到退休。为了改善处境，他决定启动自己的品牌重塑campaign。

先从对自己team里的人好开始。

所以他现在对任新蜂一逮着机会便嘘寒问暖。

工作上也得重抖擞，就算只是装装样子。

本来这次，刘大卫只是事先跟他打了个招呼，说要抽调任新蜂和石霆过来帮忙。他居然一反常态，主动请缨也要参加这个项目。

刘大卫虽也盼着他走，却打心眼不认同高层们商量出来的这个打Paul计划，觉得那手段太腌臢。没必要这么整人家。

刘大卫既不想让他参与其中，也不想拒绝得过于明显让Paul发觉，就只好答应了。反正多他一个人不过多一张嘴，有自己坐镇呢，耽误不了事。所以Paul才得以跟任新蜂、石霆一起来到了装库。

“欸？没有啊。”任新蜂敷衍了一下Paul，就转身往刘大卫和CD身后走。边走边假装不经意地瞄CD的电脑屏幕。也许能发现点这单大活儿的蛛丝马迹呢。虽说谜底马上就要揭晓了，可他好奇心重一刻都等不了。

结果什么也没看到。

CD的电脑上贴了偏光膜。

真是叫人拙计（着急）。

任新蜂又不好意思靠太近，只好用深呼吸来解焦虑。

呼。吸。呼。吸。

不知从哪儿飘来的一股香味，被猛地吸进了他的鼻腔。

欸？很熟悉的味道呢。是刚泡上的方便面。这前调……酱油味太重而牛肉味太淡又缺乏层次……没猜错的话……是一统家的红烧牛肉面。为了工作几乎吃遍天下方便面的任新蜂，吸溜着鼻子这么以为。

所以……果然是那个吗？

就在这时，装库的门又被推开。

布兰达双手捧着碗热气腾腾的一统方便面，像个女王一样，嗒嗒嗒走了进来。径直走到正中间的位子，轻轻地坐下，轻轻地把碗面放在桌子上，轻轻地咳嗽了一声。

“人都到齐了？那我们开始咯。”她轻轻说。

果然就是一统方便面的比稿动员会。

说是动员，当然不光是打鸡血。少不了各种人分享各种市场报告、竞品分析、消费者洞察、策略定位的，在此略过不说。因为量很大很枯燥很乏味，还没方便面有营养呢。

总之你需要知道的就是：

一统眼下是方便面界不折不扣的王者。

市场占有率高达66.6%。

一年卖出去的产品能绕赤道33.3周。

足够给地球来一次花式捆绑的了。

不过所谓成住败空都是连续到来不留间隙的。一旦到了巅峰，后面就开始下坡了。一统眼下就面临两个问题——品牌严重老化和销售增长乏力。

有鉴于此，这次比稿需要完成两份命题作文。

人丁兴旺的精锐部队CD team，自然是这次战役的绝对主力，负责品牌重塑部分。

Paul team则由刘大卫亲自带队，替主打产品红烧牛肉面发想明年的传播。

按照惯例，动员会一开完，头脑风暴就刮起来了。

按照习惯，一开始的时候，大家都一筐一筐地往外丢想法。

按照经验，这阶段的想法，都是不够好的。

按照规矩，就算想法再不靠谱，也都会被一一记上。

这是为了调动大家的积极性，也是先有量变才有质变。很快，各种各样的idea就把整块白板都占满了。大家却逐渐被掏空了。开始想不动。又累又困又挫败。

想不出来的时候，最好的选择当然不是逼着自己继续想，是回家睡觉。又不是海绵宝宝总挤总有。反正提案是在10天后，还有的是时间。不到晚上8点，刘大卫就把众人都赶回家去。这就是比稿第一天。

第二天情形大致相同。

第三天也差不离。

第四天也是。

这种状况一直持续到了第五天。

第67章

全世界都内牛满面

一统方便面的大比稿，艰难行进到了第五天。一个创意都还没有定下来。

任新蜂脸上倒是出来好几个大包。急的。

一开始的兴奋已经退去，现在光剩下疲惫、焦虑、挫败以及自我怀疑。

就靠一股子心气撑着了。

再这么下去，天知道什么时候会自拔了气门芯？当初说好的一鸣惊人、一雪前耻呢？你到底能不能行？啊？他早上洗脸的时候，这么质问镜子里的自己。就差对着吐口水了。

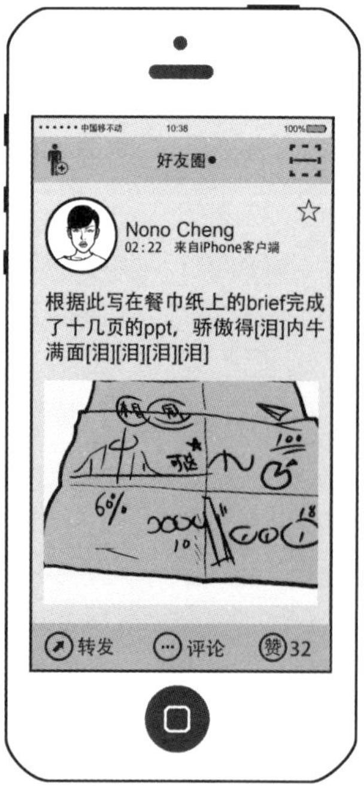

之前几天里，他贡献出来的想法就不下10套。里头当然有不靠谱的。但也有自觉还不错的。全被刘大卫杀得死无全尸。

因为不错是棒的反义词。

当然了，有这遭遇的不止他一人。是所有人。包括刘大卫自己在内。

风大，这杆华文广告界的大旗飘扬着呢。

到了公司，任新蜂喝了杯咖啡抽了根烟呆坐了一会儿，还是全无头绪，就决定休息一下。

他开始刷微博，瞧见程欣凌晨2点的时候发了这么一条微博：

创意部忙着想创意的时候，他们Account也没闲着，忙着搭PPT呢。

看到程欣也这么辛苦，任新蜂心里一下子平衡多了。他决定再上5分钟网就继续工作。一个没留神，刷屏到中午。吃完午饭回来，他对自己说该接着忙比稿的事儿了。

欸，对了，今天还没开微信呢。那就小小看一下吧。只是小小看一下哈。他就又对着手机目不转睛了半小时。

他告诉自己这么做，只是为了把未读信息清零。

最后，就在他给右手发最后通牒说再不放下手机就把你砍掉的同时，他那在家乡当公务员的发小发了这么一条朋友圈：

任新蜂笑得腹肌都出来了。

这时Paul要去打水，看他捂肚子又关心地问是不是吃坏肚子了。再次搞得任新蜂很不耐烦。好不容易把Paul给敷衍走了，他对自己说，不可以再浪费时间鸟，真的要开始工作了亲。

这回他确实做到了。真的一心一意在那憋创意。憋了仨小时，屁都没一个。

只好又喝了杯咖啡抽了根烟打了两盘台球，还下到9楼在Mr. Circle的雕像前呆坐了一会儿，这才回座位接着拌脑汁去。

跟大宗师神交过之后，倒真让他生出几个点子来。转眼又觉得拿不出手，自己便都给杀了。

这么生了杀杀了生溅血好几回，忽然听见肚子叫，抬头才发现天已经黑了。天又黑了。

Paul站起身来，招呼他跟石霆两个人去吃饭。他们俩都说不想出去吃。Paul也不愿意吃独食。于是他们仨一起在公司里吃泡面。

吃着吃着，石霆忽然冒出一句：“每天这么辛苦，晚餐就只是泡面，到底是为了什么呢？想想真是内牛满面。”

Paul忙问什么是“内牛满面”。

石霆虽然懒得解释，还是给他解释。

任新蜂在旁边听着听着，脑海深处忽然闪了一下。就像伸手不见五爪的黑屋里冒出来一点萤火光。只可惜稍纵即逝。他有预感，跟着那光走，大概就能找到出口。问题是他并没抓住这光。

吃完了面，又在公司里耗了半天。还是没想法。只好回家去。

进了小区，到了楼底下，任新蜂看见一个小姑娘坐在门禁边上，哭得不能自持。大概不是刚刚失恋就是刚刚失身要么就是刚刚失业。

他默默叹了口气。心想悲伤真是种廉价又便利的情感呀，就像方便面一样。

他从姑娘身边走过。

上了电梯。进了家门。洗了个澡。躺到床上。累得像条狗。

可脑子里还是堆满了方便面。

一时半会儿可清理不出去。

他正对着发愁呢，忽然听见呻吟声一浪接一浪传来。是从吴迪房间里发出的。刚才进屋的时候，看见他房门关着里头又有说笑声，就该想到有这一出了。

大概眼下快到月底还没开支，这家伙又开不起房了，只好把不知从哪儿勾搭来的人带回家搞。

这也不是他第一次这样做了。一个月前就发生过一回。那人还在这过夜来着。

好像是他以前的老板？

是叫茉莉还是叫水仙来着？

这倒没办法说什么。

毕竟是他自己家的房子，要带谁来是他的自由。

问题是：不刚缴了三个月的房租给他吗？怎么又没钱了？这家伙是有多能造？就不能消停两天？也体恤一下你这个半年来娱乐基本靠撸的光棍房客嘛。

之所以说是“基本”，是不知道尾牙那一夜到底有没有做过什么。想想连这都记不得，真是内牛满面呢！

小半天，吴迪那边终于消停了，他也消停了。

才把纸巾揉成团扔地上，困意便袭来，他终于睡了过去。开始做起梦来。

梦见自己在一条长街上裸奔。虽然已经没力气，就是停不下来。跑着跑着，他发现一件奇怪的事儿——路两边的广告牌都是一样的，都只写着四个字。

内。

牛。

满。

面。

欸？

欸！

他忽地坐了起来，随即打了个喷嚏，随即发现窗户是开着的，随即下床去关。

站在窗前，掐了掐脸，他确认自己是醒着的。

这一醒，就又睡不着了。

第68章
石霆的内牛满面

第六天。

任新蜂戴着副黑眼圈，早早就到了公司。虽说一夜没睡，脚下有棉花，但根本没困意。

昨儿刘大卫出差去了。因此没有抓着他们过创意。不出意外的话，今儿一进公司就会召他们去过堂。别看刘大卫面儿上淡定，其实都看得出来，创意迟迟定不下来，他心里比谁都着急。

可再急也不能用骂的。毕竟，创意卡壳就像在饭馆里吃到地沟油，不说必然至少是很难免的。

而且大家都铆足了劲儿。

这时候可以点拨可以敲打可以紧逼就是不能浇冷水。

所以他比谁都煎熬，憋得快内伤了都。

对于即将到来的这一场review，任新蜂是期待又怕受伤害。不过眼下他可没工夫想太多。他净顾着在空荡荡的丽华大厦10层里走来走去，伴着吸尘器的声音自言自语，演练一会儿该怎么卖给刘大卫呢。

做广告的，说到底就是一个卖字。

帮客户把产品卖给消费者，自然是这份工作的应有之义。不过在那之前，你得先能把自己的想法卖给同伙。接着要设法卖给老板以及其他部门。然后才有机会卖给客户以及客户的老板以及客户的老板的老板。闯过前面这些关，最后才可能去到消费者跟前吆喝。

中间是一轮一轮的修改，到最后修成正果的广告，绝大多数已离本初想法十万八千里。

而消费者往往不过在人群中匆匆瞥了一眼，便给你果取关。

其实就是里尔克说的：哪有胜利可言，挺住就意味着一切。

任新蜂10楼走完一遭回到座位，刚好看见石霆也到了，也是一副熊猫样。

两人对视一眼。点点头就算是打过招呼了。

什么都没说。什么都不用说，都知道对方昨晚也熬一宿了。不光是任新蜂，石霆在这项目上也憋着劲儿想撸一发大的。

石霆把包一放下就开始擦桌子。

任新蜂不想让他看出来自己紧张，就找出杯子去接水，却并非给自己喝，而是去浇桌上那盆快旱死的绿萝。那原来是郝建不知从哪儿捡来的。郝建一走，就传给任新蜂了。这几天一忙，都顾不上照料这绿植了。

两人就这么各自忙活。不一会儿，Paul也到了。眼袋是有的。眼圈倒不是黑的。

最近他危机感很强，天天10点半就现身公司了。搞得大家很困惑，都以为他被THC下了降头。

“怎么样？有什么新idea吗？”Paul一看两个人都在，没等坐下就问。

“欸，有一个。”任新蜂说。

“我也有一个。”石霆说。

“那我就放心了。Because I have nothing。”Paul如释重负地说。

他正打算进一步问两人的想法具体都是什么，手机响了，立即接了。嗯，啊，OK，拢共发了三声，就挂了。

“走吧，David来了。”Paul说。

说话间，三人便到了刘大卫跟前。

布兰达和她手下一众娘子军，还有程欣跟吴迪，都在。

抱着早死早超生的觉悟，任新蜂正打算先喷为快，却被石霆给抢了先。

石霆掏出一沓纸，给每人发了一份。上面密密麻麻字不少，是他在家打印好的：

捏面狂魔的2分钟爱情

与阿May分手后的第22天
凌晨2点22分22秒
我在楼下的便利店邂逅了一碗方便面
我这辈子在很多店里捏过很多方便面
有的硬气一点
有的呢就软弱一些
有的很敏感
轻轻一碰就咔啦咔啦笑得不成样
还有的压力再大也几乎不吭声
也许以为自己是焖面吧

这碗方便面会是什么性格呢
她的包装上写着“红烧牛肉面”五个字
所以我想
她应该很有味道
刚接触的时候会觉得太霸道
很快你就会发现她其实蛮Q的
内涵丰富有嚼头
为人也很爽直
能给你很多满足
总之，应该是一碗双子座的方便面吧
是不是这样的呢
我很期待答案
但是并没有办法知道
因为她是碗面
不像袋面那么好捏
我拿她在手上
感觉无从下手
对视了2分钟之后我决定不捏她了
所以我把她放回原位
我不知道这碗方便面有没有因为我而记住那2分钟
但我一直都记得
那晚之后我每天都来这家便利店
每次我想捏方便面
就来见那碗方便面
我们每天至少见2分钟
因为这2分钟带来的平静
我已经很久没有捏过方便面了
后来
就在那个无人记得的午后
我掏出了口袋里仅剩的2元钱
将一直蜷在货架一角的这碗方便面带回家
我终于想起来那天不捏她的原因了
比起捏她
我更想吃了她

尝尝她的味道是不是跟想象的一样
阿May早已不在了
但是这碗方便面仍然可以替代她
因为她会让我想起她——好泡
当开水冲下去的一刹那
热气从碗里扑到我的镜片上
在一片模糊之中
我找回了2分钟的爱情

别的方便面要泡3分钟
一统红烧牛肉面只需要泡2分钟
虽然省下来的这1分钟
我也不知道可以用来干什么

大家很快就都看完了。

半晌没人说话。

不是吃冰棍拉冰棍——没话。是各有意见不知从何说起。只好等刘大卫先来。敬老嘛。

可刘大卫也有点犯难呢。他抖了抖那张纸："介系……什么东西啊？"

石霆："这是一个超越物种的爱情故事呀。"

布兰达："酱紫吼，我还以为是一个方便面连环杀手的心声嘞。"

石霆："这么理解也没差。其实讲的就是一枚屌丝被女朋友抛弃之后，变成了方便面连环杀手，经常没事杀去超市，把方便面们捏得粉身碎骨。而他则很享受听方便面那种咔啦啦啦的痛苦呻吟声。后来，有一天，这枚屌丝杀手爱上了一碗很特别的方便面，决定退出江湖，和这碗很特别的方便面幸福地生活在一起。但这还没完喔。在故事的最后，因为爱得太深他只好把这碗很特别的方便面给吃了，以这种很特别的方式，跟这碗很特别的方便面永远合为一体。"

布兰达手下姑娘甲："原来这么深奥，光看台词可看不出……咦，May你哭什么？"

布兰达手下姑娘乙："太感人了……呜呜呜……可他前任为啥子也叫作阿May？"

吴迪："如果没记错的话，《重庆森林》里金城武的女朋友就叫阿May。"

石霆："嗯哪，被你发现了，这是向王家卫致敬。"

他因此对吴迪高看了两眼。

程欣："我有一个问题哈，这枚屌丝最后把方便面吃了，那方便面不就屎了吗？"

Paul："不是方便面屎了，是第二天会变成屎，哈哈哈……"

Paul才笑了三声就讪讪地噤声了，因为发现没人响应而且石霆脸色一沉。

像他把总监做成这样的，也实在是少见。

石霆正要说什么，就见刘大卫又抖了抖那张纸。

刘大卫："那嚟打算拿这个故事做什么？"

石霆："现在时代不同了，广告一定要做得不像广告，我想，一统需要的其实是娱乐化营销。"

"说人话。"

"微电影。"

"哦？"

"可以建议客户拍成《X面狂魔》系列啊。每集2分钟，正好是你等面泡好的时间。第1集是《捏面狂魔的2分钟爱情》。第2集也许是《吃面狂魔的2分钟友情》。第3集呢就叫《卖面狂魔的2分钟激情》。以此类推，一个月推出1集，一年下来12集，一定能帮一统的品牌形象大大提升逼格。"

"说到逼格，必须得请王家卫来拍吧？"

"嗯哪，我也是这么想的。"

"还要找金城武代言？"

"哎呀David，咱们真是英雄所见略同啊。"

"岂敢岂敢。"刘大卫挠了挠鼻子，扭脸问任新蜂，"介系你写的？"

他之所以这么问，因为任新蜂才是Paul team的文案。石霆虽是副创意总监，出身却是美术。美术写文案，不是真被逼急了谁愿意干这种事儿？

"欸？这个真不是。"任新蜂赶紧撇清。

"哦。"刘大卫说，转头望着石霆，"那真系难为你了。"

石霆："是挺难的，整整憋了一宿，没想到原来文案也挺不容易的。"

切！任新蜂心里说，没想到原来你高冷的外表下豆瓣味这么浓才是真的。

"除了介个X面狂魔，还有别的吗？"刘大卫问。

"我这边也有一个想法，还只是概念，而且可能比较逗逼。"任新蜂迫不及待地准备献宝。

他啪地打开自己那台笔记本，转过屏幕对准众人，开始放映一个PPT。

第69章
任新蜂的内牛满面（上）

买一统方便面最多的是什么人？

屌丝

欸？屌丝是什么？可以吃吗？

渴望逆袭
每天立志

但是连早起半个小时都做不到

白天努力当码农
晚上努力打装备

可就算这么努力别人也没觉得有多优秀

觉得有钱人都是王八蛋
认为富二代都没有能力

不过有钱人和富二代对此根本不在乎

总是夜不能寐
心忧这个世界还会好吗

身居斗室的键盘斗士

买不起大牌包包
也买不起大钻戒

有的只是一颗喜欢当众表白的心

即使一跟女神说话总赶上人家要去洗澡
也并不介意做女神的备胎

但其实人家最多把你当换胎用的千斤顶

这就是屌丝

屌丝就是你我

说起来，屌丝的生活还真是很让人……

内牛满面

欸？内牛满面又是什么？可以吃吗？

如果是一统家的就可以

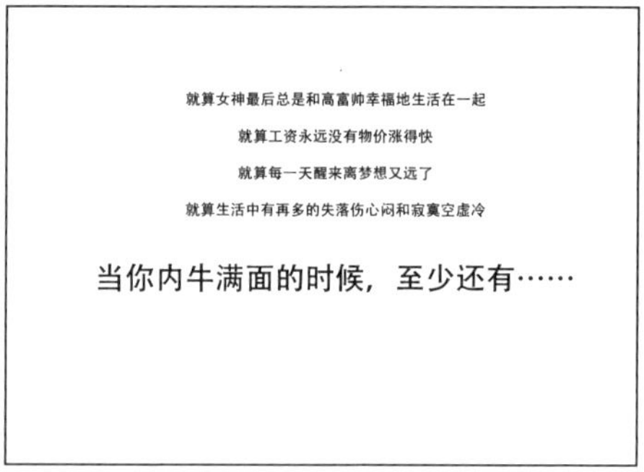

以上，就是任新蜂熬一宿攒出来的PPT。

最后一页他本来还写了句“掌声在哪里？举起手来，让我听见你们内牛满面的尖叫声！”。斟酌再三，还是换成了“谢谢大家”。毕竟是很严（dòu）肃（bī）的概念推导，可别因为这一点花活给玩现了。

幸亏当时删了，不然眼下就是生生给自己找尴尬。他特别庆幸。

因为跟石霆的遭遇一样，他一说完，现场又一片空虚寂寞冷。都憋着等刘大卫先发言呢。尊老嘛。

刘大卫却自顾自地把电脑拖到眼跟前，自顾自地托起腮帮子，自顾自地将整个PPT从头又捋了一遍。毫不理会大家热切的目光。

“内牛满面……倒是让我想起一句古诗。”程欣忽然开口，她决定不等刘大卫了，再等又得错过饭点。

自从食物中毒之后，她变得惜命很多。不但开始跑步，还史无前例地坚持三餐按点吃。

“古诗？什么？”任新蜂赶紧问。

“我为什么总是内牛满面，因为我他妈的是个臭屌丝。”

“欸……这个是两百年后的古诗吧？”

“这个不是重点啦。”

“那么重点是？”

“重点是我觉得蛮有insight的，一下子就让品牌接地气变年轻了有木有？有木有有木有？”

布兰达：“可四，这样把一统直接定位成一个屌丝品牌，会不会太拉低调性了啦？”

吴迪：“对对对，我也有这个concern。”

程欣：“这是事实嘛，咱们策略部分的市场分析里，把一统的消费者叫作什么？”

吴迪：“待成功人士。”

程欣：“那不就是屌丝？”

任新蜂：“容我插一句，老话说得好，得屌丝者得天下……”

吴迪：“正因为消费者low low low，品牌就更得做得high high high，不是吗？”

布兰达：“那倒也未必。”

吴迪：“当然啦，也不能一概而论，不过相对而言我觉得‘X面狂魔’更能帮品牌拔气质。”

程欣：“气质要靠价格来体现的，一统它是卖2块钱一包的方便面又不是2万块的一个包包……”

石霆：“你怎么知道我们不能把一统打造成方便面界的驴牌呢？”

程欣：“你说完了？我刚才还没说完。”

石霆：“不好意思，你接着说。”

程欣：“你就算真找来王家卫给他们拍出一部高端大气上档次的微电影，那能帮助卖货吗？”

吴迪：“品牌逼格上去了，还愁卖吗？”

程欣：“我就知道一件事——谁要听一碗方便面指导人生？”

布兰达：“那倒也未必。David你的意见嘞？”

刘大卫这时才从电脑前抬起头来。

其实刚才大家说的，他都听在耳朵里。

他扭头去问一直没说话的Paul：“嚟觉得呢？”

Paul：“我觉得……我觉得内牛满面有点意思喔。”

刘大卫：“所以嚟基（知）道介四个字系什么意思？”

Paul：“Of cause！其实我一直都有努力localization的。”

其实他昨晚才从石霆那里听说内牛满面这个词。

刘大卫：“那我就放心了。”

布兰达：“所以你是什么意见嘛？”

刘大卫：“一统方便面最大的消费群系屌丝，这个大家都没什么意见吧？不过哩，‘得屌丝者得天下’这句话，我一直觉得就系扯淡。系bull shit！屌丝从来系忠诚度最低的客户。尤其系现在这些被移动互联网宠坏了的屌丝，更加没节操没底线，一方面只想要免费的午餐，另一方面还觉得全世界都欠他们的。你想从他们口袋里掏钱，就不可能真的得到他们。那些给他们派钱的，都不可能做到。除了女神，他们不崇拜任何东西。屌丝就像王水一样，再来势汹汹标榜高端的东西都能给你溶解掉，然后冲进下水道……扯远了，我的意思系屌丝几乎没有品牌黏性可言，对于他们来说一切都系可以替代的。没有可口可乐？喝百事。买不起爱疯？安卓嘛。dodo太费钱？保鲜膜也可以将就。一统方便面缺货？那就来包大象。任何妄图担当他们心灵导师的品牌行为，就算不系做无用功，也系事倍功半的事，更多时候其实系适得其反。”

布兰达：“David，你可别忘了我们四干什么的？”

刘大卫：“我没忘，系你没明白我的意思。”

程欣：“那你不说明白，我们怎么能明白呢？”

刘大卫：“我的意思系，不要说崇拜，就算想让屌丝对品牌忠诚，都比叫那些当官的公开财产还难。4A就系太迷信品牌的力量了。你费心费力试图塑造一个高冷的形象出来让屌丝跪舔，你又不系真的苍老师，怎么可能？最后肯定系搬起石头砸品牌的脚。但这不代表我们没有机会。”

吴迪：“David，别卖关子了。”

刘大卫：“屌丝有一个优点你们知道是什么吗？自嘲精神。也许我们可以从这里下手，去取得他们的认同，从而促进销售。明白？现在来说创意。我的判断系……”

判决时间到。

任新蜂一阵心紧，打算祷告一下。不过他也不知道临时该抱哪只大脚。耶稣佛祖安拉奥特曼谢大脚都求一遍又似乎太功利了一点。万一把谁给惹恼了就不好了嘛。眼珠子转了半圈，他决定跟那盆刚浇过水的绿萝求助。

绿萝君啊绿萝君，现在是你报恩的时候了，保佑我的通过吧，他在心底这样说。

“几天下来，‘内牛满面’系唯一能让我不内牛满面的东西。虽然还不完整，只系找到了和屌丝之间的某种emotional linkage，但总算有感觉了。接下来，要看看怎么样可以把它转化成一种态度或者主张。”

这就算是通过了吧？欧吔！任新蜂在心底内牛满面。

绿萝君！感恩哪！以后一定每天好水好肥供奉着。

“我就担心太冒险了。”布兰达说，“万一客户那边连内牛满面都没听说过呢？”

“这不就系我们的价值？况且CD他们在品牌重塑上已经有一个很保险的方向了，没必要两份作业都四平八稳。”刘大卫说。

“那……那要不要提两套？一个X面狂魔，一个内牛满面？”Paul忽然补了一句。

“没必要。就提这个。”刘大卫斩钉截铁地说，“比稿比稿，就是比谁能搞。这个够搞的了。”

就是就是。任新蜂顿时觉得更有搞头了。

高兴之余，他不忘用余光瞥了石霆一眼。果然石霆的眼神充满了怨恨。却不是对他。是望向Paul。也许是刚才方便面会变屎那一句惹恼了他吧。处女座可真记仇。任新蜂暗暗咂舌。

“那就先这样？辛苦你们继续努力，把后面的创意生出来。”刘大卫下了逐客令。

除了石霆，大家都很高兴。总算从泥潭里迈出了第一步。

任新蜂他们几个刚走没几步，又被刘大卫叫了回去。

“我在想，内牛满面跟产品之间还系有一点gap。”刘大卫说，“干脆……”

第70章
任新蜂的内牛满面（下）

刘大卫的意思是：既然要内牛满面，干脆就奔放一点。帮人帮到底嘛。送佛送到西嘛。不如帮人家把产品名也给改了。不叫红烧牛肉面了。改叫内牛满面。内有真的牛肉能带给人很多满足的一碗面。这样就产品、口号浑然一体，通篇能扯圆乎了。

反正这只是一个比稿，而99%的比稿，胜出的创意最后都不会被执行出来，只是向客户展现我能罢了。所以，不用那么拘着。也先不考虑可不可行。提案时能震到客户就行。参加这次比稿的其他公司，肯定想不到还可以给产品名动手术。就算有想到的，估计也没那个魄力。

刘大卫想到这里，不禁很是得意。

他金口这么一开，创意的工作量自然来。除了要根据“内牛满面”发展出一套完整的idea，还得按照新名字重新设计包装。而后面这一项，并不在比稿要求之列。它的压力主要落在石霆身上。

郝建走了。新美术又一时招不上。最近这段日子，他们组所有layout都是石霆一个人做的。

Paul虽然也是美术出身，既帮不上忙，也不肯帮忙。倒并非他自恃创意总监不能亲自下地干活，主要还是怕露怯。毕竟好几年没使过PS手已经生了。

这无形中又增加了石霆对Paul的不满。

说来也怪：

任新蜂把他的想法给PK下去了，他不恨任新蜂。

刘大卫给他加派了不少活儿，他不恨刘大卫。

他把所有的怨气都给了Paul。

说怪也不怪。新恨前头有积怨。他觉得自己落到这步田地，每天就像屎壳郎一样平地滚粪球，迟迟不能往高处走，都是因为有Paul这么一个顶头上司——既扛不了事也说不上话，连带着自己也被低看被无视被不待见。

他手上干着活，脸上被Macbook Pro的光映得阴晴不定，心里想的是再不能这么傻干了。他要改变现状。

他打算怎么行动，先按下不表，因为他也还没有想好。

而另一边，经过几轮碰撞修改，最后定下来的创意是这样的：

内牛满面的创意脚本 I

内牛满面的创意脚本Ⅱ

饿到哭
打电话订餐
让我转到
网上订餐
过了两小时外卖还没送到
打电话过去催
结果……
要我自己去店里拿
旁白
当你感到
内牛满面的时候
为什么不来一碗
内牛满面
旁白
内牛满面
辣
旁白
吃饱了
才能继续等啊~喂~
没关系，至少……
今天又省饭钱了呢

内牛满面的创意脚本Ⅲ

女神告诉我
她喜欢的男生
有3种类型
高富帅
矮富帅
高富胖
旁白
当你感到
内牛满面的时候
为什么不来一碗
内牛满面
旁白
内牛满面
辣
旁白
吃饱了
才能继续当备胎
啊~喂~
没关系
至少我占了矮和胖

除此之外，他们还想了不少配套的创意。

比如“时不时内牛满面的户外广告”。

乍看上去那就是普普通通的一个公交车站里普普通通通的一块广告牌。画面上只有孤零零的一碗方便面，甚至连广告语都没有。

其实后面有玄机。

藏了一台加湿器。每隔两分钟，就会有蒸汽从碗面上方的小孔里喷出来。给人面刚泡好热气腾腾的感觉。当蒸汽冷凝成水珠附在广告上的时候，事先用特殊墨水喷上去的文案就会显现出来：

等公交车等到想要内牛满面？

那就来一碗内牛满面。

吃饱了才有力气继续等啊喂。

再比如“知道你何时内牛满面的公众号君”。就是你要先关注一个叫作“内牛满面”的微信公众号。在这之后它会开始监控你的通讯录动向。每次你使用摇一摇失败或者添加好友被拒，就会收到公众号君发来的打气微信：

人品差到想要内牛满面？

那就来一碗内牛满面。

吃饱了才有力气继续掉节操啊喂。

与此同时你还会获得一次抽奖机会，奖品涵盖了各种屌丝最爱的品牌，从杰克穷斯的衣服、阿迪王子的球鞋、虾米牌的手机到100级的网游账户，应有尽有。最大奖是苍老师下面给你吃。下的当然不是别的面，只能是内牛满面。

这还没完。

一旦你被365个人拒绝通过好友申请，公众号君就会免费送你1年份的内牛满面。让你可以全年无休，一边内牛满面，一边内牛满面。

再再比如“哪里有屌丝哪里就有我的内牛满面馆”。

其实就是一辆载满了方便面、装满了摄像头、改装成面馆模样的大篷车，专挑饭点时间，流窜于各大高校或中关村这些屌丝云集的地方。

馆内会有穿女仆装的正妹负责接待。个个笑容灿烂面相阳光举止可亲，而且都有心理咨询师上岗证。任何心情郁闷的人，只要来这里买了内牛满面，就可以挑选一个正妹一起进入格子间。一边吃面，一边对着倾诉心事寻找安慰，甚至可以抱着她们肩膀痛哭。

当然，每碗面限时2分钟。也就是说，你买的内牛满面越多，倾诉时间就越长。

如果你愿意对着镜头分享自己那点内牛满面的小破事，还可以额外得到一碗免费的内牛满面，由正妹亲手帮你泡好。而这些视频之后会经过挑选、剪辑，作为新的产品广告在网上播出。

奇巧淫技，凡是种种，足够填满60分钟提案时间的。

把这些想法做出layout之后，就是内部rehearsal，最后就是提案了。

任新蜂本来有些紧张的。他想，这是他想出来的，会不会到时要他上去提呢？哎呀真是压力很大的呢。万一提不好怎么办呢？

事实证明：他又想多了。

这么重要的提案，连一统董事长都亲自参加，怎么可能轮到他一个小文案去抛头露脸？

策略部分是布兰达亲自上。创意部分由刘大卫和CD轮流喷。任新蜂则亲自列席观摩。

客户们亲自听完后，集体亲自鼓掌来着。

不过任新蜂想象中大家激动得内牛满面说就是你们了的场面并没有出现。

也许是董事长在的原因，一统的市场总监连一句话都没有说。

现场唯一的问题，也是他们董事长提出来的："一统内牛满面……连起来是不是太丧了？"

"怎么会？一统的内牛满面，四胜者的泪水喜悦的泪水啦。"布兰达赶紧回答。

"嗯……也是一说。"董事长若有所思地说。

总之，到目前为止，一切看起来都很顺利，只除了……Paul再一次缺席。

之前又跟谁也没打招呼。

其实他不到场对提案也没什么影响。因为并没安排他上去现眼。不过这事儿还是不寻常。毕竟是这么大的比稿，而且他刚捅了那么大的娄子。

也许就像刘大卫私底下说的，狗改不了吃屎。

其实他只说对了一半。

第71章
Paul的内牛满面（上）

一统将比稿提案日选在了星期五。

这是他们董事长钦定的：

星期一，买卖稀，尤其不吉利。

星期二，又犯二，相当不可取。

星期三，人心散，特别犯忌讳。

星期四，不用说，死都不能选。

他倒是喜欢星期六，顺溜嘛，可又不是工作日。星期日也一样。只恨没有星期八，只能是星期五。

提案地点是在他们的总部。

拢共有6家广告公司参加。两家4A。4家本土。这也是有讲究的。6不用说了。其实最初邀请的是8家广告公司。不想却有两家本土公司拒绝了。董事长想想也还行，去二留顺，意头不错，因此并未叫停这场比稿。

至于为什么是两家4A？虽然4不好听，可4乘2不就是发嘛。而最初邀请6家本土，图的是驰骋本土一帆风顺。现在剩4家，也能找着好说法，死磕本土深耕市场呗。也不错。

每家公司有90分钟的提案时间。

也就是说，不算场间休息，当天一统的人总共要坐着听9个小时的提案。非常的体力活。

本来市场总监建议拆成两天。

可是董事长说了，长长久久很好嘛。

于是只能委屈他们自己人了。

上场顺序事先由各家派代表抽签决定。

大家想的都是：要么第一个提，要么最后一个上。

这倒跟迷信不沾边，是经验之谈。

从提案效果来说，第一个上场最好，可以占到先入为主的便宜。这时候客户刚吃过早饭，胃是满的脑子是空的身体是放松的。换句话说，最容易被忽悠。起码对你说的什么印象深刻。

等到几场提案连续听下来，就算不信息过载，注意力也会直线下降。血糖也开始低了。腰腿也开始酸了。眼皮也开始打架了。你在台上口吐莲花，他在底下听得快口吐白沫，只恨你怎么还不滚下来。

你精心推敲出来的一大堆策略数据分析洞察概念创意，能被记住的往往不过十之三四。就这，还容易跟别家公司的记串了。

排在最后一个登场，按理说应该最不利，其实不然。那是“V”字大反弹，原理跟回光返照差不多。

客户该走的神和该走的肾，前面都走得差不多了，终于能静下心来，听你走心。又意识到听完这场就能滚回家了，精神往往为之一振，心情也会大好，往往无意识地能多打些印象分。

圈公司派出的抽签代表是布兰达。

虽说出发前去9楼给Mr. Circle上了三炷香，她还是只抽了一个倒数第二上场。实在不能说是祖师爷保佑。大概他老人家生是洋人死是洋鬼子，吃不惯这中式香火。早知道应该给他点三根Lucky Strike（美国好彩牌香烟）。

好在提案的效果还不错。

圈公司一干人提完出来，喜盈盈下到大堂。

刘大卫说大家这段时间辛苦了今天也甭回公司了我先请吃饭再请喝酒。

这边正一片雀跃欢呼呢，那边行政电梯的门开了。

一统董事长领着市场部一干人，都是刚才提案室里见过的，雄赳赳气昂昂走了出来，上了等在大门外的两辆商务车。

“欸，后面不是还有一场提案吗？”任新蜂说出了大家的心声。

“大概听完咱们的，下边的就不用再听了吧，嘿嘿嘿。”吴迪说出了大家想听的。

“最后一家是谁？”刘大卫扭头问众人。

“应该是ME2。”程欣说，“就是Jasmine去的那个地儿。”

刘大卫没再说什么，只是锁着眉头看着那两辆车绝尘而去。

“哎哟，安啦，ME2搞不出什么花样的啦。”布兰达看出他心里的不踏实。

也是，反正这会儿琢磨什么都晚了，那就先不想了。

刘大卫便挥一挥衣袖，领着众人去吃私家菜。席间，不知是谁先提起Paul的缺席，结果引发了一轮针对他的吐槽大赛。

都知道他在CIRCLE大概是待不长久了，自然都乐得落井下石雪中送冰。

就连饭馆老板也忍不住加入了进来。原来这老板以前也是CIRCLE的，跟Paul共事过。

后来不想干广告了，就跟好多退役创意一样做起了厨子。标榜的是新一代创意菜，其实跟别家的创意菜也没太大区别。一样的不好吃。

对于Paul，刘大卫其实也有一肚子刻薄在晃荡，最后时刻还是端住了。他爱当面损人，却不喜欢背后说人。尤其是当着人家两个手下的面儿。别人可以不管不顾，可他身为创意部的老大也这么干就太不成样了。

不过炮王这次确实太过分了。太太太过分了。

上一次搞砸了提案就算了，今天这么重要的场合都敢不来？踩到他刘某人的红线了。罢了，人都是自己作死的。等周一看你怎么死吧。

刘大卫这么想着，眼神却不时往对面的程欣身上落。

她正跟任新蜂碰杯。

咦，她瞧着任新蜂的眼神不太对呀。又喝多了吧。不然就是我想多了。

至于Newbee这小孩……

刘大卫在观察任新蜂。

任新蜂却在观察石霆。

刘大卫一脑门子官司。

任新蜂也憋着好多话。

别人都以为Paul是无故旷工，他却知道并非如此。他大概能猜到Paul现在在哪儿，而且不管在哪儿，都绝对跟石霆脱不了干系。

他把杯中酒一口饮尽，放下来，又瞥了一眼石霆，却发现石霆眯着眼睛直视着他。

欸，怎么忽然间感觉有点身上发冷呢？

想起来了，昨晚也有这种感觉。

第72章
Paul的内牛满面（中）

且让他们继续吃着，反正也不好吃。

来，让咱们坐上时光机，先回趟昨晚的丽华大厦。

确切时间是晚间11点27分。

整栋楼就剩10层的CIRCLE创意部还有灯火。

虽说第二天就要提案了，任新蜂他们这些大牲口仍旧不得歇。忙着收尾呢。且有几个小时要熬。得把做好的layout一张张打印出来，一张张裁切好，再一张张贴到美国黑卡纸上。这个叫作裱板。之后还要按照顺序，把裱好的板子放入各个提案夹中。

以前几十年里，广告公司都是这么提案的：

一大帮子奇形怪状的人，拎着几个大黑夹子，风风火火冲入客户的会议室。然后就开始鸠占鹊巢。怎么占呢？用板子一块块铺满呗。

不过现在这种情景已经很少见了。

都是拎着笔记本过去，把事儿一气儿说完，文件直接网传给客户。轻省是轻省了很多，却少了一种仪式感。

偏偏一统的董事长最喜欢这种feeling。

他老派，又老花，最烦看PPT，就愿意一边听着，一边随手拿起板子来看。

为了贯彻以董事长为本的精神，布兰达要求把所有idea都裱出来。

除此外，还要把石霆设计的内牛满面包装，手工贴在一统现有产品上，做成dummy（样品），再把dummy放入纸盒内密封好。

纸盒上写着：内有干货，请在15分钟后打开，希望能合您胃口。

提案开始前，先给在座的每位客户发上一份。这是刘大卫的主意。因为抽到的上场顺序实在不好，只能玩点儿花活，吊一吊客户的胃口和精神头。

之所以要求15分钟后打开，是因为rehearsal时掐表算过，前面的策略推导要讲14分40

秒。布兰达讲完下来，刘大卫上去，换岗需用时10秒。正好剩下最后10秒倒计时，用这一招把创意概念给引出来。

实在是精巧得让人内牛满面呢。刘大卫想到这的时候，心里很是得意。

只是他金口又这么一开，创意们的工作量就又井喷了。

一直弄到11点27分，任新蜂和石霆才把他们这一part的最后一块板子裱完。接下来还有一堆碗面要整容。

任新蜂长长地叹了一口气，往CD team的方向望过去。

他们那边已经空无一人，都弄完回家了。

谁叫他们人多呢。

谁叫这边只有三个人四只手呢。

Paul虽然也在，号称自己身为CD要一起战斗，根本指不上。他就是坐在旁边玩手机，看着两个手下忙，时不时挑一下刺而已。

就在这时，Paul的手机忽然响了。他立刻就接了，边说边站起来走开去。

不过任新蜂还是听到他说什么当然要全套以及宝金酒店1024房间以及我马上就到。石霆肯定也听到了。因为两人不约而同地望向窗外。

马路对面就是宝金酒店。

两人不约而同地在心里说操。我们在这边点灯熬油，你却要去酒店一泻千里。难不成是又要跟哪个实习生深入探讨人性吗？

天，到底是上辈子做过什么烂广告，才会摊上这种烂老板！不帮忙也就罢了。毕竟是总监嘛。

总监是干吗的？总在监视你。可这样做未免有点过分了。

任新蜂骤然间生出很多不满。

他对Paul以前也有不少意见。从来没有现在这么多。

没过多久Paul便吹着口哨回来了。看来谈了一个好价格。

他趴在自己座位上翻了半天，找出那件“I❤BJ”的战衣换上，说我有事出去会儿1小时后回来。

任新蜂心想，说得跟你能坚持1小时不倒似的。

不爽归不爽，活还是得接着干。

过了5分钟，石霆把刚改造好的一碗内牛满面在桌面上一磝，起身说我去上个厕所。

他刚一离开，任新蜂就渴了。想喝可乐。走到自动贩卖机跟前，心里又说操。最近加班的人多，什么饮料都卖光了。没办法，只好到楼下那家24小时营业的便利店买去。

他刚走到店门口，就见柜台边上有个熟悉的背影。

正是石霆，在使店里的公用电话。

欸，这家伙不号称上厕所吗，怎么跑这来了？又不是没手机，就算手机没钱了还有座机，干吗跑这儿来打？不就是不想让我听见吗？那我偏得听他一听。

他推门一进去，正好又听见“宝金酒店1024房间”几个字。自然是从石霆嘴里出来的。

任新蜂心头一惊，差点撞上货架。

石霆扭头发现是他，虽然颇为吃惊但还是慢条斯理地说，大概就是这个情况你们赶快出警吧。然后才慢悠悠地挂上电话，慢悠悠地转过身来，眯着眼睛望着任新蜂。

任新蜂被瞧得身上发冷，心里挣扎了半天，最后决定什么都没听见。

他就只是问石霆要不要喝什么。

石霆说我请你呗。说着已经掏出钱包说这水还有这可乐还有刚才那电话一起结。

然后两人一起回到办公室。

一路无话。

又坐下来做了半天手工活，任新蜂终于还是忍不住了。

他问石霆：“Paul今晚是不会出现了吧？”

石霆反问：“你很喜欢见到他那张胖脸吗？”

“那倒也不是。我只是觉得……欸……你这么搞他是不是太过分了？”

“他对Kitty干出那种事儿不过分？”

“过分。”

“他这样对咱们不过分？”

“过分。”

“他工作上是不是无能得过分了？”

“是。”

“还有啊，郝建因为他才走的人，这事儿也很过分吧？”

“……”

任新蜂心说你知道个屁，郝建根本是自己要走的。而且你对郝建有这么仗义吗？

“安啦，嫖娼被抓顶多关上两天罚点钱就没事了，这不过给他一点小小的惩戒。”

“欸……那好吧。”

“所以你不会跟别人说的吧？”

“……”

“我这也是替天行道。”

“……”

“行侠仗义。”

“……”

“为民除害。”

“不必说了，我不说行了吧。”

于是两个人都不说话了。

等到他们两个把所有的一统红烧牛肉面都变装完毕，已经是凌晨2点半了。原本说好1小时后回来的Paul，果然一直没有露面。事实上，那晚之后，Paul就再也没在办公室里出现过。

第73章

Paul的内牛满面（下）

一统比稿的提案前夜。

Paul在公司加班。与其说是加班，毋宁说是盯人加班。其实他不盯着这活儿也出不了岔子也没人说什么。都懒得再说。已经习惯了。可他为了重塑形象刷存在感偏要做出一副勤勉的样子。

正应了那句话：不作就不会死。

盯着盯着，他忽然觉得好闷喔。闷着闷着，他忽然很想来一发。

说来就来。

说干就干。

他先上网在公司对面的宝金酒店订了间房，又微信联系熟悉的野模。在这方面他还是很雷厉风行的。

因为之前遇到过仙人跳，被连蒙带吓搜走了身上所有的钱。所以虽跟这外围不是第一回交易了，谨慎起见他还是跟前几回一样选择了网络支付。

就是在她开的淘宝店里拍了样东西，等人改完价格就付款。等啪啪啪完了之后，再确认给好评。临走前，他还特地把身上的现金和银行卡都掏出来，锁在抽屉里。结果……

他光顾着提防小姐了，却没料到隔墙有耳。

野模到酒店楼下的时候给他来电话。电话内容让石霆听见了。

他前脚刚进酒店，后脚就让石霆给举报了。

警察破门而入的时候，他被吓得一激灵，憋不住射了。

有了这满满一套子证据，加上那姑娘是被抓过的又告诉Paul的是假名，当然百辩都无用。

Paul也并没有辩解。

因为之前赶上的那次仙人跳，对方就是假扮的警察。

他心想：Shit！又来这一出？

新仇旧恨加一起，不由得态度十分强硬。摆出一副老江湖架势硬说警察是假的。就算是真的也是警匪勾结，跟小姐合伙设的局。最后还掏出护照来，想拿自己外国人身份把人家给唬住。

正好来抓嫖的警察，一个刚跟媳妇吵完架一个女朋友刚劈腿找了一老外，心情都不好。

两人交换了一下眼神，不再跟他废话，直接拷上，推进警车，带到局子里，直接扔进小黑屋过了一宿。

等到第二天早上，快过“对违反治安管理行为人询问查证时间不得超过8小时”这条死线了，才拎出来做笔录。

之后便搬出《治安管理处罚法》第六十六条*要拘留他15天并处罚款5000元。

按规定这时得通知Paul的家属。

可Paul一个新加坡人，在北京连个女朋友都没有，更别提什么亲属了。

这俩警察余怒未消，也不问他还有什么朋友，直接从他钱包里翻出一沓名片来，比了半天，觉得刘大卫的官最大应该是这外国色鬼的老板，就把《治安管理处罚决定书》用挂号信寄给了他。

当天是周五，之后连着两天周末，走的又是邮政慢递，所以刘大卫直到周一下午才收到。偏偏他当天很忙隔天也很忙，周三才得空看信。等他从一堆新收到的简历中发现这封派出所来信时，当即吓了一跳。拆开一看，更是吓了一大跳，赶紧通知THC。

Paul周五没去参加提案，周一也没来上班。打电话不接，问谁都说不知道下落。开始大家还骂他过分。到了周二就有点人心惶惶了。到了周三开始谣言四起。虽说他平时人见人不爱，这会儿已经有人在微博上给他点蜡烛为他祈祷呼唤他赶紧回来了。

THC上下都很紧张，决定再等到下班前要还联系不上就报警。

这时刘大卫送来了Paul嫖娼被抓的鸡毛信。

第二天，也就是周四，Coke被组织派去看望Paul。

说是看望，其实是谈判去的。也不算是谈判。乘他病要他命去的。

这时Paul已经在拘留所里待了足足六天六夜。

刨去第一天的小黑屋，在马桶边上睡了五晚。他哪儿吃过这种苦，早就崩溃过好几回了。一见到Coke，当场内牛满面，跟见到救星似的。

Coke说，公司已经替你交了罚款。

Paul赶紧说谢谢。

---

* 《治安管理处罚法》第六十六条：卖淫、嫖娼的，处十日以上十五日以下拘留，可以并处五千元以下罚款；情节较轻的，处五日以下拘留或者五百元以下罚款。

Coke说，这钱公司帮你出了，另外你被拘这半个月的工资公司也会照付。

Paul赶紧说这怎么好意思。

Coke说，公司希望这期间你能好好改造好好反思。

Paul赶紧说我以后一定小心谨慎不会再被抓到了。

Coke说，出来之后，公司的意思是你不要再回去了。

Paul这回愣了半天才说，这是要fire我吗？

Coke说，公司希望你能自己提出辞职。

Paul赶紧说我还想为CIRCLE奉献一辈子呢。

Coke说，你想得倒挺美。

Paul低头想了一下，一字一顿地说，我，拒，绝，辞，职。

Coke也一字一顿地问，呵，呵，为，何，你，要，拒，绝？

Paul说反正我不辞职。

Coke说，你在公司里现在的处境如何我不说你也清楚，再干下去还有意思吗？

Paul说，总之你们想我走，只能fire掉我。

Coke说，你是想让公司给你赔偿金吧。

Paul说，这是我应得的。

Coke说，其实公司完全有权立即解雇你而且不给一分钱。

Paul说，就为了我被抓起来这点事儿？你欺负我是老外不懂《劳动法》吗？

Coke说，真不是。

说着便从包里掏出几张纸来。

那是Paul的劳动合同。

她将第一页贴在玻璃上，指着其中一处给Paul看。

Coke说，看这里哈，你当初签的劳动合同里有这么一条——甲方若发现乙方对之前的工作情况、学习履历及背景有任何欺诈行为，甲方有权立即解除本合同，并不支付任何赔偿。

Paul耸耸肩说，so what？

Coke说，你声称自己是牛津毕业的，但是呢，呵呵。

她特意停了一下，想看看Paul的反应。

果然Paul脸色变成绿的。

因为年代太过久远，他刚刚才想起来这事儿。

Coke满意地接着说，据我们调查，你确实在英国留过学，不过并非在Oxford。你的大学叫Osford。而且，就连这样的野鸡大学，你都没毕业，只是肄业。我没说错吧？

Paul顿时没话了。

Coke说，不过看在你待了这么久的分上，当然还有弥勒佛的面子，公司想让你走得体面一点。

Paul忽然跳起来大喊，非得逼我自己走？就不能把我给开了？

结果自然被摁住了。Paul边挣扎边继续大喊，我知道姐夫他们很多内幕的，都是Miller告诉我的，别逼我散出去。

其实自他来到北京之后，就再没见过弥勒佛。就算见着了，弥勒佛哪会告诉他这些？说不定已经完全不记得他了。

Coke微微一笑，又拿出之前吓唬Kitty的那一套："Paul，你以后还是要继续混广告圈的吧？我估计哈，你也混不了其他圈。目前公司还替你捂着这消息，只有少数几个人知道你被抓起来了。如果你到处去乱说，那公司可就不会再继续帮你保密了喔。到时候一传十十传百。全亚洲的广告公司都会知道Paul Wong在加班的时候嫖娼被抓。试问，这么没有职业道德的你，还能找到地方继续摸鱼吗？"

Paul的肩膀被这话压得立马就塌了。

Coke乘机添上最后一根稻草："另外不妨告诉你，弥勒佛已经确定要调到非洲去开拓新市场了。"

这彻底戳破了Paul的最后希望。

虽然弥勒佛从来都不是他的好基友。两人甚至连交情都谈不上。只不过别人各种误以为是想当然，他各种将错就错顺其自然。

大家都觉得他是大腿底下好乘凉。只有他知道，一直以来都是自己在张开双臂假装抱着一条大粗腿。可眼下弥勒佛要走了，这戏自然再没有演下去的意义。

换句话说，他丧失了继续待在CIRCLE的可能。

事到如今，Paul也只有辞职一条路了。

他说那好吧我认栽，可必须得让我回趟公司，银行卡什么的都在柜子里还有好多东西得收拾呢。

Coke当场就给拒绝了。她说，别担心我会亲自帮你打包好，等你出来那天，快递到你家。

倒不是怕他进公司闹，是要防止他跟人瞎说，万一他真掌握了什么内幕呢。

Paul已经完全没脾气了，只好答应。

走出拘留所的时候，Coke倍感神清气爽。但她不承认是虐Paul虐的。她觉得自己是替公司剔腐肉祛病菌。这一点上她应该跟石霆有的聊。因为石霆也是这么想的。

总而言之，Paul就这样离开了。

这算是鸡头的诅咒第二次应验。下一个，就该轮到程欣了。

这……这么快就要我领便当了吗？
后面还有 121 页呢
东看
1024

第74章
董事长或者刘大卫的内牛满面

刘大卫非常愤怒。非常非常愤怒。

愤怒到一连丢出一百多句“我丢”犹不解恨，直接一拳砸在了会议桌上。结果他现在手很疼，正考虑待会儿要不要去照个片子。

他真是被气着了。

三天前，CIRCLE接到正式邮件通知：一统的比稿，没有第二轮。直接让ME2给拿下了。

虽然很失望，倒不至于没法接受。胜败乃广告公司常事嘛。

刘大卫只是很好奇：

他自问CIRCLE这次落足本钱做足功课了。从前期造势敲边鼓到人员投入到策略到创意到提案都很拿得出手。客户的现场反应足以证明这一点。报价也相当有竞争力。圈公司的实力、地位和各方面资源更是在那明摆着的。那到底是怎么输给ME2的呢？

人家可才成立不到3年，也并非什么创意热店。

而且，像这种级别的比稿，其实跟选秀比赛差不多。通常两轮是最少的。中间得玩点几进几。有的还搞复活赛呢。且得把人折腾剩半条命，才能最后定输赢。ME2他们是如何做到一击即中的？

输不怕。怕的是不知道怎么输的。

另外，根据抽签结果，ME2排在CIRCLE后面，是最末一个提案的。但是当天刘大卫他们一提完，就亲眼见到一统的比稿委员会成员都坐上车子离开自家总部了。很明显，他们不是没听ME2的提案。是到别的地方听去了。

那是在哪里？

ME2到底出了什么奇招？

刘大卫对此一直不能释怀。

所以他一得知输给ME2，便通过朋友的朋友的朋友，跟一统的董事长秘书搭上线，两人约在周末出来喝咖啡。

刘大卫开门见山，提出想拜读一下ME2的提案PPT。

董秘明确告诉他：没有PPT。

刘大卫说，Keynote我也可以看的啦。

董秘说，这个也没有。

原来是这样的：

ME2的提案，没有幻灯片也没有大板子和dummy，甚至没有真人上去讲。从头到尾，他们就只放了一支自制视频而已。

因为他们的核心创意就是一系列微电影。又觉得脚本讲起来太不生动，干脆请人把其中一个故事给拍了出来。虽说找的都是便宜的小导演小演员，也真是下血本了。

提案当天，他们包下某家电影院的一个放映厅，把一统的人拉过去看。

片子一放完，大家坐了半天，都迫不及待起来活动活动手脚。

只有董事长仍坐在原位。低着头。半天一动不动。

董秘走过去一瞧，董事长正热泪盈眶呢。

董秘忙问董事长是不是沙子进眼了要不要吹一吹呀。

董事长擦了擦眼角说，去去去，这里头连风儿都没有哪来的沙子。

其实董事长是被那条片子激起了尘封已久的回忆。当年他被初恋甩了之后，有段时间意志消沉，干了跟主角一模一样的事儿。后来他会跑去开方便面厂，跟那段经历也不无关系。

其他人在旁一听，嚯，董事长居然被这破片子感动得内牛满面了。赶紧滴眼药水的滴眼药水回忆伤心往事的追忆伤心往事自掐大腿的自掐大腿。总之各种找辙，纷纷也跟着哭了起来。实在哭不出来的，只好暗自抽自己，恨自己演技太差。也有因此急哭的。总之整个放映厅顿时成了灵堂。

这让董事长很不解，抬起头来问大家，你们哭什么呢？

大家就都呜咽着说，这片子太好了老感人了，把其他家都比下去了呢。

董事长又问大家，真的吗？

大家异口同声地说，是真的。

董事长沉吟了一会儿，扭脸问一直站在旁边没吭声的市场总监有什么意见。

市场总监说，还是得综合评估一下再做决定。

董事长点了点头，没再说什么就起驾回宫了。

之后过了一周，一统正式通知参加比稿各公司：ME2胜出，你们都哭去吧。

董秘说完，刘大卫心想：这么看来，好像ME2还真系很牛×的样子嘛。

他好奇心大作，就又跟董秘提出想看看那支片子长什么样。

董秘不禁露出犯难的表情。因为按照公司规定，这些属于商业机密资料，不可以外泄。

刘大卫一咬牙，心说：

这是舍不得孩子套不着狼的节奏啊。幸亏身上正好有这么一个“孩子”。还好这“孩子”听上去贵气其实也不值太多钱，那就先舍了吧。

他就从兜里掏出一个Tiffany的小盒子，推到董秘跟前。

刘大卫说，听说你生日快到了，这是送给你的，就当见面礼吧。

其实那是他买来准备送给某人的生日礼物。

而且他压根儿不知道董秘什么时候生日。

董秘虽然有家有口不是小姑娘了，毕竟是个女的。那天提案的时候，她就对刘大卫这优质熟男印象很深。刚才来见他的路上，心里还颇有点遐想。刚才说话的时候，竟然有点紧张。眼下人家又递上来这么贵重的礼物，真是很难说不呢。

她目不转睛地盯着包装上的Tiffany blue*，先假装推了两下，又假装犹豫了两下，就高高兴兴地收下了，自然也一口答应帮刘大卫把那片子搞来。

这不今天一早，就用私人邮箱给他发了过来，还附了一张自己戴着那条Tiffany项链的玉照。

刘大卫迫不及待地点开视频看了。

看完差点没一口鲜血喷在屏幕上。

这他妈算什么事儿啊啊啊啊啊？！

他立刻电告布兰达及CD，让他们召集所有参加这次比稿的人员开大会。

任新蜂接到通知的时候，还以为刘大卫暗地里出了什么高招把一统又给抢过来了呢。石霆则认定是要总结经验教训顺便安抚一下大家受挫的心灵。到了会议室，他们才知道原来是要观摩ME2的提案视频。

观摩完毕，大家都傻眼了，只除了两个人。

一个是刘大卫。他已经看过了。

至于另一个嘛……暂时还不能报告给你。

不是不报，时候未到。

虽说里头改了好几处台词，可任谁都看得出来，那微电影是根据石霆脚本拍的。没错，就是那个让刘大卫给毙了的《捏面狂魔的2分钟爱情》。

当年一统董事长失恋之后，为了泄愤，经常去各个商超捏方便面。

捏得多了，自然品位就上去了。品位上去了，自然就不容易满足了。为了制造出拥有完美手感能够一统捏面狂魔江湖的方便面，他举债自己开了一家方便面厂。

没承想，喜欢捏方便面的人很多，遍布神州各地。他们是对方便面最有研究的人。相

---

* Tiffany blue（蒂凡尼蓝）：著名珠宝品牌Tiffany（蒂凡尼）的颜色商标和品牌象征。源自Robin's egg blue美国罗宾鸟（即知更鸟，也就是我们所说的青鸟，为浪漫与幸福的象征）蛋的颜色。

较之下，都叹服一统家的方便面特别好捏。简直能捏出高潮来。

捏面狂魔们捏得很爽，又觉得捏人的手短多少有负罪感，纷纷自发替一统免费做宣传，向街坊邻居亲戚朋友同事同学推荐。

靠着人际传播的力量，一统初期虽没什么钱做广告，牌子仍短时间内响彻全国。生意自然越做越大，市场份额越来越多，最终创下了今天这一番宏图霸业。

大家看完视频，齐刷刷地去看刘大卫的脸。

果然要多难看有多难看。

大家看完刘大卫的脸，齐刷刷地开始交换眼神。眼神要像激光一般肉眼可辨，那现场必定能让猫抓狂。眼神里都是一样的意思：自求多福吧，童鞋！

都明白着呢：

不管刘大卫这段时间心理医生看得有多勤愤怒管理学得有多好，这回铁定变身潮州怒汉了。亏得他不是绿巨人，否则北京城就不保了。天津、河北也得告急。

果然，刘大卫一连丢出一百多句“我丢”犹不解恨，直接一拳砸在了会议桌上。

砸完之后，他掐着发颤的虎口，厉声向石霆要一个解释。

石霆正一头雾水呢。听到刘大卫的质问，他忙说自己也很怒。实在不明白ME2是怎么弄到这一份脚本的。反正一定有内奸。内奸一定不是他。

其实愤怒之余，他还有几分得意。

你看，我的创意打败了你的创意。他在心里对任新蜂这么说。

当然没有表露出来。

不过任新蜂还是感受到了。

他很沮丧。

刘大卫直勾勾地瞪了石霆好几分钟，觉得他不像在说谎，这才把眼神挪开，转而挨个扫射在场的其他人。所有人都被灼伤了。

泄露脚本的奸细，一定就在这会议室里。

刘大卫忽然叹了一口气，转身望向窗外。一边扣玻璃，一边从一数到十。数完深呼吸。

深呼吸完毕，刘大卫头也不回地说：“除了布兰达和CD，其他人都散了吧。”

众人如蒙大赦，一溜烟就都消失了。

偌大的会议室，瞬间只剩下三个人。

刘大卫坐回椅子上：“咱们研究一下，怎么揪出这二五仔……”

话音未落，就听见外面一阵骚动。

有个声音在重复喊着：“David Lau，嚟同我烂出来！”

这么歇斯底里，只能是女人发出的。

这个声音，刘大卫非常熟悉。非常非常熟悉。

第75章
刘大卫或者程欣的内牛满面

任新蜂刚回到座位上，就听见不远处传来一个歇斯底里的声音：“David Lau，嚟同我烂出来！”

他是广东人，当然知道这句话是什么意思：刘大卫你给我滚出来。

抱着看热闹得赶早的心态，他立马循声而动。不光他一个，几乎同一时刻，10层所有人都放下手头工作，跑过去围观。要不怎么说，八卦乃生活之鲶鱼呢。

几百多号人一起奔走，跺得地板直震。9层的天花板，当即窸窸往下掉灰尘。吓得底下的人都以为地震来了。钻桌底的钻桌底，抱一起的抱一起，夺门而去的夺门而去。

声音是从刘大卫座位上发出的。

任新蜂到时，那旮旯已经里三层外三层了。

仗着瘦，他好不容易挤了进去，看见有一个女的正在摔东西。除了桌上的Macbook Pro没动，能拿起来的基本都躺地上了。

那女的其实四十出头了，但看起来也就三十来岁的样子。保养得很好。

那是，亲赴瑞士村打过羊胎素的，效果真不是国内一两千块钱一针的能比。

这女的年轻时候一定让很多人想追又不敢追。

穿着说多体面就有多体面。妆容说多精致就有多精致。就算抓狂之下，发型也是一丝不乱。只是动作很狂野嘴巴很毒辣。虽说自始至终一个脏字没有吧。可这就更显出其毒辣来了。一言以蔽之——活脱脱一枚崩溃中的上流社会bitch。

这是谁啊？任新蜂悄悄问站在身旁的程欣。

程欣没吭声。看来她也不知道。

听口音倒不像粤地人士，应该是香港那边的。欸，刘大卫不也是香港人？难不成是……

任新蜂正瞎琢磨呢，一扭头就瞥见刘大卫匆匆跑了过来。

围观群众当即默默地荡起了涟漪，给他让出一条道来。

“嚟来哩都做乜？（你来这里干吗？）”刘大卫大喊一声，用的是白话。

“嚟问我做什么？嚟怎么不问问嚟都做了些什么。”那女的却是用港普回的。

她悄悄使了个眼色，与她同来的另一枚菲佣模样中年妇女即刻把包包抱到胸前。

包里藏了个针孔摄像机。

菲佣一比OK手势，那女的就开始向大家自爆身份。

果然是刘大卫的老婆。

自我介绍完毕，那女的又接着向大家控诉。

说刘大卫在外面偷腥劈腿也就算了，居然还不遮不掩的，在家里仍念念不忘什么静静呀婷婷呀。有这么不尊重正房的吗？一点做丈夫的职业道德都没有。

刘大卫本想立即驱散人群，一张望发现姐夫居然也在场。远远靠着墙，手里拎着瓶啤酒，边喝边冷眼旁观。今天咋就那么寸，让这老爷子赶上这场面。

刘大卫赶紧高声解释：

静静是怎么回事呢？

那天他为一统比稿的事儿发愁，在家喝酒想创意。

他老婆问他怎么了。

他说，别理我，我想静静。

他老婆当场就给了他一耳光：“静静系谁？”

婷婷又是怎么回事呢？

之后过了两天，他给老婆当司机。

开着开着，想起静静那一耳光，就很不爽地把车停在路边。

他老婆问他又怎么了。

他说，嚟管呢，我想停停，行不行？

他老婆当场又赏了他一个大嘴巴子：“刚想完静静，又想婷婷，嚟心里到底装了多少人？”

刘大卫当时捂着脸，不禁怒从心头起恶向胆边生。

他们两公婆之间，感情早就出现裂缝了。说裂痕都不够，得是东非大裂谷。婚姻家庭咨询师都不知看过多少回了。之前一度还试过分居。为了孩子最后还是住回到一起。当时那两巴掌算是把他给抽明白了。

我他妈受够了。离！必须得离！

当天他就在公司附近租了个酒店式公寓搬了过去，又请律师给他老婆发了封离婚律师函。

他忽然间这么果决，搞得他老婆很不适应很不知如何应对，几天来给他打了无数个电话。

刚开始他还接来着，说手机有辐射用多了对皮肤不好请你没事不要再打来了有事找律师谈去吧。后来不胜其烦，干脆把她的号码拉入黑名单。

他老婆一口恶气堵得慌，今天就上公司堵他来了。

刘大卫正全心全意替自己洗白白呢，没发现他老婆已经悄然绕到身后。

冷不丁就是一巴掌。

接着又是一巴掌。

左右开弓。又响又脆。

众人一阵感同身受。纷纷跟刘大卫一样做起了甩脸操。先甩过左脸，再甩过右脸，甩得两边面颊犯抽抽。同步率赶得上团体操。

跟着才是一阵哗然，都想不到刘大卫平时在公司这么威风，原来也是家暴受害者。

刘大卫当然并非真打不还口骂不还手，今天却只能认㞞。

他老婆可以打他，但他要当着全公司的面儿回敬过去，结果只能是打自己的脸。

虽说他怎么着都是被打脸。

他老婆打出两个接近满分的耳光，满意地拍了拍手，转身又在人群里发现了新目标。

她瞧见程欣了，就站在第一排呢。

他老婆一边走圈圈，一边继续诉说刘大卫是如何如何地惯性出轨专吃窝边草，她自己是如何如何地忍辱负重为了家庭为了孩子总是睁一只眼闭一只眼可这死鬼越发地过分。

就跟天桥耍把式的道开场白一样。

她才从程欣跟前走过半个身位，忽然一个急刹车，转身扭胯高抬手，也赏了程欣一巴掌。那叫一个快准狠。

高手哇！

任新蜂开始怀疑她是不是××技校耳光专业出来的。

打完这一巴掌她才厉声说道："就是嚟！我认得嚟！介个死鬼的手机里都是嚟的照片。"

又是一片哗然。

任新蜂却知道：场面快要失控了。

第76章
程欣或者任新蜂的内牛满面

“这位阿姨，有话好好说，别打人行吗？”

说话的是任新蜂。

他刚刚挺身上前，一把攥住刘大卫老婆的手腕。在她再度高高举起右手，将落未落之际。

看她那样子是认定程欣不敢回手，想再接再厉再抽一耳光。好事凑成双嘛。

可是，对不起，真不能让你遂了心愿。这也是为你好。

其实在出手制止她之前，任新蜂始终在犹豫一直未决断。

他一如既往地想了很多。倒没有什么英雄人物国字脸浮现逼近。他是在努力说服自己别掺和：

程欣挨这一巴掌，想必并不冤。看来她和刘大卫确实有一腿。上回不就撞见她上了刘大卫的车？

尾牙那晚她在国贸三期订的房间，原本也是要和刘大卫对着大裤衩窗震用的吧？她说的那个要陪老板喝酒临时爽约的伴侣，如今怎么想怎么是刘大卫。

至于刘大卫手机里存有她好多照片，那更是铁证了。

话说都是什么照片呢？真想借过来瞜一眼呀。

扯远了扯远了。

回来啊喂。

总之呢，自己作为一个局外人，实在没必要蹚这一趟浑水。

可是总得有人出来阻止刘大卫老婆的暴行吧。不然待会儿场面会很血腥很难看的。真当程欣是清音柔体易推倒的小萝莉吗？她刚才之所以会被打到，完全是因为猝不及防。

欸，等一下。

如果她真跟刘大卫有一手的话，不应该这么没防备的呀？难道她是被冤枉的？那她为什么被打完之后一点反应都没有呢？

任新蜂想到这里，不禁瞥了程欣一眼。

这姐们儿正缩着肩膀低着头攥紧了拳头，浑身微微发抖呢。

一定不是因为被当众指为小三羞愧难当。

一定是在攒怒火憋必杀呢。

程欣的战斗值有多高，任新蜂可是见识过不止一回。几个月前在地铁上，一手机就把偷拍她裙底风光的痴汉给砸得鼻梁断裂满脸是血。前一阵子在自己家，梦中一脚把任新蜂踹得鼻血直流在地上滚了半天。这么说吧，她跟鼻子上辈子有仇，还天生神力，跟那副小模小样完全不匹配。

要不她敢觍着脸说自己是小小女汉子呢。

可是话说回来，一般女汉子会这么浪荡不羁热衷采补没羞没臊吗？女汉子不都连男朋友都没有半只的吗？她应该是女流氓才对，最不济也得是个女浪子。

又扯远了不是？

回来啊喂。

总之呢，眼下她要爆发的话，没准能用手刀把这刘太太的鼻梁骨给劈断了。到时候场面可就不好收拾喽。赶在这之前，必须得有人阻止她。

看来刘大卫是不方便出面了。一边是来砸场子的老婆，一边是疑似小三的同事。拉谁都是拉偏架。别人估计也不会掺和这事儿。恐怕天只有降大任于任新蜂这厮也就是我本人了。

哇哈哈哈哈哈哈哈。

欸，我这么得意干吗？

又不是程欣什么人。

这事儿闹再大，那也是刘大卫的家事。

不管剧情怎么个发展、结局什么个朝向，都跟我一点关系没有好不好？

真要好心出面的话，没准还会惹来一身腥。少不了要被人传闲话。会被说成急老板所急替老板分忧吗？在广告公司里一旦被认定为马屁精，日子可就难熬了。没准还得被说成刘大卫的接盘侠嘞。

圈公司这帮人，别的不行，传谣造谣可是看家本领。自己刚来几个月，就被传了多少绯闻了。

而刘大卫会怎么想呢？应该会嫌我多事吧。

任新蜂想到这，又望了在场众人一眼，忆起了阮玲玉是怎么死的。

那要不还是算了。不当这出头鸟了。

就在这时，刘大卫的老婆再度把右手高高举起。

看那样子是认定程欣不敢回手，想再接再厉再抽一耳光。好事凑成双嘛。

程欣是怎么回事？怎么还是没反应？

依然杵在原地缩着肩膀低着头攥着拳。

真想再挨一巴掌吗？

情急之下，任新蜂前面想的全部作废。

他立刻踏上前去，一把攥住刘大卫老婆的手腕。

“这位阿姨，有话好好说，别打人行吗？”任新蜂说。

“嚟系谁啊？快点放手哈我告诉嚟。”刘大卫老婆表示很惊诧。

“这位阿姨，你答应我不动手，我就答应你放手。”

“嚟嚟嚟叫我什么？”

“啊啊阿，衣咦姨。”

“我我我有这么老吗？”

“不老不老，我觉得你比我妈显年轻多了。”

“我看嚟是找抽，我出去买衣服人家都说我最多也就二十九。嚟叫我阿姨？”

“欸……那么这位少女，我不找抽，这里也没有别人找抽，请你别抽抽了好吗？”

“David，介就系嚟的手下？介么没有家教？赶紧叫他放开我啊。”

刘大卫老婆甩不脱任新蜂，只好转而向刘大卫求助。

毕竟是两夫妻。

刘大卫虽说两颊上的十个红爪印还没褪下去，闻言居然真的呵斥起任新蜂来：“Newbee，我平时系怎么教嚟的，身为一个创意最重要的系什么？”

“欸？什么啊？”

“坚持！懂不懂？”

任新蜂完全搞不清楚状况了。刘大卫这时候扯什么狗屁创意精神嘛。

“嚟为什么不坚持叫阿姨，而要改口叫她少女？嚟有没有一点创意的坚持？”

“是。”任新蜂马上改口，“这位阿姨……”

“不准叫我阿姨！好啊，嚟们合起伙来欺负我系吗？唔唔唔唔唔。”

“咦，这么热闹，在开party啊？”

这时围观人群又骚动起来，就像红海被分开，劈出一条过道来。一个人从那中间穿了过来。花白的短发。微微驼着背。气场却大得惊人。仔细分辨的话，又或许那不是气场，只是酒气。正是在外场笑眯眯看了半天的姐夫。

姐夫摆一摆手，示意任新蜂放手。任新蜂当然只好照做。

姐夫笑着拍拍刘大卫老婆的肩膀：“弟妹，这里是公司，把家事带到这来就不好了嘛。”

刘大卫老婆的气焰马上就下去了。只剩一缕青烟向上吱溜。

毕竟她并不想搞得刘大卫以后在这公司没法待，不敢不卖给姐夫一个面子。

他转身又笑着拍拍刘大卫的肩膀："两夫妻要多沟通，弟妹既然来了，不如去我那好好聊一聊？"说着便一手推一人，往电梯的方向去。

刘大卫的老婆边走边回头，向那菲佣做了个cut的手势。

他们仨上了12楼。

都不用说，围观的人虽然意犹未尽，也只好一哄而散。

任新蜂转着手腕，正要回座位去，忽然感觉背后有人拉衣角。回头一看，还真是程欣。

程欣问他有空吗。

任新蜂想了想，好像也没什么特急的活儿，就说有的。

程欣说那陪我待会儿。

于是两人就上了丽华大厦的天台。

进圈公司这么久，任新蜂还是头回到这里来。

view还真挺不错。皇城根下，无敌街景。往西隐隐能望见故宫。再往西……就没了。虽不是雾霾天，北京的能见度也就是这样了。

远眺西山那就是个理论值。

程欣踮脚站在围栏边上，扒着看下面车来车往。看得任新蜂那叫心惊肉跳，直怕她会跳楼。

过了好半天，程欣才开口："其实刚才要不是你跳出来，我早一个头槌顶过去了。"

"我就知道。"

"不过她打我那一巴掌倒也不算冤，我跟刘大卫真好过一阵。"

"我猜也是。"

"那是一年多前的事儿了。有回我们一块儿出差，我借酒就把他给上了……"

"你不用跟我说这些。"

"后来我发现原来他有老婆的，而且……总之果断分了。再后来我就走了。再后来我又回来了。"

"欸？所以这是你一进宫时候发生的事？那你们俩现在……什么关系？"

"还能是什么关系？纯洁的同事关系呗。"

"既然早就分了，他手机里为什么还留着你的照片？"

"鬼知道。"

"我知道了，他对你是真爱。"

"求你，别说这么恶心的词。"

"那你们天天抬头不见低头见的，真没再旧情复燃发生点纯洁的肉体关系什么的？"

"你这人真是很八欸。刚才又假正经说不想听。"

"我现在想听了。"

"我回来之后，他倒是求复合来着，还说正在准备离婚来着。"

“你看，还说不是真爱？你没答应？”

“干吗要答应？我才不想被拴住呢。”

“……”

“总之刚才多谢你了。”

“同事一场嘛，这是我应该做的，哇哈哈哈哈哈哈哈。”

“别的同事可都看热闹不嫌事儿大。”

“欸……”

“好吧，我决定了。”

“咦！”

与此同时，刘大卫的老婆正好从丽华大厦里头走了出来。

虽然姐夫亲自出面，也并没有调停成功。刘大卫是铁了心的要离。那就只好相约法庭上见了。

不过她倒是答应了不再去CIRCLE踢馆。已经没这个必要了。

她边往前走着，边从那菲佣手上接过藏在包包里的摄像机，看刚才拍的视频。

“呀，我介个角度系不系有little fat？”她问那菲佣。

没等菲佣回答，她已经拨通了一个电话。

“喂……系我……已经闹完了……对……全程都拍下来了。”

第77章 人人需要一个小棉袄

刘大卫年轻的时候，没少干过荒唐事。但把那些加总起来，也没这两年的多。

尤其是最近，他越发疯狂地想要抓住青春的小尾巴。基本上，该体验的都体验到了，不应尝试的也都尝试了很多。

他老婆不乐意奉陪的，外面有的是小鲜肉愿意一起探索生命的大和谐。

谁叫他就是市面上难寻的那种优质大叔呢。

多金又多才。有经历也有精力。完全不知中年发福为何物。颜还很让人想要推倒。

好像除去脾气爆了点、普通话差了点以及结婚早了点，没有别的缺点了。

但其实他的爆脾气和港普，多少有表演的成分。

爆脾气是要树立个人威信，好推进工作。发火的确不能解决问题，但是有助于提前灭杀问题。

欺软怕硬是人出娘胎时便自带的系统文件。中国人又有差不多就行的农民传统。他不是宝岛人，来不了巧舌如簧循循善诱那一套，可不就只好玩强势?

他要叫手下和其他部门的人明白：不想在我这里触霉头的话，就得先把事情想周全了把自己榨干了再来。

结果8个月前演过火了，让吴迪给匿名投诉到THC。跟着被强制学了几个月的愤怒管理。

港普则是要强化自己的港人标签，也是为了工作。虽说东方之珠已经黯淡了，香港人到了大陆，头顶还是有光环的。

不管你信与不信，对多数客户尤其是土豪客户来讲，港灿就是比湾湾或东南亚华侨显得更有专业精神。跟大陆人相比，那就更不用说了。整体信用等级仅次于白人。因此更容易说服客户。起码在广告业是这样。

当然，刘大卫对输给白人很不服。可人心所向，他也没办法。总不能为了工作去漂白皮肤垫高鼻梁安个屁股下巴然后每天戴蓝色隐形眼镜上班吧？

至于结婚早，这确实不是他的错。

他老婆——当时还是女朋友——找大师算过，说必须在那一年嫁出去，不然就嫁不出去。

他自然不想结婚，但更不想分手。

他老婆当年人称香港CIRCLE一枝花的。出得厨房，上得讲台，进得卧室，下得印厂。根本不是今天这副怨妇样。

但其实刘大卫这么男神的外表下，掩藏着许多毛病。心理的，生理的，都有。

他有自毁倾向。就跟灯蛾一样，从不问永远有多远，只不断尝试能离那火最近有多近。

偏偏他有先天性心脏病，多数极限运动都玩不了，只好在床上挑战极限。

有两次，因为刺激太大，小心脏受不了，差点没挂了。

一次是头上裹满了保鲜膜，脖子还箍了一圈铁丝。另一次是双手被反铐，当时要真没缓过来的话，都是能给家人留下心理阴影的好死相。幸亏当时药在床边身畔有伴。

可就算接连收到身体警报，他还是停不下来。

这是病。性瘾症。

也是药。治老去。

他就是那种人：

天性是要把每一天都当最后一天来过的，否则就不得活。但他又有家有口身居高位，理性和责任感均不允许他这么任性。两相夹缝之下，他，活着并不比别人容易。

人生是场漫长冬季，每个人都需要一个小棉袄。

床上极限运动，就是刘大卫的小棉袄。

他劈腿。他乱来。他受虐狂。他各种恋。

他来者不拒。他彩旗飘飘。他闹离婚。

这一切都是为了过冬。

而程欣，则可说是他的保暖小内内。

前面说过，面对扑过来的小鲜肉们，他采取的是三不政策——不主动、不拒绝、不负责。就只对程欣是个例外。

他真有用心追来着。

但那也不是任新蜂以为的真爱。

还是为了过冬。

因为程欣是唯一一个先抛弃他的。

所谓偷不如偷不着，偷不着不如先偷着后丢了的。

他求复合，不过是要在程欣身上找回恋爱的感觉罢了。他已经记不得那是什么滋味。

他不想变老。毕竟还是老了。他软了，也弱了。

刘大卫他老婆却不是。

在前景无量之际辞掉工作结婚生子当了多年全职主妇之后，她刚刚想明白自己要什么。

刘大卫有小鲜肉，她也有小狼狗。虽然只得一只，在数量上无法跟刘大卫媲美。

小狼狗是摇一摇摇出来的。

小狼狗也是个香港人，就住在他们那栋楼里。

小狼狗有个好哥们儿，是个离婚律师。

今天她大闹CIRCLE，就是离婚律师给出的主意。

既然已经过不下去也不想过了，离婚已成定局，剩下的就是怎么分家产实现利益最大化。首先要证明刘大卫是过错方，也即是他对婚姻不忠。

捉奸在床自然是最有力证据。但是这很难。刘大卫一向小心谨慎。

她查过他的信用卡，没有找到任何开房记录。

她也请人黑进过他的手机，并没有相关聊天证据，倒是在相册里找到十几张程欣的照片。可那都是开会时偷拍的，又不是床照，一点儿用处都没有。

那就只好退而求其次，上圈公司去闹了。当着那么多人的面控诉他有小三，只要他脸皮没厚到当众否认，那就是认了。把过程拍下来，再拿去公证，就可以当证据使。

家产起码分一大半。赡养费也能往上抬。两个小孩的抚养权，多半也能争到手。

刘大卫老婆的这个局，刘大卫自然没有想到。

刘大卫老婆也没想到，那视频其实是“双刃剑”，能证明自己犯了离婚过错中的家庭暴力一项。刘大卫是可以据此提出离婚过错方赔偿的。

千不该万不该，她不该打刘大卫耳光。

程欣更是没有想到，自己不但被刮了一巴掌，还当了别人的棋子。

第78章
文具绑架案（上）

“好吧，我决定了。”

挨了一记迟来的耳刮子之后，在丽华大厦的天台上，程欣对任新蜂如是说。

这时魔幻时刻*忽然到来。

天空一片姹紫。流云一堆嫣红。日光余晖把楼房无论远近高矮胖瘦美丑都镀上一层暖意，也给程欣遍身镶了一圈金。

“咦！”任新蜂看得有点呆了。

程欣则被瞅得有点不好意思。偶尔她也是知道什么叫不好意思的。她也不能老那么没羞没臊。

她咳嗽了两声，正要说点什么化解这尴尬一刻，就见任新蜂突然掏出手机，对着天空一连捏了好多张。

接着就像个火炬手，举着手机满天台找Wi-Fi。几乎张张照片都很满意都想立刻传到朋友圈呢，不过舍不得用流量。居然真在通风口上方让他找着一格信号。等他传完照片，走回到程欣身边，这才发现她塌着脸直瞪着自己。

这回轮到他被瞅得有点不好意思。偶尔他也是知道什么叫不好意思的。他也不能老假装没心没肺。

“对了，你刚才说你做了个决定？”他问。

“啊。”

“决定什么了？今天晚饭要多吃一碗？”

---

* 魔幻时刻（Magic hour）：摄影术语，指每天黎明和黄昏时分，太阳接近地平线，光线较多来自天空中的非直射光，温暖、柔和、对比度较低、光影较长。这样的日光余晖使物体显得分外美丽，是梦幻般的时刻。

“屁。”

“那到底是什么重大决定嘛？”

“不想说了。”

“别介，你说呗。你不说我今晚会失眠的。”

“你丫活该。”

最后程欣还是告诉了任新蜂，她决定辞职。

事情是这样的：

她跟一个猎头平时关系不错。这猎头前一阵帮某500强公司找品牌经理，问她感不感兴趣。

她其实有点心动。

她再热爱CIRCLE，毕竟那不是紫薇，尔康不能当一辈子。

翻身做甲方，不失为一条职业生涯超车道。

可她又自觉刚回来没多久，这么快又颠儿了不大合适，就说还没在agency待够呢。不过，为了帮猎头凑人头，她还是给了一份新简历过去。

没想到500强公司很快就约她去面试。

她想着那就面呗，反正也不是什么坏事。就当积累经验也好。

结果三轮闯关结束，人家对她很满意。开出的条件也让她很满意。

这不今天一早就收到offer了。她本来天人交战了好几个小时，发愁该怎么婉拒呢。

也是寸。

下午就被卷进了刘大卫的家事里头去。众目睽睽之下，被一个耳光抽得颜面尽失。更叫她寒心的是，在场那么多人除了一个任新蜂，全都笑嘻嘻袖手旁观。就跟那是垃圾时段播出的伦理剧似的。说好的CIRCLE一家呢？有这么对家人的吗？

她其实有点诛心了。

当时如果刘大卫老婆攻击的是别人，就算不喜闻乐见，她本人也未见得会出头。

她也有些入戏太深了。

始终不愿意相信，跟公司保持纯洁的雇佣关系，才最有职业道德。

她也是缺爱闹的。

总之这么一个耳光，让她决定去甲方看看。

程欣是这么说的，任新蜂是完全不信的。

程欣是谁？CIRCLE宝宝。圈教信徒。能因为这么点破事就走人？也就是一时气话罢了。

他忘了，程欣以前就离开过。

第二天一进办公室，程欣就向布兰达递交了辞职信。

布兰达完全没有思想准备。赶紧在两个会的间隙，抓着程欣恳谈了十分钟。挽留未遂，只好又约了第二天一起吃晚饭，要程欣这期间好好重新考虑一下。

程欣说好的呀好的呀，心说还考虑个屁啊我早考虑清楚了。

布兰达就接着开会去了。

好不容易开完一个会，她放弃宝贵的上厕所时间，憋着尿又找任新蜂聊了10块钱，要任新蜂想办法留住程欣。

任新蜂说，天要下雨娘要嫁人我能有什么办法？

布兰达说，你汗（和）她走得这么近，一定有办法的啦。

任新蜂问，有吗？

布兰达说，办法一定会有的啦，我相信你喔，你四最棒的。

任新蜂说，不是，我是问我跟程欣有走得很近吗？

布兰达就呵呵了。

任新蜂被呵得没脾气，只好说要不你给她升职加薪试试。

布兰达就又呵呵了。

任新蜂说，除了这个我真的想不到了。

布兰达说，不管，没办法你也要给我想出办法来，小beebee我造你最好了啦。

虽然已经没有什么遐想了，但是圈公司的苍老师一撒娇，任新蜂还是招架不住，只好答应回去想一想。

布兰达就又夹着腿，开下一个会去了。

第二天早上，程欣比往常晚了一刻钟到公司。

毕竟是将走之人了嘛。

一夜之间她心宽了许多。

一坐下来，觉得好像有什么东西不对。很陌生的感觉。要不是桌上的铭牌写着“程欣”二字，她真得怀疑自己坐错别人的位子。

托腮沉思了5秒钟，知道问题出在哪儿了：

椅子的高度被人调过，笔记本托架的位置被人动过，但这些还不是最要命的。

桌上好多东西都不见了！

包括她的鸭子马克杯。

那是她进CIRCLE第一天买给自己的。

第79章
文具绑架案（下）

“咿呀呀呀呀呀呀！”

跟平日一样忙碌的丽华大厦11层，忽然间有人吊嗓子。幸亏不是晚上，否则就得被传成闹鬼事件了。不过仔细分辨的话，似乎又不是吊嗓子。

其实那是怒吼。程欣发出来的。

她桌上许多东西都神秘失踪了。

别的也就算了，陪她一路成长过来的鸭子马克杯也不见了。

这不能忍啊这个。

算怎么一回事嘛！

程欣好不容易发泄完，一回头看见吴迪下巴快掉到裤裆上了。就算他脸长，这表情也有点夸张。

吴迪：“您气够长的呀。”

程欣：“哪里哪里，我还差得远呢。”

“有什么特别的技巧吗？”

“就是多做有氧运动……嘿，现在是交流这个的时间吗？我问你哈，知不知道谁干的？”

是那个专管擦桌子的阿姨吗？程欣早觉得她看自己不顺眼。

还是那个新来的夜班保安？听说那是日班保安老金的儿子。大学毕业一年多了始终找不着工作，只好来跟他爹做同事。程欣加班的时候，好几回碰到他巡夜。老觉得他眼神有点不大对劲。

吴迪挠头想了半天，说昨儿晚上任新蜂上来过一趟，坐在程欣的椅子上，跟他扯了半天闲篇儿。中间他上了个厕所，回来一看，任新蜂没打招呼就走了。应该不会是他吧？

程欣一听，当场就撸起袖子，要冲下去找任新蜂。

吴迪死劝活劝，才把她给拦住。

那好吧，那就看他到底搞什么花样。

程欣气鼓鼓地坐了下来。坐下来就又开始忙。这一忙就忙到了中午。

吃完午饭回来，她发现电脑盖上摆着这么一张宝丽来照片：

她立马觉得额头上出现了三条黑线。她赶紧擦了擦额头，收起电脑就去客户那开会。

开完会回来，她发现桌上又多了张照片。

汗！蒜瓣那么大的一滴汗滑过脸庞。她赶紧擦了擦脸，坐下来回邮件。

好不容易清空了未读邮件，太阳也快下西山了。

这时电话铃声响起。

前台叫她过去。

果不其然，从欲言又止的前模特手里，她得到了第三张宝丽来。

程欣气得当场笑成舒淇。

她立即扭身进了电梯，去了最顶层，咣一声踢开天台门，看见围栏边上逆光站着一个人。

是个背影。

背影转过身来，可不就是任新蜂。

右手拿着她的鸭子马克杯，左手拿着把水枪顶在鸭子脑袋上。

“你别靠太近，就站在那儿，不然……哼哼哼。”任新蜂说。

“你要敢伤小王一根寒毛，我跟你势不两立。”程欣心里说幼稚得可以，台词上倒很配合。

“小王？难道是指这个杯子？”

“有什么问题吗？”

“有，真有，为何叫它小王？”

“因为它姓王名小鸭。”

“你也太寂寞少女心了吧，居然给杯子取名字？”

“一个绑架杯子的人，不配说这种话。赶紧还过来。”

“还你是可以，不过有条件。”

“说。”

“欸……那个……你别走了行吗？”

“怎么……你很想我留下来吗？”

也不知是怎么了，程欣的话锋忽然间就钝了下来。

“其实是布兰达不愿意你走。”

“哈？”

“她让我想办法留你。我憋了一晚上才想出这个的。”

“哈？”

“是不是很为我的智慧折服？”

“哈？”

“当然我也不是盼着你走。”

“哈。”

“别老打哈哈，说真的你能再考虑一下吗？”

“我会考虑的，你先把小王还给我。”

任新蜂就把杯子递了过去。

程欣接过之后，双手紧握着，给搁到天台门后，这才起身走回任新蜂身边。

“我考虑完了。”

“欸，这么快？”

“我决定……”

忽然间，程欣左手抓住任新蜂右前臂，右手揪着他左领口，随即错步转身，用后背紧贴着他腹部。

“让你去死！”

双腿蹬直一前躬，将他给投摔了出去。

任新蜂在空中划过一道270度的弧线，像条咸鱼一样，侧身拍在了砖面上。

这就算是程欣手下留情了。

要是让他背部着地的话，少说得戴两个月护腰带。

蒙了半天任新蜂才说得出话来：“怎么没人跟我提起你会过肩摔？原来你是练空手道的呀？”

“我练的是柔道好吗？而且过肩摔是外行的说法。这动作叫背负投。”

程欣冷冷地说完，转身去拿小王，只留给任新蜂一个背影。

“我的手好像脱臼了。”

程欣的背影越来越远。

“我跟你开玩笑的。”

程欣的背影消失在门后。

看来她真的生气了。

既然人已经走远了，任新蜂也就不继续喊疼了。他又躺了半天，才坐起来。

魔幻时刻又到了。

当天晚上，程欣如约去赴布兰达的饭局。

听到任新蜂干下的这桩逗逼绑架案，布兰达也是一阵飞汗。

布兰达：“他事先都没跟我商量，我真的不知情吔。”

程欣：“我知道。”

“看来真的不能对创意有任何指望。”

“我同意。”

“所以你真的不考虑留下来吗？”

“嗯，决定了。”

“我告诉你喔，甲方不四那么好待的。以你的性格，去了一定后悔。”

“都是自己选择，有什么可后悔的？”

“真要酱紫就好了。就不会有那么多人想买后悔药了。”

“就像布兰达你当时选择生小孩，肯定也不少人劝你说将来一定会后悔。难道你现在后悔了？”

“说实话喔，四的。”

“哈？”

“我有后悔。”

“为何？”

“就四……这话说起来就长了。”

“我们有一整个晚上不是吗？”

“哪有？吃完饭我就得赶紧回家陪宝宝睡觉了。”

“看来只好长话短说了。”

“好吧……几年前有一阵我还蛮迷茫的。不知道每天这么忙为了什么。也不清楚自己到底要什么。所以我就想，不然要个小孩好了。反正已经到年纪了嘛，再晚就不好生咯。但四呢，我不会为了这个而结婚。只要小孩，不要老公。后来我就……怀上了。然后就白马过隙，一转眼我这个单身妈妈已经三年级了。其实也谈不上后悔啦，有苦有甜嘛。可四呢，如果重来一次的话，我不会走这条路。”

“依然没明白。”

“这么跟你说吧，如果我们这四在广告里面的话，这时就该出slogan了啦。”

“写的是什么？”

“啪啪啪啪四个大字，活出自我。”

“你多自我！连不婚生子这样事儿，都想干就干了。”

“然后，自我就这么没有了。你知道我多久没旅行了？”

“呃……还好我只是跳个槽而已。”

“倒也四。只四换份工作罢了，多大的事儿？又不像当父母需要签终身合同。”

“其实我就想出去看看。”

“好吧，本宫准了。”

“谢谢娘娘。”

“那去了之后如果干得不爽，你就回来。”

“那我不就成三进宫了？”

“这有什么？不过我有个要求，不，是请求。”

“请说。”

“有业务机会的话，可别忘了娘家。”

“必须的。”

当天晚上剩下的时间里，她们没有再谈去留的事。

第二天，布兰达就批准了程欣的辞职。

就这样，鸡头的诅咒又一次应验了。

第80章
骗子不够用了（上）

程欣的last day定在了周五。

又是周五。

当晚她的farewell party上，任新蜂又喝断片了。

倒不是说有多伤感，又不是今生今世见不着了。程欣不过换去了国贸上班，连三环都没出。

任新蜂是这么一号人：

不喝大了难受。喝大了更难受。总之难受和丢脸都是自找的。

不光在喝酒上，也不光他一人，世间万事万物都归这理儿管——自作必得自受。

这并非道德恫吓，而是现实法则。

第二天醒来时，他又受到头痛的猛烈攻击。

还好，这回是躺在自己床上。身边并没有别人。身上也不是光着。

贞操应该还在，虽然不是什么可喜可贺的事儿。肾也还在。手机也在。钱包呢？钱包在兜里。大钞小票一张没少。就是……工资卡折成两瓣彻底分离了。

怎么弄的呢？

他百思不得其解，干脆放弃思考了。反正就算琢磨出来，卡死也不能复生。

他揉着太阳穴，走出房间去喝水。

“嘻嘻，所以你不知道Lily一直对你有好感哦。”

“怎么可能知道？我就没正眼看过她。”

“真的吗？她以前可是你的AM，不正眼看怎么工作？”

“甄子丹都没这么真。对了，那她知道咱俩好了是什么反应？”

“嘻嘻嘻。”

“到底是什么反应嘛？”

“下巴脱臼了她。”

“要不要这么夸张。”

“真的。她打小就有这个毛病，学名好像叫什么颞什么关节习惯性移位。”

“我说她怎么每次笑都捂嘴呢，原来是要托着。”

“哼，你还说没正眼看过她？”

客厅里有人在打情骂俏。吴迪跟一女的。两人在沙发上搂着，见到任新蜂也不撒开。

那女的，任新蜂不是头回见了，是吴迪以前的老板。好像叫Jasmine？反正一定不叫Lily。

看这架势，姐们儿昨晚又在这过夜了。

看来这两人算是好上了。

幸亏昨晚喝多了，不然又会被吵得睡不着。任新蜂边在心里头嘟囔，边跟他们打了个招呼。

这女的就是Jasmine。

刚刚带领ME2的团队，赢下了一统的比稿。

人在世上走，不得不见人。遇见的人多了，其中总会有些人，你瞧第一眼就对丫没有任何好感。没有理由，就是不，顺，眼。任新蜂对Jasmine就是这感觉。

“喂，你还好吗？”吴迪看着任新蜂问。

“好得不能再好。”任新蜂刚说完这句话，就冲进厕所翻江倒海。

好不容易吐干净了，任新蜂抹着嘴角，问吴迪知不知道他的卡是怎么被分尸的。

“你不记得了？昨晚你抱着程欣哭着喊着不让她走。结果她使劲一推，你就一屁股坐地上，当场把卡给坐折了。”

“欸？”任新蜂思索了好一会儿才醒过闷来，“这是你丫编的吧。”

“你还真觉得自己干得出这种事啊？”

好险，差点就信以为真了。

其实吴迪说的虽不中亦不远。

任新蜂就是喝多了站不稳，回家路上摔了一跤，结果坐杀了自己的卡。

“嘻嘻嘻，你这个室友好可爱哦。”

可我一点都不觉得你可爱，任新蜂继续腹诽。

他洗了个热水澡，又就着维生素B_2整整喝下两大杯蜂蜜水，才总算把头痛给赶跑了。接下来干什么好呢？他可不想跟这两位共处一室。这个房子光是装下他俩的腻歪和肉麻就已经很勉强了。没有多余的空间来容纳他。

他决定去银行换张卡。

到了银行，任新蜂拿到一个吉祥号。第250号，前面还有38位。

他颓坐在一堆老头老太太中间，想起卡里的钱又快花完了，决定待会儿去买张彩票碰碰运气。紧接着他就迫不及待开始畅想，这要真中了五百万，拿这钱干什么好呢？想来想去，发现还不够二环里买套房的，顿时变得很失落。只好又回到现实中。

这时外间一阵吵闹。

他又按捺不住一颗八卦的心，跑过去看热闹。

原来是好几个银行职员和保安围着一个老头使劲劝使劲劝，不让他靠近取款机。那老头他认识，CIRCLE的看更大爷，就是在他无家可归住公司时给过他饺子吃的那位。

任新蜂赶紧挤进人群，问是怎么了。

是这么一回事：

大爷今天在家里接到一个电话。对方自称警察口气非常严厉，说查到大爷的银行账户涉嫌贩毒洗钱，要他速来自首。

大爷赶紧喊冤。他说我卡里总共就五万块钱都是辛辛苦苦存下来的这辈子干过的违法勾当就是闯过两回红灯。

对方闻言口气软了一些。

对方说，老人家你说的这么诚恳我相信你，看来是有犯罪分子在打你这些钱的主意。

大爷当时就吓坏了，忙问那怎么办。

对方说，这就不归我管了，我只管缉毒。

大爷说，警察同志你们可不能不管啊。

对方沉吟了一会儿说，这样吧，我给你转到金融诈骗科去，他们应该能帮你。

大爷连声道谢，又心急如焚等了几分钟，电话里终于传出一个女声。

那女的说，老大爷我了解你的情况了。这背后是非常复杂的网络金融犯罪手段。为了不让犯罪分子得逞，我们需要你先把账户里的钱转到政府的公共账户上进行冻结，这样他们就无计可施了。

大爷说，好好好感谢政府感谢女同志。

他就在那女的电话指导下，三步并作两步，赶到了银行。先来到了窗口，说要办理转账。

当班的小姑娘一听，又一个遇上骗子的，当然不能给他办这事。可好话说了一箩筐，没把大爷给说服了，倒把大爷给激怒了。

大爷说，你们跟犯罪分子一伙儿的吧，姑娘你良心大大地坏掉了，算了我自己来。

大爷起身就奔ATM机而去。小姑娘赶紧冲出来，招呼同事围了上去，阻止大爷汇钱。

任新蜂一听就明白这是怎么一回事，他只是不明白这样拙劣的骗局居然有人信。

这时大爷的手机响起。还是那个女的，等不及了打过来催。

任新蜂赶紧说："大爷，你要相信我，让我跟她说两句。"

大爷说那行，就把手机递给他。

任新蜂一听，欸，这声音怎么有点耳熟？好像在哪里听过？不会吧？难道真是她？

“小倩，是你吗？”任新蜂忽然打断对方。

小倩就是任新蜂初恋的名字。

那边一下子噤声了。

“我是任新蜂。”

“……”

“你不出声，我就当你默认了。”

“……”

“你听我说，这大爷人特别好，一辈子存下这点钱不容易，你们别惦记了行吗？”

过了半晌，那头才又开口：“我知道了，你让大爷听吧。”

任新蜂就把手机还回去。

也不知道小倩跟大爷说了什么，总之大爷很快就挂上电话，宣布不转账了，然后就走了。

费了半天力气，总算没白费力气。

大家做了好事都很开心。任新蜂尤其高兴。因为为了嘉许他的帮忙，银行特许他不用排队。

不过，末了大爷这钱还是被骗走了。

第81章
骗子不够用了（下）

过了几天，任新蜂要去找刘大卫签报销单。

Paul走人之后，他们team就跟苦日子一样——没头儿了。虽说这头儿原来也只是个摆件。有时还是个祸害。但起码有他有郝建的时候能热闹一点。

现在说是一组，其实就俩瓣人。

冷冷清清，凄凄惨惨戚戚。

而且活儿并不比原来少，替别组铲屎的属性也没变。所以两人成天累得像一对丧家犬，常常对视无语。

要不是石霆有洁癖的话，就得执手相看泪眼了。

CD倒是想把这半组人马给收入麾下，私底下分别找他们聊过，问愿不愿意去他那边，愿意的话他就去运作。石霆什么意见任新蜂不清楚，他自个儿反正是把头点得都快断了。

虽说有个莫名不待见他的胖美术，起码那边客户好啊。好客户代表有机会。

他进CIRCLE图的是什么？学本领长本事做创意啊。

但盼来盼去，最后刘大卫却决定亲自带着他们。

刘大卫是个要求高的，又是个爱吐槽的。他俩这回就不只是丧家犬了，简直苦B得丧心病狂。

好处是每天接受刘大卫的冷嘲热讽当头棒喝耳提面授，还是成长飞快的，就连三观都壮实了不少。

去刘大卫座位的半道上，他遇到了Coke。

她手里捧着个捐款箱，在10层到处逮人劝捐呢。

走近一瞧，箱子上写着好些字：

他是你大爷，也是我大爷，他是CIRCLE的大爷

大爷有难 大家驰援

我们善良又可亲的大爷刚刚被骗走了50000元血汗钱
希望大家踊跃乐捐，帮大爷挽回损失渡过难关，回家不再被老婆骂
骗子无情人有情，你捐多少都很行

任新蜂截住Coke问："这是搞的哪一出？"

Coke有问必答："你大爷的……爱心募捐活动啊。是这么回事……"

其实不用Coke说，任新蜂一看被骗金额就明白了，甚至都不必问是哪个大爷。不就是那个大爷嘛。

你大爷的，怎么还是让人把钱给骗走了呢？任新蜂心说。

那天大爷去银行要汇款给骗子，遭到许多人的劝阻。当时任新蜂恰巧在场，也热心了一把。

本来大爷已经动摇了。结果冒充警察的骗子在电话里说，在场的都是犯罪分子同伙，千万别被他们给蒙蔽了。

大爷是信了一辈子政府的人，当然选择听警察的。就照骗子支的招，跟众人说，不汇了不汇了我回家去了。说完就走了。其实并没有回家，而是转身上了公交车，去了另一家分行。

而且这回他学乖了。没有再去窗口，直接就在ATM上把五万块钱转给了骗子。

他干完这事儿回到家里，感到十分得意。

他跟他老婆说，今天多亏我机智勇敢，才保住了咱儿子的结婚钱。

他老婆吓一跳，赶紧问是怎么了。

他就把事情原原本本地跟他老婆说了。

边说边大骂姓任那小子。说我平时对他不错啊还带过饺子给他，没想到居然吃里爬外跟犯罪分子勾结起来。明儿就告发他去。为了那二两饺子也得举报丫的。

他是老蠢且执拗，他老婆可不糊涂，没等他讲完自己的英雄事迹，就转身冲入厨房。先举起了菜刀又放下，觉得这玩意儿不好拿捏分寸。又拿起了锅铲，掂了掂感觉不趁手，也扔下。最后抡着平底锅出来的，把大爷打得满头是包当场立地成佛，换了个如来的发型。

打完了才哭着说，你个败家爷们儿你被骗了还没醒啊？咱攒下那点儿钱容易吗？我几年没买过新衣服了？一起跳广场舞的都置了新行头就我没有。呜呜呜呜呜呜呜。

大爷开始还很不服，说你个死婆娘你等着，我让警察跟你说，完了再办你个虐待

亲夫。

他当即拿出手机，回拨了骗子的电话。

自然不会有人接听。

大爷这才开始有点慌，但依然嘴硬，说人警察同志兴许下班了，明儿我再打过去。

之后一夜没睡着，越想越不对。

当时在银行里，围上来不让他靠近ATM的人起码有十几个。除了银行职员，还有好几个路人。拢共就五万块钱，这么多犯罪分子也不够分的呀。看来真有可能让人给骗了。

哎呀英雄一世糊涂一时啊！

他猛地坐起来拍了一下大腿，把他老婆给吓醒了。

醒了又开始骂他。

这回他不敢回嘴，只好怨恨起任新蜂来。

这小子既然要拦着，怎么就不知道拦得彻底一点呢？看你大爷我转身出了银行就以为完事了。怎么就不知道跟上来，看我是不是真回家了呢。现在的年轻人啊，真是成事不足败事有余。

第二天一早，他赶紧上了趟派出所报案，接着又去转账成功的那家分行滚地撒泼各种跪求，说钱是在这里被骗的，他们就有责任把钱追回来。

自然一切无果。

每天回到家，各种被老婆打骂。

他愁啊他苦啊他头疼啊他脑仁里就剩下一件事——怎么挽回损失。

终于给他想到一辙。

昨儿早上下了班，他就摸去THC哭诉，说自己被骗走了五万块钱。

那可是我两年工资哪！平时一分钱掰成两瓣花才攒下来的呀！儿子眼看娶不上媳妇咯！

THC总监耐着性子听完，代表公司充分表达了同情与慰问。话都说得漂亮极了，就是没有大爷想要听到的。

最后大爷只好亲自提出来："之前一闹天灾，公司都会组织大家献爱心。这次虽说主要是人祸，能不能也给我做做好事？"

他想干吗呢？要公司替他办一场募捐活动。

反正一个两个都挣那么多钱，怎么就不能匀我点儿？这是他的真实想法。

THC总监本来准备当场回绝的，正打着哈哈想词呢，没料到部门里的人一下子都围了上来。

刚才她们都竖着耳朵偷听。这会儿七嘴八舌都替大爷说话，甚至还有当场掏出钱来非要大爷收下的。真是单纯可爱又善良的一群驴孩子哟。替公司面试、裁员、砍价钱的时候倒不这么单纯可爱又善良。

THC总监见状，转念一想：

大家要是都乐意捐的话，好像也没什么理由非不让。

反正办这事儿又不用花公司的钱，还能落下有人情味的名声。而且最近公司离职率有点居高不下，根据线报很多人都心怀不满。正好乘这机会拢一拢人心，建设建设企业文化。

于是她就允了。

大家都很开心，做善事嘛。

Coke一向负责的是创意部，自然就被分配到10层来主持这项工作。

“怎样，你打算捐多少？也不用太多哈，大家普遍都是一百上下。”Coke问任新蜂。

“我不捐。”

第82章
任新蜂又失恋了

虽说之前打过好几个喷嚏，任新蜂并不晓得是大爷在背后骂他。他也不知道大爷心疼饺子对他有怨念，他更无从了解大爷这几天来的心路历程。但他就是对这募捐很反感。

所以Coke问他打算捐多少，他说我不捐。

“咦，为什么？”Coke愣了一下。

目前为止，拒捐率为零。别人一听说是给大爷筹的款，都乐呵呵地慷慨解囊。一百两百的，都不差这点儿钱。

“凭什么？”任新蜂反问道。

如果那天他不在现场，没听见大爷骂那些劝他的人生孩子没屁眼，他兴许会捐。如果这活动是Coke她们发起的而不是大爷觍着脸主动提的，他兴许也会捐。可就像去药店买不着后悔药一样，哪个果摊上也寻不着如果。

“凭什么？凭自觉凭爱心呗，无私奉献一下怎么了？”Coke有点来气。

“无私奉献可不是个好词。”

“怎么不好？”

“谁没私呀？这事儿就不存在。”

“那你说什么是好词？”

“自作自受是个好词。”

“哟哟哟，学毛将军题词呢。这词得用在坏人身上吧？大爷人不错。”

“他是好人，就能叫别人摊钱帮他止损？既然是自己选的，又不是被逼的，就得自己承担后果。”

“是骗子选择了他，又不是他选择了骗子！”

“错，就是他自己上赶着要被骗的，谁都拦不住，谁拦跟谁急。”

任新蜂把当天的事儿，掐去自己畅想中了五百万怎么花那一段，其余都跟Coke说了。

“就算这样，你不觉得大爷依然挺可怜的吗？你可别接可怜之人必有可恨之处。”

“哪里可怜了？就因为他没钱他被老婆打他弱势群体？别人就欠他一个可怜？”

“什么叫人情味你懂吗？”

“别拿这个绑架我。你那么爱推理，Kitty那事儿都能整明白，我不信你不觉得这事儿不对味。”

“那事儿是公事，这事儿是私事，不一样。”

“根儿都是一样的。都是人心在作怪。”

“我明白你意思。大爷提出要公司替他搞募捐，确实是有点那什么。我也有一丢丢不舒服。可是又怎样？他真的很惨嘛。而且大家都捐了，你好意思不捐吗？老板派我来劝捐，能不来吗？”

“你不好意思，我好意思得很。”

“呵呵，钻这牛角尖有意思吗？”

“我是可以跟大家一样意思意思，可那就对自己太不够意思了。”

“你可真有意思。”

“欸……什么个意思？”

“没什么意思。”

“到底是有意思还是没意思嘛，亲？”

“任新蜂，我怎么觉得你变了好多呢？你刚来的时候不这样。”

这回轮到任新蜂愣神了。

他想，我有吗？大变还是小变？是变帅了呢还是变好看了呢？

脑海里放了会儿幻灯片，都是几个月来的所得所见。

嗯，这么一说，确实感觉到身上某处，原本软绵绵的如今变硬实了。不是一下子充血而是一点一滴润物细无声。不是下半身而在上半身。不在面上而在里子。这就是传说中的成长吧？

哎呀真是很让人失望呢。既然人要成长总会发生改变，为何不是变成吴彦祖呢？

他忽然灵感迸发攒出个本日金句，强抑住发微博的冲动问Coke：“你知道什么叫成长吗？”

“你把这叫作成长？”

“成长就是发现自己以前是个傻×。”

“呵呵，对自己够狠的呀。”

“成熟就是知道自己一直是个傻×。”

“那你熟了没有？”

“七分熟吧。”

“挺好挺好，再熟就该烂了。”

“又不是香蕉怎么能烂呢？顶多让人咬不下口。”
“说明肉质还不够好。”
“行行行，不跟你肉下去了，我得走了。”
任新蜂晃了晃手里那一大沓发票。他三个月没报过销了。一是没时间，二是懒。
“你等会儿的。择日不如撞日，正好跟你说件事。正事。”
Coke把他拉到一个没人的角落里。
“怎么了，这么神神秘秘？”
“咳咳，跟你宣布一下哈，从这一秒起咱俩就算正式分手了。”
Coke要是不提，任新蜂都忘了自己还跟她保持着“恋爱”关系。虽然是假的男朋友，毕竟也是对外公开、见过家长的。不得不说他这活儿干得极为应付不放在心上。
“欸？就因为我不捐钱？你要为了一个大爷放弃我们的感情吗？”
“滚，鬼跟你有感情！咱俩是赤裸裸的利益交换好吗？”
“好残酷的事实呢。那请问是我被甩了吗，前女友童鞋？咱多少得对一下口径。”
“是的，前男友童鞋。原因是你劈腿了。”
“欸？换个理由行不行？我劈腿没可信度啊。从来都是被劈的命。”
“我妈认定你严重劈腿了。”
“咱妈为何要诬陷她未来姑爷？”
“她是听我们家亲戚说的。”
“咱家亲戚咋这么爱嚼舌根呢？”
“他们是听我嫂子说的。”
“咱嫂子也太喜欢搬弄是非了吧？”
“什么呀，是她亲眼所见。”
“那真是活见鬼了。”
“上次程欣食物中毒，你送她去医院，还记得吗？”
“被你嫂子看见了？”
“你搂着她出来打车的时候，我嫂子正好开车经过。”
“我跟你嫂子也忒有缘了吧？上次布兰达……欸，不对！我没搂着程欣呀。”
“这不重要。重要的是我嫂子跟我堂姐说这事来着。两人一分析，都觉得你们肯定是去打胎。”
“还梦幻人流嘞。你嫂子当时肯定让你堂姐别讲出去。”
“我堂姐也跟她妈这么说来着。她妈也跟我叔这么说来着。”
“后来是谁告诉你妈的？”
“我三舅妈。”
“你妈得疯吧？”

“在家哭了两个晚上，第三天戴着墨镜来找我。”

“逼你赶紧分手？”

“不用逼。我一听就说其实我早知道了，已经当众抽了你俩耳光，把你给甩了。”

“呵，把David的戏码安我身上了。”

“呵呵，这样说比较能让我妈解气嘛。”

“那……咱俩这就算一刀两断了？”

“也不用，虽然分手了还是可以当朋友的嘛。”

“你哥不会来揍我吧。”

“安啦，他最近忙着见天使投资人，可没工夫管我。”

“那我就放心了。”

“对了，还有点收尾工作，能麻烦你再配合一下下吗？”

“你说你说。”

“怎么说也是失恋了，你能不能假装颓废失落个三五天的，要能让人看见你哭就最好了。”

“哭戏太考演技了……欸，你想干吗呀？”

“让程欣抢了男朋友已经很丢脸了，你总得在公司里替我挣回点面子吧？”

“要说多少遍你们才能信，我跟她真是清白的。”

“说多少遍都不信。”

“不信就不信吧，关键是要我哭这事儿不合逻辑。”

“感情的事儿，哪能事事都合逻辑？”

“你看哈，我劈腿了，你发现了，愤而跟我分手，我应该从此跟小三幸福地生活在一起才对嘛。”

“这个合理性问题我也考虑过了。虽然并不想说脏话，但还是请容我说一句妈的我太算无遗策了。这样，我给你讲一下戏——虽然你劈腿了，但你对程欣更多是肉体上的迷恋，我依然是你的真爱。反正你们男的上半身跟下半身都是分开思考的嘛。所以你的内心呢，其实是既开心又伤心，既幸福又痛苦，既觉得解放了又很失落，既痴迷新欢又留恋旧爱。你好好体会一下，要走心。记住哈，走心！你一定行的。”

“我真这么有爱心的话，早向你捐钱了。”

“说到钱嘛……”

“你又挑眉毛？”

“不如这样，你帮我演好这最后一场，欠我没还完的钱就一笔勾销了。”

“真的？可要是演砸了呢？”

“那就应了你刚刚说过的话，自作自受呗。我得开始跟你收利息了。”

“不要啊！压力好大！”

“不要动。”

Coke忽然掏出手机，给任新蜂拍了一张照片，随后转给他看。

“呵呵，你看你这个表情就很好，充分地表现出了一种精神分裂的感觉。”

“我现在头很疼。再见吧朋友，不对，永别了前女友。”

任新蜂转身离开，刚走出两步忽然想起一事，就又跟个陀螺似的转了回来。

“作为前男友多嘴问你一句哈，你下一个会找谁来跟你假扮情侣？有目标了吗？”

“其实我打算跟家里出柜了。”

“欸！这样真的大丈夫吗？”

“我打算跟他们说，都是因为你，现在的我对男人已经彻底绝望。”

“你爸会跑来揍我的吧。”

“我爸应该还好，倒是我妈真可能来找你拼命。”

“你大爷！”

“不，是你大爷，呵呵。”

Coke心满意足地捧起捐款箱，笑容可掬蹦蹦跳跳地找别人去了。

任新蜂则脚步沉重地来到了刘大卫的座位前。

跟他入职那天被领着“游街示众”时看到的一样，这个角落又人满为患。一帮人在跟刘大卫review东西。

任新蜂注意到，一旁的沙发上坐着一个姑娘。她应该也是在等刘大卫。

是个生面孔，皮肤很白，条也很顺，就是目光有点凶。看样子也就比任新蜂大个两三岁，不过身上穿的衣服一看就很贵，身旁的行李箱一看也很贵。

任新蜂走了过去，冲她点了点头算是打了个招呼，旋即坐了下来。

第83章
新来的梦想女王大人

“两个礼拜前去提案。

“客户的大头也参加了。

“可能她刚看过什么案例，没听完就说你们这个campaign不行。只是卖产品。概念太肤浅。缺乏人文关怀。得不了奖。要向多芬real beauty*的高度看齐，帮我们做一个FBI画像**那样的东西出来。

“然后就没有然后了。一切都得从头来过。搞得大家头都很大。”

在跟刘大卫过创意的是另一组人马。眼下他们的创意总监正在说明项目背景。中心思想是总之他们很背。

“所以……关键词系得不了奖咯？”

“对头。我们问过客户的小头了，大头想在总部那边露脸。”

“客户想得奖，对我们来说系机会嘛。”

“人文关怀也就罢了，往爱上面做呗。问题是FBI画像！这是一想就有的idea吗？真要是这样的话它也横扫不了戛纳。”

---

* real beauty（真正的美丽）：多芬在全球范围内推广多年的品牌价值观，目的是鼓励女性发现自己“原生态”的美。

** FBI画像：指巴西奥美为多芬打造的real beauty sketches campaign。该项目由多芬与美国罪犯肖像艺术家Gil Zamora合作完成。在完全看不见彼此的隔离状态下，Gil先根据7位女性对自己五官和外形的描述为她们绘制肖像。之后，他又根据当日见过这些女性的陌生人的描述，完成另外7幅肖像。最后，肖像被两两放到了一起。对比之下，7位女性都发现一个事实——自己比自己以为的更美丽。整个过程被拍摄下来，并以纪录短片的形式进行传播，不但在网络上引起轰动，更在2013年的戛纳广告节上大放异彩，坐收钛狮全场大奖、影视单元金奖和平面单元金奖。

“这个我同意。像介种big idea系要靠运气的。一辈子能做出来一个，就算对得起自己了。”

“我也是这么跟他们说的。”

“然后嚟们回来后，憋了半个月就出来beautiful dream（美丽的梦想）这么一个概念？”

“呃……是的。”

“beautiful好像很眼熟喔，在哪里见过呢？”

“呃……”

“啊哈，她系不系有个姊妹叫beauty？”

“呃……”

“介么干合适吗？”

“呃……”

“客户能埋单吗？”

“呃……”

“有可能得奖吗？”

“呃……”

“我系觉得有点丢人，嚟觉得呢？”

“呃……”

“系不系吃错什么了，怎么一直在打嗝？”

“呃……”

刘大卫不耐烦地把头转向沙发这边。大概又要点炮了。

任新蜂赶紧望向窗外。他对这项目一无所知，根本没想法，真要被叫到了完全不知道说什么。

“Maya，嚟有什么意见？”刘大卫点的是那个姑娘。

矮马呀，一女孩怎么起了个3D动画软件的名字？亏得没叫Photoshop。看来肯定是创意没跑了，而且十足十是个美术。不会是来替郝建的吧？看样子不大好相处呢。不过总比再来个糙老爷们儿强。男女搭配干活不累嘛。至于水平嘛，虽然还没打过交道，但能让刘大卫亲自接见的总不至于太差吧。

行家一张嘴，就知有没有。

任新蜂坐等那姑娘开口。

他是过来人了。入职当天也闯过这一关。虽被胖美术怀恨到今天，当时总算过关了，没被刘大卫给果取关。

那姑娘歪着脑袋沉吟了一会儿，这才面无表情地站了起来：“如果我没理解错的话，beautiful dream指的是妈妈们的梦想。”

“呃……没错。”

“整个创意讲的是妈妈们有多伟大，如何为家庭为孩子全身心付出，甚至牺牲了自己的个人梦想，因为家庭和孩子已经变成了她们心中最美丽的梦想，blabla。”

“全中。”

“这就是这个idea不能打动人的原因。”

“对……呃……不对！你说反了吧？”

“什么付出啊伟大啊牺牲啊家庭啊孩子啊，全是陈词滥调得不能再陈词滥调的陈词滥调。

“这种广告拍出来，恐怕连妈妈们也不会多看一眼的。”

要不要这么直接？虽然很有道理，但是讲话的艺术呢？唉，还是太年轻太冲了。

任新蜂忽然觉得自己已经有八分熟了，不禁咽了一下口水，在内心深处冲着自个儿呸呸呸。

“另外我想说，这idea从根上就是错的。”

“哦？”这回连刘大卫也有点意外。

“大部分女人，就算没有家庭和孩子的羁绊，也实现不了梦想。因为她们根本就没有梦想。

“不光是女的，男的也一样。梦想是什么？贵重易碎的奢侈品。

“一般人光活着就已经竭尽全力了。梦想，他们根本拥有不起好吗？

“嫁个好老公组织个小家庭，这算梦想吗？这叫找长期饭票。生个孩子把他养育成材，这也算梦想？不过是知道自己这辈子已经没戏了，只好把希望寄托在下一代身上。

“还有一些人，自以为有梦想，其实不过是做白日梦公主梦文艺梦。开个咖啡馆？去一趟西藏？被男神推倒？意淫都没新意。而且只是停在意淫这一步，想又不去做，做又做不好，做不好又怨社会。

“只有少部分人，是真正在追梦。但是他们中的很多人，不管一辈子如何努力，梦想依然遥不可及。

“能力跟欲望并不匹配。

“付出不一定有回报的好吗？

“是有很多女人，为了家庭为了孩子放弃很多，连自我都交付出去了。不读书不思考不运动不拾掇自己，号称没精力，却有大把时间追电视剧，躺在沙发上任由自己变成胸部下垂身上好几个救生圈的黄脸婆。她们付出这么多，得到的是什么？

“丈夫整天不着家。孩子一长大就迫不及待离开家。整个人生就像没有人会点开来看的垃圾邮件。

“这样的人很伟大吗？母性不是动物本能吗？被本能牵着鼻子过日子的人，哪里崇高了？

“不都说认真的女人最美丽吗？什么时候变成放弃自我的女人最美丽？更别提什么‘家庭和孩子变成她们最美丽的梦想’了。

“根本就是先假装有梦想。然后把没能实现梦想的责任一股脑全推给家庭和孩子。这到底是基于什么样的心态说出来的？我至今不能明白。”

实在太刺耳了。

满满都是恶意。

这姑娘是受过什么刺激吗？

得亏她不是男的，不然铁定会被投诉到THC去说丫歧视女性的吧。

身为女性就是有这个免死金牌。

任新蜂心想。

他抬起头，看见Maya身穿皮衣手执皮鞭，正挨个抽在场所有人的屁股。

他赶紧揉了揉眼睛。

太遗憾了。果然是错觉。

不过……的确杀很大。

既然如此，以后就叫你女王好了。

梦想女王大人。

任新蜂置身事外看着热闹，顺便就帮Maya起好外号了。

这姑娘名字虽然是M打头，却绝对有S的潜质。可我这么激赏她是怎么回事？难不成我有M的潜质吗？

“呃……你说的不是没道理。不过可别忘了，广告是什么？”那总监说。

他刚刚才回过神来，屁股上还有残留幻痛。方才，他也产生了跟任新蜂几乎一模一样的幻觉。唯一的不同，是恍惚中看见自己被打屁股。他才是真正的M。

“是什么？”Maya问。

“广告是给人幸福感的致幻剂。你刚才那番话，广告里可能讲出来吗？人文关怀在哪里呢？”

“问题是如今的消费者都是看广告长大的，已经是老毒虫，有抗药性了呀。”

“呃……那……”

“要么你加重口味，要么你换别的药。”

“那倒得请教，你葫芦里有什么新药？”

Maya又歪了一下脑袋，还没开口呢，就被刘大卫摇着头抢了先：“Maya，你刚回国还不了解，在中国做广告一定不可以否定消费者。他们没那么强的自信心。小心脏随时受不了。尤其系妈妈群体，介可系仅次于大妈集团和小动物保护组织的第三大恐怖势力。上网看一下她们有多爱晒自己小丑孩照片就知道，她们有多以介个身份为傲了。惹怒了她们会死得很难看的。”

刘大卫说这句话的时候，想到的是自己的两个孩子的妈。目前还是他的合法妻子，不过马上就要变前妻了。尽管付出了净身出户的代价。

“呃……David，其实我们还有一个概念——爱孩子，更要爱自己。”

“不如改成‘妈妈，你要更爱自己’，用孩子的口吻来说。”

“呃……明白了。”

“这就比beautiful dream靠谱多了。虽然还系得不了奖。我个人也仍然不喜欢。不过我的喜好不重要，因为我不系target audience。你们可以找一些妈妈来测试，看她们有没有感觉。”

“可是……”Maya还有话要说。

“今天就到这里，嚟们回去再想想。”

刘大卫摆了摆手，匆匆结束了这场口水大战。

那个创意总监只好带着他的人以及一肚子无奈与不爽退下了。

刘大卫把任新蜂叫了过去。

他把任新蜂介绍给她。

“Maya，介就系我跟嚟提过的Newbee。”

“Newbee，来，见过你的新CD。”

第84章
24小时工作制

“所以她最后一句说的是‘我至今不能明白’对吗？”

“怎么，你又明白了？”

“这还不简单，就是她一直被这事儿困扰着呗。正好今天逮着个机会宣泄出来。结果一个没hold住，把大家都给hold住了。唉，你们创意啊，呵呵。”

“呵呵你个头，赶紧喝你的可乐吧，不就是想说我们创意情商低吗？”

“是低的问题吗？全是负数好吗，亲爱的前男友？呵。呵。”

“你倒是情商高，那么热心帮大爷数钱。”

“别哪壶不开提哪壶啊。”

“那行，不提这个了。你指点指点我，她为什么那么慷慨激昂？”

“据我推理哈，可能她妈就是那样的人。主动放弃治疗，还觉得自己特伟大。从小就逼着她学这个学那个，要她成为自己没能成为的那种人。要她实现自己未能实现的beautiful dream。

“后来她妈变成了胸部下垂身上好几个游泳圈的黄脸婆。她爸整天不回家。铁定是出轨了。估计两人最后离婚了。她归她妈带。她妈整天在她耳边讲她爸的坏话。听得她各种烦各种受伤害。所以她一等长大就毅然决然地离开了她妈。有多远走多远。跨大洲越大洋，不惜回到中国来。但是走得再远也走不出童年阴影。

“我敢打赌，她一定对稳定关系充满了恐惧。

“什么结婚啊生子啊，别人的糖果她的毒药。因为充满太多不可控因素。

“她又是这么女王的人，什么都想牢牢操控在自己手里。一定是这样没错的。这种感觉我太了解了。你说我有没有机会把她给掰弯？没准她就是弯的。呵呵，改天我得试探她一下。”

“你……刚才说这种感觉你太了解？”

“我说过吗？”

“说过，就在你想掰弯她之前。”

“呵呵。”

“赶快交代。”

“跟你说也行，你可不许告诉吴迪。”

“我向Mr. Circle保证。”

“我爸年轻时候也出轨过，经常不回家。”

“哈？我看咱爸咱妈不挺恩爱挺和谐的吗？”

“那是现在，年轻时候两人闹得可凶了。你还记得我爸手上有条刀疤吗？我妈砍的。有一次我妈撞见他跟狐狸精逛街，当场操起旁边水果摊上的西瓜刀就追了上去。最后只差一公分，就把手筋给挑断了。”

“哟哟哟，咱妈可真猛。后来怎么和好的？”

“后来年纪大了，火气跟荷尔蒙都没那么多了，自然就好了。”

“你不会是因为童年阴影变弯的吧？”

“别无知行吗？我打幼儿园就喜欢女生好吗？呵。呵。”

这番对话，自然只可能发生在Coke和任新蜂之间。

为了庆祝分手快乐，任新蜂请Coke吃了一顿大餐。席间他们聊起Maya第一天上班就当众发表政治特别不正确的言论。Coke做了如上推理。

真实情况是不是酱紫的？不得而知。不过任新蜂倒是从Coke身上拿到了这位新老板不少的料：

Maya是美籍华人。但她是在中国大陆上完小学才过去的，所以中文溜得很。也就是说，别想着能像蒙其他老外一样蒙她。

她其实没有看上去那么年轻。广告创意普遍少相，任新蜂就经常被人当作大学生。因为心态年轻嘛，当然这是好听的说法。说白了就是二。不过她也没多老，三十三而已。

她是广告界冉冉升起的一颗超新星。之前几年里一直待在荷兰的一家独立agency里，一边抽着大麻一边拿奖拿到手软。

她去年全球创意人综合排名第67位，比刘大卫还要高。是华人里面名次最靠前的。

CIRCLE中国挖了她好久。

她有个外号叫Seven-Eleven。不是说她特别喜欢这家便利店的关东煮，而是因为她跟7-11一样24小时工作制。没错，她是个工作狂。

任新蜂听到这里就觉得够了。

他已经看见了自己的明天。

还有后天。

还有大后天。

还有大大后天。

还有大大大后天。

还有大大大大后天。

还有大大大大大后天。

还有大大大大大大后天。

还有之后在她麾下的每一天。

第85章
任。辛。疯。

没有任何意外可言，一切都如任新蜂所料：在Maya手底下苦逼极了。

他有心改名叫任辛疯。

任是任人宰割的任。辛是吃辛吃苦的辛。疯是熬到要疯的疯。

任。辛。疯。

虽说如今team里已经旧貌换新颜，却是越发的：

任。辛。疯。

Maya并非孤身而来，还有一个ACD和两个Art随她一起过档，都是不远万里前来支援中国广告事业的，另外她还新招了一个眼小聚光的资深文案。

整个团队瞬间从一对夹尾低吠丧家犬进化成一窝斗志昂扬大狼狗。啃的自然不能只是以前那些屎活了。Maya到处张牙舞爪，明火执仗跟别的组抢肉吃。把个沉闷已久又尾大难掉的创意部搞得鸡飞狗跳。

其他创意总监一时间都受了不小的刺激。不约而同地，都开始暗暗怀念起Paul Wong。

如果说Paul的存在衬托出了他们，Maya的到来则无疑是在说：瞧你们丫一身赘肉脑子都慢了爪子都钝了，你们都弱爆了。

姐夫和刘大卫看在眼里，都感到很欣慰。

狼性这词太土，高大上的国际4A豪门CIRCLE自然不能沾。要保持调性嘛。可他俩都深深觉得圈公司现在缺的就是这个——狼性。

引入Maya这条鲶鱼，目前看来是做对了。鲶鱼效应听着就洋气多了嘛。

老板们的华丽思路，任新蜂这个小卒子当然看不透。他就是感觉工作上瞬间从hard（艰难）模式变成了hell（地狱）模式。

偶尔，他也怀念Paul在的日子。

Paul基本上是个甩手掌柜。当然，说掌柜不精确。他其实是一奢侈品——又贵又没用——什么都差不多就行。什么都由着他们来。实在躲不过去才会发表意见。

Maya则是事事抓着事事较劲事事要强。

国安永远争第一。

她上班第一天就找任新蜂单聊。

歪着脑袋也问了跟刘大卫一样的问题：

为什么要做广告？

任新蜂想了想，说本来我以为我知道答案，后来发现其实并没想清楚，容我再琢磨一段时间。

Maya说那行那你慢慢琢磨，是得想透了，不然也干不长久。

完了她交给任新蜂一个锦囊。

任新蜂心说来就来呗还这么客气给见面礼干吗，不过摸上去这么薄，里头能装得下什么呢？欸，难不成会是开工红包？别说，这新老板倒是挺讲究的哈。

结果拆开来一看，里头就一张小纸片儿。

纸片儿上写着一句话：

> 我这个idea是想做世界上最____的____

哦，原来是一道填空题啊。

欸，怎么会是一道填空题？

没等任新蜂开问呢，Maya就解释开了：

这是她的创意标准，也是她的工作要求。

“最”后边甭管接什么都可以。

“的”后面无论填什么也不限。

就一条——以后甭管想什么创意，都得跟这句话对得上。

要么做别人没做过的。要么做别人没做到的。

总之光努力还不够。努力的人多了。得朝着世界之最的方向努力才行。

任新蜂当然觉得这要求颇邪行。就算并非给了一个不可能的任务，也是不了解民间疾苦。可谁叫梦想女王大人气场强大不容抗拒呢？

而且任新蜂疲归疲累归累，他仍有心气儿。他不是没信仰的人儿。

他信一副对联。

上联：Any thing is possible（一切皆有可能）。

下联：Impossible is nothing（没有不可能）。

横批：Just do it（干）。

所以接下去的两个月里，他真乖乖这么干了。

填了不少空。

找了不少最。

他提过要拍全世界最短的TVC。

每支时长只有1秒钟。因为产品是超极本，卖点是1秒钟开机。客户听完表示很interesting（呵呵）。最后当然并没有买。给出的不买理由是媒介购买会很麻烦。

他还试过要写一条全世界最长的标题。

他还想过要做一个全世界最丑的minisite。

他还说过要去珠穆朗玛峰立一个全世界最有高度的户外广告。

诸如此类，林林总总。

但几乎所有的idea都没卖出去。不是缺乏可行性，就是跟客户的high点不在一处。最后还是得面对现实，做不那么超过的创意。

他自然很郁闷。Maya也很郁闷。但好歹没闷到喘不上气。

而且毕竟不是全军尽殁。

任新蜂有一个想法真的提过了，最后也真的执行出来了。

那个客户想要做一本brandbook（品牌手册）。

他们最大的品牌理念就是环保。

其实最环保的做法，就是别做这手册。做手册费纸嘛。但这又做不到。不做的话就没办法宣传环保了。此事古难全。

最后客户买了任新蜂的idea，决定做一本全世界最小的小册子。

虽然不省人工也不省钱，但的确是省纸省墨，还能练眼力。

这是近一个月里，任新蜂工作上唯一的成果。

而眼下他找最之旅上，又碰到一个新难关。

他有一个新的idea，虽然不是特别特别特别特别好，但也算不错了。

问题是怎么也没法将它跟那道填空题扯上边儿。

扫码阅读

#一枚离职文案留下的文档#

已故的Rick Cook告诉他的美术指导Brain Byfiled他何以成为文案

第86章
比稿又来了

CIRCLE又接到一个比稿邀请。

但并不是又一个大比稿。实际上，比小比稿还小。就是个小屁比稿。对方只是要做一支网络视频而已，而且预算只有区区30万元。

当然，连这种项目都拿出来比，并非人家市场部开会时互相一对眼神说最近好无聊哦，要不咱们组织个比稿玩玩乙方呗。他们公司内部有规定，每个项目都得三家比稿。

一般像这种规模的比稿，圈公司是自恃身份不屑参加的。

不过这回圈公司很屑于参加。

因为客户是智强。全球最大的商用芯片品牌，专门生产服务器用的CPU。

圈公司对他们垂涎已久，只是一直啃不进去而已。

从小活儿切入，慢慢切大活儿，不失为一种渐进策略。所以CIRCLE明知不挣钱也要比。

此外还有一个隐藏原因——这次比稿名单上也有ME2。

上次一统的比稿，CIRCLE不但被他们偷了创意，最后还输给他们，而且内鬼至今没找出来。

此仇不报非姐夫。

他亲自下了死命令：

一定要把ME2给比下去。只许成功不许失败。如果失败回家歇菜。

有鉴于此，刘大卫没有直接把活儿给派下去，改在总监例会上问哪个组愿意接。

CD头一个跳出来。

他说不是我们不愿替David你分忧，都忙着搞dodo的年度大campaign，实在抽不出人手来。

其他创意总监也纷纷说，我们team更忙，我们team最忙。

全都心有余而力不足。

刘大卫哼了一声，心说这要是WWF*的比稿，就算要回家奔丧你们都能挤出时间来。

他便沉下脸问，那怎么着？我亲自来？

CD又跳出来说，我看Maya挺合适，你看她多有冲劲。

其他创意总监也纷纷说，没错没错，让Maya来。

刘大卫就用目光征询Maya的意愿。

本来Maya是不想接的。

觉得这客户不好玩。IT客户本来就无聊，To B的就更乏味。预算还那么少，能做出什么来？

可众目睽睽之下，她不能也当缩头乌龟。那样做的话，跟其他总监有什么区别？

于是她便应了下来。

之后就开始抓着组里全员，整宿整宿地憋东西。

憋到大家都要吐了，才发现难搞程度超出预料。

这支视频并非面对普罗大众。受众是企业里的CTO或IT主管。客户希望能借着这支片子，增进他们对智强的偏好，然后在采购服务器时，更倾向装有智强CPU的产品。

问题是一般企业做这种大宗IT投资时，重点都在整体解决方案上。CPU不是不重要，但没人会只看CPU品牌做决策。

更大的问题是：IT人不是一般人，跟创意人更不是一个世界的。鬼知道他们的世界长什么样。

关于这一点，圈公司的Planner们倒是做出了些贡献。

他们调研发现：IT主管们普遍不开心，觉得自己被轻视忽视无视，岗位重要性被严重低估了，工作上长期找不到满足感。

Planner们认为这是一个好的切入点。

于是任新蜂他们的工作，就变成要在智强、CPU、服务器、现实世界以及IT主管大人们的心情这几个东西上，找到一个联结点。

难度好大呀。

鸭梨好大呀。

又一次头脑风暴无果之后，任新蜂深夜滚回到自己的小窝，瘫在床上哀号。

这几天可真是心力交瘁，只好来撸一发解解乏了。欸，等等，刚才我说什么来着……

来撸一发？

---

* WWF：世界自然基金会（World Wide Fund For Nature），全球最大的独立性非政府环境保护组织之一，也是全球最大的飞机稿基地，没有之一。许多广告人都热衷于为WWF创作公益广告，即使只是无偿劳动都甘之如饴。不过如果你以为这些人都热心环保那就大错特错了。公益广告比较容易获奖而已。

上一句。

心力交瘁？

对。

心。

替别人做嫁衣操碎了的心。

努力想要闯进别人的世界并在里面走来走去试图改变点什么的心。

芯。

一颗服务世界的芯。

要很耐用才行的芯。

任新蜂突然一骨碌坐了起来。

窗外有风。

墙上的月光树影在动。动着动着，幻化成无数个方块字。大小不一。各种闪烁瞬移。各种排列组合。各种连连看。各种俄罗斯方块。相抵消除到最后，只剩八个硕大的汉子，啊不，是八个硕大的汉字，紧紧挨着。

是一句话来的。

原来你躲在这儿。

就是你了。

概念终于找到了。

高端大气国际范，该有的都有。

而且特别打动人心，让人一看就想掉眼泪。

太牛×了。

哇哈哈哈哈哈哈哈。

任新蜂仰天长笑，吓得吴迪过来敲门，关切地问用不用帮他给安定医院打电话。

任新蜂非常礼貌地请他滚蛋。

这下可以安心睡觉觉了。

一夜无梦。醒来之后，他睁开眼睛第一件事，就是在脑海里搜索那一句话，想再回味一下。

完！蛋！操！

什么都记不得鸟。你妈的昨晚怎么不知道记下来？他对自己破口大骂。

骂累了，开始回溯昨晚心路历程。

就连吴迪敲了几下门都记起来了，可那八个字始终找不回来。

难不成今天只能空手交白卷？

有备选的没有？

想想。

想想。

想想。

欸!

一颗服务世界的芯。

也是八个字。

听上去也还可以。

虽然还差点意思。

任新蜂眨巴眨巴眼睛，改了其中两个字，决定先拿它当丑媳妇。

有了概念，就该想执行了。之前几天的功课不是白做的，词都在任新蜂脑子里滚着。任新蜂到了公司，中午前就把旁白写了出来。也挺像模像样的。起码打动了自己。就是到底怎么表现，没想出来太好的。

没时间了。

欸，有了，前一阵不是刚看过那个吗，不然就先这么整……

好不容易把脚本赶出来了，现在就剩下一个问题。

最大的问题。

怎么套上Maya那“世界上最什么的什么”的填空题?

真的套不上。

怎么办好呢?

第87章
天下创意一大抄

又到了跟Maya过创意的时间。

一天中最艰难的阶段。

她可比刘大卫还要难搞。

通常来说，憋概念的时候，多数美术都是能往后靠就往后靠，把舞台让给文案。

术业有专攻*嘛。

石霆是个例外，不过他最近有点失志，所以今儿主要还是看两个文案的PK。

眼小聚光的资深文案先行献宝。

“我的概念是‘芯享事成’。芯是芯片的芯。享是坐享其成的享。打算呢做一个全世界最……”

听到“芯享事成”四个字，任新蜂就觉得饱了。

是在写新年祝语吗，资深文案童鞋？眼下才刚到年中呢。要写也该写儿童节献词才对。

这样的东西，任新蜂自信一晚上最少能出一百个。

虽然都被逼得玩起同一个谐音梗，可也不能泄气成这样吧？糟改成语也就算了，连用

---

* 虽然都被叫作创意，美术（Art）更被看重的其实是Art sense。这是一项综合了美感、视觉想象力和执行力在内的综合能力；简单地说，就是能把抽象的idea变成具象的、看上去很牛的东西。而文案（Copywriter），顾名思义本职工作是写文案，不过前期的概念发想——将客户的策略、意图以及各种海量信息进行整理浓缩再包装，转化成一句能打动目标受众的话——主要也由他们来承担。文案若是概念不行，文笔再华丽也没前景，不如改行去写耽美同人文。当然，以上只是对创意的基本要求。如果想当一个合格的CD，你先得变成一个有Art sense的文案，或者一个能进行策略思考的美术。

两个谐音是怎么回事？显得逼格相当低好吗？而且这有insight吗？

未来之星原来也不过如此。

眼小聚光的资深文案入职时，Maya介绍说他手里有一座钛狮两座银狮*。当时任新蜂还肃然起敬来着，发愿要好好跟他学习。

搞了半天就是“芯享事成”啊。

任新蜂有点痛“芯”疾首，又有点“芯”花怒放。

果然等眼小聚光的资深文案讲完，Maya一脸失望，直接扭脸问任新蜂有什么想法。

任新蜂赶紧说有的。

他要做一个世界上最叨逼叨的视频。从头说到尾，完全不留白。这是他最后一秒钟才勉强填上的空。

说着就拿出一摞纸，给每人发了一份。

纸上是他写的脚本。

Maya半天才看完，抬起头呵呵一笑：

“我不知你这算不算最叨逼叨的，不过……”

任新蜂心头一咯噔。

“这种one take（一镜到底）手法，还有这一路走来说个不停的感觉，是不是跟Johnny Walker**的《The man who walked around the world》***太神似了呢？”

“欸……坦白讲，确实有那支视频的影子。

“可一镜到底又不是他们家专利。边走边说也只是常用的讲故事方式。这两样技能，好多广告、MV、电影都使过。不过这支视频比较出名罢了。

“再者说了，他们电影圈的不总喜欢致敬吗？就不兴咱们广告界的也搞搞致敬？”

“你的意思是copy手法不算抄咯？”

“欸……形式上也许，不是也许啦，确实有所copy，可台词都是新write的。讲的事儿也完全不一样。所有桥段也是新设的。还有概念。概念绝不是抄来的。”

---

* 钛狮、银狮：都是有“广告界奥斯卡”之称的戛纳国际创意节（前身为戛纳国际广告节）奖项名称。钛狮的全称是整合营销钛狮奖（Titanium and intefrated lions），用来奖励在整合营销广告中具有影响力和时效性的广告案例。

银狮则为各类别比赛项目中的银奖。

** Johnny Walker（尊尼获加）：始创于1820年的著名苏格兰威士忌品牌，曾被译为“强尼走路”，以调配型威士忌和“Keep Walking”（永远向前）的品牌精神为世人所熟知。

*** 《The man who walked around the world（行走于世界的男人）》是该品牌于2010年推出的广告视频。全片时长6分27秒，从头到尾只有一个镜头。片中，曾出演《猜火车》的英国性格演员Robert Carlyle行走在苏格兰乡间小路上，将Johnny Walker近200年的品牌历程向观众娓娓道来。

任新蜂汗都出来了。热汗冷汗一起冒。
“Maya的问题是，你觉得copy手法不算抄吗？”眼小聚光的资深文案插了进来。
要不要这么落井下石？
刚才你说“芯享事成”的时候，我也只是在心里嘲笑并没乐出声来呀。
任新蜂很不爽。
虽然不想回答这问题，他也只好硬着头皮说是。
“嘿嘿，忽然觉得你厚颜无耻的样子，好像我男朋友。”Maya歪着脑袋打量他。
要不要这么直接？！任新蜂在心底呐喊。
虽然他上面那番辩词，确实是厚着脸皮说出来的。
等等，她这不是有男朋友吗？谁说她一定对稳定关系充满恐惧的？
Coke的心理侧写完全不准嘛，还自封圈公司神探美少女嘞。
不行，改天得好好羞辱她一顿。
等着瞧吧，Coke！
看我怎么以其人之道还治其人之身，用呵呵来硌硬你。
哇哈哈哈哈哈哈。
欸，话说，我是在高兴什么？
眼下还是在聊脚本的吧？
Coke跳出来算怎么回事？自己美成这样又算怎么回事？
虽然只是在心里美。
不是正被challenge（质疑）呢吗？
回来回来。
都什么时候了，又犯老毛病，还是先集中精力过了眼前这一关再说吧。
任新蜂在心底抽了自己一巴掌。
“你男朋友？他也在中国吗？”眼小聚光的资深文案又插了进来。
我去。这么问，其实想知道Maya是不是刚到中国几天就已经交上男朋友的吧。
嗯，一定是这样的。
小样。一撅屁股，我就知道你拉什么屎。
唉，圈公司里难道就没有一个不八卦的吗？
虽然我也好想知道答案。
不过还是乘着话题被扯远，好好想想怎么应对吧。
真的好难。
已经没办法反转了吧。
以后在新老板眼里会变成一条抄袭狗吧。
CIRCLE还待得下去吗？

其实这概念可以的，干吗非整一镜到底，学人学得那么彻底呢？

任新蜂又在心底自抽一巴掌。

“其实已经是前男友了，只是还不太习惯，刚才忘了改口。说起来，这是我交往过最久的男朋友呢，只差三天就满两个月。我来中国之前刚分的手……喂，怎么扯到我男朋……前男友身上了？刚才说到哪儿了？”

怎么扯？还不是你自己开始扯的。

不过女王大人就是女王大人，把所有人带跑的功力果真一流。看来入职那天发表的梦想演说，并不是处心积虑要一出场就hold住大家，完全是她自己没hold住自己。

欸，在一起两个月，就算交往最久的？看来Coke说的，也不见得不准。明儿吃饭的时候得找她再交流交流。

任新蜂已经完全放弃替自己洗地了。

“新蜂认为copy手法不算抄，然后你说他……”眼小聚光的资深文案第三次插进来。

“喔，对，我说他厚颜无耻的样子很像我前男友嘛。不过……”Maya又来了个大喘气。

“不过什么？”眼小聚光的资深文案第四次插进来。

“不过我也很厚颜无耻，当初才会跟那个bitch（贱人）看对眼的。所以呢……”

“所以什么？”眼小聚光的资深文案第五次插进来。

“所以我很同意Newbee的观点。”

“欸？”

“咦？”

“啊？”

“啥？”

“What？”

“什么？”

一阵丁零当啷，所有人的眼镜都跌到地上。

这这这这完全跟她的锦囊指示背道而驰嘛。

“在我的认定里，抄形式抄风格抄表现手法这些都不能算抄。只有抄concept算抄，要杀无赦抄家的。

“为什么？根本原因也不在‘抄’字上。

“我们不是纯粹的创作，而是在做一个目的导向的创意工作。

“目的是什么？打动消费者，说服目标受众。

“表现形式的确非常非常非常非常重要，但它只是皮儿。要别出心裁，要与众不同，要做得美美的，只是为了吸引人注意到这个广告。

"Concept才是一个广告的核。

"只有这个核独一无二，有insight，有power，才能打动人心。"

"可'世界上最那什么的那什么'呢？"眼小聚光的资深文案替大家问了。

"并不矛盾啊。我只是要求你们想别人没想过的，或者做别人没做到的，并没有说不准做别人做过的，对吗？只要能做到极致，甚至比原作还出色，为什么不可以？"

这怎么听怎么是狡辩了。

就像签了个合同，结果对方不但在条款里藏了漏洞，还单列出一条"解释权归我所有"。

有点坑爹的感觉呢。

"当然原创是最棒的。可原创就跟大脚怪一样，只存在于传说里。世间所有的创意，方法都是一样的，就是六字真经——旧元素新组合。

"从电影、音乐、美术、言谈、生活和大自然里吸取可用的东西，然后变成我们自己的创意。一直以来，我们这个行业，所有人不都是这么干的吗？

"《黑客帝国》刚上映那会儿，全世界有多少广告在山寨子弹时间？有任何人怒骂过这是抄袭行为吗？据我所知，并没有。顶多吐槽吐槽执行得不好、跟风跟得晚。

"那问题就来了。

"如果大家都同意广告抄电影天经地义的话，为什么一个广告不能学另一个广告？"

"可是……总不能提倡这种行为吧。"这回是石霆插了进来。

"我并不是提倡哦。完全是就事论事。

"咱们回到Newbee的脚本上来。不知道你们什么感觉，反正他的概念我很喜欢。虽然我不是target（目标受众），但也感觉得到insight inside（内有洞察）。

"台词写得也蛮正的。

"我很有信心，能够打动那些CTO和IT主管。至少能够唤起一些他们尘封已久的雄心壮志。而一镜到底这个手法也很适合这片子。并不是为了形式而形式，为了最而最，跟概念两张皮。所以呢，就它吧。"

"那这个算是世界上最什么的什么呢？"眼小聚光的资深文案又插了进来。

与其说他不甘心，不如说他实在喜欢插嘴。

"欸欸欸欸欸欸欸……最戏仿的广告？"任新蜂长嘘了一口气。

在Maya这边，这事儿就这么定了下来。

隔天，任新蜂的脚本在刘大卫和Account两边也轻松过关了。

大家都很喜欢。

接下去的工作，写概念阐述、做分镜、画脚本什么的，都进行得很顺利。

不过正应了一句话，有人的地方就有问题，因为人就是最大的问题。

提案前一个小时，一个大问题从天而降。

砸得圈公司一众人先是倒吸一口凉气，继而集体哀号。

只能说，任新蜂命太苦了。

为了赢下比稿，他不得不做出职业生涯上最大的牺牲。

第88章
一个如花杀手的诞生

北京的中关村有座智强大厦。

作为智强公司的大中华区总部，最近这里头有点人心惶惶，并不是要裁员或者又换大老板了。

有一个传闻——附近有变态出没。

最开始的版本是个异装癖。

虽然那一听就是个战斗力为五的变态渣，对别人造不成什么实际伤害。遇上了顶多先别过脸去再用余光偷瞄，还不抵撞见暴露狂之后得去洗眼睛呢。可还是有不少人被吓到了。

一时间，申请在家办公的人数激增了13.38%。

更有不少女员工向自己老公或男朋友订购了接送上下班的服务。

也有一些男员工向自己老公或男朋友订购了接送上下班的服务。

还有少数女员工向别人老公或男朋友订购了接送上下班的服务。

暂时还没有男员工向别人老公或男朋友订购接送上下班的服务。

就算行政部门贴出公告说，据调查那不是变态，只是某家广告公司来提案的。

依然灭不了流言。

官方说法没人信。官方说法历来没人信。

都觉得公司是逗×，拿大家当傻×。

什么样的广告公司会请明目张胆的异装癖，又不是开特殊性质俱乐部。

什么样的提案需要当场男扮女装，又不是演梁山伯与祝英台。

哦，对，祝英台是女扮男装不是男扮女装。

又不是解放前请相公唱堂会。

总之这辟谣不成，反而助长了各种说法越传越邪门越传越凶险。

目前最新的谣言版本号已经到5.6了。

要不怎么说智强如日中天乃业界中流砥柱呢。不光是CPU型号，嘛玩意儿都升级得飞快。

这又是在中国。

员工虽说都是高科技精英，但大部分还是中国人，都是宁可信其有不可信其无的。

万一是真的呢?

小心点总没错。

抱着这种心态，大家一边担惊受怕，一边兴致勃勃地为这故事添砖加瓦不遗余力。眼瞅着，是不把它刷成新的都市传说不罢休的节奏。

最新的说法是附近有一男扮女装的变态杀人狂出没。

貌美如花，比女人更女人。

手段蛇蝎，比女人更女人。

据传他是广告公司的，专门服务IT客户。也有说是专门服务智强的。因为实在被压榨得太厉害，终于既在沉默中爆发也在沉默中变态，誓要杀遍天下甲方狗，也有说是誓要杀遍天下IT狗。

总之他经常白天服侍完客户，深夜换装出来，就守在中关村街口，跟经过的那些刚加完班孤身走在回窝路上的IT男屌丝搭讪。然后把他们带回自己的出租屋里先奸后杀，也有说是先杀后奸。

据说隔壁公司已经有一个产品经理遇害了。

据说隔壁公司的隔壁公司已经有警察去过了。

估计到了下个月，这变态杀人狂就得被说成是从猎户座远道而来的了。

男扮女装是因为刚到地球，还不熟悉这里的服饰标签，也没准是雌雄同体会要点超能力什么的。

但其实，事情起因是这样的：

某天午后，几个智强员工刚吃完饭，打着饱嗝走在回公司的路上。到楼下时，发现小广场上聚了不少人，一片乱哄哄的。貌似在拍什么片子。可是又看不到机器。

尽管如此，他们还是集体被前面一人吸引了目光。

那人长发披肩，身穿黑色修身职业套裙，腿罩黑丝，脚踩高跟鞋。

倒是标准的职场俏娇娘打扮。

背影看上去身材还不错的嘞，算是女的里面很高挑的了，就是线条有点硬。

可能平时力量练习做太多了。

衣服绷得有点紧。

走路的姿势也有些奇怪。撇着腿，外八字，时不时还扭一下秧歌。明显穿不惯高跟鞋。

而且边走路边嘴里念念有词，有时还配合点儿手势，好像在对着空气演讲似的。

可惜距离有点远，听不出说的是什么。

几个人目光一对，都猜这位大概是要去智强面试的，正争取时间背个人简介呢。

虽然感觉是个女汉子，好歹是个女的。

智强公司男女比例太失衡了。

想到这，他们几个不约而同地加快脚步，都打算冲到那姑娘前面，然后转身蹲地假装系鞋带，看看她面相如何能打几分。

那姑娘大约是听到脚步声了，忽然一个急停，猛地转过身来。

当场就把那几个人给瞪跑了。

姑娘脸上胡子拉碴的，起码两个星期没刮了。

姑娘还在抠鼻屎，活脱脱就是一个清瘦版的如花。

那姑娘就是任新蜂扮的。

他最近觉得自己太显小，面对客户没说服力，打算把胡子留起来。

第89章 一杯咖啡惹的祸

讲真，其实是这么回事：

CIRCLE不是参加了智强的一个小屁比稿吗？

那天正是提案日。圈公司排在最后出场，定于下午3点钟开讲。

不过任新蜂他们中午12点就到了。

先在智强大厦一楼的星巴克集合。

因为公司重视嘛。

为了显示重视，总共来了十几口人，连刘大卫都亲自来了。他还不是亲自来充门面的，而是准备亲自来提案。对于这个安排，Maya当然是不太爽的。

Account那边最大的头还是布兰达。她手下的娘子军和吴迪也一个没缺席。

乌泱乌泱这么一大班人，立马占据了咖啡馆的半壁江山，也占据了在场其他人的目光。

倒不是嫌他们吵。

都是IT guy，除了去ChinaJoy，平时难得一次见着这么多花枝招展的姑娘，以及这么多花枝招展的小伙儿，以及这么花枝招展的大叔。

因为时间还很充裕，布兰达到了之后，就打开笔记本继续改提案PPT。

对，她也是亲自改。

虽然已经写得很好了。不过好是完美的敌人。

改着改着，就改high了。

光是消费者洞察部分，她就新加了二十多页。

改到下午2点钟，总算觉得不能更好了。

此时PPT已经突破一百页。

创意部分不超过十页，其他的都是各种调查分析推导什么的。

她满意地摁下保存键，将笔记本推到一旁，打算喝口咖啡提提神。拿起杯子凑到嘴边，才发现里头早已经凉透了。她就叫吴迪去帮她再买一杯脱脂拿铁来。

吴迪应声而起，屁颠屁颠买完，屁颠屁颠捧着杯子走到她跟前，忽然脚下一个拌蒜，立马扑街。

整杯咖啡全往前泼了出去，都洒在布兰达的笔记本上。一缕青烟升起来。

笔记本喝了咖啡，当场不省人事。

众人见状，先是集体倒吸一口冷气，继而集体哀号起来。

因为PPT最终文件只得这么一份。

怎么办？怎么办？怎么办？

这么多人好几天的心血就这么化为乌有了？

一会儿拿什么提？

刘大卫用充满狐疑的目光瞅了吴迪半天，忽然竖起两根手指。

“哎呀，咱们都要输了你还比什么胜利手势啦。”布兰达就连愠怒都显得很娇嗔。

“难道David您是想说，失败乃成功之母。”眼小聚光的资深文案忽然露出恍然大悟的表情。

“屁啦，我又不系什么老禅师。我的意思系，两条路一起走。

“一、没时间交给下面的人了，布兰达和Maya嚟们一人写一部分，尽快把PPT重新搭起来。能把事情说明白就好，其余的看临场发挥吧。二、万一来不及的话，Newbee嚟上。”

“欸？我我我来提案？”任新蜂完全料不到会被刘大卫点名。

“不系要你提案，系要你直接把脚本演出来。”

“欸？我我我演技不行啊。”

“不行也得行。脚本系嚟写的，这里就嚟最熟悉了，只能嚟上了。”

“可是，为了吸引IT guy，主角设定是个女的。”

“那嚟就男扮女装。”

“欸……这个……”

“别介个那个了，嚟，跟Newbee换装。”

刘大卫环视四周，指着布兰达手下一个姑娘说。

那是个高妹，跟任新蜂差不多高，而且今天要出席正式场合，她穿了套黑色修身职业套裙。

“可是光我一人也不成啊。”

“我们都系嚟的群演。”

“服装道具什么的呢？”

“好办，我常用的一个造型师刚把studio搬到电影学院附近，应该能找他刷一下脸。”

说着刘大卫就掏出了手机。

“喂，系我，江湖救急……”

不到半小时，那造型师就开着一辆SUV过来了。后厢门一打开，抱下来两大箱东西。一箱是戏服，古今中外的都有，连李小龙在死亡游戏里穿过的连体服都有。另一箱是道具，假发假胡子雨伞地球仪都有。虽说还缺了几样，但这么短时间内就能搞来这些，已经很不易了。其他的就只能因陋就简因地制宜了。

刘大卫早已经分配好角色，还带着众人彩排了两三遍。

这下子，该化妆的化妆，该整道具的整道具。

吴迪作为最大罪人，先是被派去跟物业交涉。

好说歹说好说歹说，许了物业经理一个角色，才得到演出许可。

又被派去跟星巴克沟通。

好说歹说好说歹说，最后塞给店长一千块钱，买了他们一桌一凳。

石霆几个人立即吭哧吭哧把这俩物件抬到店外。

咔嚓咔嚓把桌子锯成两半，再拿尼龙绳绑在一起，做了一个机关。

一切准备就绪的时候，已经是2点51分。

刘大卫拿着个大声公，让大家最后带妆走一遍。

于是任新蜂便戴着披肩假发穿着修身套裙踩着高跟鞋，一摇三摆地往起点走去，边走边背词。

词着实有点多。虽然都是从他脑子里长出来的，念的时候还是免不了卡壳。毕竟不是专业演员。

背着背着听到后面有人在议论自己。

他也是玩心重，就忽然一个急停，猛地转过身去。

一边抠着鼻屎，一边挥手说Hi。

当场就把那几个人给吓跑了。

谣言就是这么产生的。

花开并蒂，单表一枝。

那几个智强员工跑上楼之后怎么传的谣就不说了，咱们还是留在这看演出。

最后一遍彩排，效果还算差强人意。

此时离预定的提案开始时间只剩三分钟。

如刘大卫所愿，布兰达和Maya的PPT虽然勉强搭出来了，但是各种不够看。

还是得用plan B：现场演给客户看。

布兰达只好给客户打电话，说不好意思呀我们没法上去present了啦。

对方一听到布兰达娇滴滴的声音，先就浑身一酥。再听到她说的，浑身就被怒火吞噬了，正要发作，又听布兰达说，我们为这次比稿准备了一个surprise，想请你们下楼来。

至于惊喜是什么，她死活不肯剧透一丝半毫。

也有可能是惊吓，她在心里说。她实在很没底。

虽说不合制度，客户们的好奇心还是被成功挑了起来。三人一合计，决定还是下楼去看一看。

一出电梯就见吴迪在等着。

他们被带到楼外小广场的中央花坛边。

那里已经摆好了三张导演椅。

请坐，请上座，吴迪说。

他们刚一屁股坐下来，正东张西望找惊喜呢，就见三个妹子上来献花。

献的是爆米花。每人一桶。

三人上午连听两场提案，都没顾上吃午饭，此时也就不客气了。

刚都抓了一把塞嘴里，刘大卫就出场了。

他背着手站在三人面前：

“各位客户，我系CIRCLE传播的刘大卫，David Lau。嚟们叫我David就好了。

“我知道嚟们一定很讨厌看PPT，其实我们也很讨厌做PPT。所以，今天没有PPT。

“我们准备了一个演出，想要直接把idea演给嚟们看。嚟们准备好的话，我们就……action！”

刘大卫这时才把手从身后掏出来。

握着一个电影拍板。

啪的一声拍得飞响。

拍板上写着八个字：

一颗改变世界的芯

第90章
一颗改变世界的芯

那么……到底
会不会下雨呢？
水龙大炮
准备发射
噼里
啪啦
这事只有天知道
反正……
我不知道！
难怪有人说
天气预报员说话不用负责任
这样的工作
我也很想干的呀
降雨结束
感谢挨淋
但你们想过没有
天气预报
为什么有时会不准？
为什么呢？
为什么要靠这么近？
我也想当
天气预报员
的说
嘎吱~
嘎吱~
说话不用负责任
那不就是公知？

这是因为要预报天气
得先处理海量的气象资料

这一切需要
超乎想象的
运算处理能力
不同地域的
不同高度的
不同时间的
甩~
甩~
甩~

有计算机之前
这一切只能靠人工
甩干了~帅！
啧啧~刚刚
演得好奔放
嘎吱~
嘎吱~
演技太浮夸了吧

来，Follow me
（跟我来）
让我们跑步去穿越
嘎吱~
嘎吱~
这时光隧道
也太简约了吧
连速度线
都没有
穿越中
嘎吱~
嘎吱~
嘎吱~
嘎吱~
呐，我们现在呢
就回到“一战”
时期啦
这个……
穿帮了吧
嘎吱~
嘎吱~
穿帮得不要太明显
“一战”前钢笔已
经进入机械化
生产了早就没
人用鹅毛笔
『一战』期间
当时还没有计算机
更没有气象服务器
英国科学家查理逊
就是这一位鹅毛笔先生
动员了六万四千人
进行手工数值计算
想借此预报天气
经过夜以继日的工作
这项野心勃勃的计划
终于……
死理科男……
这么较真活该没有女朋友
欸，不过我也没有
不管了
也只能硬着头皮
继续演

终，于，
失，败，了
尼玛
轰~
嘎吱~
嘎吱~
然后呢？
请继续
跟我穿越
嘎吱~
嘎吱~
十
吨
三
重
直到1950年
美国科学家约翰·冯·诺依曼
动用一台30吨重的计算机
才首次成功进行了
数值天气预报
跟唐朝人
夜观天象差不多
至于准确率嘛
闹哪样！为什么
画风完全不一样
嘎吱~
嘎吱~
纳尼？
阿弥陀佛
据老夫夜观天象
只怕……
水逆又要开始了
咦~
真是说唐朝人
唐朝人到
十
吨
三
重
不要乱给自己加台词~

别走辣么快
等等我
而那台计算机的运算速度每秒钟只有五千次甚至还没这个手机快
你们两个真的够了！
手?
鸡?
如今气象预测的准确率已经大大提高
当然
随着观测网络越来越发达
气象服务器越来越强大
走光了~
大哥
嘎吱~
嘎吱~
好鸡冻人心的说
不过
这还远远不是终点！
当前
24小时晴雨预报准确率
80%~87%
提前365天告诉你
明年的牵手、恋爱、
接吻、结婚等纪念日
会不会放晴
未来的天气预报
将能够精确到秒
甚至还可以……

还有像雪灾……
看~彩虹吔
这只是阳光折射在口水上的光学现象
嘎吱~
冰雹……
呼~呼~
龙卷风
这些很难预测的突发天气也能及时预知
让人们从此不再受伤害
看~假发被吹跑了吔
再见~假发君
嘎吱~
嘎吱~
……
因为要实现这么精确的气象预测按照现有的计算水平需要一栋楼那么大的服务器才行
这样的未来看似遥不可及
但随着CPU性能的飞速提升这个未来很快就会到来而更重要的，是……

因为有你
当然还有我
虽然不知道跟自己有什么关系，还是忽然很热血沸腾呢
不好意思~还有爆米花吗？
有你什么事儿呢？请问
跟你们一样 我也是一个IT
也许你们已经猜到了 我……不是一个女汉子
（虽然有胡子）
WAAAADA
欸
我的工作不是挨踢
AAAAAAH
也不仅仅是 升级系统 管理数据 维护服务器

我想改变行业的未来
因为我有一颗改变世界的心
当然，我还需要更智能的计算技术
——智强来帮我一起改变
你，想改变什么？
智强
一颗改变世界的芯

任新蜂他们走了之后，三位客户又在花坛边上坐了好一会儿。爆米花还没吃完呢。

“喂，智强真的改变过世界吗？”

“有吧。跟那些改变世界的人一起改变世界。”

“……那你们有什么想改变的吗？”

“我想改变体重哇。”

“切，你丫喊着要减肥都喊多久了？”

“明天就开始跑步，不然真的找不到妹了哇。”

“切，你丫以为没人爱是因为胖吗？是因为你跟我一样，都是个穷鬼。”

“所以你想改变什么？”

“我想改变工资的数字。两年没涨过了，妈的。”

“涨了工资去整容哇？丑才是你单身最主要原因好吗，亲？”

“切，那你呢？已经有房有车有妻有子啥都有了。”

“其实我有个创业的idea，跟你们说说吧，看靠不靠谱哈……”

第91章
吴迪是内鬼？

智强大厦楼底下的汇报演出搞完之后，还没消停两天呢，就又出大事了。

布兰达把吴迪给开了，而且是勒令当日离职。

她让IT即刻封了他的公司邮箱和电脑账号，又叫物业派了保安老金上来，贴身盯着他收拾东西。那叫一个对敌人像严冬一样冷酷无情。

鸡头的诅咒又立功了。

任新蜂是当天下午4点多，在吸烟室里听到的这个消息。

虽然很突然，倒没太惘然。

中午他就觉得吴迪有点不大对劲。

当时他们又在吃新人餐。

程欣的位子空了快两个月，终于又有人来坐了。说是新人，其实也是个回炉的旧人，而且是那位子原先的主人。

吃回头草的这位叫Lily。之前是吴迪的AM，跟Jasmine去ME2晃了一圈，现在回来当AAD。

自始至终，吴迪在饭桌上都丧着个脸，几乎一言未发。这太不像他风格了。

Lily倒是跟所有人谈笑风生。只除了跟吴迪。

“好端端的干吗fire他？”任新蜂问散布消息那人。

头仨字就错了。怎么可能是好端端的呢？

“好像泄露了什么商业机密。”对方也是听人说的。

欸？吴迪一个小AE能泄什么密？难道……

任新蜂接着把剩下半根烟抽完，这才一溜烟跑上11楼。

到吴迪座位旁，发现已经人去桌空。

打电话关机。

他转身又下到8楼，找Coke打探消息。

“你们上次一统比稿的内鬼……据说就是他。”Coke说。

她用的是据说。因为她也不愿相信。

吴迪不至于。

而且这事儿，就她目前所知道的，不是没有疑点。

原来中午吃完饭一回到公司，Lily就被布兰达叫去了会议室。进去之后，发现刘大卫也在。

布兰达示意她把门关紧。

刘大卫说，Welcome back，Lily。请坐下，有件事情想要问问嚟。

Lily赶紧说我一定知无不言。

刘大卫要问的，就是上次一统比稿被ME2偷了创意的事儿。他想知道内鬼是谁。确切地说，他想知道是不是吴迪。

Lily支吾了半天，最后一咬牙一跺脚，说确实是吴迪把石霆的脚本给了Jasmine。至于Jasmine有没有给吴迪钱或者其他好处，她并不清楚。想来应该是少不了的。

刘大卫又接着问，那智强比稿提案前，吴迪拿咖啡泼电脑，不会也系ME2指使的吧？

Lily说，这就不知道了。当时她已经离职了。

刘大卫便冲布兰达抬了抬下巴：“呐，我就说介个内鬼不可能系创意部的。”

布兰达恨得脸都紫了，立马电召吴迪进来，跟他当面质问。吴迪当然矢口否认。

最后还是敌不过Lily这个人证。

他就是这么被开掉的。

“你给摆一摆，吴迪他真是二五仔吗？”任新蜂问Coke。

“什么叫二五仔？”Coke问任新蜂。

“广东话，就是叛徒、内奸、吃里爬外的人。”

任新蜂情急之下，方言都出来了。

“我觉得他不是这样的人。”

“可Lily说他是。”

“我还觉得这里头不合常理的地方太多了。”

“欸，都哪些？”

“你们业务上的事儿我不太懂哈。不过在那次比稿里，ME2应该是把咱们视为最强对手的吧？提案之前，想探听这边的动向，这倒很合理。知己知彼嘛。可他们为啥要花钱买CIRCLE的弃稿呢？

“都被David否掉的东西了，从创意上来讲肯定是不够好的。难道说他们知道用这个一定能赢？怎么就有这么大把握？更重要的，吴迪出卖公司的动机是什么呢？”

“欸……可能他最近比较窘迫，丫太能造了。”

“呵呵。吴迪再入不敷出，家里边又不是没钱。而且他是什么人？无比自恋。眼高过天。别看现在只是个小AE，人家的目标可是五年内坐上BD的位子。如今待在CIRCLE，天天这么苦×，根本不冲每月那仨瓜俩枣，纯是为了职业生涯做投资。

“以前他跟我提起过，Jasmine想挖他过去，许了工资翻番都没动心。

“这次ME2能给他多少钱？两万？三万？顶多了吧。不能有十万八万吧？有这预算，还不如从外面请两个大牛创意帮忙呢。吴迪他能为了这么点苍蝇肉动心，干出这么没水准的事儿？反正我不信。”

“欸……那会不会是受了什么委屈，想报复公司呢？”

“不应该啊。他前一阵子刚跟布兰达review完，升职加薪已经是板上钉钉的事儿了。何苦来呢？而且干这种事儿，一旦传出去，等于职业生涯就被完爆了。根本得不偿失好吗？”

听了Coke的分析，任新蜂总算心头好过了一点。

虽谈不上跟吴迪是多铁的哥们儿，好歹在一个屋檐下同住了那么久。

一起传过绯闻。

一起背过黑锅。

一起吃午饭。

一起战斗。

他也不愿相信吴迪是那样的人。

回到座位后，有两个小活儿来找他。好不容易干完，已经8点多了。任新蜂也顾不上先去吃饭，直接回窝去。

推开门，果不其然，看见吴迪像摊烂泥一样躺在沙发上看电视。茶几上还有几罐啤酒。

吴迪抬了一下眼皮，说，回来啦？

任新蜂说，嗯。

吴迪就又转过脸去，继续换台。

任新蜂走到他跟前，夺过遥控器：“你没有什么要跟我说的吗？”

吴迪望着自己裤裆半天，这才开口：“我说你会信吗？”

欸，看上去好像真的有隐情。

“你不说我怎么知道？”

“Jasmine的确为比稿的事儿找过我。”

“猜到了。”

“石霆那个脚本，也确实是从我手上泄出去的。”

“操！你丫真是……”

“可我真不是内鬼。”

“欸？”

以下是吴迪告诉任新蜂的：

一统比稿定创意那天晚上，Jasmine忽然约他喝酒，说是好久没联系了颇有点想念。

酒无好酒，Jasmine找他，自然不是真的想他了，至少不是全为了想他。

她想跟他探听CIRCLE打算怎么搞，也明说了可以给他钱。

吴迪当场拒绝了，起身就想走，被Jasmine给拉住了。

Jasmine说，买卖不成仁义在，既然你不愿意我也不强求，陪我喝会儿酒聊会儿天总可以吧？

她那天精心化了妆，眼影里有小亮片，又两杯酒下肚面色泛桃红，昏暗灯光下，目光像雨中涨起来的小溪。

吴迪心上想走脚下却挪不动道，只好又坐了下来。

坐下来又喝了几杯，两人就相拥开房去了。

隔天早晨，吴迪睁开眼，发现两件事：

- 腿软得不行。
- Jasmine早已经醒了。

她手里捏着一张纸，正聚精会神地看，正是《捏面狂魔的2分钟爱情》。不消说，是从他包包里翻出来的。

当时过创意的时候，吴迪力挺石霆，结果刘大卫选了任新蜂的“内牛满面”。他真心觉得可惜，因此散会时把石霆的那份脚本给带走了，想自己留着。

吴迪怒上心头，坐起来正要质问Jasmine干吗翻自己的包，就见她回过头来。

Jasmine捋了一下头发，笑着问，醒啦？

就这么两个字，吴迪又硬了，翻身又把她给推倒。

退房之前，Jasmine一边化妆一边说，这脚本既然是你们不用的，不介意我带走吧。

吴迪说你要拿去干吗？

Jasmine说给我们家创意参考参考。

吴迪心想这应该也没什么，就说行。

谁也没想到，Jasmine嫌ME2的创意太弱，又听说了一统董事长的创业故事，居然直接用上了。更让人没想到的是，刘大卫竟然拿到了ME2的提案视频。这才有他今天背上这么一个吃里爬外的罪名。

“欸，就是这样？”

“嗯，就是这样。”

“那咖啡泼电脑是怎么回事？”

“踩着鞋带了。”

“你干吗不跟David他们说。”

"我说了。他们不信。他们宁愿相信Lily。"
"可Lily为什么要陷害你？"
"鬼知道，丑人多作怪吧。"
"不行。"
"不行？"
"这会儿David应该还在公司，我得帮你说说去。"
"算了。"
"算了？你被这么一搞，以后还怎么在广告圈混？"
"早不想混广告圈了。"
"欸？"
"我没告诉你吧，前一阵我在复印室捡到一份薪资表，大概是哪个THC落下的。"
"欸？"
"所以我知道CIRCLE所有人的工资。"
"欸？"
"你是税前八千，对吧？"
"是。"
"想知道布兰达一个月挣多少钱吗？"
"说。"
"一个BD，台湾来的，从业十几年，才税前七万。"
"不少了。"
"是不算少，可也发不了财。"
"你丫一臭干广告的，还想发财？"
"所以啊，看完那表我就决定，干广告没前途，必须得趁年轻赶紧转行。"
"打算转哪行？"
"Coke她哥不创业呢吗？我刚给他打过电话，约了明儿聊一聊。"
"转行归转行，冤枉归冤枉，你真咽得下这口气？"
"咽不下又能怎么着？"
"我明儿就帮你找David，跟他说并没有内鬼。"
"其实吧……这事儿上CIRCLE还真有内鬼。"
"欸？"
"而且我知道是谁，Jasmine告诉我的。"
"快说。"
"JB Chang。"
"欸？我说丫怎么也去ME2呢。"

JB Chang一个月前刚刚把伤养好，回到公司第一天就高调宣布辞职。

离职那天写了怒长一封告别信，抄送所有人。大致内容是：

他在病中把人生彻底看透了。短短几十年光阴，实在没必要那么拼命的。因为不知什么时候，就会有一根大棒从脑后挥过来。

离开CIRCLE之后，他打算去实践环游世界的梦想。希望仍奋斗在圈公司的各位，也要珍惜自己保重自己。工作之余，好好想想自己真正要的到底是什么。

这封信感动了很多人，纷纷含泪转发朋友圈。说打今儿起也要向JB Chang学习，享受生活每一天。

转发完就又继续加班了。

而仅仅一周之后，广告圈上就有新闻稿出来，宣布JB Chang加入ME2，任华北区MD。

JB Chang能去那儿，正是因为一统方便面。

其实他跟一统的市场总监是铁瓷。他能提前半年知道大比稿将至，并且布下拿大象当投名状的局，就是通过这管道得到的消息。

只可惜人算不如天算。

原本他想借着拿下这笔生意，跟公司要个VP当当的。未承想，尾牙那天晚上，被戴着草泥马头套的神秘人尾随打成重伤，不得不在家养了好几个月。

一统的比稿只好让给布兰达。

眼看翻了半天土浇了许多水，果实却要让给别人来摘，他不能同意，于是就通过前手下Jasmine，约见了ME2的大老板，又拉上一统的市场总监，三人坐一起喝茶。

最终达成协议：

ME2赢得比稿。

一统的市场总监从中得12%的回扣。

JB Chang则转会去ME2。

至于市场总监后来是怎么说服董事长的，那就不是Jasmine能知道的了。

有一种说法，是董事长对广告业务给谁比较犹豫。哥们儿就去找了个大师，替董事长算了一卦，完了董事长就决定跟ME2签合同。

任新蜂听完，叹了口气，坐下来陪吴迪喝了两听啤酒。

酒精一上来，打了两个嗝，他发现仍然替吴迪咽不下这口气。

他也不知道自己哪来那么多义气。大概是酒壮的。说到底还是酒量不行。

总之他跳起来夺门而出，这就要去公司找刘大卫。

吴迪拦都拦不住。说这会儿刘大卫可能已经回家了也不听。

一路小跑到丽华大厦楼下，正好跟Lily擦肩而过。

都说第一天不能加班，她还是在公司磨磨蹭蹭待了老半天。其实也没啥事可忙，就是心情有点复杂，不想回家。

任新蜂急着赶路，没留意到刚过去的是她，不然就得停下来质问她了。

她却知道一阵风似的这位，是吴迪的房客，中午刚一起吃过饭的。

她就又想起下午的事来。

其实她知道吴迪不是有意泄密的，但她还是指认了他。谁叫他不光跟Jasmine好上了，还和那贱货说从来没有正眼看过自己呢。

这是Jasmine亲口对她说的，而且是在闲聊时，用那种假装不经意的语气。

贱人。

一对贱人。

任新蜂上到10楼，进到公司里，先扶着墙歇了会儿。太久没运动了，这下可好，喘得像个孙子。歇够了，这才直起腰往刘大卫的位子走去。

刚走了没两步，就踢到摆在过道中间的一个垃圾桶。也不知道谁这么没公德心。

今天真是难得，还不到10点半，偌大的创意部居然都空了，不过刘大卫还在。

他桌上的台灯还亮着。

有一个人站在他的桌前。

手里举着一根球棒。

欸！球棒！

那人听到脚步声，慢慢转过头来。

草泥马。

那人戴着一个草泥马头套。

第92章
石霆的故事

石霆那回举报Paul嫖娼，可不光是想小惩一下这个低级老板。

他有着不可告人的动机。

他想上位。

很想很想。

他到圈公司四年了。

虽然铁打的营盘流水的兵，自己早晚也是要走的。

ACD进来的，并不甘心ACD出去。

他想升职。

很想很想。

可放眼见不到任何机会。不说在CIRCLE这种地方，创意总监都是一个萝卜一个坑。就说自打到了Paul下面，他这小三年里每天都忙着铲屎，压根儿没什么拿得出手的作品，自然也没再得过奖。就算高层们宠他，想替他拿掉字母A，也是师出无名。更别说他根本不受上边待见。不然不会被发配到Paul team来。

其实刚进圈公司那会儿，他也意气风发过。

虽是趴在玻璃上张望，好歹看起来前途一片光明。

直到那一回，做了个飞机稿。本想参赛挣名声的，结果既没得着奖，还差点把姐夫给吓出心脏病来。飞机稿整成了空难稿。他自己还毫不知情，死得冤极了。

他那个idea是个装置，自己掏钱做的。做完也没地方发布，为了拍照投稿就先安在公司茶水间前面：

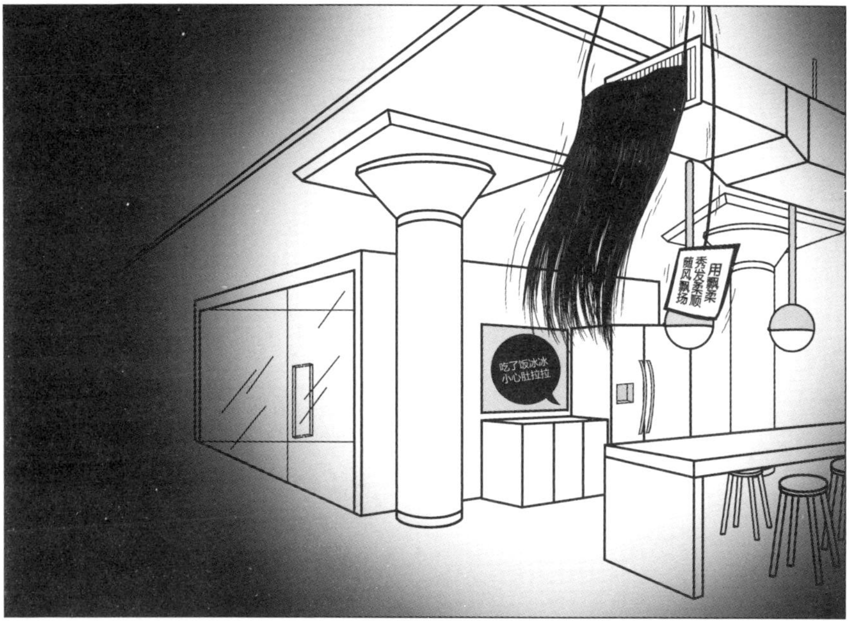

那是怎么吓着姐夫的呢？

一个深夜，姐夫在12楼独酌。老婆孩子都不在大陆，他是真正拿公司当自己家的人。把酒喝光之后，姐夫仍意犹未尽。那天刚跟亚太区的人吵了一架，心里有点烦。想起10楼冰箱里还有点存货，就亲自下去取。拎出啤酒，关上冰箱，转身正要上楼，忽然觉得后颈有点痒。什么东西一撩而过的感觉。激得他浑身起鸡皮疙瘩。

又来了。

软软的，还挺顺溜，好像是头发一类的东西。

还来？

他定了定神，转过身去，慢慢抬起头。

Holy shit！

还真是头发。

有个巨型贞子从通风管里探出头来。

姐夫立马被吓得瘫坐在地上。小心脏怦怦怦地，直接从胸膛里跳出来，在地板上蹦来蹦去蹦来蹦去，还打了几个滚，这才又消停归位的。

姐夫的酒一下子全醒了。

哆哆嗦嗦蹭到墙边，伸手摸了半天，才终于找着开关，把整层的灯全部给打开。

才发现那贞子既没脸也无身子，只是一帘挂在通风口前的假发。

那是石霆找厂子特别定做的加大加长加宽版。

假发旁边还挂着一个标签。

拿起一看，上面写着：

用飘柔，秀发柔顺，随风飘扬。

丢！哪个缺心眼创意做的没溜飞机稿。

白天挂起来，晚上就不知道收起来！

缺德！傻×！

姐夫穿着裤衩背心，站在没有别人的创意部里，对着空气破口大骂。

其实处女座的石霆，才不会犯下忘了收好这种疏漏呢。他是特意留在那儿的，想让刘大卫第二天经过时感受一下。结果姐夫先感受到了。感受很深。

这事儿姐夫没有告诉任何人。

就是第二天下来巡视遛弯的时候，假装不经意地晃到了刘大卫跟前，假装不经意地问，那跟贞子似的飞机稿是谁做的。

刘大卫说是石霆。

姐夫又问这个石霆是什么title。

刘大卫说是ACD。

姐夫就说，Paul那组不正好缺个ACD，让他去吧。

石霆就这么着被打进了圈公司最烂的team里。

打那之后，什么烂活都发给他，什么好事都轮不着他。

中间他也不是没有考虑过离开，始终没有太合适的机会。

一转眼，小三年也就这么熬过来了。

一直到一统比稿的提案前夜，他听见Paul给外围打电话，登时恶向胆边生，觉得机会终于来了。

他平时虽独，却喜欢听墙根，知道公司早想撵走Paul。他报警，正是要帮THC制造这种机会。而干掉Paul之后，想来也该轮到他上位了。

反正以这个组屎一样的状况和设定，估计也很难找到别的创意总监来接手。

不如，肥水不流外人田。

抱持着这个美好的愿望，后来CD问他愿不愿到自己麾下，他婉拒了。

他也主动去找过刘大卫，说自己已经准备好承担更多的责任和压力，当然，还有薪水。

刘大卫倒是没说不行，就只说会帮他去争取，让他先耐心等着。

结果等来等去，等到了Maya的空降。

打她入职之日起，他突然间就心灰意冷了，只觉得什么都特别没劲。

做事呢，自然也就不较劲。

他把这归结为上升双鱼开始主导自己的性格。

真会骗自己。

吴迪被开那天，他6点钟就下班了。

回到一个人的家里。做了一个人的晚饭。一个人把它吃干净。

吃完饭洗了碗，一个人坐在沙发上不知干什么好。

他不抽烟不喝酒更不嗑药，工作算是最大的嗜好了。

为了不让自己疯，起身开始收拾屋子。

又整理出来两纸箱要扔的东西。

拖了两遍地。

把浴缸、马桶和洗手盆全给擦得铮亮铮亮了。

坐下来，喝口水，还是觉得很没劲。

想起前一阵忙得七窍生烟，很久没出去替天行道了。就又翻出许久没戴过的那个草泥马头套来。

没错，他有两个身份。命运悲催的苦逼创意和为正义而战的草泥马侠。

他把头套仔细叠好，放在背包最里边的兜里，就出门去了。

刚走出小区，一抬头看见街边的7-11招牌亮着，便不由得想起24小时工作制的Maya来。他心情就又有点不平静。

于是决定先去捏一包方便面，再接着铲除罪恶维护真理做好事去。

一进到店里，正好看见电视上在放一统方便面的最新TVC。

用的还是他被偷的那个概念。

听说真是请了王家卫来导的。

只不过，捏面狂魔的心声已经变成了方便面的独白：

做方便面最大的好处
就是不用自己做决定
什么时候被吃
在哪里被吃
时间
地点
别人早就想好了
跟其他方便面一样
我原本也是很懒的
喜欢人家替我安排一切
最近有点不一样
我开始想替自己决定一些事情

我的第一个决定
是把泡面时间缩短到两分钟
其实方便面是有时间性的
泡的时间太短或太久
都会影响口感
我想
两分钟是一个最适合我的时间长度

别的方便面要泡三分钟
一统红烧牛肉面只需要泡两分钟
省下来的这一分钟
你可以用来思考人生
也许就是这一分钟的思考
将会改变你的人生

石霆还真听劝，站在货架前思考了一分钟人生，没有思考出来任何答案。所以他的人生也没有发生改变。他感到很失望，连捏面的心情都没有了。

从店里出来之后，他漫无目的地暴走了半天。

直到走得有点累，停下来歇脚才发现，不知不觉中自己又走回宝金街了。

他才觉得自己贱，忽然瞧见前面有个人在过马路，戴着草泥马头套，背上绑着根球棒，不顾路人异样的眼光，正大摇大摆地往丽华大厦走去。

他一激灵，立刻跟上，远远看着那人临进楼前摘掉头套，露出侧脸。果然是那个人。

那人坐电梯上了10楼。

石霆在下面候了几分钟，也跟着上去了。

电梯口并没有人。

那个人一定是进到公司里去了。

不对，他不是已经离职很久了吗？难道当时没上交门卡？

石霆进了创意部正犯嘀咕呢，就听见一阵争吵声传来。

接着是一阵丁零当啷，都是从办公室的东北角发出的。

他正要摸过去，就又听到身后也传来一声响。回头一看，是任新蜂来了，刚踢倒了一个垃圾桶。

石霆赶紧往后一闪，躲进墙角的阴影。

任新蜂扶起垃圾桶，嘴里骂骂咧咧地就径直往刘大卫的位子走去。

根本没发现石霆。

第93章

你想怎么死？（上）

刘大卫最近心情不错。

开始还以为会打到海枯石烂地老天荒的离婚官司，已经庭外和解了。

把自己要什么想明白之后，他一退到底，主动提出净身出户。孩子、房子、车子、共同账户上的银子都归他老婆。当然，现在该说是他前妻了。

每个月还要付数额不小的赡养费。

他不再觉得亏。那是自由的代价。

他前妻要的也就是这些。目的既已达成，自然便松绑了。给他，也是给她自己，松绑。

两人回港办完离婚手续后，一起吃了顿烛光分手晚餐。席间回味起这一起走过的十几年，发现居然还是甜的多。

“我们怎么会走到介一步的呢？”他前妻问。

“因为我们都得往前走。”他回答。

最后，在和谐友好但是全无一丝留恋的气氛中，互道珍重，各赴前程，携手拆了这座爱情的坟墓。

最后一次举起红酒杯的时候，刘大卫看到幸福滚滚而来。那是无所顾忌、全没罪恶感的纵欲新生活。没有意外的话，自己就将这么老去，直到哪一天在某个女人的两腿间断了气。

死因是心脏病突发。

也没准是性窒息。

对此，他已做足心理准备。遗嘱更是早就写好了的。

剩下的，就是践行人生信条，把每一天都当成最后一天来过。

他想得倒挺美的。

另外还有件值得庆贺的事儿，那就是今天下午终于把内鬼揪出来了。

每次一想起这个，刘大卫就忍不住佩服自己：火眼金睛加直觉敏锐。

几个小时里，他已经佩服了自己十八回。

仅凭一杯泼出去的咖啡，就觉察出吴迪有问题。果不其然。Lily证实了这一点。

虽然心里那叫一个得意那叫一个美，他面儿上还是绷住了，没让别人看出来。毕竟是身居高位的，不好太忘形。

高兴归高兴，他也没有出去吃顿好的慰劳一下自己，而是在公司一直待到了10点多。

明天一早有个重要提案，需要准备得充分一点。

等功课差不多做完了，抬起头来，才发现创意部里已经空无一人。

他便站起身来，准备收拾收拾东西回家。

刚伸了半个懒腰，忽然感到近旁一股劲风袭来。他下意识地一偏脑袋。

太阳穴躲过去了。

左边颊骨却没能跑了，被什么钝器打到，半边脸当即肿了起来，眼前直冒金星。

跟着后脑勺又挨了重重一击。

恶心。

想吐。

站不稳。

他原地转了半圈，扑倒在那七千块一把的Herman Miller Aeron办公椅上。随后身子一歪，仰躺在地板上。椅子被他带着也转了半圈。

嘭！一声闷响。

椅背转的角度刚刚好，替他挡了第三击。

刘大卫使尽力气昂起头，这才看见袭击他的人。可看见了也不知道是谁。那人戴了一个草泥马头套。

他也没工夫去猜。因为那草泥马正将手中球棒高高举起，看样子是要使出一记泰山压顶。

刘大卫急忙用尽全身力气打了个滚，这才堪堪躲了过去。

嘭！又是一声闷响。

地板当场凹下去碗大一个坑。距离他脑袋不到10厘米。这要命中了，不就是个死？刘大卫明白自己的处境了。这人是想要他命来的。

那草泥马一连两击都打空，恼得忘了追击，直拿拳头捶自己胸口。

趁着他责罚自己，刘大卫连滚带爬地缩进了墙角，又拉过Aeron椅子挡在身前，做成一道防御工事。还好他是坐corner office（角落办公室）的人，不然都没处躲去。

双臂紧紧拉着扶手。肌肉绷得都快痉挛。就怕那草泥马过来把它给踹开。

他现在看什么东西都是好几重影子。

别说手无长物，连站都站不起来，根本就不用谈什么奋起反击，只能消极防御。

挺住。

挺住就意味着一切。

等缓过来了再伺机逃跑。

逃跑也是胜利。

要努力活下去，才能照自己喜欢的方式去死。

要努力。

活下去。

啊啊啊！

可恶啊！

手机放在桌上了，想报警都没办法。

啊啊啊！

过来了！

那草泥马终于想起了正事，起身执棒踱了过去。

嘭！嘭！嘭！嘭！嘭！嘭！嘭！一连七八击，不是打在了椅背上，就是击在了椅垫上。亏得这椅子质量好，愣是撑住了没散架，仍然守护着刘大卫。

刘大卫决定了，今天要能逃过这一劫，回头一定买十把这椅子在家供着，每天高香伺候着。

忽然，一阵铃声响起。是刘大卫的手机。

那草泥马明显是有点抓狂了，高喊着连椅子也跟他过不去这时候哪个打电话进来嘛，转身一棒落在刘大卫的桌上。准确地说，是落在他的iPhone上。

这手机虽有颗改变世界的芯，身子骨可没那么坚强，当场就瘪了。

连吱都没吱一声。

连火光都没冒一个。

草泥马这才又高兴了起来，怪笑着开始砸桌上的物件。反正刘大卫躲在墙角里铁定是不敢出来的。先把这一摊清理完了再接着收拾他。

砸着砸着桌子，忽然轮到他自己被砸了。

不知从哪儿飞过来的一小盆仙人掌，不偏不倚正中他面门。

一声惨叫。

呸呸呸，吐出来好几根刺。

草泥马撇着唾沫，举棒四顾，鬼影都没见着一个。

只有一排排桌子和一台台电脑。

难道，是电脑们要替iPhone报仇吗？

咻，又一个垃圾桶飞过来。

挥棒打掉。

咻，咻，又有两本书飞过来。

挥棒打掉打掉。

“谁？是谁？吶，明人不做暗事，有本事站出来，咱俩当面较量较量。”草泥马说。

“对，明人不做暗事，有本事你丫先把脸露出来。”任新蜂的声音从某个角落里传出来。

“好，露了，你现身吧。”

他居然真就摘下头套，露出真面目来。

真是打一出场到现在，每一步都叫人猜不到的呢。

第94章
你想怎么死？（下）

那个袭击刘大卫的神秘人，终于摘下了神秘的面纱。

啊呸，那根本不是什么面纱，只是一个丑得很有风格的草泥马头套来的。

头套后那张脸，任新蜂还真认得。不就以前CIRCLE的文案小毛嘛。任新蜂接的就是他的班。

虽然只在入职当天见过小毛一面，任新蜂对他印象却很深。

感觉这人性格怪怪的，说话也怪怪的。总之整个人都怪怪的。

如今时隔大半年再相逢，感觉却跟换了个人似的。越发地怪了。是另一种怪，尤其是那眼神，有点凌厉又有点凌乱，越看越瘆人。

“快出来露脸啊喂。”小毛等了半天不见人，急得大喊，“我都露脸了，你也赶紧的。”

“欸，我又没答应要出来啊喂。”任新蜂说，躲在某张桌子的后面。

小毛气得又拿拳头捶胸口，这回还加上了跺脚。

神打了一通之后，他便挥舞着球棒，循声冲了过去，要把骗了自己的那个人揪出来，碎尸万段。他几乎已经忘了刘大卫的存在。

因为太过激动，这一路上不由得乱挥乱舞，就跟酒驾似的，打烂撞坏了不少东西，把墙也给砸得坑坑洼洼的。

一副遇佛杀佛的节奏。

可墙又招谁惹谁了？

经过茶水间的时候，小毛突然一个踉跄，差点没直接跪倒在地。

他后脑勺骤然挨了狠狠一下。

这要换了别人，早就抱着脑袋在地上打滚了。可他跟感觉不到疼似的，迅即挺直了腰，背过身去。站在他身后的，来不及闪躲的，下这狠手的，并不是任新蜂。是石霆。

他一直躲在茶水间里，从头到尾看了个明白。

当然他也不光是袖手旁观，刚刚已经打了110和120，顺便也通知了楼下保安。

报警的事儿总是他来。

他本觉得这场面太失控，没有自信能降服得了小毛，想等警察到了再现身的。

可小毛一门心思奔着任新蜂而去，根本就不知道现场还有他。

茶水间又是小毛的必经之地。

这根本就是天赐的伏击良机。

他便打开冰箱门，拎出一瓶姐夫的啤酒，躲在墙后。一等小毛身影一过，立马闪身出去，照着他脑袋敲了下去。

说到底，他才是致力于维护社会良好风气的正牌草泥马侠。该出手时不出手，有背他对自己的承诺。更别说，他跟这山寨的草泥马侠有仇。

没承想，小毛居然跟没事人似的。站在那儿望着石霆咧嘴笑起来，笑得上气不接下气的。

“原来你在这儿。”他说。

“原来是你打我的呀。”他又说。

“为什么要打我？亏我还觉得跟你是一类人呢。”他接着说。

血分成好几路，顺着小毛额头往下淌。他也不擦，就那么边笑边说。

石霆被他笑得有点怵，不由得举起啤酒瓶来，想给自己壮胆。

咣！瓶子被一棒打碎。

石霆手里只剩一个瓶口。

黄色酒液漫了一地，浸湿他俩的鞋底。

就跟互相被吓尿了似的。

小毛再度高高举起球棒，看样子是又想使出泰山压顶。

石霆正打算跑，忽然瞧见两只手，从小毛身后骤然探出来，一把握住球棒两端，往回使劲一扯，勒在了小毛脖子上。

任新蜂终于露脸了。

石霆赶紧也扑上前去，加入争抢球棒的行列。

可小毛的力气大得出奇。

石霆加上任新蜂两个人，使尽吃奶的力气都制他不住。

三个人扭抱在一起，一同跌入茶水间内。

东撞西撞，把这小小的地方祸害得不成样。

什么微波炉、咖啡机都被撞落到地上。

咚！

咚！咚！

咚!

小毛忽然一翻白眼，手上失去了力气。

整个人就那么软软地原地瘫倒。

“嚟们没事吧？”刘大卫一手拿着盏台灯，一手捂着肿胀的左半边脸，问他们俩。

可说来也怪，他后脑挨了那么重的一击，倒一滴血都没流，不过这也就是强撑着而已。说完这句话，他就再也撑不住了，靠在冰箱门上直冒冷汗。

趁着小毛晕了过去，石霆和任新蜂赶紧把他架到一张椅子上。

用了足足五圈胶带，连人带椅足足缠了好几圈。制作木乃伊也就是这样了。

然后任新蜂一把脱下T恤，又从冰箱里找出冰块，倒在上面，扎起来做成一个冰包，给刘大卫拿去敷脸。

之后，任新蜂、石霆和刘大卫三人一起瘫坐在沙发上。

感觉都是一样的：力气都用光了。

“欸，你不是很早就下班了吗，怎么还会在这儿的？”任新蜂有气无力地问石霆。

“这事儿说来话长。你怎么还没回去？”石霆有气无力地回答。

“我是走了又回来，来找David的。”任新蜂有气无力地望向刘大卫。

“嘘，他醒了。”刘大卫有气无力地指着小毛。

睁开眼，抬起头，小毛最初有点茫然，看到刘大卫之后，忽然又怒目圆睁了。

猛烈挣扎。

石霆跳起来，甩了他两个耳光。

这才平静下来。

“你是不是嗑药了？”石霆问。

“你丫才嗑药了呢。”小毛答。

“你是不是有病？”

“你丫才有病呢。”

“你干吗要假冒草泥马侠？”

“你丫才假冒草泥马侠呢……我什么时候说我是什么草泥马侠了？”

“那你干吗戴着草泥马的头套出来吓人？”

“你丫才戴着草泥马的头套出来吓人呢。”

“你怎么变成这样了？”

“你丫才变成这样了呢。”

得，车轱辘又滚回去了。

估计再问下去，也问不出个所以然来。

石霆叹了口气，只好坐下。

“你怎么知道他是假冒草泥马侠的？”任新蜂小声问他。

“呃……这事说来话长。”石霆小声地说。

那边，刘大卫也有一肚子话要问小毛。

刘大卫：“我同嚟无冤无仇，嚟为什么突然跑过来介样子对我？”

小毛：“为什么？为我老婆孩子报仇。”

石霆：“什么？你有老婆孩子的？我还以为你是单身。”

小毛：“你丫才单身呢。”

刘大卫：“我对他们干什么了，嚟要来找我报仇？”

“你干什么你自己都给忘了？

“看来，人命在你们眼里真是如同草芥一样。

“好，那就让我来提醒你一下。

“你还记不记得，几个月前我老婆都进产房了。你给我打电话，非要我马上回去加班。

“我说我在医院陪老婆，她马上就要生了。你说你不管，就算是我自己马上要死了，都得给你先死回公司去把活儿干完。

“最后没办法，我只好回公司去。

“等到把活儿干完赶回医院，我老婆……我老婆……已经难产死了。孩子也没活下来。我就因为被你逼去加这么个破班，连他们俩最后一面都没见上……呜呜呜呜呜……你……你想起来了吗？”

小毛的情绪可真跟过山车似的，刚才还咬牙切齿呢，现在就改撕心裂肺了。

“所以我今天来，就是要为他们报仇的。”小毛已经进入咆哮模式，“你想起来了没有啊！”

“没有。我绝不可能说过介样的话。”

“你以为否认，就能当这件事没发生过一样吗？”

“我又不系你直接老板，为什么会打电话让嚟来加班。”

“那个……那个……我忘了……石霆当时也被你叫过去了，他可以做证。”

“不好意思，我也不记得有这件事。”

“哦，我明白了，你们是要互相包庇……你们还是不是人来的，我咬死你。”

小毛忽然奋力往前一扑，就想去咬刘大卫。

他全身只剩眼耳口鼻没被裹上了。

能伤人的就只剩牙齿了。

幸亏刘大卫早有防备，往后轻轻一躲，小毛就摔了个狗吃屎。

三个人没有一个敢去扶他的。

只好任他在地上打滚。

直到大爷带着几个保安上来。

大家商量了一下，决定在警察来之前，先把小毛送到楼下保安室里关着。

石霆和保安一起，推着小毛下楼去了。

任新蜂留下，照看刘大卫。

枯坐了一会儿，刘大卫让任新蜂去帮他买罐可乐回来。

不知为什么，忽然很想喝可乐。

任新蜂一跃而起，走到自动贩卖机前。

投了钱进去，摁了产品编号，却半天没等到咚的一声。他像往常一样踢了两脚。没反应。又晃了两下机器，可乐这才掉下来。

他便伸手进去拿，没承想取物槽偏偏这时候出毛病，把他的手给卡住了。

越是用力想抽出来，越是卡得紧。

他只好大声唤刘大卫过来帮忙。

刘大卫摇了摇头，起身朝他走去。

离他五步远，一头栽倒在地上。

再也没有醒来。

他就这么死了。

死因是钝物重击后的颅内出血。

#一枚离职文案留下的文档#

人生就是这样

扫码阅读

第95章
前任们

刘大卫死后，任新蜂歇了整整一周。

本来他想把十天年假一气儿都休了，去个有海的地方散散心。

眼瞅着刘大卫就那么直挺挺地扑倒在脚边，受的刺激着实有点大。这还是他第一次近距离目击死亡，精神上很需要疗养。

可惜他不是老干部。

只是一个精疲力竭的小文案。

Maya只准了他五天的假，因为最近太忙。

虽说刘大卫走了很令人悲伤，但是生活仍要继续。确切地说，是工作仍要继续。

虽说五天加上周末，也算个小长假了，但最后任新蜂还是哪儿也没去成，就在家躺了六天半。

临上班前一天的下午，他忽然觉得躺够了，就约了程欣、Coke和吴迪在三里屯吃晚饭。

他自己则早早就跑过去那边溜达。

结果在太古里的苹果店前，遇见了一个老相识。

他的初恋。

她当时穿得就像个乘开会出来放风的普通白领，拿着杯咖啡坐在斜坡上，望着在对面的平地喷泉里玩耍的小孩，居然显得很无邪。

要不要过去呢？任新蜂心里斗争了半天。

没等得出结论，初恋已经发现了他。

她施施然站了起来，施施然走近他，施施然对他说，好久不见。

其实也没有好久，春节不才见过嘛，而且不到两个月前刚通过电话。

“欸，他们，同学们，不是说你在上海……”任新蜂一时不知说什么好。

“骗他们的，其实我两年前就到北京来发展了。”

“欸……你是把他们骗得挺惨的。”任新蜂差点脱口而出的是，到北京怎么没联系我。

“切，难道他们又对我怀有什么好意吗？”

“他们怎么你了？”

“同学会的时候不都互相加微信了吗？之后呀，咱们的男同学们，几乎一个不落，全跟我开小窗口诉苦。已婚的都说，婚姻不幸福，审美疲劳，跟老婆没共同话题，还是老同学好。未婚的都说，恋爱没意思，审美疲劳，跟女友没共同话题，还是老同学好。都跟一个老师教出来似的。”

“哦，你是班花嘛。他们那时候都暗恋你，现在对你有点想法也是难免的。可就算这样，你也不该骗他们钱呀。”

“切。我是让他们花钱买一个教训，他们以后会感谢我的。”

“我们公司那大爷也被你骗得好惨，他是不是也得感谢你？”

“对他我是有点歉意的，不过我也是没办法。”

“欸？莫非你是被逼的？是你那个男朋友逼的吗？”

“哪来那么多被逼。我是个职业骗子，得讲职业道德。不能因为你讲情，就不骗了，这不好。”

“你倒是挺敬业爱岗。”

“谢谢啊，所以你不会报警抓我的对吧？”

“本来是想的，现在决定算了，你也没骗我，不过我劝你还是别干这行了。”

“其实我已经决定转行了。”

“不会是打算去干传销吧？”

“切，我是要进军慈善领域了，目前正在筹备一个免费馅饼的爱心项目。”

“这不能算转行，是越做越高端了……”

任新蜂正在那儿贫，忽然听到背后有人叫他名字。一转身，得，又遇到一个老相好。是安琪。

这也太巧了吧，任新蜂心说。

真是无巧不成书啊。欸，我不会真是在一本书里边吧？

如果真是这样的话，作者你丫也太刻意了吧。

切，就刻意了，怎么着吧？

要说任新蜂自打入职CIRCLE之后，就再没见过安琪了。

掐指一算，也大半年了。

任新蜂自己倒没什么变化，顶多是换了两个发型。

安琪连身形都变了。胖成一个梨。仔细一看，不是胖，是怀孕了。

“谁的呀？”任新蜂指着她肚子问。

“还能是谁的，当然是我丈夫的。”安琪得意地摸了摸肚子。

“黄总终于肯离婚啦？”任新蜂这才注意到她无名指上多了枚戒指。

“我跟他早分了。”

“欸？”

“他跟他老婆又和好了，号称是为了孩子。”

“那你老公是……？”

“相亲认识的，也算是个金领吧。”安琪举起手来，展示她那两克拉的大钻戒，“这位是……？”

她上下打量着任新蜂的初恋。

任新蜂的初恋也上下打量着她。

目光都不是那么友善。

“你新女友？”安琪问。

“是他初恋女友。”初恋说，“你是……？”

“是他前女友。”

“哦，你好。”其实初恋想说的是切。

“你好。”安琪想说的则是哼。

“欸……”任新蜂其实没什么话说。

就是忽然间觉得场面很干，自己得润滑一下。可眼前这两位，分明是跟自己早就没关系的人了，为什么还会这么尴尬呢？他百思不得其解。

还好，程欣、Coke和吴迪及时出现了。三个人一起来的。

任新蜂立即抓住机会，跟两位前任道别。

没承想，程欣来回打量了安琪和初恋好几次，非要任新蜂给介绍一下。

任新蜂只好敷衍着说，欸，这两位吧，都是我前女友。

他忽然间有点明白，那尴尬感从何而来了。安琪和初恋，代表着他两段互相割裂的过去。叫人尴尬的不是她们今天的交集，是自己曾经犯过的傻×以及曾经傻×的自己。

程欣闻言撇了撇嘴，什么也没说。

Coke却显得很热情，过去跟她俩握手：“前女友们好，我也是他前女友，最新一任的前女友。”

吴迪不甘示弱，上前也跟她俩猛烈握手，说自己是任新蜂的现任室友兼前绯闻男友。

那叫一个其乐融融合家欢。

就剩程欣没做自我介绍了。

大家齐齐将目光转向她。

“你不会也是他前任吧？”安琪和任新蜂的初恋异口同声地说。

说完，又不约而同地上下打量着程欣。

“对，我也是前任，前任同事。”程欣边说边拿眼神戳任新蜂。

“我订的是7点整四人桌，咱们该过去了吧？”任新蜂插进来的时候，已被戳得满身洞。

大家都说对对对，那就再见吧。

于是各走各路。

都说相逢的人会再相逢，任新蜂可并不期待下一次相逢。

临别前，安琪丢下一句话：“其实我只是领了证，事儿还没办呢，到时候给你下请帖哈。”

她是嫌现在大着肚子不好看，想等生了娃再补办婚礼。

饭桌上，任新蜂他们几个聊起这事儿，都觉得安琪脸皮太厚。想收份子钱想疯了吧？都很不解任新蜂当初怎么会看上这一号人的。

任新蜂并不想聊这个，就把话题扯到吴迪身上，问他以后到底有什么打算。

“前两天，一个原来洁宝的客户找我聊天。

“说发现自己老公在外面有小三，问我有没有什么报复的idea。

“她还不要普通idea，要big idea。

“聊着聊着，我突然蹦出来一个创业的想法。

“我打算进军面膜市场了，整个新品牌出来。

“名字都想好了，就叫‘要点脸吧’。

“目前能想到的有榴梿配方、臭豆腐配方、菊花配方以及502配方。不是520喔，是502，敷上去就拿不下来了。

“采用独特销售切入点。

“不提倡自用，可以买来送给身边的bitch们。

“等我把第一批样品做出来，先给你那个前女友，寄几张过去作为新婚礼物。怎么样？”

吴迪说得很兴奋，热烈响应的却不是任新蜂，是程欣和Coke。

程欣：“那祝福语得这么写，祝你丫白头偕老早生贵子，白发人送黑发人。”

Coke：“呵呵，不过这产品名字是不是有点太直白了，不如改叫‘碧莲’。”

“嗯嗯，这个好，意境马上就上去了。slogan是……姑娘你要点碧莲吗？”

“TVC呢，得这么弄……

“姑娘，这是你掉的碧莲。

“不，我不要碧莲，这并不是我的碧莲。

“那你的碧莲呢？

“我的碧莲啊，都让我老爸给用了。”

他们仨说得那叫一个热闹，任新蜂却根本没掺和的意思。

吴迪就忍不住问他，觉得这主意怎么样。

任新蜂说，挺好的，但是寄给安琪就算了吧。

程欣幽幽地说，你还挺护着她。

“真这么干的话，她一定会以为我心里还放不下的，干吗要让她得意呢？”任新蜂说。

吃完饭之后，任新蜂被分配送程欣回家。到她家楼下的时候，程欣问任新蜂要不要上去喝杯咖啡。任新蜂其实想说好呀好呀，话到嘴边却变成：“欸，明天还得上班，现在喝咖啡怕睡不着。”

程欣二话不说就下了车，重重地摔上车门，头也不回地往楼里走。

“师傅，接着去小街。”任新蜂报了自己的地址。

“小伙子，好多年前我也遇到过一回这种状况。”

刚往前开出去不到10米，出租车司机忽然开口。

“欸？”

“当时我还没开出租车呢。有一天晚上，我送一个姐们儿回家。到她楼下的时候，她也问我要不要上去待会儿。我当时也不知道在想什么，跟她说下回的。结果……”

“结果就没有下回了吧？”

“结果她现在儿子都上小学了，我还守着光棍呢。”

出租车司机长叹一声，把车停在路边。

“下车吧，小伙子，不然回家你铁定得后悔。”

任新蜂还挺听劝，真就下了车。然后他就后悔了。

他吃了程欣的闭门羹。

第96章
为什么要做广告

任新蜂重新回去上班了。

踏进创意部，他感觉一切都熟悉得很陌生。那一晚小毛造成的破坏，已经完全了无痕。就连被球棒砸成月亮表面的墙，也都抹平刷漆修补如旧了。

就好像什么都没发生过。

就好像那只是一个梦。

他倒情愿那是梦，即使是不想再做第二回的噩梦。

可毕竟不是。

刘大卫的工位已经被清理出来。曾经堆满他案头的那些简历、稿子和各种零碎，连同那伤痕累累的一桌一椅，全都搬走了。原本属于他的corner office，现在就只是一个corner而已。

倒是不空。

地上、窗台边都摆了不少花。很多都已经蔫了。

还有卡片什么的。全是公司里的人凭吊他的。

任新蜂站在花间，望着地板上那个碗大的坑，怔怔发了半天呆。

忽然间手机响起。是Account催他开会。他只好转身出来。

去往会议室的路上，陆续碰见不少人。

都跟往常一样打招呼。

但是，并没有人问起当晚的事儿。

任新蜂之前其实对这颇有些担心，怕回来之后，会被人问东问西的。并不想分享。没什么可说的。这下倒是遂了愿，可不知为何他心里头却有点空落落的。

其实不是圈公司的人突然间不八卦了。

事发之后头两天，几乎所有人都无心工作，讨论得那叫一个如火如荼不寒而栗。

毕竟这是CIRCLE北京史上第一桩办公室命案。

之前公司里倒不是没死过人。有过两个过劳死的。惨是都很惨，不像刘大卫死得这么有戏剧性。

一时之间，各种猜测，各种演绎，满天飞。

各种找石霆求证。

搞得石霆各种烦。

而从第三天开始，这个话题的热度忽然间直线下降。

倒不是公司不让说。

这事儿哪禁得了？

因为头两天忙于恐慌以及打嘴炮，积压下来的工作太多。大家被逼集体进入“哭着熬夜把活儿干完”模式，自然都没时间聊这事了。

那一夜，丽华大厦的灯光格外璀璨长明。

以这天为标志，大家的注意力开始转移。

从昨天开始，参赛一跃成为大家最关心的话题。

因为本年度的戛纳征稿季已经正式拉开帷幕。

创意们都立时收拾心情，化悲痛为力量，将有限的精力投入到无限的飞机稿上。毕竟这可事关未来一年能不能加薪上位。

与此同时，正经工作也还在源源不断地进来。

任新蜂被叫去开的会，就是接一个洁宝的新活儿。新的小屁活儿。小到Maya都没参加的必要，只派了石霆和任新蜂去听brief。

会很快就开完了。

任新蜂一走出会议室，劈头看见头脑风暴泡泡池里浸着两个人。眼小聚光的资深文案和Daren Young洋大人。两人手里都抓着好几双一次性筷子，正聊得十分投机。

为防你已经不记得了，这里再介绍一下洋大人：

他是CIRCLE的ECD，名义上跟刘大卫这个CBD平行。

之前出场过一回，就在任新蜂入职当天，露了一小脸。

刘大卫在的时候，他被架空排挤得几乎没有任何存在感。如今刘大卫死了，他却有点活过来的意思。

这么一号人，怎么会和初来乍到的眼小聚光的资深文案凑到一块儿的？他们俩聊什么聊得这么开心？

石霆告诉任新蜂：

眼小聚光的资深文案，前两天想了一个公益idea。

概念是“我本可长成一棵参天大树”。

什么意思呢？

就是要号召大家拯救森林，拒用一次性筷子。

据他在网上找到的数字，中国大约年产570亿双一次性筷子。如果把这些筷子聚集到一起，可以铺满363个天安门广场。要是再蛋疼一点，让它们首尾相接，足够往返月球15次。这么大的产量，相当于每年要砍倒380万棵已经向上生长20年的大树。

中国本来就很匮乏的森林资源表示压力很大。

为了青山绿水，为了下一代，为了地球母亲，是时候提醒大家关注这个问题的严重性了。

这便是眼小聚光的资深文案想出这创意的初衷。确切地说，是他声称的初衷。

那要怎么做呢？

照他的设想，先得去采购几万双一次性筷子。买回来之后，把这些筷子拿胶水拼接在一起，做成一棵大树的样子。说得再冠冕一点，就是“以树的形态让筷子重生，还原它们本应有的生命状态”。

做完之后，当然是要找个地方展出办活动，教育教育大众。展览完了，就包装成案例，各种参赛去。

眼小聚光的资深文案起先拿着这idea，雄赳赳气昂昂地去找Maya献宝。

结果被打了回来。

不采用的原因不详。

眼小聚光的资深文案不抛弃不放弃，转身又去找洋大人献宝。

洋大人倒是很当这idea是个宝。听完之后，立即亲自致电著名激进派环保组织“绿色之爱”。说我们有一个很好的idea，希望能给你们主动提案。

这会儿他俩刚提完回来。

看表情应该是非常顺利。

岂止是顺利，对方当场就拍板要搞了。

就只提了一个要求：

用来做筷子树的材料，必须是回收的。也就是说，不能买新的一次性筷子，得是别人用过的。这样才能显出他们的真绿色真环保以及对地球的真爱。

眼下这哥儿俩在泡泡池里商量的，就是这事儿怎么办呢。

嗯，看来只能招点实习生，派他们奔赴京城各大小饭馆，觍着脸跟人家要了。

反正总不会不给的吧，还省得他们自己扔呢。

可是招实习生还得单花钱，不如去大学里招点志愿者。

反正一听是为环保事业做贡献，有的是有情怀的热血青年，愿意参加。

他们那边聊着聊着，聊出了建设性方案。

石霆这边跟任新蜂说着说着，却是勾出了自己的一肚子羡慕嫉妒恨。

他琢磨着，回头得和眼小聚光的资深文案套套近乎，争取也在这项目里掺一脚。

这idea虽说拿不了什么全场大奖，斩落一些铜银奖中小奖是没问题的。他太缺……奖了。

任新蜂听他说完，却只哧了一声，就回到自己座位上。

对着电脑又愣了一会儿神，觉得有些话如鲠在喉必须要吐出来，就起身走到Maya跟前。

问她有没有时间，想跟她聊一聊。

Maya说行，就领着他往充气城堡冥想屋走去。

途中经过布告栏。

Coke正站在那前面贴一张海报。

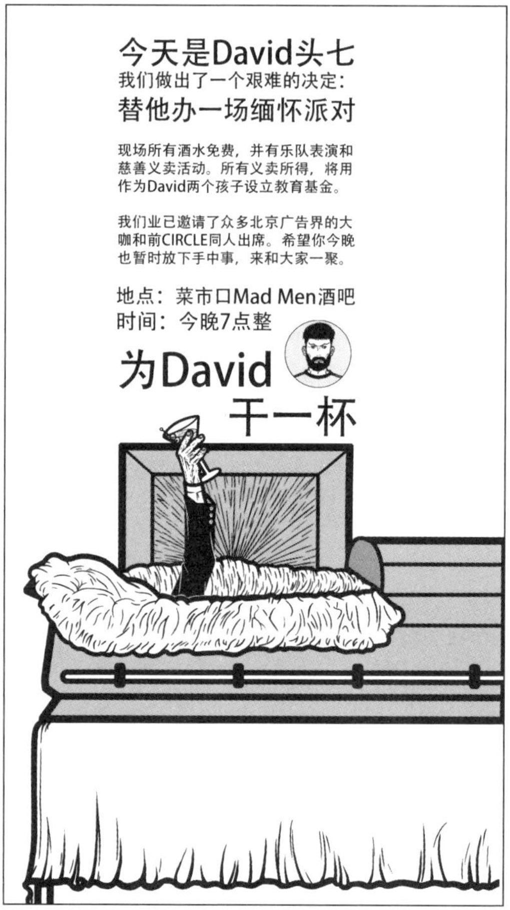

这海报是CD组的胖美术，用了16张素材图，熬一宿P出来的。

基本上，就是个喜丧的调性。要把缅怀派对办成广告圈年度大聚会的节奏。

任新蜂望着Coke的背影，欸了一声，远远地大声问她最近是不是胖了。

Coke扭头发现是他俩，并没有呵呵。

也没有说是或不是，直接转移话题，问他们晚上去不去这派对。Maya说当然要去。任新蜂本来对这派对有点抵触，听Coke说程欣也会到场，便答应也去。

又扯了两句，他俩便跟Coke分开，继续往充气城堡走去。

Coke则在原地收拾东西，打算接着去别处贴海报，这时她手机响了。

是她妈打来的。

“喂……今天不过去吃饭了……哎呀，公司有活动，大家都参加……什么……在哪儿……菜市口一个叫Mad Men的酒吧……你问这个干吗……哦……行……先这样吧，我还有事，挂了啊。”

尽管颇不耐烦，Coke还是尽量压低了音量讲电话。

所以任新蜂并没听到她说什么。不过就算听到了，也不会觉得有什么奇怪的。

他和Maya一前一后进了充气城堡。

坐定之后，Maya先开口：“对了，差点忘了跟你说，智强比稿的结果出来了。”

任新蜂：“不会是咱们赢了吧。”

“什么叫不会？以压倒性优势胜出好吗？这idea是你的，就你来负责吧。”

任新蜂赶紧拍胸脯说，一定不辜负组织信任。

其实他心里根本没底。干了快四年广告，拢共也没跟过几回片儿。更别说独立负责一个项目了。他终究还是操练不足。

接着，任新蜂就很突兀地提起眼小聚光的资深文案那个筷子树创意。

Maya也听说他们提案胜利归来的消息，当下嘿嘿干笑了两声，问他觉得怎么样。

“欸……要我说，还不如戳开脑洞这么干呢：

“不过怎么干，都是错的。因为这概念从根上就是错的。

“什么叫‘我本可长成一棵参天大树’啊？还什么中国一年生产的一次性筷子，相当于要砍掉380万棵向上生长二十年的大树？

“哪来的相当于？根本是想当然。没有人会用二十年以上树龄的原木去做一次性筷子的。太奢侈了。成本太高了。市面上的一次性筷子，算上加工费，成本没有超过3分钱一双的。

“所以能卖得那么便宜。要真拿那种老木头好木头来做，别说赚钱了，本都回不来。做成别的，做张床，再做张桌子，再做套凳子，溢价不比一次性筷子要高得多？一算经济账就知道，这事不可能发生。

“杀头的买卖有人干，亏本的生意没人做。做生意的，就没有傻子。动不动内牛满面的，倒是挺多傻有情怀傻有情怀的。

“所以说，这‘相当于’不成立。

“其实呢，一次性筷子的主要原料是竹子和桦树、杨树这些速生丰产林。

“竹子的生长周期是五到六年。到时间不砍来用，它自己也会爆裂而死。桦树和杨树需要多点时间成长，基本上都是十年生的树种。不变成筷子就会长成参天大树，这事儿也不可能发生。

“至于‘用一次性筷子会破坏森林’，这更是个不过脑子的谎言。其实，正是因为有这个市场需求，才会促使人们去多种树，反而是把森林覆盖率给拱上去了呢。”

任新蜂有点小激动。

“照你这么说，一次性筷子是有百益而无一害咯？”Maya问。

“倒也不是。

“一次性筷子问题很多。卫生问题、回收问题、资源再生问题，都是大问题。但破坏森林根本就不是它造成的问题。而且这样一宣传，反而会掩盖掉真正的问题。我觉得这才是最大的问题。”

“等等，我有一个问题，你们家不会是开筷子厂的吧？”

“欸……不是啊。”

“那你怎么会对一次性筷子这么了解？”

“欸，以前有做过一点功课。”

任新蜂入职那天，去给刘大卫拜山头，两人就这事儿聊过几句。

当时任新蜂也跟很多人一样，深信一次性筷子是森林大敌。结果刘大卫问他，你是人云亦云呢，还是自己做过调查?

当时他还挺不服，心想：

一棵棵大树倒下去，一双双筷子摆上桌。这因果关系不是明摆着的吗?

之后他上网搜了好些个文章，才知道，敢情一直以为的都是错的。事实正好相反。

不过任新蜂真正想找Maya聊的，还不是一次性筷子。

那就只是个引子。

“我入行也快四年了，‘insight’（洞察）这个词简直听到要吐。

“创意最重要的是insight。

“你要有insight。

“这个idea没有insight。

“Insight。

“Insight。

“Insight。

“我们每天花那么多力气讨论insight，可它到底是什么?

“David说，insight就是hidden truth，隐藏的真相。

“隐藏在哪里？在人心里面。而我们的工作就是要把它给揪出来。

“可也许是真相往往太糟心，也许是不好找，我们经常随手捏造个事实，当它是真相。然后骗自己也骗别人说，insight找到了。

“我本可长成一棵参天大树，不就是这样的fake insight吗？

“可能有的创意，觉得这么干并没什么不对。

“只要layout看上去美美的，客户能埋单，受众反响热烈，还传递正能量，有什么问题？

“皆大欢喜嘛。

“多好。

“可我就是没有办法接受。

“以前可以的。以前没开窍嘛。那时候我还跟David说，想用广告改变世界嘞……”

“现在不想了吗？”

“在CIRCLE的这几个月里，我了解到两件事。

“第一，我并没有改变世界的能力。

“广告也没有这份力量。

“说起来很让人沮丧，但是改变世界的人并不存在这个行业里。

“广告业并不伟大，只是市场经济的一颗小螺丝钉。

“就算是CIRCLE这样的4A豪门，也不过是一间能力有限公司。”

“第二件事是什么？”

“当我说想改变世界的时候，其实既没有考虑世界的感受，也并不了解世界。”

“现在对世界已经了解啦？”

“比以前了解。

“当然了解得还远远不够。

“需要继续了解。

“不过，现有的发现，已经足够让我想明白，那次你问我的问题。”

“哪个问题？为什么要干广告？”

“因为，我想了解世界和人心。

“我会跳进广告这个大坑，并不是想要做出多么惊天地泣鬼神的创意。是因为好奇心。

“虽然发不了财还很苦×，但是广告可以提供一份其他工作没有的便利。它让我有机会去了解，各行各业是什么样的，各行各业的人都在想什么。”

“那么，了解之后想干吗呢？”

“也并不想干吗，好像也并不能干吗。”

“会开心吗？”

“欸，是一种小确幸。

“勉强可以称之为满足感。

“虽然并不十分准确。

“总而言之，这就是我为什么要做广告。

“报告老板，我说完了。”

“其实……我也是。”

“欸？”

“我是说，我选择这行的原因跟你一样。”

“欸……这也太巧了吧。”

“相信我，你不是一个人。”

“那个……其实还有一件事的。”

“说。”

“这不我试用期马上就要到了嘛，想跟你谈谈转正的事儿。”

第97章

一拳把你打到菜市口

Coke一手掐腰一手扶墙，很费了些力气才从马桶上站起来。

她肚子其实还没大到行动不便的地步，就是蹲坑太久，腿发麻了。

她最近便秘问题日益严重。

太要命了。

一想到这样的日子还得再熬上半年，她就好想屎。

是的，她已经怀孕四个多月了。

这事儿她只告诉了她妈，她爸她哥她嫂子都还瞒着。她家亲戚们就更不用说了。

孩子的父亲，要么是任新蜂，要么是吴迪。只可能是这两人中的一个。

都是酒精惹的祸。

就在尾牙那一夜。

他们俩也还不知道Coke有了。她就没打算告诉他们，也不准备拉他们去验DNA。

就只想悄悄地把孩子生下来，然后独自将其养大。

虽然被这事儿打了个措手不及，好多计划都得改变，她却从没想过要去体验梦幻人流，反而觉得这是从天而降的礼物。

因为这段时间她忽然母性大爆发，很想要个孩子。

这就省得花钱去做试管婴儿了。

她得偿所愿满心欢喜，就只为便秘烦恼，她妈却替她愁得头发都白了好几绺。

一见着她面就骂任新蜂始乱终弃不负责任。

成天嚷着要砍这小子去，让他知道什么叫作爱什么叫作戴套什么叫作责任。

Coke还没跟她妈出柜呢，一直没找着合适机会。

她妈当然以为那是任新蜂的孽种。也没准真是，50%的可能。

每次骂完任新蜂之后，她妈都会立时改戏路，开始哭着怜惜起自己闺女来。

抚着她脸说，知不知道，往后几十年你可就有苦头吃了。

有什么苦的？

又不是养不起。

Coke洗完手，望着镜子对自己说。

她觉得自己一定会是个好妈妈，起码比她妈强。

她随即直起身子，推开厕所门，顶着声浪走了出去。

外间人头攒动。

她所在的地方，便是位于北京南城菜市口的Mad Men酒吧。

老板是一个前广告狂人兼万年不易的《广告狂人》忠实粉丝兼姐夫二十年的好基友。

这酒吧的装修，采用的是20世纪60年代复古风。

不过现如今在场的诸位，却都是21世纪10年代的打扮。

都是参加刘大卫缅怀派对来的。

Coke护着肚子，在人群中左挤右突，好不容易才回到一个妹子的身边。

那妹子转过头来，居然是Kitty，嗔怪地问她怎么去了这么久。

Coke连忙解释说上厕所的人太多，排了好一会儿队。

说着，便转身和Kitty并肩站在一起。面朝舞台，春暖花开。两个人的手，在底下紧紧勾连着。

舞台上，乐队刚演奏完一曲。

主唱喘着粗气，又开始叨逼叨：

“刚才的曲目叫作《屌丝大魔王》*。希望大家喜欢。

“重申一遍，我们是TROUBLE TROUBLE乐队。我是主唱郝建。也是前CIRCLE的美术。

“接下来呢，要带给大家一首新歌，十分应景，名字叫作《一拳把你打到菜市口》*。

“Music，起。

“操，先停！

“差点忘了说，这首歌不是献给David的。是献给某些客户和某些前同事的。虽然今天他们可能并没有来。”

---

* 《屌丝大魔王》和《一拳把你打到菜市口》都是真实存在的歌曲。如果你有兴趣的话，百度曲名就能搜到。作者是达尼，我的前同事兼哈萨克族帅小伙儿。如今他已经离开北京，回到新疆援建当地广告事业去了。因为答应要把他说得牛×一点，所以在这里说明，达尼特别特别特别特别特别特别特别特别特别特别特别特别特别特别特别特别牛×。达尼的老板要能看到这一条的话，麻烦请给他加薪。达尼，涨了钱分我一半，不用客气。

郝建话音一落，音乐随即响起。

郝建开始满场飞奔，咿呀咿呀开始唱了起来：

一拳把你打到菜市口
一拳把你打到菜市口
一拳把你打到菜市口
一拳把你打到菜市口
唉唉唉
唉唉唉
一拳把你打到菜市口
一拳把你打到菜市口
一拳把你打到菜市口
一拳把你打到菜市口

这歌只有一句词。

简单直接又粗暴。

换句话说，很有力量。

真是华语乐坛百年难得一见的好歌呢。

达尼，这么说你满意了吗？

说岔了，我们还是回到酒吧里。

郝建唱着唱着，在台下发现了两个熟人，就冲他们点点头，算是打了个招呼。

那两人正是任新蜂和石霆。他们手里都握着瓶啤酒，都是面无表情，显得跟周围的躁有点格格不入。

“听说了吗？Paul找着工作了，上广州DDBO当GCD去。”石霆忽然开口。

“欸？”任新蜂显得很是吃惊。

“只能说，这是他的本事。”石霆又补了一刀。

“是哦，呵呵。”

然后又是一阵没话说。

沉默了一会儿，石霆再次开口：“听说了吗？警察调查发现，小毛并没有什么难产而死的媳妇。”

“欸？所以他……”对这个消息，任新蜂倒是没那么吃惊。

“他根本连媳妇都没有。”

“这么说，他并不是burnout，是得了被害妄想症？”

“不止，他那病好像叫混合型妄想症。集被害妄想症、情爱妄想症、躯体妄想症、自大妄想症什么的于一身。据说妄想得这么齐全，也是挺不容易的呢。”

“JB Chang那事自然也是他干的咯？”

“可不，也不知道该说JB Chang运气好，还是该说David运气坏。”

“他这么有病，难道之前公司里就没人发现一点征兆吗？”

“没觉得他行为多怪异呀，可能CIRCLE里面有病的人多吧，显不出来。”

石霆也是病人之一。

不过他最近话明显变多了，也平易近人多了。

独行了太久，他开始有点受不了自己，也怕会变成小毛那样，于是做了一个决定：积极拥抱上升双鱼带来的改变。

正聊着，任新蜂感到兜里震了一下。

掏出手机一看，是Coke发来的微信。

说程欣在附近转了两圈都没找着地方，让他出去迎一下。

这是Coke在给任新蜂创造机会。

昨晚吃了闭门羹之后，任新蜂好像才一下子明白过来，自己对程欣是有感觉的。

他呀就是犯贱。

而程欣对他的态度，却来了个180度大反转。

一整天都没理过他。

一肚子气还没顺下去呢。

昨晚太没面儿了。

她长这么大，还没试过被人当面拒绝呢。

当然了，首先还是自己犯贱，她是这么跟Coke说的。

回完微信说这就出去，任新蜂便开始奋力往外挤。

人实在太多了。

就跟在果冻里游泳似的。

中间游过几个人。

每个人身上一种古龙水的味道。

呛得他只能屏住呼吸。

那几个人里头就有洋大人。他正在把眼小聚光的资深文案介绍给其他人。

“来来来，这位是邱爷，华文广告圈四大天王之一。”

任新蜂知道这人。他的微博认证就是这个，华文广告圈四大天王之一。

“来来来，这位是黄教授，中国广告学院派第一人。”

任新蜂也久闻这人大名。他的微博认证就是这个，中国广告学院派第一人。

“来来来，这位是Allen Xu徐总，北京广告圈聚会召集人。”

任新蜂也听说过这人。他的微博认证就是这个，北京广告圈聚会召集人。

要说，这洋大人中文确实太好了。本地化得太成功了。除了皮相，内里根本已是中国人了。
不小心听到这些，光屏住呼吸已经不管用。任新蜂赶紧捏着鼻子，加力往前游。
一个冲得过猛，差点跟对面一人撞胸。
那是布兰达，挽着一个九头身小嫩草。看来是刚到。
小嫩草也就刚成年的样子，应该是乘工作之便认识的小男模吧。
她也到这年纪了吗？
任新蜂连连道歉，也游离了这一对，一脚踏出酒吧。
迫不及待地深呼吸。
外边的空气虽然也不怎么清新，好歹不稀薄。
“今天人来得真不少，各4A大咖全现身了。”
“是喔，要是往这里扔颗炸弹，明天北京广告业就得瘫痪了吧。”
“丢，这对世界来说是什么损失吗？”
门口站着三个人，正一边抽烟一边聊天。都是CIRCLE的人。CD、Maya和姐夫。
任新蜂冲他们要了根烟，叼着就快步往前面路口赶去。
隐隐约约地，他好像听到姐夫提及自己的名字。
任新蜂和那三人都没注意到：
他一出现在酒吧门口，本来停在旁边的一辆SUV就亮起了车灯。
他刚一离开，那车就启动，驶出来，慢慢跟了上去。
照着Coke给的坐标，到了前面丁字路口，任新蜂并没有见着程欣。
于是给她打电话。
响了七下，程欣才接。
“喂，你丫在哪儿呢？”程欣抢了任新蜂的台词，“哦，我好像看到你了，转过来。”
任新蜂应声转身，连根程欣的毛都没见着。
“你傻吧？不是那边，是这边。”
任新蜂又转向另一边。这回看见一个小身影走近。
他收起手机，使劲挤出一个大大的笑脸，正要迎上去，却见程欣忽然间站住了。
惊恐地张大了嘴。
使劲指着他后面。
喊着快躲开快躲开。
他慌忙又转了个身，看见一辆SUV冲上人行道，朝他直开了过来。
眼看就要撞上了，那车忽然一个急停。
离他不到半米远。
但是发动机并没有关。
坐在主驾驶上的人，是Coke她妈。

CUT！
辛苦了！
收工！

欸，这就剧终啦？
似乎下面确实没有了
那就先到这里
再会啦~读者君
?

甜过初恋

附录　关于广告可知可不知的事儿

广告公司的博尔赫斯分类法

干广告一年能挣多少钱

广告公司“部”知道

如何成功下brief

如何成功拒接brief

如何拥有一口地道的4A腔

这回才是
真的完了
感谢你
买了本书
BYEBYE
再会